백치 아다다 외

계용묵 중·단편소설

계 용 묵 중 · 단 편 소 설

백치 아다다 외

재승출판

우리나라 신문학의 역사는 1906년 이인직의 《혈의 누》가 출간된 때로부터 시작한다고 한다. 이로 미루어보면 이제 한국 근대문학은 100년을 맞이하게 된 셈이다. 이 기간에 수많은 작가의 작품이 탄생하였다. 모든 작품은 작가들의 혼이 담긴 그 시대 문화의 거울이라 할 수 있다. 한 작품이라도 소홀히 다룰 수 없는 것들이지만, 그래도 근대문학 100년간 문학사적 고전으로 남을 만한 명작은 있을 것이다.

당 출판사에서는 미래의 동량이 될 청소년들과 현재의 주역인 일반인들이 새로운 독서체험을 할 수 있도록 한국 근대문학 작품들을 소개하고자 한다. 자타가 인정하는 우리나라 최초 장편소설인 춘원 이광수의 《무정》을 시작으로 한국 문학계와 교육현장에서 두루 인정받은 한국 문학의 정수를 가려 뽑아 시리즈로 엮어 나갈 것이다. 객관성을 기하기 위하여 대학의 국문학 교수와 고등학교 국어과 교사, 숙련된 편집자 등의 추천을 참고로 하여 엄선할 계획이다. 이를 통해 한국 근현대 문학사의 흐름을 살펴볼 수 있을 것이다.

요즘 출판계의 현황은 불황의 터널에서 벗어나지 못하고 있다. 그 원인에는 여러 가지가 있겠지만 무엇보다 양서良書의 부재와 독자들이 책을 외면한다는 것이다. 더군다나 요즘에는 전자책이 나오면서 종이로 된 책은 앞으로 소외될 것이라는 출판계의 우려감과 더불어 인터넷의 발달로 책은 인기가 떨어진 상태다. 이러한 열악한 상황에서 의욕만 가지고 한국대표문학선을 출간한다는 것은 애초부터 무모한 계획일 수도 있다. 모두 부정적인 시각으로 보는 편이다. 출판업도 수익이 수반되어야 유지 존속이 가능하다. 출간되는 책은 거의 판매를 염두에 두고 있는 실정이다. 예를 들면 유명 작가 몇 사람의 작품, 인기 있는 외서 번역물 등등. 로또 뽑듯이 책을 선정하는 것 같다. 현 시점에서는 당연한 결정이다. 그렇지만 출판계의 이 같은 현실로 왜곡된 독서환경이 조성될 수도 있다.

따라서 당 출판사에서는 자라나는 청소년과 한국 문학을 사랑하는 일반인들에게 쉽고 재미있게 다가설 수 있으면서, 청소년들의 취향에도 잘 맞는 국민대중용 한국대표문학선집을 만들어보고자 한 것이다.

시대와 시대를 이어서 모두가 다 같이 공감할 수 있는 문화의 정수가 바로 문학이다. 문학은 우리의 마음 한편에 자리 잡고 있는 시대의 정서와 풍속, 삶의 흔적이 고스란히 밴 작가들의 혼이 담긴 당대 문화의 거울이라고 한다. 우리가 문학작품을 통해서 만나게 되는 감동의 여운은 평생 뇌리에 남고, 특히 청소년 시절에 읽었던 문학작품은 젊은 날의 향수와 추억으로 남는다. 또한 살아가면서 마음의 양식이 됨은 물론이다.

독자들은 문학과의 만남을 통해 우리의 문화가 이룩해온 정체성을 확인하고 상상하는 즐거움을 만끽할 수 있다. 논어 위정편에 나오는 온고이지신溫故而知新은 '옛것을 잘 익혀서 새로운 것을 안다'는 뜻으로 고전의 중요성을 강조한 공자의 가르침이다. 누구나 자신의 뿌리를 인식하고 문화생활을 높이기 위해서는 문학을 알아야 한다.

당 출판사로서는 한국대표문학선 발간이 우리나라 출판계에 일조가 된다면 더 없는 영광으로 생각한다. 아무쪼록 한국대표문학선을 통해 21세기 젊은 독자들이 삶의 풍부한 자양분으로서 이 시리즈를 애호해주기를 바랄 뿐이다.

(주)재승출판

대표이사 이 재 영

●●● 일러두기

· 이 책의 맞춤법은 1988년 1월 19일 문교부 교시 '한글 맞춤법'에 따른 것을 원칙으로 하였다.
· 외래어 표기는 1986년 문교부 교시 '외래어 표기법'에 따른 것을 원칙으로 하였다.
· 작품에 영향을 준다고 판단되는 구어체, 의성어, 의태어 등은 최대한 살리되 뜻이 통하지 않는
  경우에는 각주를 달았다.
· 어원을 밝힐 수 없는 어휘나 방언 등은 그대로 두었다.
· 한자는 가급적 한글로 바꾸되 의미를 파악하는 데 필요하다고 판단되는 부분은 각주를 달았다.
· 필요한 경우에 글의 흐름과 내용을 고려하여 단락을 다시 구분하였다.
· 대화는 " "로, 생각이나 독백 및 강조하는 말은 ' '로 표시하였다.
· 글을 읽고 뜻을 이해하는 데 방해가 되지 않는 한 최대한 원전을 살렸다.

ㆍㆍㆍㆍㆍㆍ
백치 아다다

질그릇이 땅에 부딪치는 소리가 났다고 들렸는데, 마당에는 아무도 없다.

부엌에 쥐가 들었나? 샛문을 열어보려니까,

"아 아 아이 아아 아야!"

하는 소리가 뒤란뒷뜰 곁으로 들려온다.

샛문을 열려던 박씨는 뒷문을 밀었다. 장독대 밑 비스듬한 켠 아래 아다다가 입을 헤벌리고 넙적 엎드려져 두 다리만을 힘없이 버지럭거리고 있다. 그리고 머리 편으로 한 발쯤 나가선 깨어진 동이물 긷는 데 쓰는 질그릇 조각이 질서 없이 너저분하게 된장 속에 묻혀 있다.

"아이구테나! 무슨 소린가 했더니 이년이 동애를 또 잡았구나! 이년아! 너더러 된장 푸래든! 푸래?"

어머니는 딸이 어디가 다쳤는지 일어나지도 못하고 아파하는 데가는 동정심보다 깨어진 동이만이 아깝게 눈에 보였던 것이다.

"어 어마! 아다아다 아다 아다다⋯⋯."

모닥불을 뒤집어쓰는 듯한 끔찍한 어머니의 음성을 또다시 듣게 되는 아다다는 겁에 질려 얼굴에 시퍼런 물이 들며 넘어진 연유를 말하여 용서를 빌려는 기색이나, 말이 되지를 않아 안타까워한다.

아다다는 벙어리였던 것이다. 말을 하렬^{하려 할} 때에는 한다는 것이, 아다다 소리만이 연거푸 나왔다. 어찌어찌 가다가 말이 한 마디씩 제법 되어 나오는 적도 있었으나, 그것은 쉬운 말에 그치고 만다. 그래서 이것을 조롱 삼아 '확실이'라는 뚜렷한 이름이 있었지만, 누구나 그를 부르는 이름은 '아다다'였다. 그리하여 이것이 자연히 이름으로 굳어져, 그 부모네까지도 그렇게 부르게 되었거니와 그 자신조차도 '아다다!' 하고 부르면 마땅히 들을 이름인 듯이 대답을 했다.

"이년 까타나^{때문에} 끌이 세누나! 시켠^{시집}엘 못 갔으문 오늘은 어드메든지 나가서 뒈디고 말아라, 이년아! 이년아! 아, 이년아!"

어머니는 눈알을 가로세워 날카롭게도 흰자위만으로 흘기며 성큼 문턱을 넘어선다. 아다다는 어머니의 손길이 또 자기의 끌채^{머리채}를 감아쥘 것을 연상하고 몸을 겨우 뒤채 비꼬아 일어서서 절룩절룩 굴뚝 모퉁이로 피해가며 어쩔 줄을 모르고 일변 고개를 좌우로 둘러 살피며 아연하게도,

"아다 어 어마! 아다 어마! 아다다다다!"

하고 부르짖는다. 다시는 일을 아니 저지르겠다는 듯이, 그리고 한 번만 용서를 해달라는 듯싶게.

그러나 사정 모르는 체 기어이 쫓아간 어머니는,

"이년! 어서 뒈데라. 뒈디기 싫건 시집으로 당장 가거라. 못 가간?"

그리고 주먹을 귀 뒤에 넌지시 얼메고 마주 선다.

순간 주먹이 떨어지면? 하는 두려운 생각에 오싹하고 끼치는 소름이 튀해놓은 새나 짐승을 잡아 뜨거운 물에 잠깐 넣었다가 꺼내 털을 뽑아놓은 닭같이 전신에 돋아나는 두드러기를 느끼는 찰나 턱 하고 마침내 떨어지는 주먹은 어느새 끌채를 감아쥐고 갈지자로 흔들어댄다.

"아다 어어 어마! 아 아고 어 어마!"

아다다는 떨며 빌며 손을 모은다.

그러나 소용이 없다. 한번 손을 댄 어머니는 그저 죽어 싸다는 듯이 자꾸만 흔들어댄다. 하니, 그러잖아도 가꾸지 못한 텁수룩한 머리는 물결처럼 흔들리며 구름같이 피어나선 엉클어진다.

그래도 아다다는 그저 빌 뿐이요, 조금도 반항하려고는 않는다. 이런 일은 거의 날마다 지나 보는 것이기 때문에, 한대야 그것은 도리어 매까지 사는 것이 됨을 아는 것이다. 집에 일이 아무리 밀려 돌아가더라도 나 모르는 체 손 싸매고 들어앉았으면 오히려 이런 봉변은 아니 당할 것이, 가만히 앉았지는 못했다.

선천적으로 타고난 천치에 가까운 그의 성격은 무엇엔지 힘에 부치는 노력이 있어야 만족을 얻는 듯했다. 시키건 안 시키건 헐하나 힘차나 가리는 법이 없이 해야 될 일로 눈에 띄기만 하면 몸을 아끼는 일이 없이 하는 것이 그였다. 그래서 집안의 모든 고된 일은 실로 아다다가 혼자서 치워놓게 된다.

그러나 어머니는 그것이 반갑지 않았다. 둔한 지혜로 마련^{궁리} 없이 뼈가 부러지도록 몸을 돌보지 않고 일종 모험에 가까운 짓을 하게 되므로, 그 반면에 따르는 실수가 되레 일을 저질러놓게 되어 그릇 같은 것을 깨쳐먹는 일은 거의 날마다 있다 해도 옳을 정도로 있었다. 그래도 아다다의 힘을 빌리지 않고는 집안일을 못 치겠다면 모르지만, 그는 참례^{참여}를 하지 않아도 행랑에서 차근차근히 다 해 줄 일을 쓸데없이 가로맡아선 일을 저질러놓고 마는 데에 그 어머니는 속이 상했다.

본시 시집을 보내기 전에도 그 버릇은 지금이나 다름이 없어 벙어리인 데다 행동까지 그러하였으므로 내용 아는 인근에서는 그를 얻어가려는 사람이 없었다. 그리하여 열아홉 고개를 넘기도록 처문 어두고 속을 태우다 못해 깃부^{지참금}로 논 한 섬지기를 처넣어 똥 치듯 치워버렸던 것이, 그만 오 년이 멀다 다시 쫓겨와 시집에는 아예 갈 생각도 아니하고 하루 같은 심화를 올렸다. 그래서 어머니는 역겨운 마음에 아다다가 실수를 할 때마다 주릿대^{주리를 트는 데 쓰는 두 개의 긴 막대기}를 내리고 참례를 말라건만 그는 참는다는 것이 그 당시뿐이요, 남이 일을 하는 것을 보면 속이 쏘는 듯이 슬그머니 나와서 곁을 슬슬 돌다가는 손을 대고 만다.

바로 사흘 전엔가도 무명누임^{무명을 잿물에 담갔다가 솥에 찌는 일}을 할 때,
활짝 단 솥뚜껑을 마련 없이 맨손으로 열다가 뜨거움을 참지 못해,
되는대로 집어 엎는 바람에 그만 자배기^{둥글넓적하고 아가리가 넓게 벌어진 질}
^{그릇}를 깨쳐서 욕과 매를 한바탕 겪고 났었건만, 어제저녁 행랑 색시
더러 오늘은 묵은 된장을 옮겨 담아야 되겠다고 이르는 말을 어느
겨를에 들었던지 아다다는 아침밥이 끝나자, 어느새 나가서 혼자
된장을 퍼 나르다가 그만 또 실수를 한 것이었다.

"못 가간? 시집에! 못 가간? 이년! 못 가갔음 죽어라!"

움켜쥐었던 머리를 힘차게 휙 두르며 밀치는 바람에 손에 감겼던
머리카락이 끊어지는지 빠지는지 무뚝^{무더기의 옛말} 묻어나며 아다다는
비칠비칠 서너 걸음 물러난다. 순간 정신이 어찔해진 아다다는 넘어
지지 않으려고 애써 버지럭거리며 삐치는^{몹시 느른하고 기운이 없어지는} 다
리에 겨우 진정을 얻어 세우자,

"아다 어마! 아다 어마! 아다 아다!"

하고 다시 달려들 듯이 눈을 흘기고 섰는 어머니를 향해 눈물 글썽
한 눈을 끔벅 한번 감아 보이고, 그리고 북쪽을 손가락질하여 어머
니의 말대로 시집으로 가든지 그렇지 않으면 죽어라도 버리겠다는
뜻으로 고개를 주억이며^{고개를 앞뒤로 천천히 끄덕이며} 겁에 질려 어쩔 줄
을 모르고 허청허청 대문 밖으로 몸을 이끌어냈다.

나오기는 나왔으나 갈 곳이 없는 아다다는 마당귀^{마당의 한쪽 귀퉁이}
를 돌아서선 발길을 더 내놓지 못하고 우뚝 섰다. 시집으로 간다고

하였으나 아무리 생각해도 남편의 매는 어머니의 그것보다 무섭다. 그러면 다시 집으로 들어가나? 이번에는 외상 없는 매가 떨어질 것 같다. 어디로 가야 하나? 갈 곳 없는 갈 곳을 뒤쫓아 보자니 눈물이 주는 위로밖에 쓸데없는 오 년 전 그 시집이 참을 수 없이 그립다.

추울세라 더울세라 힘이 들까 고단할까 알뜰살뜰히 어루만져주던 시부모, 밤이면 품속에 꼭 껴안아 피로를 풀어주던 남편.

아, 얼마나 시집에서는 자기를 위해 정성을 다하던 것인가?

참으로 아다다가 처음 시집을 가서의 오 년 동안은 온 집안의 사랑을 한 몸에 받아왔던 것이 사실이다. 벙어리라는 조건이 귀에 들어맞는 것은 아니었으나 돈으로 아내를 사지 아니하고는 얻어볼 수 없는 처지에서 스물여덟 살에 아직 장가를 못 들고 있는 신세로 목구멍조차 치기 어려운 형세였으므로, 아내를 얻게 되기의 여유를 기다리기까지에는 너무도 막연한 앞날이었다. 벙어리나마 일생을 먹여줄 것까지 가지고 온다는 데 귀가 번쩍 띄어 그 자리를 앗기울까 두렵게 혼사를 지었던 것이니, 그로 인해서 먹고살게 되는 시집에서는 아다다를 아니 위할 수가 없었던 것이다. 그러한 가운데 또한 아다다는 못하는 일이 없이 일 잘하고 고분고분 말 잘 듣고 조금도 말썽을 부리는 일이 없었다. 그래서 생활고가 주는 역겨움이 쓸데없이 서로 눈독_{눈의 독기}을 짓게 하여 불쾌한 말만으로 큰소리가 끊일 새 없이 오고 가던 가족은 일시에 봄비를 맞는 동산같이 화락한 웃음의 꽃을 피웠다.

원래 바른 사람이 못 되는 아다다에게는 실수가 없는 것이 아니었으나, 그로 인해서 밥을 먹게 된 시집에서는 조금도 역겹게 아니여겼고, 되레 위로를 하고 허물을 감추기에 서로 힘을 썼다.

여기에 아다다가 비로소 인생의 행복을 느끼며 시집가기 전 지난날 어머니 아버지가 쓸데없는 자식이라는 구실 밑에, 아니 되레 가문을 더럽히는 앙화^{재앙} 자식이라고 사람으로서의 푼수^{상태나 형편}에도 넣어주지 않고 박대하던 일을 생각하고는 어머니 아버지를 원망하는 나머지 명절 목^{대목}이나 제향^{제사} 때면 시집에서는 그렇게도 가보라는 친정이었건만 이를 악물고 가지 않고 행복 속에 묻혀 살던 지나간 그날이 아니 그리울 수가 없었다.

그러나 그날은 안타깝게도 다시 못 올 영원한 꿈속에 흘러가고 말았다. 해를 거듭하며 생활의 밑바닥에 깔아놓았던 한 섬지기라는 거름이 차츰 그들을 여유한 생활로 이끌어 몇백 원이란 돈이 눈앞에 굴게 되니 까닭 없이 남편 되는 사람은 벙어리로서의 아내가 미워졌다. 조그만 실수가 있어도 눈을 흘겼다. 그리고 매를 내렸다. 이 사실을 아는 아버지는 그것은 들어오는 복을 차버리는 짓이라고 타이르나, 듣지 않았다. 그리하여 부자간에 충돌이 때때로 일어났다. 이럴 때마다 아버지에게는 감히 하고 싶은 행동을 못하는 아들은 그 분을 아내에게로 돌려 풀기가 일쑤였다.

"이년 보기 싫다! 네 집으로 가거라."

그리고 다음에 따르는 것은 매였다. 그러나 아다다는 참아가며 아내로서의, 그리고 며느리로서의 임무를 다했다. 이것이 시부모로 하여금 더욱 아다다를 귀엽게 만드는 것이어서 아버지에게서는 움직일 수 없는 며느리인 것을 깨닫게 된 아들은 가정적으로 불만을 느끼게 되어 한 해의 농사를 지은 추수를 온통 팔아가지고 집을 떠나서 마음의 위안을 찾아 돌다가 주색에 돈을 다 탕진하고 동무들과 물거품같이 밀려 안동현으로 건너갔다.

그리하여 이 투기적인 도시에서 뒹굴며 노동의 힘으로 밑천을 얻어선 '양화'와 '은떼루'에 투기하여 황금을 꿈꾸어오던 것이 기적적으로 맞아나기 시작하여, 이태 만에는 이만 원에 가까운 돈을 손에 쥐게 되었다. 그리하여 언제나 불만이던 완전한 아내로서의 알뜰한 사랑에 주렸던 그는 돈에 따르는 무수한 여자 가운데서 마음대로 흡족히 골라가지고 집으로 돌아왔다.

그러고는 새로운 살림을 꿈꾸는 일변 새로이 가옥을 건축함과 동시에 아다다를 학대함이 전에 비할 정도가 아니었다. 이에는, 그 아버지도 명민하고 인자한 남부끄럽지 않은 버젓한 새 며느리에게 마음이 쏠리는 나머지, 이미 생활은 걱정이 없이 되었으니 아다다의 깃부로가 아니라도 유족할 앞날의 생활을 돌아볼 때 아들로서의 아다다에게 대하는 태도는 조금도 마음에 거슬리는 것이 없었다. 그리하여 시부모의 눈에서까지 벗어나게 된 아다다는 호소할 곳조차 없는 사정에 눈감은 남편의 매를 견디다 못해 집으로 쫓겨오게 되었던 것이니, 생각만 해도 옛 매 자리가 아픈 그 시집은 죽으면 죽었지, 다시는 찾아갈 생각이 없었던 것이다.

그래서 집에 있게 되니 그것보다는 좀 헐할망정 어머니의 매도 결코 견디기에 족한 것이 아니다. 그리고 그것은 날마다 더 심해만 왔다. 오늘도 조금만 반항이 있었던들, 어김없이 매는 떨어지고 말았을 것이다. 그러니 어디로 가나? 아무리 생각을 해보아야 그저 세상에서는 수룡이네 집밖에 또 찾아갈 곳은 없었다. 수룡은 부모 동생조차 없는 삼십이 넘은 총각으로, 누구보다도 자기를 사랑해준다고 믿는 단 한 사람이었다. 그리하여 쫓겨날 때마다 그를 찾아가선 마음의 위안을 얻어오던 것이다. 아다다는 문득 발걸음을 떼어 아지랑이 어른거리는 마을 끝 산턱 아래 떨어져 박힌 한 채의 오막살이를 향하여 마당귀를 꺾어 돌았다.

수룡은 벌써 일 년 전부터 아다디를 꾀어왔다. 시집에서까지 쫓겨난 벙어리였으나 김 초시과거의 첫 시험. 또는 그 과거에 급제한 사람의 딸이라, 스스로도 낮추어 보이는 자신으로서는 거연히당당하고 의젓하게 염무엇을 하려는 생각을 내지 못하고 뜻있는 마음을 건네볼 길이 없어 속을 태워가며 눈치만 보아오던 것이, 눈치에서보다는 베풀어진 동정이 마침내 아다다의 마음을 사게 된 것이었다.

아이들은 아다다를 보기만 하면 따라다니며 놀렸다. 아니, 어른들까지도 '아다다, 아다다' 하고 골을 올려서 분하나 말을 못하고 이상한 시늉을 하며 두덜거리는 것을 봄으로 좋아라고 손뼉을 치며 웃었다. 그래서 아다다는 사람을 싫어하였다. 집에 있으면 어머니의 욕과 매, 밖에 나오면 뭇사람들의 놀림, 그러나 수롱이만은 자기를 사랑하는 것이었다. 아이들이 따라다닐 때에도 남 아니 말려주는 것을 그는 말려주고, 그리고 매에 터질 듯한 심정을 풀어주는 것이었다. 그리하여 아다다는 마음이 불편할 때마다 수롱을 생각해오던 것이, 얼마 전부터는 찾아다니게까지 되어 동네의 눈치에도 이미 오른 지 오랬다.

그러나 아다다의 집에서도 그 아버지만이 지처^{사정이나 형편}를 가지기 위해 깔맵게^{깔끔하고 매섭게} 아다다의 행동을 경계하는 듯하고, 그 어머니는 도리어 수롱이와 배가 맞아서 자기 눈앞에 보이지 아니하고 어디로든지 달아났으면 하는 눈치를 알게 된 수롱이는 지금에와서는 어느 정도까지 내놓다시피 그를 사귀어온다.

아다다는 제집이나처럼 서슴지도 않고 달려오자마자 수롱이네 집 문을 벌컥 열었다.

"아, 아다다!"

수롱은 의외에 벌떡 일어섰다.

"너 또 울었구나!"

울었다는 것이 창피하긴 하였으나 숨길 채비가 아니다. 호소할 길 없는 가슴속에 꽉 찬 설움은 수롱이의 따뜻한 위무^{위로하고 어루만져 달램}가 어떻게도 그리웠는지 모른다. 방 안에 들어서기가 바쁘게 쫓겨난 이유를 언제나 같이 낱낱이 말했다.

"그러기 이젠 아야, 다시는 집으로 가지 말구 나하구 둘이서 살아, 응?"

그리고 수룡은 의미 있는 웃음을 벙긋벙긋 웃어가며 아다다의 등을 척척 두드려 달랬다. 오늘은 어떻게 해서든지 자기의 것으로 영원히 만들어보고 싶은 욕망에 불탔던 것이다.

그러나 아다다는,

"아다 무 무서! 아바 무 무서! 아다 아다다다!"

하고 그렇게 한다면 큰일 난다는 듯이 눈을 둥그렇게 뜬다. 집에서 학대를 받고 있느니보다는 수룡의 사랑 밑에서 살았으면 오죽이나 행복되랴! 다시 집으로는 아니 들어가리라는 생각이 없었던 바도 아니었으나 정작 이런 말을 듣고 보니 무엇엔지 차마 허하지 못할 것이 있는 것 같고, 그렇지 않은지라 눈을 부릅뜨고 수룡이한테 다니지 말라는 아버지의 이르던 말이 연상될 때 어떻게도 그 말은 엄한 것이었다.

"우리 둘이 달아났음 그만이디 무섭긴 뭐이 무서워?"

"……."

아다다는 대답이 없다.

딴은 그렇기도 한 것이다. 당장 쫓겨난 몸이 갈 곳이 어딘고? 다시 생각을 더듬어볼 때 어머니의 매는 아버지의 그 눈총보다도 몇 배나 더한 두려움으로 견딜 수 없이 아픈 것이다. 그러마고 대답을 못 하고 거역한 것이 금세 후회스러웠다.

"안 그래? 무서울 게 뭐야. 이젠 아야 집으루 가지 말구 나하구 있어, 응?"

"응, 아다 이 있어, 아다 아다."

하고 아다다는 다시 있자는 수룡이의 말이 나오기를 기다렸던 듯이, 그리고 살길을 이제 찾았다는 듯이, 한숨과 같이 빙긋 웃으며 있겠다는 뜻을 명백히 보이기 위해 고개를 주억이며 삿바닥 ^{갈대를 엮어서 만} ^{든 자리}을 손으로 툭툭 두드려 보인다.

"그렇지그래, 정 있어야 돼, 응?"

"응, 이서 이서 아다 아다."

"정말이야?"

"으, 응 저 정 아다 아다."

단단히 강문을 받고 ^{따져 물어서 확답을 받고} 난 수룡이는 은근히 솟아나는 미소를 금할 길이 없었다. 벙어리인 아다다가 흡족할 이치는 없었지만, 돈으로 사지 아니하고는 아내라는 것을 얻어볼 수 없는 처지였다. 그저 생기는 아내는 벙어리였어도 족했다. 그저 자기의 하는 일이나 도와주고 아들딸이나 낳아주었으면 자기는 게서 더 바랄 것이 없었다. 아내를 얻으려고 십여 년 동안을 불피풍우^{바람과 비} ^{를 무릅쓰고 한결같이 일을 함} 품을 팔아 궤 속에 꽁꽁 묶어둔 일백오십 원이란 돈이 지금에 와서는 아내 하나를 얻기에 그리 부족한 것은 아니나, 장가를 들지 아니하고 아다다를 꾀어온 이유도, 아다다를 꾐으로 돈을 남겨서 그 돈으로는 살림의 밑천을 만들어 가정의 마루를 얹자는 데서였던 것이다. 이제 그 계획이 은근히 성공에 가까워

오매 자기도 남과 같이 가정을 이루어보게 되누나 하니, 바라지도
못하였던 인생의 행복이 자기에게도 이제 찾아오는 것 같았다.

"우리 아다다."

수룡이는 아다다의 등에 손을 얹으며 빙그레 웃었다.

"아다 아다."

아다다도 만족한 듯이 히쭉 입이 벌어졌다.

그날 밤을 수룡의 품 안에서 자고 난 아다다는 이미 수룡의 아내
되기에 수줍음조차 잊었다. 아니, 집에서 자기를 받들어 들인다 하
더라도 수룡을 떨어져서는 살 수 없으리만큼 마음은 굳어졌다. 수
룡이가 주는 사랑은 이 세상에서는 더 찾을 수 없는 행복이리라 느
껴졌던 것이다.

그러나 영원한 행복을 위하여는 이 자리에 그대로 박혀서는 누릴
수 없을 것이 다음에 남은 근심이었다. 수룡이와 같이 살자면, 첫째
아버지가 허하지 않을 것이요, 동네 사람도 부끄럽지 않은 노릇이
아니다. 이것은 수룡이도 짐짓 근심이었다. 밤이 깊도록 의논을 해
보았으나 동네를 피하여 낮모르는 곳으로 감쪽같이 달아나는 수밖
에 다른 묘책이 없었다.

예식 없는 가약을 그들은 서로 맹세하고 그날 새벽으로 그 마을
을 떠나 '신미도'라는 섬으로 흘러가서, 그곳에 안주^{한곳에 자리를 잡음}
를 정하였다. 그러나 생소한 곳이므로 직업을 찾을 길이 없었다. 고
기를 잡아 먹고사는 섬이라 뱃놀음^{뱃일}을 하는 것이 제 길이었으나,

이것은 아다다가 한사코 말렸다.

몇 해 전에 자기네 동네에서도 농토^{농사짓는 땅}를 잃은 몇몇 사람이
이 섬으로 들어와 첫 배를 타다가 그만 풍랑에 몰살을 당하고 만 일
이 있던 것을 잊지 못하는 때문이었다.

그렇지 않은지라, 수룡이조차도 배에는 마음이 없었다. 섬으로
왔다고는 하지만 땅을 파서 먹는 것이 조마구^{주먹} 빨 때부터 길러 온
습관이요, 손 익은 일이었기 때문에 그저 그 노릇만이 그리웠다.

그리하여 있는 돈으로 어떻게 밭날갈이^{며칠 동안 걸려서 갈 만큼 큰 밭}나
사서 조 같은 것이나 심어가지고 겨울의 시탄^{땔나무와 숯, 또는 석탄 따위}
과 양식을 대게 하고 짬짬이 조개나 굴, 낙지, 이런 것들을 캐어서
그날그날을 살아갔으면 그것이 더할 수 없는 행복일 것만 같았다.

그러잖아도 삼십 반생^{한평생의 반}에 자기의 소유라고는 손바닥만
한 것조차 없어, 어떻게도 몽매^{잠을 자면서 꾸는 꿈}에 그리던 땅이었는지
모른다. 완전한 아내를 사지 아니하고 아다다를 꼬여온 것이 이 소
유욕에서였다. 아내가 얻어진 이제, 비록 많지는 않은 땅이나마 가
져보고 싶은 마음도 간절하였거니와, 또는 그만한 소유를 가지는
것이 자기에게 향한 아다다의 마음을 더욱 굳게 하는 데도 보다 더
한 수단일 것 같았기 때문이다.

그런데다 본시 뱃놀음판인 섬인데, 작년에 놀구지가 잘되었다 하
여 금년에 와서 더욱 시세를 잃은 땅은 비록 때가 기경시<sup>생땅을 일구어
논밭을 만드는 시기</sup>라 하더라도 용이히^{어렵지 아니하고 매우 쉽게} 살 수까지 있

는 형편이었으므로, 그렇게 하리라 일단 마음을 정하니 자기도 땅을 마침내 가져보누나 하는 생각에 더할 수 없는 행복을 느끼며 아다다에게도 이 계획을 말하였다.

"우리 밭을 한 떼기 사자. 그래두 농살 허야 사람 사는 것 같다. 내가 던답^{논밭}을 살라구 묶어둔 돈이 있거든."

하고 수룽이는 보라는 듯이 시렁^{물건을 얹어놓기 위해 두 개의 긴 나무를 가로질러 선반처럼 만든 것} 위에 얹힌 석유통 궤 속에서 지전 뭉치를 뒤져내더니 손끝에다 침을 발라가며 펄딱펄딱 뒤어보인다.

그러나 그 돈을 본 아다다는 어쩐지 갑자기 화기^{생기 있는 기색}가 줄어든다.

수룽이는 그것이 이상했다. 돈을 보면 기꺼워할^{기뻐할} 줄 알았던 아다다가 도리어 화기를 잃은 것이다. 돈이 있다니 많은 줄 알았다가 기대에 틀림으로써인가?

"이거 봐! 그래 봬두 이게 천오백 냥이야. 지금 시세에 밭 이천 평은 한참 놀다가두 떡 먹두룩 살 건데."

그래도 아다다는 아무 대답이 없다. 무엇 때문엔지 수심의 빛까지 역연히^{분명히 알 수 있도록 또렷이} 얼굴에 떠오른다.

"아니, 밭이 이천 평이문 조를 심는다 하구, 잘만 가꿔봐. 조가 열 섬에 조짚^{조의 낟알을 떨어낸 짚}이 백여 목 날 터이야. 그래, 이걸 가지구 겨울 한동안이야 못 살아? 그럭허구 둘이 맞붙어 몇 해만 벌어봐. 그적엔 논이 또 나오는 거야. 이건 괜히 생……."

아다다는 말없이 머리를 흔든다.

"아니, 내레 이게, 거즈뿌레기^{거짓말}야? 아 열 섬이 못 나?"

아다다는 그래도 머리를 흔든다.

"아니, 고롬 밭은 싫단 말인가?"

"아다 시 싫어."

그리고 힘없이 눈을 내리깐다.

아다다는 수롱이에게 돈이 있다 해도 실로 그렇게 많은 돈이 있는 줄은 몰랐다. 그래서 그 많은 돈으로 밭을 산다는 소리에, 지금까지 꿈꾸어오던 모든 행복이 여지없이도 일시에 깨어지는 것만 같았던 것이다. 돈으로 인해서 그렇게 행복할 수 있던 자기의 신세는 남편^{전남편}의 마음을 악하게 만듦으로, 그리고 시부모의 눈까지 가리는 것이 되어 필야^{틀림없이 꼭}엔 쫓겨나지 아니치 못하게 되던 일을 생각하면 돈 소리만 들어도 마음은 좋지 않던 것인데, 이제 한 푼 없는 알몸인 줄 알았던 수롱이에게도 그렇게 많은 돈이 있어, 그것으로 밭을 산다고 기꺼워하는 것을 볼 때, 그 돈의 밑천은 장래 자기에게 행복을 가져다주기보다는 몽둥이를 가져다주는 데 지나지 못하는 것 같았고, 밭에다 조를 심는다는 것은 불행의 씨를 심는다는 것만 같았기 때문이다.

아다다는 그저 섬으로 왔거니 조개나 굴 같은 것을 캐어서 그날 그날을 살아가야 할 것만이 수롱의 사랑을 받는 데 더할 수 없는 살림인 줄만 안다. 그래서 이러한 살림이 얼마나 즐거우랴! 혼자 속으로 축복을 하며 수룡을 위해 일층 벌기에 힘을 써야 할 것을 생각해 오던 것이다.

"고롬 논을 사재나? 밭이 싫으문?"

수룡은 아다다의 의견이 알고 싶어 이렇게 또 물었다.

그러나 아다다는 그냥 힘없는 고개만 주억일 뿐이었다. 논을 산 대도 그것은 꼭 같은 불행을 사는 데 있을 것이다. 돈이 있는 이상 어느 것이든지 간에 사기는 반드시 사고야 말 남편의 심사이었음에 머리를 흔들어댔자 소용이 없을 것이었다. 그리하여 그 근본 불행인 돈을 어찌할 수 없는 이상엔 잠시라도 남편의 마음을 거슬림으로 불쾌하게 할 필요는 없다고 아는 때문이었다.

"흥! 논이 좋은 줄은 너두 아누나! 그러나 가난한 놈에겐 밭이 논보다 나앗디 나아."

하고 수룡이는 기어이 밭을 사기로, 그 달음^{어떤 행동의 여세를 몰아 계속함}에 거간^{사고파는 사람 사이에 들어 흥정을 붙임}을 내세웠다.

그날 밤.

아다다는 자리에 누웠으나 잠이 오지 않았다.

남편은 아무런 근심도 없는 듯이 세상모르고 씩씩 초저녁부터 자대건만, 아다다는 그저 돈 생각을 하면 장차 닥쳐올 불길한 예감에 잠을 이룰 수가 없었다. 이불을 붙안고^{두 팔로 부둥켜안고} 밤새도록 쥐어 틀며 아무리 생각을 해야, 그 돈을 그대로 두고는 수룡의 사랑 밑에서 영원한 행복을 누릴 수 있으리라고는 믿기지 않았다.

짧은 봄밤은 어느덧 새어 새벽을 알리는 닭의 울음소리가 사방에서 처량히 들려온다.

밤이 벌써 새누나 하니, 아다다의 마음은 더욱 조급하게 탔다. 이 밤으로 그 돈에 대한 처리를 하지 못하는 한, 내일은 기어이 거간이 밭을 흥정해가지고 올 것이다. 그러면 그 밭에서 나는 곡식은 해마다 돈을 불려줄 것이다. 그때면 남편은 늘어가는 돈에 따라 차차 눈이 어둡게 되어 점점 정은 멀어만 가게 될 것이다. 그다음에는? 그다음에는 더 생각하기조차 무서웠다.

닭의 울음소리에 따라 날은 자꾸만 밝아온다. 바라보니 어느덧 창은 희끄스름하게 비친다. 아다다는 더 누워 있을 수가 없었다. 옆에 누운 남편을 지그시 팔로 밀어보았다. 그러나 움쩍하지도 않는다. 그래도 못 믿기는 무엇이 있는 듯이 남편의 코에다 가까이 귀를 가져다대고 숨소리를 엿들었다. 씨근씨근 아직도 잠은 분명히 깨지 않고 있다. 아다다는 슬그머니 이불 속을 새어나왔다. 그리고 시렁 위의 석유통을 휩쓸어 그 속에다 손을 넣었다. 그리하여 마침내 지전 뭉치를 더듬어서 손에 쥐고는 조심조심 발자국 소리를 죽여가며 살그머니 문을 열고 부엌으로 내려갔다.

그러고는 일찍이 아침을 지어 먹고 나무새기ⁿ를ᵐ를 뽑으러 간다고 바구니를 끼고 바닷가로 나섰다. 아무도 보지 못하게 깊은 물속에다 그 돈을 던져버리자는 것이다.

솟아오르는 아침 햇발을 받아 붉게 물들며 잔뜩 밀린 조수는 거품을 부걱부걱 토하며 바람결조차 철썩철썩 해안을 부딪친다.

아다다는 바구니를 내려놓고 허리춤 속에서 지전 뭉치를 쥐어 들었다. 그러고는 몇 겹이나 쌌는지 알 수 없는 헝겊 조각을 둘둘 풀었다. 헤집으니 일 원짜리 오 원짜리 십 원짜리 무수한 관 쓴 영감들이 나를 박대해서는 안 된다는 듯이, 모두 마주 바라본다. 그러나 아다다는 너 같은 것을 버리는 데는 아무런 미련도 없다는 듯이 넘노는 물결 위에다 휙 내뿌렸다. 세찬 바닷바람에 차인 지전은 바람결 좇아 공중으로 올라가 팔랑팔랑 허공에서 재주를 넘어가며 산산이 헤어져 멀리, 그리고 가깝게 하나씩 하나씩 물 위에 떨어져서는 넘노는 물결 좇아 잠겼다 떴다 소꾸막질무자맥질. 물속에서 팔다리를 놀리며 떴다 잠겼다 하는 짓을 한다.

어서 물속으로 가라앉든지, 그렇지 않으면 흘러 내려가든지 했으면 하고 아다다는 멀거니 서서 기다리나, 너저분하게 물 위를 덮은 지전 조각들은 차마 주인의 품을 떠나기가 싫은 듯이 잠겨버렸는가 하면 다시 기웃거리며 솟아올라서는 물 위를 빙글빙글 돈다.

하더니 썰물이 잡히자부터 할 수 없는 듯이 슬금슬금 밑이 떨어져 흐르기 시작한다.

아다다는 상쾌하기 그지없었다. 밀려 내려가는 무수한 그 지전 조각들은 자기의 온갖 불행을 모두 거두어가지고 다시 돌아올 길이 없는 끝없는 한바다매우 깊고 넓은 바다로 내려갈 것을 생각할 때 아다다는 춤이라도 출 듯이 기꺼웠다.

그러나 그 돈이 완전히 눈앞에 보이지 않게 흘러 내려가기까지에는 아직도 몇 분 동안을 요해야 할 것인데, 뒤에서 허덕거리는 발자국 소리가 들리기에 돌아다보니 뜻밖에도 수룡이가 헐떡이며 달려오는 것이 아닌가.

"야! 야! 아다다야! 너, 돈 돈 안 건새핸? 돈, 돈 말이야, 돈?"

청천의맑게 갠 하늘의 벽력같은목소리가 매우 크고 우렁찬 소리였다.

아다다는 어쩔 줄을 모르고 남편이 가까이 이르기 전에 어서어서 물결은 휩쓸려 돈을 모두 거둬가지고 흘러버렸으면 하나, 물결은 안타깝게도 그닐그닐위태롭거나 단작스러워 마음에 자릿자릿함 한가히 돈을 이끌고 흐를 뿐, 아다다는 그 돈이 어서 자기의 눈앞에서 자취를 감추어버리는 것을 보기 위해 그닐거리고 있는 돈 위에다 쏘아 박은 눈을 떼지 못하고 쩔쩔매는 사이, 마침내 달려오게 된 수룡의 눈에도 필경 그 돈은 띄고야 말았다.

뜻밖에도 바다 가운데 무수하게 지전 조각이 널려서 앞서거니 뒤서거니 둥둥 떠내려가는 것을 본 수룡이는 아다다에게 그 연유를 물을 필요도 없이 미친 듯이 옷을 훨훨 벗고 첨버덩 물속으로 뛰어들었다. 그러나 헤엄을 칠 줄 모르는 수룡이는 돈이 엉켜 도는 한복판으로 들어갈 수가 없었다. 겨우 가슴패기까지 잠기는 깊이에서 더 들어가지 못하고 흘러 내려가는 돈더미를 안타깝게도 바라보며 허우적허우적 달려갔다. 차츰 물결은 휩쓸려 떠내려가는 속력이 빨라진다. 돈들은 수롱이더러 어디 달려와 보라는 듯이 휙휙 소꾸막질을 하며 흐른다. 그러나 물결이 세어질수록 더욱 걸음발걸음걸이은 자유로 놀릴 수가 없게 된다. 더퍽더퍽앞을 자세히 살펴보지 않고 자꾸 마구 걸어가는 모양 물과 싸움이나 하듯 엎어졌다가는 일어서고, 일어섰다가는 다시 엎어지며 달려가나 따를 길이 없다. 그대로 덤비다가는 몸조차 물속으로 휩쓸려 들어갈 것 같아 멀거니 서서 바라보니 벌써 지전 조각들은 가물가물하고 물거품인지 지전인지도 분간할 수 없으리만큼 먼 거리에서 흐르고 있다. 그러나 그것도 한순간이었다. 눈앞에는 아무것도 보이는 것이 없다. 휙휙 하고 밀려 내려가는 거품 진 물결뿐이다.

수롱이는 마지막으로 돈을 잃고 말았다고 아는 정도의 물결 위에 쏟아진 눈을 돌릴 길이 없이 정신 빠진 사람처럼 그냥 그냥 바라보고 섰더니, 쏜살같이 언덕 켠으로 달려오자 아무런 말도 없이 벌벌 떨고 섰는 아다다의 중동중간이 되는 부분을 사정 없이 발길로 제겼다.

"흥앗!"

소리가 났다고 아는 순간 철썩하고 감탕몹시 절어서 질퍽질퍽한 진흙이 사방으로 튀자 보니 벌써 아다다는 해안의 감탕판에 등을 지고 쓰러져 있다.

"이, 이, 이⋯⋯."

수롱이는 무슨 말인지를 하려고는 하나, 너무도 기에 차서 말이 되지를 않는 듯 입만 너불거리다가함부로 자꾸 놀리다가 아다다가 움찍

하는 것을 보더니 아직도 살았느냐는 듯이 번개같이 쫓아 내려가 다시 한 번 발길로 제겼다.

'푹!'

하는 소리와 같이 아다다는 가꿉선^{가파른} 언덕을 떨어져 덜덜덜 굴러서 물속에 잠긴다. 한참 만에 보니 아다다는 복판도 한복판으로 밀려가서 솟구어 오르며 두 팔을 물 밖으로 허우적거린다. 그러나 그 깊은 파도 속을 어떻게 헤어나랴! 아다다는 그저 물 위를 둘레둘레 굴며 요동을 칠 뿐, 그러나 그것도 한순간이었다. 어느덧 그 자체는 물속에 사라지고 만다.

주먹을 부르쥔 채 우상같이 서서 굼실거리는 물결만 그저 뚫어져라 쏘아보고 섰는 수롱이는, 그 물속에 영원히 잠들려는 아다다를 못 잊어함인가? 그렇지 않으면 흘러버린 그 돈이 차마 아까워서인가?

짝을 찾아 도는 갈매기 떼들은 눈물겨운 처참한 인생 비극이 여기에 일어난 줄도 모르고 '끼약끼약' 하며 흥겨운 춤에 훨훨 날아다니는 깃 치는 소리와 같이 해안의 풍경만 돕고 있다.

−1935년

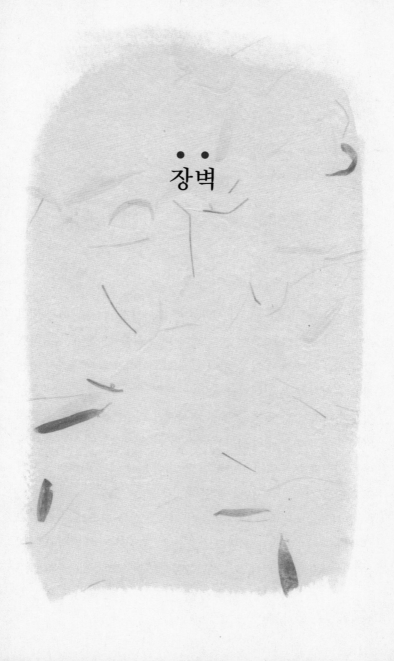

장벽

짚을 축여 왔다. 그러나 손이 대어지지 않는다. 어서 새끼를 꼬아야 가마니를 칠 텐데, 그래야 내일 장을 볼 텐데, 생각하면 밤이 새기 전에 어서 쳐야, 아니 그래도 오히려 쫓길 염려까지 있는데도 음전이는 손을 대기가 싫었다. 맴^{제자리에 서서 뱅뱅 도는 장난}을 돈 것같이 갑자기 방 안이 팽팽 돌며 사지가 휘주근해지고^{몹시 지쳐서 기운이 없어지고} 맥이 포근히 난다^{힘이 빠지거나 의욕이 떨어진다}. 왜 이럴까 미루어볼 여지도 없이 그것은 한 달에 한 번씩 있는 그 생리적인 징후가 또 사람을 짓다루는 것임을 알았다.

가마니를 쳐서 빨간 댕기를 사다 지르고 설을 쇠리라, 그리고 고무신도…… 하고 벼르고 별러오던 설날, 그 설날은 이제 앞으로 이틀밖에 남지 않았다. 내일은 섣달그믐^{음력으로 한 해의 마지막 날}의 대목^명

절을 앞두고 경기가 가장 활발한 시기 **장날이다.**

음전이의 마음은 괴로웠다. 조용히 감은 눈앞에는 빨간 댕기가 팔랑거린다. 콧등에 파아란 버들 이파리가 좌우로 쪽 갈라붙은 분홍 고무신이 보인다. 그러고는 그 댕기를 지르고, 그 신을 신고 뛰어다니며 남부럽지 않게 놀 즐거운 그날이……

그러나 몸은 점점 더 짓다룬다. 좀 누웠으면 그래도 멋겠지? 마음을 늦먹고 자위를스스로 위로를 해보나 소용이 없다. 머리는 갈라져 오고 아랫배는 결결이 쑤신다. 이번 설에도 댕기를 못 지르나? 새 신을 못 신나? 생각을 하니 이를 데 없이 안타깝다.

"야레 이거 생 어느 때라구 그냥 넘어겠네! 너 그르단 괜히 댕기 못 디른다!"

일어날까 일어날까 기다리며 혼자 분주히 새끼를 꼬고 앉았던 오라비는 위협 비슷이 또 재촉이다.

오라비도 음전이보다 못지않게 설이 그립고 기다려졌다. 인제 열일곱 살이니 음전이보다 두 살이 위라고는 해도 아직 애들의 마음이었다. 양말과 조끼를 바라고 가마니를 치기가 급했던 것이다.

그들 남매는 한 달 전부터 가마니를 쳐서 설빔을 만들자고 의논을 하고 어머니에게 가마니 열 닢은 저희들이 팔아 쓴다고 벌써부터 승낙을 얻어놓고는 설빔부터 미리 마련을 해놓고 싶은 생각에 짬짬이 그 기회만을 엿보아 왔다. 그러나 그들 앞에는 그만한 촌극짧은 겨를의 여유도 던져지지 않았다. 한 닢을 쳐도 두 닢을 쳐도 쌀을 사와야 되고 나무를 사와야 되는 것이었다. 그리하여 내일 내일 하고 미루어오는 것이 급기야는 대목장을 앞둔 오늘까지 끌고 오지 않을 수가 없었다. 언제라고 그들에게 있어 살림에 여유가 있었으랴만 이번 명절만은 남과 같이 차리고 놀아본다고 그들 남매는 어떻게도 성화같이 조를 뿐 아니라, 그 어머니 자신으로서도 남 같은 처지를 못 가지고 살아오기 때문에 놀음에까지 주린 자식들이 측은하기 짝이 없어 그것이나마 그들의 원대로 해주고 싶은 생각도 간절하여 세말^{한 해가 끝날 무렵}이라 옹색함이 여느 때보다도 더하였건만 그것만은 눈 딱 감고 마음대로 하라고 내어맡겼던 것이다.

옛날부터 백정이라는 천업을 대대손손이 이어 내려오는 그들은 인생의 저 뒷골목에서밖에 존재의 인정을 받지 못하고 살아왔다. 그리하여 뭇사람들과는 자리를 같이할 수가 없었다. 그저 인생의 뒷골목길을 고독하게 눈물로 걸어오며 언제나 어디를 가나 인가와는 적이 떨어져 박힌 산턱 밑 도살장 근처가 그들의 상주처^{일정하게 사는 곳}였다. 그러니 사람으로서의 같이 타고난 뜨거운 피는 언제나 인간을 그리기에 아니 끓어오르지 못했다. 인간의 정에 주린 그들…… 더욱이 뛰놀지 않고는 만족을 얻을 수 없는 아이들은 어느 때나 남과 같이 같은 자리에 섞여서 마음대로 뛰며 놀아볼꼬? 처지를 한탄하는 천진한 그들의 말없는 한숨은 끊일 날이 없었다. 그리하여 그 아버지도 다시는 곱장칼은 아니 잡으려고 몇 번이나 맹세를 해보았으나 달리 직업은 얻어지는 것이 아니요, 소나 돼지의 목을 땀으로써 받는 보수로 생계를 삼아오던 그들이라 놀고먹을 여유인들 있으랴! 아니 아니 하면서도 이미 배운 기술이 그것이다. 배고프니 그 칼을 던졌다가도 다시 아니 잡을 수가 없었다.

그리하여 이 천업을 놓지 못하고 뜻 없는 칼을 그냥 붙들고 오다가 행이든지 불행이든지 그만 그 아버지가 세상을 떠나게 되매 그 어머니는 굶어서 죽는 한이 있더라도 백정이라는 누명을 벗고 인간의 따뜻한 품속에서 서로 정을 바꾸며 살리라, 남편의 삼년상을 치르기가 바쁘게 자식에게는 다시 그 곱장칼은 들려주지 않기로, 애들의 눈에 그 칼이 뜨일세라 땅속 깊이 내다 묻었다. 그리고 어린 자식 두 남매를 이끌고 옛 소굴을 떠나 자기네의 존재를 모르리라고 인정되는 사십 리 밖인 이 촌중^{마을} 끝 빈 주막의 쓰러져가는 한 채의 오막살이를 있는 세간을 다하여 사가지고 바로 지난 가을철에 이리로 이사를 왔던 것이다.

처음 계획은 자기네도 남과 같이 농작을 얻어가지고 소작을 하여 지내리라, 은근히 믿고 왔었건만 존재 모를 그들에겐 농작도 그리 수월히 얻어지는 것이 아니었다. 그래서 하는 수 없이 이 품 저 품을 팔아가며 짚을 사다가 가마니로 생계를 도모해왔으나, 그것으로는 다만 세 식구의 목숨을 치기에도 족한 것이 못 되었다. 아니 구차함은 오히려 전에보다도 더한 편이었다. 그러나 지난날의 더러운 때를 벗었다고 아는, 그리하여 자기네도 인제 한낱 인간으로서의 존재가 인정될 것이어니 하는 인생에 주렸던 끓는 피가 모든 괴로움을 이겨 넘기며 마을을 이루고 사는 이 촌중에서 생후 처음 그들로 더불어 같이 뛰놀며 즐길 수 있다고 믿는 처음 맞는 명절이라, 그들 남매는 실로 이 설을 손끝이 닳도록 꼽아보며 기다려왔던 것이다.

"야가 아니 상구도^{아직도} 못 니러나?"

다시 재촉하는 오라비의 음성은 좀더 높아진다.

그러나 음전이는 들은 척도 아니한다.

"야아?"

오라비는 꽥 소리와 같이 음전이의 치맛자락을 당긴다.

그래도 음전이는 차마 못 일어나겠다는 듯이 걷어올라간 치맛자락을 다시 당겨 무릎을 감싸고 허리를 딱 까부라치며^{까부라뜨리며} 몸을 웅크린다.

"아니 너 지금 밤이 어드케 됐는데 니러나디 않구 이르네? 이르길!"

오라비는 치맛자락을 다시 더듬어 쥐고 힘 있게 잡아당겼다. 음전이는 더르르 한 바퀴 굴며 제물에^{저 혼자 스스로} 일어나 앉는다.

"아니, 난 뭐 잘 줄 몰라서 안 잔대던? 빨리 새끼를 꼬야디 않간!"

역시 음전이는 아무 대답이 없다. 할 말이 없는 것이다. 오라비의 재촉은 너무도 지당하다. 어떻게도 기다리던 이번 설인데 하고 생각할 때 여간 몸이 좀 고달프다고 그것을 못 이겨 누워만 있을 수가 없는 것이다. 음전이는 부스스 일어선 머리칼을 손으로 쓸어 재우고 삐뚤어진 옷깃을 가뜬히 여미고 나서 짚뭇^{짚단}을 앞으로 마주 앉는다.

"볼쎄 니러나슴은 서른 발은 꽜갔는데 자빠만 제서? 그래! 이거

봐라, 난 볼쎄 이거야 이거……."

하고 오라비는 꽁무니 뒤로 빼어 사려놓은동그랗게 포개어 감아놓은 새끼 사리짚으로 꼰 줄을 감아 뭉친 것를 힐끗 돌아다본다.

"글쎄 몸이 아픈 걸 어드커간. 밤을 밝히자꾸나."

하고 음전이는 미안쩍게 짚뭇으로 손을 내민다.

겨울밤 찬 기운은 밤이 깊어갈수록 방 안을 엄습한다. 수분이 흠뻑 밴 축인 짚은 곱은얼어서 감각이 없는 손가락에 서툴리 감겨 돌아가며 물방울이 이따금씩 얼굴에 뛰어올라, 그러지 않아도 오슬거리는 음전의 몸에는 산뜻산뜻 끼치는 촉감이 더욱 더하다.

먼동이 훤히 틀 때에야 겨우 여섯 닢의 가마니가 꾸며졌다. 이것을 오라비에게 지워서 장으로 보내고 난 음전이는 눈 붙일 겨를도 없이 아침을 먹고는 또 말라두었던옷감 따위를 치수에 맞게 잘라두었던 검정목세루목서지. 면직물의 하나 치맛감을 광주리에서 들어내어 무릎 위에 올려놓고 바늘을 잡았다. 아프던 배가 좀 나은 것은 다행이었으나 밀린 잠이 사정없이 눈가죽을 무겁게 내리눌렀다. 그러나 오늘 하루밤에 남지 않은 설 준비는 모두 그의 손을 필요로 하고 있었다. 자기의 치마도 치마려니와 오라비의 대님, 어머니의 버선, 이런 것들이 다 오늘 하루 안에 자기의 손으로 아니 지어져서는 안 될 것들이었다.

오늘은 작은 명절이라고 벌써 어떤 아이들은 새 옷에 새 신까지 받쳐 신고 이 집 마당에서 저 집 마당으로 세 다리 네 다리 추운 줄도 모르고 뛰어다닌다. 처음으로 새 옷을 얻어 입은 아이들은 한없이 기쁜 마음에 그것을 자랑하느라고 저마다 문을 열고 우르르 밀려들어와선 말없이 음전이 앞에 우뚝 마주 서곤 했다.

그러면 음전이는,

"네 입성※ 거 참 곱구나. 엄메가 해주던? 누이가 해주던?"

하고 묻는다. 하면 그들은,

"엄메레."

"누이레."

하고 너무도 기꺼워서 벙글벙글 웃으며 우르르 다시 밀려나간다. 음전이는 그들이 그렇게 기꺼워하는 것을 왜 칭찬을 안 해줄꼬, 하였다. 옷이 비록 자기의 눈에는 맞지 않는다 하더라도 그것을 거들어서 모처럼 즐거움에 뛰는 그들의 기분을 조금이라도 상하게 하기도 싫었거니와 그 어머니들은 없는 것을 가지고 오죽 애들을 써서 그만큼이라도 지어 입혀서 내세웠을까 할 때에 더욱이 칭찬을 아니 할 수 없었다.

음전이는 바늘을 때때로 멈추고 한없이 즐거움에 뛰는 아이들을 해어진 창틈으로 내다본다. 그러고는 자기도 내일은 새 옷을 입고 동무들과 같이 주룽주룽주룽주룽 서서 놀 수가 있겠거니 하니 빨간 댕기, 파랑 고무신이 더욱 빛나게 눈앞에 어리운다. 그럴 때면 오늘 하루에 해야 할 수두룩한 일감이 뻣뻣한 중짐인 것을 다시금 깨닫고는 그러다가 치마가 늘어지게나 되지 않을까 하는 두려운 생각에 다시 무릎 위로 눈을 떨구어 바늘을 놀린다. 그러면서 발자국 소리가 문밖에 좀 크게 들리기만 해도 오라비가 돌아오는 것은 아닌가 생각만 해도 너무나 기꺼운 마음에 잉큼잉큼 가슴이 가볍게 빨리 뛰는 모양 가슴을 뛰놀리며 고무신과 댕기를 그려본다.

그러나 오라비는 좀처럼 돌아오지 않는다. 기다릴 대로 기다리고 해를 지웠어도 돌아오는 것이 아니다. 저녁을 먹고 난 음전이는 신작로 변으로 오라비 마중을 나섰다. 벌써 날은 어둡기 시작한다. 고개턱에 넘어오는 사람이 가물가물 누구인지 썩 분간이 가지 않는다. 희끈하고 넘어서는 그림자만 있으면 오라비가 아닌가 눈알이 빳빳하게 피로를 느끼도록 어둠과 싸우며 어서 오기를 기다려보는 것이었으나, 와놓고 보면 모두 생면부지 서로 한 번도 만난 적이 없어서 전혀 알지 못하는 사람의 딴 사람들이다. 아이, 오라비는 왜 이리 늦어진담? 가마니를 못 팔아서 그럴까? 가마니는 팔고도 댕기를 못 사서 그럴까? 연유를 알 수 없는 조급한 마음은 그대로 서서 참아낼 수가 없었다. 어둠을 뚫고 고개턱을 향해 달렸다.

    하아늘두 청천엔 별두나 많구요오
    내 가슴엔 정두나 많다아

희미하게 고개를 타고 아리랑타령이 흘러 넘어온다.
오라비가 항상 부르는 노래다.
"거 오래비가?"

음전이는 소리쳐 보았다.

"으어, 음전이 나왔네?"

마주 받는 음성은 오라비에 틀림없다. 음전이는 부리나케 고개턱을 추어올랐다. 오라비는 벌써 고개를 넘어선다.

왕복 칠십 리를 걷고 났을 오라비였건만 조금도 피로한 기색이 없이 장감_{장거리. 장에 가서 팔아 돈을 마련할 물건}을 싸서 들은 신문지 뭉치를 봐라 하는 듯이 내젓는다.

"얼마나 추웠네? 무겁디 않으니?"

장감을 받아들은 음전이는 오라비야 따라오거나 말거나 앞을 서서 분주히 집으로 돌아왔다. 그러고는 방 안에 들어서기가 바쁘게 노끈을 끌렀다. 맞잡혀 엎혀서 묶였던 한 켤레의 고무신이 신문지를 안고 모로 쓰러진다. 그리고 그 속에서 나타나는 빨간 인조견_{사람이 만든 명주실로 짠 비단} 모본단_{비단의 하나} 댕기가 한 감. 음전이는 댕기보다도 파란 바탕에 분홍꽃이 알숭달숭 돌라붙은_{둘레나 가장자리를 따라가며 붙은} 고무신이 더 눈에 띄었다. 자기도 모르게 입이 벌어졌다. 그런 신을 한번 신어보면 신어보면 했더니 정말 신어보누나 하는 생각에 더할 수 없이 기꺼웠던 것이다.

'맞을까? 왜 안 맞어, 겨냥을 해가지고 갔는데.'

생각을 하며 급한 마음에 앉은 자리에서 목다리_{목달이. 밑바닥은 다 해어지고 발등만 덮일 정도로 된 버선}째로 그냥 신어본다. 그린 듯이 맞는다.

"이거 얼마 줬?"

"옛 낭을 줬다."

"또 이 댕긴?"

"건, 두 낭."

하고 오라비는 일일이 대답을 하고 나더니, 또 무슨 딴말을 할 게 있는데 어머니가 거리끼는 듯이 일변 어머니를 힐끗힐끗 바라보다가 마침 음전이가 하다 말고 나갔던 설거지를 끝내려고 부엌으로 나가는 눈치를 보자,

"내 족께와 양말꺼지 사구 이잉? 그르커구 말이야, 한 낭이 남거던, 그래서 내레 그걸루 에따 받아라!"

하고, 사서는 그 자리에서 그냥 입고 나왔다는 새까만 양달리^{양달령.} ^{서양 피륙의 하나} 조끼 주머니에서 박가분^{화장품} 한 갑을 꺼내어 음전이 무릎 위에 던진다. 음전이는 놀랐다. 반가움보다 놀람이 앞섰다. 너무도 뜻밖의 일이라 꿈인 것만 같았던 것이다. 무릎 위에 와서 턱 하고 떨어져 안기는 분갑을 음전이는 물끄러미 내려다볼 뿐, 창졸간^{급작스러운 사이} 뭐라고 말을 해얄지를 몰랐다. 그러지 않아도 분을 한 갑 사다 달래리라 총알같이 별러 왔으나 어쩐지 그것은 댕기 같은 것과는 달리 수줍어서 떠날 때까지 차마 입이 열리지 않아 필경은 말을 못 내고 혼잣속으로 종일 분이 마음에 걸려 제 못난 속을 얼마나 꾸짖으며 한탄해왔는지 모른다. 그러던 것을 이제 이렇게까지 자기의 마음을 헤아려주는 오라비의 남다른 따뜻한 정을 받아보니 세상이 자기에게 대하는 냉정은 더욱 차기만 한 것 같았다. 음전이

는 기꺼운 마음에도 알 수 없는 감격에 눈 속이 뜨거워옴을 느꼈다.

"그댐엔 또 말이야, 요골 좀 보라무나."

하면서 샛노란 단풍갑^{담뱃갑}을 꺼내어 경례나 붙이듯 귀 곁에 바짝 들어 보인다. 음전이는 그게 무언지 몰라서 멍하니 바라만 보았다.

"이걸 몰라? 골련^{궐련}이야, 골련. 멩질날이니 나두 이걸 한 대 푸이야디. 엄메 대주디 말라, 너 괸이?"

하고 나서 어느 틈에 벌써 개봉을 해서 피웠던지, 피다 둔 반쯤 탄 꽁다리를 등잔불에 붙여서 살짝 입에다 물고 한 모금이라도 허비하기가 아까운 듯이 첫 모금부터 사알살 들이마시어선 두 콧구멍으로 삐국이 연기를 몰아내며 어머니가 그러다가 들어오지나 않나 해서 나오는 연기를 일변 손을 내저어 이리저리 헤친다.

밤이 새었다. 설이다. 기다리고 기다리던 설이다.

가마니 치기에 어젯밤을 꼬박이 새고 난 밀려온 잠이면서도 음전이는 잠이 깊이 들지를 못하고 새벽부터 깨어서 밝기를 기다리며 오늘 하루의 지날 모양을 이불 속에서 갖가지로 그려본다.

분홍꽃 바탕에 파란 버들 이파리가 콧등에 쪽 갈라붙은 고무신, 금자로 새긴 수복^{壽福}이 앞뒤 끝에 달린 **빨간** 댕기, 그 댕기를 지르고 그 신을 신고 널터로 간다. 널^{널뛰기할 때에 쓰는 널빤지}은 몇 집이나 놓았을까, 아이들은 얼마나 모일까, 그들도 다 그런 고무신을 신고 수복이 달린 댕기를 질렀을까, 널을 뛸 땐 무엇보다도 빛나는 것이 댕기다. 뛰어오를 때마다 굽실거리는 머리채와 같이 공중에서 펄럭이는 댕기의 빛남, 자기도 오늘은 널 위에서 빨간 댕기를 날려 존재를 알리리라, 자랑을 하리라. 호박데기, 여우잡기, 오늘 밤은 놀면서 밝히자…… 한참 공상이 아름다운데, 푸드덕푸드덕 홰^{닭장 속에 닭이 올라앉게} ^{가로질러 놓은 나무막대}에서 닭이 내리는 깃부춤 소리가 연달아 들린다. 음전이는 일어남이 늦어진 듯이 사뿐히 이불을 젖히고 일어났다. 창이 희끄스름하게 ^{희읍스름하게. 산뜻하지 못하게 조금 희게} 밝았다. 언제 어머니는 또 일어나서 부엌으로 나갔던지 벌써 차례메 ^{차례상에 올리는 밥}가 잦는 구수한 밥물 냄새가 샛문 틈으로 스며든다.

음전이는 세수를 하고 들어와 윗간으로 올라가서 장지 ^{방과 방 사이,} ^{방과 마루 사이에 칸을 막아 끼우는 문}를 닫았다. 오라비 보지 않는 데서 조용히 분치장을 하자 함이다. 언제나 감추어두고 혼자 살그머니 꺼내어 보던 몇 조각인지도 모르게 떨어져 나간 조각거울을 바라지 ^{벽의 위쪽에} ^{낸 작은 창} 문턱 위에 기대어놓고 얼굴을 돌려 비추어가며 분을 바른다.

그러나 처음으로 발라보는 분은 아무리 손질을 해야 골고루 펴일 줄을 모르고 몇 번이고 고쳐도 얼룩 흔적을 말끔히 없앨 수가 없었다. 그러지 않아도 발라보지 않던 분 바른 얼굴이 여느 때와는 달리 수줍은데, 얼룩 흔적이 더욱 마음에 키어 어머니가 혼자 밖에서 차례 준비에 바쁜 줄을 모르지도 않건만, 옷을 다 갈아입고도 나가지 못하고 이리도 문질러보고 저리도 문질러보며 맵시를 보다가 필경은 어머니의 독촉을 받고야 부엌으로 내려갔다.

마을 안은 벌써 사람의 물결이다. 울긋불긋하게 가지각색으로 차리고 나선 아이들은 떼를 지어가지고 세배꾼을 따라 우르럭우르럭 밀려다닌다. 이것을 본 오라비는 차례가 끝나기 바쁘게 자기도 세배를 다닌다고 마을 안으로 들어갔다.

세배꾼들은 패거리 패거리 집집마다 드나든다. 그러나 음전네 집에는 누구 하나 세배랍시고 들어오는 아이도 없다. 온대야 대접할 음식도 여투어놓지^{모아놓지} 못하였으니 도리어 미안할 노릇이나, 마치 호구 조사나 하듯 가가호호^{집집마다} 한 집도 빠짐없이 온 동네를 들고나면서도 유독 자기네 집만은 살짝 빼고들 돌아가는 것이 그리 유쾌한 일은 아니었다.

음전이는 마당 끝에 나가 서서 모든 즐거움을 오늘 하루에 못 즐기면 즐길 날이 없으리라는 듯이 남녀노소 할 것 없이 마을 안이 온통 떠나서 이리 돌고 저리 나며 추운 줄도 모르고 설레는 마을 안의 설날 풍경을 멀거니 바라보고 어서 자기도 저 속에 한몫 끼었으면 하는 생각에 마음이 바쁘다. '계집애가 아침부터 서둘지를 말고 해 나 좀 퍼진 다음에 떠나라'는 어머니의 말림도 듣지 않고 음전이는 다시 방으로 들어가 거울에 얼굴을 비치어 매를 내고 옷고름을 단정히 다시 고친 후 부랴부랴 널터로 달려갔다.

널을 놓은 집은 이 마을에 세 집이 있었다. 음전이는 그 가운데서 제일 아이들이 많이 모인 배 선달^{문무과에 급제하고 아직 벼슬하지 아니한 사람}네 널터로 갔다. 거기엔 자기와 같이 나이 지긋한 처녀들도 수두룩이 모였다. 음전이는 무엇보다 먼저 자기의 차림새가 그들보다 떨어지는 것은 아닌가 그것부터 살펴보았다. 그러나 오십 명은 훨씬 넘을 그 처녀들 가운데서도 몇몇 색시를 내놓고는 별로 자기보다 뛰어나게 차린 처녀가 없다. 아니, 도대체 보자면 오히려 자기보다 못하게 차린 편이 반은 넘을 것 같다. 고무신은 물론, 인조견 댕기 하나 못 사다 지른 아이들이 수두룩한 것이었다.

이것을 보니 음전이는 자기의 옷도 그들과 같이 섞여서 놀기에 조금도 부끄러움이 없는 것을, 아니 도리어 빼고 나서기에 족한 형편임이 한없이 기꺼웠다. 널은 쉬일 새가 없다. 한 패가 내리면 다른 한 패가 제각기 먼저 뛰겠다고 서로 다투어 밀치며 제치며 오른다. 그래가지고는 취이취이 서로 소리를 내어가며 밟는다. 그럴 때마다 공중을 뛰며 내리는 처녀들의 엉덩이까지 치렁거리는 새까만 탐스러운 머리채가 물결같이 굽실거리며, 그 바람에 팔느락팔느락바람에 날려 좀 가볍게 나부끼는 모양 공중에 나부끼는 댕기들은 그들의 이 한때의 더할 수 없는 자랑인 듯하였다.

음전이도 이 널에 비위가 아니 동할 수 없었다. 늠실늠실 마음은 설렌다. 이 많은 처녀들 가운데서 자기의 댕기도 공중에 날려 빛내보자, 그럼으로 자기의 존재도 알려질 것이 아닌가 하는 생각은 더욱 음전의 마음을 설레게 했다.

멀거니 바라보고 섰던 음전이는 널을 뛰던 한편짝 처녀가 그만 기운이 진해서 맥없이 주저앉는 것을 보자 이 기회를 놓치지 않으리라, 후다닥 달려드는 무수한 아이들을 밀어제치고 덥석 널 위로 먼저 뛰어올랐다. 그러나 저편짝 처녀는 널을 밟지도 아니하고 그 대로 서서 마주 바라만 본다.

"너머 세게 말구, 응? 난 잘 못 뛰."

하고 음전이는 사양을 하며 저적저적 밟고 있었으나, 그 처녀는 널을 밟지도 아니하고 무엇을 생각하는 듯이 그냥 서서 음전이를 바라만 보고 있더니,

"아이구, 나두 이전 맥이 나서 못 뛰갔다. 누구 여기 올라세 안 뛰간?"

하고 사방을 둘러 살피며 내린다.

이상한 일이었다. 언제까지든지 혼자 도맡아가지고 뛰려는 듯이 앙탈을 부리며 내려서기를 아까워하던 그 처녀가 이렇게도 사양을 하는 것이다. 그러나 이 또한 웬일이랴! 자기네들의 차례가 오지 않 아 그렇게도 널뛰기를 서로 다투던 처녀들은 누구 하나 음전이와 마주 그 자리에 올라서려고 하지 않는다. 누가 음전이하고 그 널을 마주 서서 뛰려나 보려는 듯이 제각기 서로 얼굴들을 돌려가며 살 피고 있을 뿐.

음전이는 더 생각할 것도 없이 벌써 그것이 무엇을 의미하는 것인 지를 알았다. 금시에 가슴이 메어지는 듯하였다. 그러니 그렇다고 다투어서 올라섰던 그 널 위에서 그저 내려서기도 창피한 노릇이다.

"너 나하구 안 뛰간?"

음전이는 자기 곁에서 아까부터 서둘던 제일 허줄하게 차린 아이

에게 말을 건네었다. 그러나 그 처녀는 음전이의 이 말이 자기를 붙잡아 끌기나 하는 듯이 뒤로 비실비실 피해가며,

"난 어즈께 너네 마당에 놀레갔다가 엄마한테 욕꺼지 얻어먹었다야!"

하고 되지도 못할 소리를 한다는 듯이 눈을 둥그렇게 뜬다.

아, 이 모욕! 음전이는 정신이 아찔했다. 그들과 자기와의 사이에는 이렇게도 높다란 장벽이 여전히 가로막혀 있는 것이다. 이 한 마당 모인 처녀들이 일제히 약속이나 한 듯이 자기와는 놀음의 상대가 되어서는 안 된다. 완전히 벗었다고 알던 옛날의 때더러움, 그것은 그냥 자기의 얼굴에 두드러지게 붙어 있는 듯이 같은 사람으로 대해주지 않는다.

섧다 할까 분하다 할까, 뭐라고 할 수 없는 아픈 마음에 음전이는 어릿더릿한 정신을 수습할 길이 없이 널 위에 그대로 선 채 어찌할 바를 모르고 멍하니 땅바닥만 내려다보다가 멋쩍게 슬며시 내려섰다. 그대로 이 널 위에서 내려선다는 것은 더욱이 자기의 모욕을 말하는 것 같았으나, 금세 터질 것같이 가슴속에서 들먹이는 눈물을 참아낼 길이 없어, 그 위에서 눈물을 보인다는 것은 그보다도 오히려 더한 모욕을 사는 것 같았음으로써였다.

"아츰부터 놀레를 못 가서 서둘더니 너 와 발쎄 오네?"

불의미처 생각하지 않았던 판에 돌아오는 음전이를 보고 그 어머니는 이상해서 묻는다.

음전이는 열어 잡은 문고리를 채 놓치도 못하고 대답 대신 엉엉하고 설움을 터뜨린다.

"아니, 야레 이게 웬일이가!"

하고 어머니는 의아한 눈이 더욱 둥그레진다.

세배를 와 앉았던 남창 아저씨도 까닭을 몰라 역시 의아한 눈이 둥그레서 음전이를 바라만 본다. 이 남창 아저씨라는 이는 이 면의 구역을 맡아가지고 있는 백정으로서 음전네와는 둘도 없는 세교^{대대}^{로 맺어온 친분} 집안으로 경사 때면 서로 빠지는 일이 없이 거래를 해온다. 그러나 오늘의 어머니는 백정이라는 직업을 씻어버리고 옛날의 때를 벗기 위해 남모르게 이 촌중으로 이사를 해왔던 것이다. 남창 아저씨가 세배라고 찾아온 것도 그리 향기롭지 않았다. 아니, 그가 자기네 집에 드나듦으로 자기네의 옛날의 불미^{아름답지 못하고 추잡함}가 드러날 우려가 없지 않아, 짐짓 불안한 생각까지 갖게 하였던 것이다.

하지만 음전이는 이 순간 남창 아저씨를 보자, 반가운 정이 전에보다 더욱 샘솟아 넘침을 금할 길이 없었다. 남 아니 오는 세배를 와준 자기의 집에는 단 한 분의 세배 손님이었다. 그러기에 호소할 길 없는 자기의 이 안타까운 심정을 어머니와 오라비를 내놓고는 이 세상에 다만 남창 아저씨 하나밖에 더 알아줄 사람이 없는 것이다.

음전이는 억^{마음속}에 넘치는 분과 반가운 정에 참을 수 없이 남창 아저씨의 무릎 위에 달려들어 머리를 내던지고 느낀다.

"아니, 음전아! 이게 웬일이가, 응? 음전아!"

영문을 모르는 아저씨는 안기는 대로 음전이를 안을 수밖에 없었다. 음전이는 말없이 그저 제 설움에 어깨만 들먹인다.

"아, 이년이 이게 글쎄 무슨 지랄이냐? 남창 아저씨보구 웬 지랄이야, 지랄이! 말을 하구나 울나무나. 시원히, 이년아!"

어머니가 답답한 듯이 음성을 높이며 손을 대려고 하니,

"글쎄 아덜이 올에두 나허군 놀디 않을내는데 뭘 너울두 너울두……."

하고 음전이는 이 설움을 어떻게 참고 견디느냐는 듯이 머리를 이리저리 앙칼스럽게 아저씨의 무릎 위에 흔들어 비빈다.

그제야 어머니는 비로소 영문을 알았다. 더 할 말이 없다. 별안간 안색이 흐리더니 바깥으로 나가버린다. 아저씨는 이에는 위로할 말을 몰라, 저도 모르게 음전의 머리만 만지고 있었다.

"아제야! 우리 어드메 멀리루 이새 가서 살자우, 응? 아제야!"

한참 만에 음전이는 이렇게 애원을 하며 눈물에 젖은 눈은 든다.

"나는 또 쌈을 했다구. 그까짓 걸 뭘 다 가지구 서러워서 그르네? 어서 그체라. 정월 초하룻날 왜 울음으로 쇠갔네, 쇠길!"

하고 아저씨는 달랬다. 그러나 음전이는 그 모욕을 그대로 참기에는 너무도 서러운 듯이 다시 눈물이 터진다.

"글쎄 아제야! 난 여기선 아무래도 안 살래, 안 살래."

음전이는 설움에 흐느끼며, 그러니 이걸 어떻게 살겠느냐는 듯이

오늘 하루의 지난 경과를 눈물과 같이 쏟아놓는다.

아저씨는 이것을 들어가며 갖가지로 위로를 해보았으나, 음전이는 설움을 그쳤는가 하면 다시 생각하고는 흐느끼고, 또 흐느끼기를 한나절이 넘도록 그치지 않는다. 남 다 즐기는 이 하루를 음전네는 애수에 찬 눈물을 이렇게도 짜낸다. 세배를 다닌다고 아침을 먹기가 바쁘게 뛰어나가던 그 오라비도 세배꾼들이 같이 따라다니게 하지 않는다고 풀이 죽어서 이내 들어와서는 불안한 심사에 문밖에도 나가지 않고 진종일^{온종일} 방구석에 들어박혔다. 이것들 두 남매의 처지를 생각할 때 어머니의 마음은 메어지는 듯하였다.

"음전아! 그만 그치고 일어나 저녁 먹어라. 이놈의 고당을, 음전아! 우리 또 떠나자."

저녁을 들여다 놓고 하는 어머니의 말은 음전이를 위로하려고만 해서 하는 말만은 아니었다. 어머니는 어떻게 해서든지 자식들이 머리를 들고 사는 것을 보기 위해 당연히 이 촌중을 다시 또 떠나려고 결심을 하였던 것이다.

"새완^{아저씨}! 이 집 얼른 좀 팔아주우, 에? 새완!"

아저씨는 돌연한 이 부탁에 냉큼 놀란다.

"새완! 고롬 이 고당에서야 사람이 어드케 사우? 어드메든지 사람 살 곳으루 떠나야디요."

"엄메야! 정……?"

"정말이디? 이잉야! 엄메야!"

음전이와 오라비는 어머니의 그 떠나자는 말에 새로운 정신이 드는 듯이 일시에 따졌다. 이 소리에 어머니는 너무도 기가 차 말보다 눈물이 쭈르륵 두 눈으로 앞서 나온다.

"새완! 웃는 말이 아니에요. 부디 좀 아덜을 살게 해주우? 그르니 새완밖에 믿을 사람이 세상에 또 어디 있소?"

"부디 이잉야! 아제야!"

"이잉야! 아제야!"

아저씨를 떠나보내면서도 잊지나 않을까 다시금 그들은 아저씨를 붙들고 제각기 당부를 한다. 음전이는 아저씨를 떨어지기가 싫어서 신작로까지 따라나가 작별을 하였다.

이미 날은 어두웠건만 마을 안 처녀들의 널뛰는 소리는 끊임없이 터드럭터드럭 여전히 들려온다. 음전이는 이 소리를 가슴 아프게 들으며 발길을 돌렸다. 저녁 바람은 차갑게도 가슴에 안기며 음전이의 댕기를 쉴 새도 없이 팔랑팔랑 날렸다.

−1935년

· · · · ·
시골 노파

1

그러다가 모습을 혹 지나쳐버리지는 않을까, 거의 이십 년 동안이나 못 뵈온 덕순 어머니라 정거장으로 마중을 나가면서도 나는 그게 자못 근심스러웠다.

그러나 급기야 차가 와닿고 노도^{무섭게 밀려오는 큰 파도}처럼 복도가 메어 쏟아져 나오는 그 인파 속에서도 조그마한 체구에 유난히 커다란 보퉁이를 이고 재빠르게도 아장아장 걸어 나오는 한 사람의 노파를 보았을 때, 나는 그것이 덕순 어머니일 것을 대뜸 짐작해냈다. 어디를 가서 단 하룻밤을 자더라도 마치 십 년이나 살 것처럼 이 것저것 살림살이 일습^{옷, 그릇, 기구 따위의 한 벌, 또는 그 전부}을 마련해서 보퉁이를 커다랗게 만들어가지고 다닌다는 이야기를 전에 시골 있을 때 얻어들었던 기억이 그 노파의 머리 위의 보퉁이를 보는 순간, 문득 새로웠던 것이다. 출찰구차에서 내린 손님이 표를 내고 나가거나 나오는 곳를 다 나와 바로 내 옆으로 새려는 것을 나는 어깨를 꾹 눌러 붙들었다.

"덕순 어머니시죠?"

"아아니! 네 네레 세컨댁 준호가?"

받는 대답이 틀림없는 덕순 어머니다. 그러고는 눈이 동그래서 쳐다보는 게 준호라면 그렇게도 몰라볼 수가 있느냐는 태도다.

"절 잘 모르시겠죠?"

"모르다니! 아, 그렇게두 어릴 적 모습을 몰라볼 법이 세상에두 있네? 네레 날 알아보구 찾았게 그르디, 난 널 한나투 모르갔구나. 그래, 네 처두 잘 있구, 아덜두 공부 잘 허디?"

반가움에 못 참는 듯이 덕순 어머니는 내 손목을 꽉 붙든다.

"그럼요. 자라나는 애들을 그럼 알아보시겠어요?"

이렇게 대답은 했으나, 실상인즉 늙어가는 모습도 자라나는 모습에 지지 않게 변하는 것 같다. 그 보퉁이 생각으로 짐작해서 붙들었게 그렇지, 어렸을 때 대하던 그 모습의 상상만으로는 도저히 찾아낼 수 없을 뻔했다. 그 작은 키와 아장거리는 걸음만을 그저 의구하게 옛날 그대로 변함이 없게 그대로 지니고 늙었을 뿐, 그렇게도 풍만하던 피육가죽과 살은 다 빠져서 눈을 속인다.

"거저 내레 길을 알문 펜지 없이 차에서 척 내려 걸어 들어가련만, 괜히 새벽통에 남 잠두 못 자게 널 나오래서 미안하다."

"천만의 말씀을 다 하십니다. 저야 뭐 밤새껏 다리 뻗고 잤는데요. 참, 아주머닌 차에서 퍽 곤하셨겠습니다."

인사와 같이 나는 우선 그의 머리를 내리누르고 있는 보퉁이를 받으려고 머리 위로 손을 내밀었더니,

"건 내려놨다 엣다 함은 뭘 하갔네. 집이 어디멘디 그대루 들어가자군."

"그 짐을 이군 못 들어가십니다. 지게꾼을 시켜야죠. 어서 인 내려노슈."

하고 다시 손을 보퉁이로 가져갔더니, 덕순 어머니는 눈이 둥그레진다.

"지게꾼을 시키문 또 돈을 주야디 않나! 요걸 뭘 못 가지구 들어가서 돈을 또 새기갔네. 집에서 덩거당으루 나올 적에두 이십 닐 내레 이구 나왔는데."

"그러나 그 짐을 가지구야 사람 많은데 어떻게 전차를 탑니까?"

"전차를 태! 아, 집이 얼마나 멀기?"

멀어야 장안일 텐데 서울이 얼마나 넓어서 그러노 하는 듯이 사방을 쭉 둘러 살핀다.

"멀지야 않습죠. 바로 저 산 밑이니까요."

나는 손가락으로 금화산서대문구 충정로에 있는 산 기슭을 가리켜 보였다. 했더니 덕순 어머니는,

"아아니, 거길, 뭐, 요걸 못 이구 걸어 들어가서 지게꾼을 시키구, 전차를 타구 해! 성성한꽤 멀쩡한 다리들을 뒀다간 뭘 하갔네. 어서 앞세라. 내 걱정은 말구."

하면서 버쩍 내 앞으로 나선다.

그러니 나는 늙은이에게, 더욱이 나를 찾아오는 손님에게 짐을 그대로 이우고 뒤에 달려 들어가기가 미안도 하려니와 인사로도 그럴 수가 없어서 몇 번이고 짐은 짐꾼을 주고 전차를 타고 가자고 하였건만 종시 짐은 내려놓으려고 하지 않고 곧장 그대로 이고 서서 자꾸 걸어 들어가자고만 재촉이다.

처음 어려서 시집을 올 때에는 겨우 채롱아름다운 색깔로 꾸민 바구니 한 바리를 해가지고 온 것이 세간의 전부였던 가난한 살림으로 근처 집 논을 몇 마지기 얻어서 농사를 지으며 추수를 해가지고는 왕복 칠십 리나 되는 가깝지도 않은 산골길을, 남 타는 기차 한번 타는 일 없이 장이면 장마다 목이 줄어들도록 벼를 찧어 이고 들어가선 국수 한 그릇도 안 사 먹고 선 자리로 또 좁쌀을 팔아서 옇내다가넣어다가 그것도 아깝다 죽을 끓여 먹으며 푼전을 아끼고 뜯어 모으기 무릇 몇 해에 논마지기까지 십여 두락마지기을 잡아놓았으니, 오죽한 여자가 아니라는 소문을 동네에 남겼던 덕순 어머니인 줄을 나는 잘 안다. 더 말을 해야 듣지도 않을 것 같고, 내 시간도 바쁘고 해서 미안한 대로 나는 그의 옆에 서서 걸어 들어가기로 했다.

그러나 들어오면서 뒤에 쫓아오는 덕순 어머니의 동작을 가만히 살펴보니 말로는 그 보퉁이가 헐한 것처럼 이야기는 해도 환갑이 넘은 노인에겐 그것이 결코 헐한 짐이 아니었다. 짐작 몸에 미치는 모양으로 갈수록 숨소리는 거세 가고, 거리는 점점 멀리 떨어지며 쫓아오질 못한다.

그 보퉁이를 받아서 내가 좀 가져다 드리고 싶은 생각이 없지도 않았으나, 그렇게 하자면 역시 그것을 이는 수밖에는, 아름^{두 팔을 둥}^{글게 모아서 만든 둘레}이 넘는 그 큰 짐을 옆에다 낀다든가, 손에다 든다든가 하게는 도저히 생겨먹지를 않았다. 그러니 양복을 입고 외투를 걸치고 모자를 쓴 채비의 내 머리에다는 그걸 이는 수가 없어서 그대로 눈을 감고 모르는 체 나는 그저 수굿이^{째 다소곳이} 길잡이 노릇만을 하면서 집까지 모시고 들어왔다.

2

밤새도록 차 안에서 뜬눈으로 새우고 그 무거운 보퉁이를 또 이고 시달리고 노인이 피곤하지 않을 수 없었다. 대문을 들어서는손,
"나 물 좀 주지."
해서 거의 한 주발이나 냉수를 꿀꺽꿀꺽 들이켜고 나더니,
"이전 늙어서!"
하고 방으로 들어오자 누울 자리부터 보기에 베개를 내려다 드렸더니 베기가 무섭게 잠이 매시근히^{기운이 없고 나른한 상태로} 들어버린다.

대체 이 노파가 무엇을 보퉁이 속에다 이렇게 많이 넣어가지고 서울로 올라왔을까? 전에부터 보퉁이로 유명한 덕순 어머니라, 나는 무던히도 그 속이 들여다보고 싶었다.

손으로 꾹 찔러보았다. 솜밖엔 아무것도 없는 것처럼 물큰하다. 그러나 서울 행장^{여행할 때 쓰는 물건과 차림}에 솜이 무슨 필요가 있을까? 들어보니 솜도 아닌 것 같다. 맛즐하게 무겁다.

"그게 다 뭐래요?"

하도 큰 보퉁이라 아내도 궁금해서 묻는 것이었으나, 찔러는 보았다고 해도 거기엔 나 역시 대답할 자격이 없다.

"글쎄……."

"무얼까?"

아내까지도 괜히 호기심이 그 보퉁이 속으로 끌려 들어갔으나, 남의 짐에 임의로 손을 댈 수가 없고 해서 한참이나 돌아가며 아내도 나도 찔러보고 만져보고 하다가 시간이 좀 바빠서 그만 나는 궁금한 대로 집을 나왔다가, 오후 두 시쯤 해서 돌아와봤더니 덕순 어머니는 그때까지 잠이 든 채 깨지 아니하고 있었다.

아내는 점심을 지어놓고 덕순 어머니를 깨울까? 그러나 곤히 잠든 노인을 깨우기도 뭣하고 해서 어찌해야 좋을지를 몰라 망설이고 있는 중이었다.

"뭘, 깨워야지, 다 식지 않나?"

"글쎄요."

아내는 그래도 꺼리는 것을, 나도 시장해서 같이 상을 받으려고 덕순 어머니를 흔들기로 했다.

"아주머니!"

말없이 눈을 겨우 떴다 다시 감는 걸 보니 잠이 덜 깨는 모양이다.

"퍽 곤하시죠? 점심이 다 되었는데요, 일어나슈."

한 번 더 몸을 흔들었더니,

"아이구 점심은 와! 내레 구만 잠 잘래기 잊었구나."

하고 부스스 일어나며 발끼카리^{발치}에 놓았던 보퉁이를 당긴다.

밥이 너무 뜬다고 서둘던 아내도 그의 손이 보퉁이로 가는 것을 보자 돌아서던 발길을 다시 돌려세우고 눈을 그리로 쏟는다.

보를 여미어 둘러싼 그 가장자리마다 굵은 실 두 겹으로 꼼꼼히 훔친 실밥을 덕순 어머니는 끊어질세라 채근채근 골라 뽑는다.

"점심을 잡수시구 보시죠?"

"아니 여기 내레……."

하면서 덕순 어머니는 그냥 실밥을 뽑아내더니 보퉁이를 푼다. 푸르스름한 무명 이불 한 자리가 비죽이 드러난다. 덕순 어머니는 보귀를 활짝 풀어 젖히고 말았던 이불을 드러내어 드르르 편다. 베개만큼씩한 보퉁이가 또 그 안에서 둘이 나온다. 그는 그 가운데서 좀 길쭉한 놈을 골라 들어내더니,

"아마 굳었을걸. 섭섭해서 떡을 뒤 되치 해가지고 왔구만."

하고 그 보를 또 푼다.

당즉이 나온다. 샛노란 콩가루 속에 묻힌 찰떡이다.

"아, 아주머니두! 떡은 그렇게……."

"아니, 얼마 되나 뭐, 섭섭해서 그저 그르디. 자 하나씩 들자우? 김치나 있음 좀 딜오람?"

하고 허리춤에서 장도칼_{칼집이 있는 작은 칼}을 뽑더니 그 떡을 썩썩 벤다.

나는 그 떡에 구미보다 남은 보퉁이에 구미가 더 동했다. 그것은 또 무엇일까 궁금한 것이다.

그러나 덕순 어머니는 거긴 무슨 비밀이나 담긴 것처럼 떡을 드러내놓고는 남은 보퉁이를 다시 먼저 모양으로 이불 속에다 꽁꽁 말아놓는다.

3

눈을 좀 붙이고 나서 점심을 먹고 나자 그적에야 정신이 드는 듯이 덕순 어머니는,

"서울 와서 구경은 안 하구 잠만 자다니!"

하면서 마당으로 내려선다.

"집이 무던히 초라하죠?"

상을 들고 뒤로 쫓아나가던 아내의 이야기였다.

"그런데 마당은 어드메 있노?"

하고 덕순 어머니는 엉뚱한 소리를 하면서 사방을 휘이 둘러 살핀

다. 하도 마당이 좁으니까 마당이 마당으로 보이지 않는 모양이다. 마당 한복판에 서서 마당을 찾는다.

"서울 집 마당이야 그저 대개 다 이렇죠."

"아아니 그럼 저건 채원^{정원}이구!"

하고 물독 옆에 파가 두어 포기 서 있는 걸 턱으로 가리킨다.

아닌 게 아니라 그게 우리 집 채원이었다. 어디나 무어 풋나물 같은 것 한 포기 심어 먹을 데 없고, 가게에서 사다가 먹자니 며칠씩이나 묵었는지 생기라고는 하나도 없는 시든 것이 늘 손에 들어오기 쉬워서 아내는 항상 파라든가 배추라든가 이런 것을 사다가는 기껏 꽂아야 열 포기를 더 넘기지 못하는 그 물독 옆에다 흙을 약간 호미로 헤집고는 뿌리를 묻고, 물을 주어 며칠씩 살려서 먹곤 한다. 지금 남아 있는 그 파도 사실은 그런 것이라고 설명을 해드렸더니,

"세상에 푸성귀가 그렇게 귀해서 어떻게 살갔네. 서울선 일습을 그저 돈 주고 사다 먹는대기 편한 줄만 알았는데…… 우리겐 지금 한창 흔한 게 시금치라 산나물이라, 이거야 돈인덜 주나! 가서 뜯어 오믄 되는 거디."

하면서 마치 우리 집 구경이나 온 것처럼 부엌으로부터 광이라 변소라, 넘석넘석 구석마다 돌아가며 살펴보고 나더니,

"엄물은 어드메 있네?"

하고 아내를 바라본다.

"우물이야 여기 어디 있나요, 수돗물을 지게로 대 먹죠."

"그럼 서답질^{빨래은}?"

"건 삯 주구요."

"뭐, 서답질을 다 삯을 줘!"

"빨아단 대림질까지 삯을 준답니다."

"아아니, 대림질두? 고롬 넘잰 서답질두 안 하구 대림질두 안 하구 거저 밥허는 거밖엔 허는 일이 없갔구만."

"그럼은요. 살기 그저 편하죠. 밥도 식모가 나가서 지금은 제가 짓게 그러지 밥이나 짓나요."

하는 대답이, 아내는 서울 살림에 그것 한 가지가 그저 자랑이라는 듯이 빼는 눈치다. 그러나 덕순 어머니는,

"편안이라니! 아니 그게 어드메 편안이와?"

하고 아내의 의사를 거스른다.

이 소리에 아내는 비위가 좀 틀리는 듯이 약간 표정이 달라지는 것 같더니,

"그럼 뭐 시골서처럼 돼지 놀음만 하구 살겠어요? 서울 왔음 호강두 좀 해봐야지요."

하고 어성이 좀 거칠어진다.

"난 그른 호강은 호강인 줄 모르갔슴네, 여부시! 제 입에 넣구, 제 몸에 걸치는 건 제 손으로 허구 앉았으야 호강이디, 그게 뭘 호강이 갔슴마? 마당귀에 우물두 하나 없지!"

"아주머니처럼 그럼 한평생을 일만 하다가 없어져야 그게 호강

이겠어요? 시골 사람은 참 생각험 불쌍해."

하고 비웃는 눈치를 보이니,

　"애개개 불쌍두 쌔해라!"

하고 무엇을 잊은 것처럼 새삼스럽게 하늘을 쳐다보며,

　"해레 이전 볼세 반저녁이 됐다! 물레 없음마?"

하면서 마루로 올라선다.

　"물렌 해선요?"

　"맹디실 올렬 걸 좀 가지구 올라왔더니…… 글쎄 내레 물렌 없을
줄 알아서, 고롬 꾸리나 게르야 갔군."

하고 혼잣말을 주고받으며 방 안으로 들어와 보퉁이를 풀어 이불을
젖히고 남은 보퉁이 하나를 또 들어낸다.

　푸는 데 보니, 그 보 안에는 전부 명주실을 올린 가랍싸리 뭉치요,
꾸리를 겯는_{어긋매끼게 엮는} 데 쓰는 도구들이다.

　"그거 보세요. 아주머니 잠깐 서울 구경 와서두 좀 편히 앉아 계
시지 못하구? 그건 일이 아니라 일의 노예예요, 노예."

　"아니, 뭐 달나 그름마. 글쎄 메느리레 맹딜 짜기 시작했는데, 걸
내레 꾸릴 게레주야디 누구레 게레주갔슴마? 그래서 가랍싸릴 좀
가지구 올라왔더니 짐만 되웨."

하고 빈자리가 없이 헝겊으로 몇 겹이나 발라낸 밑 빠진 쳇바퀴를
들어내서 막대기로 가랍싸리를 깨어 걸어놓더니, 남이야 무어라건
자기 할 일은 그저 그것이라는 듯이 덜덜 꾸리를 겯기 시작한다.

4

이튿날은 덕순 어머니가 목적하고 올라온 창경원 벚꽃 구경을, 마침 일요일이라 내가 모시고 떠났다가 돌아오는 길에 그는 화신^백_{화점 이름}만 들어가 보자는 걸 나는 진고개로 빠져서 미나카이·히라다·미쓰코시·조지야까지 구경을 시켜드렸다.

"꽃이 인제 활짝 피었겠죠?"

그러지 않아도 그제부터 창경원엘 가보겠다고 벼르던 아내는 꽃 소식이 급한 듯이 마주 나오며 묻는다.

"구경이 거저 사람 구경입데게레. 오월 수리_{단오} 씨름판보다두 더해. 에에게, 웬 사람이 그렇게 많갔슴마, 사람두—."

덕순 어머니는 엉뚱한 대답을 하며 마루에 털썩 주저앉는다.

"이제 밤에 한 번 더 가보셔야죠. 아주 만개죠?"

"싫쉐 여부시. 밤에두 거저 거 같디 무슨 벨 꽃이 있갔슴마? 난 꽃 구경 꽃구경 허게 제법 훌눙한 줄 알았더니 거저 그르투만 뭐."

대수롭지 않은 대답이다.

"글쎄, 어찌문 야앵_{밤에 벚꽃을 구경하며 노는 일}이라는데 밤에 한 번 더 가보셔야죠. 저녁 먹구 또 가실까요?"

"건 무슨 구경이라구 이자 와서 또 가갔슴마. 난 밤엔 꾸릴 좀 게르야 갔쉐. 본래 내레 이번에 어디 서울을 올라올 길이와? 메느리레 베틀을 버레놓칠 않았나, 세째레 젖 끝에 매달려 제 에미 베 못 짜

게 송활 안 시키갔나 하는 걸 거저 그래서 난 싫대두 야레^{애들} 다자
꾸 방금 죽기나 하갔는디 구끼기 전에 금년엔 어서 서울 구경이나
한번 하시구 내로라구 너무도 그래서, 말을 안 들음 그것두 또 어떻
게 정성을 깨티는 것 같애서 올라왔디 서울이 머이와 다 내레."
하고 수건을 벗어 보얗게 묻은 먼지를 떤다.

"그럼은요.. 막 떠나야 구경을 올라오시지, 어찌문 시골서 서울
구경이라는데."
하고 나도 마루로 올라섰다.

"아니 여부시! 난 그까짓 꽃구경보다두 백아뎜^{백화점} 구경이 더 스
럽슴데게레. 아이구 거, 천딜두 고훈 게 많기두 헙데. 사발이랑, 또
댕가장 단대긴 얼마나 묘헌 게 있구! 난 거저 고게 탐납데."

"그래서 조지야에서 아주머니 그저 그걸 들구 그리 만지적거리
셨군요?"
하고 낮에 덕순 어머니가 그래서 그걸 놓지 못하고 만지고 섰더랬
거니 하는 생각이 나서 히죽이 웃었더니,

"나, 고걸 한 개 사가지구 올 걸 그랬나 봐. 손주놈 밥상에 놔주게."
하고 무던히도 아련해한다.

"그렇게 아련허심, 요 앞에서 사시지요. 그런 건 사기전^{사기그릇을}
^{파는} 가게마다 드립다 쌓인 게 그거랍니다."
했더니,

"응! 있어? 요 앞에두 그게? 그럼 여부시! 나하구 좀 또 나갔다 드

릅세."

하고 일어선다.

종일 돌아다녔더니 맥이 폭삭이 나는 게 조금도 움직이기가 싫은
데 또 나가보잔다.

"그맛^{그만} 거야 그리 급하실 게 뭐 있어요?"

"급할 건 없디만 앉았음 뭘 하갔슴마. 살 건 사놓아야 마음이 쎄
완해, 난."

하는 말이 곧 나가주었으면 하는 눈치다.

그래서 앞거리엘 또 모시고 사기전으로 나갔더니 조지야에서 보
던 것처럼 그렇게 묘한 게 없다. 세 집이나 돌아다니며 보았으나 그
런 게 눈에 뜨이지 않았다. 그러니 그적엔 나온 김에 또 조지야로 다
시 가보자는 것이다. 그러나 벌써 다섯 시 반, 백화점들은 문을 닫
을 때다. 내일 내가 회사에 갔다 오는 길에 사다 드린다고 해서 안
심하고 돌아 들어오던 덕순 어머니는 금물전 가게 앞에 이르러 문
득 발을 멈추더니,

"여부시!"

하고 나를 찾는다. 돌아다보니 집게에 집어서 문 앞에 매달아놓은
무슨 나무판자 같은 것을 가리키며,

"우리 데거 한 개 살까?"

한다.

"그게 뭔데요?"

"그게 쥐창鼠窓에 아니와? 우리게선 지금 그걸 살래야 살 수가 없습데게레. 그래서 광이고양이두 없구 지난 겨울엔 고노무 쥐새끼덜이 벨 얼마나 축냈는디 가마니란 가마닌 모주리 돌아가맨서 쓸구?"
하면서 올려다보다가,

"데게 얼마요?"
하고 묻는다.

그래 십오 전이라니까 그럼 둘을 달래가지고 들어오다가 아내를 보더니,

"참 서울은 서울이구만, 우리게선 살 수 없는데. 내레 작은메느리네두 한 개 가지다 줄라구 둘을 사서."
하고 자랑처럼 이야길 한다.

"그래 서울 오셨다 작은며느리 비단 치마저고릿감이나 한 벌씩 끊어다 주시지 아주머니두 원, 쥐창에가 뭐시에요."
하고 웃으니,

"혼 나갔쉐 여부시! 비단 초매조고리 입구 김을 어떻게 매갔슴마! 니불감 뵈가맨서 발을 페야디."
하고 방으로 들어가 보자기 속에다 그걸 꽁꽁 싸 넣는다.

그러고는 내일 저녁차로는 집으로 내려가야겠다고 부지런히 꾸리를 겯는다. 밤에도 몇 시에야 잤는지 열한 시쯤 해서 우리 내외가 이불 속으로 들어갈 때까지 그는 드르릉드르릉 그저 꾸리만 겯고 앉아 있었다.

이튿날 아침 아마 여덟 시는 되었을까, 어쨌든 그러한 시각이었다. 전에 같으면 이맘때면 벌써 일어나서 세수를 하고 밥상 들어오기를 기다리고 있을 시각이건만 어제 종일 돌아다닌 것이 몸에 마치었던 모양인지 그때까지 나는 잠을 깨지 못하고 있다가 아내의 부르는 소리에야 겨우 눈이 뜨였다.

"여보! 어서 일어나서 밖에 좀 나가보세요."

아내는 무슨 민망한 일이 있는 듯이 미닫이를 방싯이^{소리 없이 살짝 열리는 모양} 열고 이른다. 전에 같으면 어서 일어나서 상을 받으라고 할 것인데 밖에를 나가보라는 것이 이상해서,

"왜 그래, 밖엔?"

하고 나는 이불을 젖히고 일어났다.

"아니 아까 난 일어나기두 전에 덕순 어머니가 부스럭거리구 일어나 나왔는데 어딜 갔는지 뵈지를 않아요!"

아내는 이상도 한 일이라는 듯이 눈을 약간 크게 뜬다.

그렇다면 사실 이상한 일이 아닐 수 없었다. 거리엘 나갔다가 혹 집을 잃은 것이 아닌가. 그러지 않으면 못 잊어 하던 그 고추장 단지를 사러 조지야엘 혼자 간 것인가. 어쨌든 나가보기로 옷을 추려 입고 막 마당으로 내려서려는데 대문이 찌걱하고 밀리기에 내다보니 덕순 어머니는 물이 남실남실 담긴 바께쓰^{양동이}를 들고 숨이 차

서 들어오다가 문턱 안에 겨우 들어 넘겨놓고는 후우 하고 한숨과 같이 허리를 뒤로 젖힌다.

"아니, 아주머니 이게 무슨 일이에요!"

아내가 마주 달려나가니,

"후우 님잔 어서 밥이나 지으시. 내 걱정은 말구."

하면서 바께쓰를 들어다 물독에 붓는다.

그러고는 아무 말도 없이 또 바께쓰를 들고 대문을 향해 나가려고 돌아선다.

"여보 아주머니! 물은 왜 긴느라구 그러세요? 근처에서 흉들을 보게……."

아내가 바께쓰를 붙드니,

"흉은 내 손발 가지구 내레 물 긴는데 어느 누가 봄마! 벨소리 다 말으시."

비웃는 태도로 뿌리친다.

"누가 물이 바르대기 아주머니 그러세요? 칠십 노인이 그 칭칭대 길을 물바께쓰를 들구……."

나도 마주 나가 말렸다.

가만히 보니 어제 아침 물장수하고 아내가 말다툼하는 걸 덕순 어머니가 들은 모양이다.

지게로 물을 대니 사실 물을 마음대로 풍족히 쓸 수가 없다. 그런데다 꼭 마흔여섯 층계를 올라와야 하는 금화산 턱의 돌층대 길이라 맨몸으로 마음을 턱 놓고 올라오재도 어지간히 숨이 찬 지대니, 이 지대를 새벽 다섯 시부터 물지게를 지고 오르내리는 물장수가 힘이 아니 들 수 없다. 눈치를 보아 가다가는 가끔 잡수를 한다. 어제도 아내가 뒷간에 들어가 있는 것을 알고는 세 지게를 가져와야 할 것을 두 지게만 가져오고는 다 가져온 듯이 시치미를 딱 떼고는 찌걱하고 대문을 닫고 나간다. 그래 물이 한 지게 오지 않았다고 채근을 해도 물장수는 곧장 다 왔다고 버티니 싸움을 못 할 바엔 하는 수가 없다. 이래서 한번 물이 모자라면 일정하게 날마다 쓰는 물이라 날마다 그만큼씩은 물에 군색을 보게 되는 것이어서 밤에도 물 때문에 혼자 중얼거리는 것을 덕순 어머니도 듣고 앉았다가,

"늘 그래서야 거 어떡하갔슴마!"

하고 제 걱정같이 근심스러워하더니 그 모자라 돌아갈 물을 채워줄 궁리였던 모양이다. 그 정성에는 지극히 감복되는 데가 있었지만, 그렇다고 해서 그 노인의 손에 물바께쓰를 그대로 둘 수가 없었다.

"어서 바께쓰를 놓고 들어오세요."

나도 바께쓰를 붙들었더니,

"글쎄 내 걱정은 말래두 그래."

하고 여전히 뿌리치면서,

"바루 제대루 길었음 볼쎄 데 독은 다 채웠을걸, 거 참 흉측한 노릇이웨. 아 글쎄 님재네 물이 오늘 또 바르갔기에 물을 길어다 붓는다는 걸, 이 앞집 물독에다 세 바께쓰나 길어다 부엇쉐게레. 아니 세

상에 그렇게 집 모양두 마당 모양두 물독 모양꺼지 같을 법이 어드메 있갔슴마! 네 바께쓰째 들고 들어가서 부을래는데, 거 누구요 하고 방 안에서 나오는 낸여인을 보니께니, 아 그게 님재레 아니구 낯선 낸이 아니갔슴마! 그래서야 그게 님재네 집이 아니구 노무 집인 줄을 알았슴메게레."

하고 스스로 생각해도 어이없는 듯이 웃는다.

　우리도 이 소리를 듣고는 안 웃을 수 없어 같이 웃고 나서,

　"그러기 길도 서툴고 한데 그만 들어가십시다."

했더니,

　"난 생겨먹길 어떻게 생겨먹어 그른디 가만히 앉아 있으문 속이 쏴서 못 앉았갔슴데게레. 사지를 놀리멘서 거저 돌아가야디…… 그래서 그르니 뭐 님재네 일 도와주누라구 그름마 뭐 내레."

하고 부득부득 또 대문 밖으로 나간다.

　"손님은 손님 체면을 차려야지, 거 뭘 그러세요?"

하면서 좀 세게 말을 해보았으나,

　"애개개! 체면이 사람 죽이는 줄 모름마?"

하고 종시 듣지 아니하고 그 돌층대 길을 노인이 또 허덕허덕 내려간다. 그래 하는 수가 없어 하는 대로만 보고 있었더니 쉬임 없이 연거푸 몇 바께쓰를 거듭해서 기어이 그 고른 물독을 물이 남실남실하게 채워놓고야 만다.

　그러고는 아침을 먹고 나서 아내더러 조지야에 가서 고추장 단지

를 하나 사다 달래가지고는 며칠 더 유해서 내려가시래두 듣지 않고 그날 밤차로 기어이 내려갈 채비를 하였다.

그래서 나는 그렇게 서울을 싱겁게 다녀가려고 뭐하러 그 지루한 차로 밤을 밝히면서 고생을 하고 올라왔느냐고 하였더니,

"고생인 줄이야 뉘가 모르나, 님잰 내 속을 몰라 그러디. 글쎄 어제저녁에두 말했디만 얘가 그르케 죽기 전에 어서 하래는 서울 구경을 아니하구 죽으문 것두 정성을 깨티는 것 같애서 올라온 거야. 정성은 정성으루 받아야 아니하겠슴마? 그르케 하래는 서울 구경을 내가 안 하구 죽어보시. 그러면 걔가 얼마나 섭섭해할 거와?"

하고 보따리를 꾸리기 시작했다.

—1941년

병풍에 그린 닭이

사흘이면 끝을 내던 이 굵은 넉새삼베[320]올로 짠 베 한 필을 나흘째나 짜는데도 끝은 안 났다. 오늘까지 끝을 못 내면 메밀알 같은 그 시어미의 혀끝이 또 오장육부까지 한바탕 할퀴어낼 것을 모름이 아니나, 손에 붙지 않는 베라 하는 수가 없다.

박씨는 몇 번이나 이래서는 안 되겠다 마음을 사려 먹고, 놓았다가는 다시 북베틀에서 날실의 틈으로 왔다 갔다 하면서 씨실을 푸는 기구을 들어 들고 쩅쩅 놓고 쩅쩅 분주히 짜보나, 북 속에 잠긴 실은 풀려만 가는데도 가슴에 얽힌 원한은 맺혀만 가, 그만 저도 모르게 북을 놓고는 멍하니 설움에 잠기게 되는 것이다.

생각하면 참 눈에서 피가 쏟아지는 듯하였다. 하기야 애를 못 낳는 죄가 자기에게 있다고는 하지만 남편까지 이렇게도 정을 뗄 줄은 참으로 몰랐던 것이다. 어떻게 섬겨오던 남편이었던고?

돌아보면 그게 벌써 십 년 전—시집이라고 와보니 남편이란 것은 코 간수도 할 줄 몰라서 시퍼런 콧덩이를 입에다 한입 물고 훌쩍이지를 않나, 대님^{한복} 바지를 입은 뒤에 그 바짓가랑이 끝을 접어서 발목에 졸라매는 끈을 바로 칠 줄 몰라서 아침 한동안을 외로 넘겼다 바로 넘겼다—남이 볼까 창피하여 시부모의 눈을 피해가며 짬짬이 코를 닦아주고, 아침마다 대님을 쳐주면서 자식같이 길러낸 남편이요, 그날그날의 끼니에조차 군색해^{필요한 것이 없거나 모자라서 딱하고 옹색해} 먹기보다 굶기를 더 잘하는 가난한 살림살이를 어린 몸이 혼자 맡아가지고 삯김^{삯을 받고 남의 논밭의 김을 매어주는 일}, 삯베, 생선 자배기는 몇 해나였으며, 심지어는 엿 광주리까지 이어, 그래도 남의 집에 쌀 꾸러는 안 다니게 만들어 신세를 고쳐놓은 것이 결코 죄 될 일은 아니련만, 이건 다자꾸^{다짜고짜} 애를 못 낳는다고 시어미는 이리도 구박이요, 남편은 이리도 정을 떼는 것이다.

글쎄 뉘가 애를 낳고 싶지 않아 안 낳냐고 성주^{집을 지키는 신령}님께 빌기를 몇 번이나 했는데—불공도 드리기를 철 따라 게을러본 적이 없다. 그래도 안 생기는 것을 어쩌라고…….

생각할 때마다 아픈 눈물이 가슴을 찢으며 나왔다.

그러나 그것이 자기의 죄임에는 틀림없다. 집안의 절대^{아득하게 먼} 옛 세대를 생각해도 그렇거니와, 나이 근 사십에 남 같으면 벌써 아들이라 딸이라 삼사 형제를 슬하에 올망졸망 놓고 흥지낙지^{興之樂之}할 것인데, 도무지 사람 사는 것 같지가 않게 밤낮 수심으로 한숨만 짓고 앉은 남편이 하도 가긍해서^{불쌍하고 가여워서} 언젠가는,

"이전 난 아들 못 낳갔능거우다. 첩이래두 얻어보구레."

하니,

"글쎄 첩을 얻으문 집안이 편안하야디. 그르문 님재레 더 불쌍하디 않갔슴마?"

이렇게 자기를 위해 자제까지 하여 얻은 그러한 첩이다.

그렇게 얻은 첩에게 이제 남편은 빠졌다. 처음에는 그래두 며칠 만에 한 번씩은 자기 방에도 들어와 잘 줄을 알더니, 이 봄을 잡으면서는 그림자도 얼씬하지 않는다. 이것이 무엇을 말하는 것일꼬. 시어미야 아무리 구박을 주어도 남편의 정만 있으면 살지 하고 한뜻같이 그 시어미를 섬겨왔고, 남편은 또 어머니를 그르다고 자기 편을 들어왔다. 그러나 이젠 남편마저 어머니 편이다. 누굴 믿고 살아야 하나? 아무케서도^{어떻든지 간에} 첩년보다 자기가 시퍼런 아들을 하나 먼저 낳아, 가시 돋친 시어미의 혀끝을 다듬고 첩년에게 빼앗긴 남편의 정을 온통 끌어다 평화로운 가정을 만들어놓아야 할 텐데. 그래서 어디 선달네 굿에나 한 번 더 가서 애를 빌어보리라 총알같이 별러 왔으나, 그것도 임의롭지 못하다. 어제도 굿 이야기를 했다가 퉁바리^{퉁명스러운 판잔}를 썼다.

그러나 오늘 밤까지 굿은 끝나고 만다. 아무리 생각해도 욕이 무섭다고 이 좋은 기회를 놓치기는 차마 아깝다. 박씨는 다시 잡았던

북을 놓고 베틀을 내려 건넌방으로 건너갔다. 한 번 더 시어미의 의향을 품해보자는^{여쭈어보자는} 것이다.

"오마니! 아무래도 굿에 가봐야가시오."

시어미는 들었는지 말았는지 머리를 숙인 그대로 결던 꾸리만 그저 결를 뿐이다.

"그래두 알갔소, 선앙님^{성황님}이 복을 줄디."

"아아니, 이년이 요즘엔 바람이 났나 보디? 짜래는 베는 안 짜구 날마다 먼 산만 멍하니 바라보고 앉았더니 글쎄, 무슨 일을 내구야 말디. 시퍼렇게 젊은 년이 가랭이를 벌리구 서나덜^{사내들}이 우글부글 하는 굿 구경을 간다!"

과하다. 가슴이 미어지는 듯하다. 이렇게도 말을 할 수가 있나? 분한 생각을 하면 마주 대항을 하여 될 대로 되라, 가슴속에 구긴 분을 풀어도 보고 싶었으나, 시어미의 말대답을 며느리 된 도리에 받을 수가 없다.

"아이고 오마니! 거 무슨 말씀이오? 그래두 내 몸에 자식이 나야 안 되갔소? 온나줴^{오늘 밤} 오마니 제레 아무래두 명미 한 되만 가지구 가볼래요."

"아이구 참 집안이 망헐내문 페난이나 망하디. 메느리 바람 닐었대는 소문 냉기구 망할 건 머잉고, 귀떼기레 있으문 너두 동네서 너까타나 쉴쉴 허는 소리를 들었갔구나. 에, 이년아."

"남이야 아무랬댐 멜 허우, 나만 안 그랬음은 되디요. 아무래두 갔다 올래요."

"아 이년아! 아무래도 갔다 오갔댐엔 나 있는 덴 와 와서 이리 수선이네? 수선이. 웅, 이년이 굿 핑계를 대구 무슨 수를 푸이누라구? 다 알디 다 알아, 이년 네 오늘 저녁 선달네 굿엘 어디 갔단 봐라, 내 집 문턱에 발을 못 들여놓으리라. 볼래 야레 미물이디 미물이야, 그래두 네따운 년을 에미네라구⋯⋯."

박씨는 더 말하고 싶지 않았다.

만일 남편이 이 소리를 들었으면 나를 화냥년자기 남편이 아닌 남자와 정을 통하는 여자이라고 당장 내쫓을까? 아니, 아무리 정은 첩년에게 갈렸다고 하더라도 십여 년을 같이 살던 내 마음을 몰라줄 리는 없을 거야. 그 입에 담지 못할 험담으로 나를 집어먹으려는 그 입놀림을 남편이야 마득해 곧이들으리! 박씨는 도리어 남편이 이 소리를 좀 들었더라면 오히려 속이 시원할 것 같다. 아무리 몰인정한 사람이기로 애매한 누명을 뒤집어쓰는 이 나를 보고 짐승이 아닌 다음에야 내 이 터져오는 가슴을 마음으로라도 어루만져는 주겠지 하니 남편이 그립기 그지없다. 장에서 돌아오기만 하면 이런 소리를 반반이 외어 바치고 가슴속에 서린 분을 풀어보고 싶다. 그래서 남편이 내 맘을 알아만 준다면 명미도 아니 줄 리 없을 것이니⋯⋯.

생각을 하며 박씨는 가슴에 넘쳐흐르는 울분을 삼키고 다시 베틀로 돌아왔다. 참으려야 참을 수 없는 눈물이 가슴을 할퀴기 시작한다. 마음 놓고 실컷 울기나 하면 분이 풀릴까. 참기도 어려웠으나 참으려고도 아니하고 그냥 그냥 울다 보니 벳바닥 위에는 어느새 벌써 은하수같이 기다란 해 그림자가 꼬리를 길게 달고 가로누웠다. 벳바닥 위에 해 그림자가 가로누우면 또 저녁을 지어야 하는 것이다. 박씨는 치마폭을 걷어 눈물을 씻고 일어섰다.

저녁을 먹고 나서도 남편은 돌아오지 않는다. 이제나 돌아오려나 문밖에 나서니, 은은히 들려오는 선달네 굿 소리!

둥 둥둥 둥둥둥!

둥 둥둥 둥둥둥!

한참 흥에 겨워 치는 장구 소리다.

이 소리에 박씨의 마음은 더욱 초조하다. 그래도 달려가기만 하면 신령님은 복을 한 아름 칵^쫙 안겨줄 것 같다.

아이, 그이가 오늘은 또 속상한 김에 술을 잡수셨나 보지. 들락날락 기다리나 어둠이 짙어가는데도 돌아오는 기척이 없다. 박씨는 안타까웠다. 어둠은 점점 짙어가는데 그러다 굿이 끝나면 하는 생각은 그대로 참지를 못하게 했다. 아이를 못 낳는 한 그러지 않으면 시어미의 그 욕을 면해볼 도리가 있을까? 시어미 눈이야 얼마든지 피해갈 수 있을 것이나, 시어미의 치마끈에 매달린 고방문^{庫房門} 쇠를 어찌할 수 없으매, 복을 빌 명미를 낼 수 없음이 자못 근심일 따름이다. 그러나 그렇다고 또한 이 밤을 그대로 보낼 수는 없다. 생각다 못해 박씨는 애지중지 농 밑에 간직해두었던 은바늘통을 뒤져냈다. 이것은 어머니가 시집올 때 노리개두 못 해주는데 이것이나 하나 해줘야 된다고 옥수수엿 말을 팔아서 만들어준 것으로 자기의 세간에 있어선 다만 하나의 보물이었다. 그러나 박씨는 이제 자식을 빌려 가는 명미의 밑천으로 그것을 팔자는 것이다.

바늘통을 뒤져 든 박씨는 한 점의 미련도 없이 그것을 들고 동구 앞 주막집 뚜쟁이 늙은이를 찾아가 일금 이 원에 팔아서 입쌀^{멥쌀을} 보리쌀 따위의 잡곡이나 찹쌀에 상대해 이르는 말 한 되, 백지 두 장을 사 들고 부랴부랴 선달네 굿터로 달려갔다.

굿은 한창이었다. 사내, 계집, 어린이, 큰애, 늙은이, 젊은이 할 것 없이 동네 사람들은 거의가 다 모인 성싶게 마당으로 하나가 터질 듯 둘러섰다. 보니 그 앞에선 떡이라 고기라 즐비하게 차려놓은 상을 좌우에 놓고 남색 쾌자 겉옷 위에 덧입는 옛 군복의 일종으로 근래는 명절이나 돌에 어린아이가 입음에 흰 고깔을 쓴 무당이 장구에 맞추어 흥겨운 춤이 벌어져 있다.

박씨는 선달네 마누라에게 온 뜻을 말하고 놋바리 놋쇠로 만든 밥그릇 두 개를 얻어 담뿍담뿍 쌀을 담아 정하게 백지를 깔고 굿상 위에 받쳐놓았다. 복을 빌러 온 사람은 박씨 자기만이 아니었다. 남편이 앓아서 무꾸리 무당이나 판수에게 길흉을 점치는 일를 온 색시, 자손들을 잘살게 해달라 공을 드리러 온 늙은이, 소를 잃고 점을 치러 온 사내—무어라 무어라 꼽을 수 없이 수두룩하다.

무당은 춤을 한참 추고 나더니, 복 빌러 온 사람들을 차례로 불러 복을 주기 시작한다. 박씨는 여덟 번째였다.

"야들아!"

큰무당은 한참 장구에 흥겨운 시내들을 소리쳐 부른다.

"에에이!"

"어허니야 시내들아! 너희들 들어봐라. 김해에 김만복이 서얼훈에 무자하야^{대를 이을 자식이 없어} 목욕재계 사흘 후에 성주님께 자식 빌러 명미 놓고 등대했다^{미리 준비하고 기다렸다}. 성주님을 모셔다가 옥동자 금동자를 오늘루서 주게 해라. 자아 노자! 노자 노자아하!"

큰무당은 다시 팔을 벌려 춤을 을신을신 추기 시작하니 시내들은 또 엉덩춤에 장구다.

둥둥 둥둥 둥둥둥…….

둥둥 둥둥 둥둥둥…….

큰무당은 한참이나 춤을 추고 나더니 박씨를 불러 자기가 입었던 쾌자를 벗어 입히고 고깔을 씌운다.

박씨는 자못 그것이 사람 많은 가운데서 부끄러운 노릇이나, 그것을 가릴 처지가 아니다. 무당이 시키는 대로 정성껏 받지 않으면 안 된다. 그러나 다만 한 가지 근심은 추어보지 못한 춤이라, 어떻게 팔을 벌리고 다리를 놀려야 할지 알 수 없는 것이요, 그것이 서툴러서 뭇사람들의 웃음거리가 되면 하는 것이 순간 낯을 붉혔으나, 자식을 비는 춤이어니 하면 저도 모르게 온 정신이 춤에만 쏠려들었다.

"성주님 오셨나이까. 김해에 김만복이 일전에 자식 빌러 가노이다. 금동자를 주소서. 금동자를 주옵소서. 야들아! 시내들아! 자—
때려라. 노자 노자—."

"에에이!"

큰무당의 호령에 시내들은 또 일제히 받으며 춤 장구를 울린다.

"쿵!"

박씨는 한 팔을 들었다.

"쿵! 쿵! 쿵덕쿵!"

장구 소리에 맞추어 박씨의 팔은 올라가고 내려오고, 처음 그 한
팔을 들기가 힘이 들었지, 들고 나니 아무것도 아니다. 들었다 놓았
다 춤도 아주 곱다.

얼마 동안을 추고 난 뒤, 큰무당은 또 시내들을 불러 장구 소리를
멈추게 하고 박씨를 붙들어 쾌자와 고깔을 벗긴 다음, 명미 바리^놋
^{쇠로 만든 여자의 밥그릇}에서 쌀을 한 줌 집어내어 공중으로 올려 던졌다.
다시 그것을 잡아가지고는 그것이 쌍이 맞나 안 맞나를 검사하여
안 맞으면 버리고, 맞으면 박씨를 준다. 그러면 박씨는 그것을 받아
서 잘근잘근, 그러나 경건한 마음으로 씹어서 삼킨다. 그것이 복인
것이다. 무당은 그 쌍이 맞는 쌀알이 박씨의 나이와 같이 될 때까지
몇 차례를 거듭하고 나더니,

"어허니야아…… 아허니야아……."

큰무당은 춤을 얼신얼신 추며,

"성주님이 김해에 김만복이 무자하사 천복 디복 다 주시다. 서른

여슷 다섯 쌍이 다 맞아떨어졌다. 옥동자 금동자가 머지않아 생기리라. 성주님을 박대 마라. 선앙님을 박대 마라. 야! 박씨야아!"

하더니 굿상 위에 괴어놓았던 흰떡 한 개를 박씨의 치마를 벌리래서 집어넣는다.

"이건, 금동자니라."

또 한 개를 집어넣고,

"이건, 옥동자니라."

그러고 나서 냉큼냉큼 금 세 개를 연거푸 집어주며,

"옥동자 금동자 오형제를 두었더라. 이 복 받아 성주님께 물러주고 성공^{음식을} ^{바치는 일을} 드려라, 아아하아!"

하니 박씨는 받은 떡을 떨어질세라, 조심히 치맛귀를 둘러싸 안고 대문으로 빠져 집으로 돌아왔다.

그러고는 무당이 가르친 대로 뒤란 밤나무 밑 구석에, 오쟁이^{짚으} ^{로 엮어 만든 작은 그릇}에 싸고 온 떡을 정성스레 하나하나 집어넣고 공손히 읍을 하여 허리를 굽혀 절을 하였다.

"성주님! 아무케두 자식을 낳게 해줍소사."

또 한 번 절을 하고 나서,

"시어머니 마음을 고쳐줍소사."

또 절을 한 다음,

"남편을 제 방으로 건너오게 해줍소사."

그리고 또 한 번 절을 하고는 조심조심 물러나 뒤란을 돌아왔다.

변씨의 방에는 불빛이 익은 꽈리처럼 지지울리게 창을 비친다.

남편이 장에서 돌아왔나 가만가만히 문 앞으로 걸어가 엿들으니 사람이 없는 듯이 방 안은 고요한데, 남편의 고무신도 변씨의 그것과 같이 가지런히 토방 위에 놓여 있다. 돌아오기는 왔다. 그러나 아직 잘 때는 아닌데 왜 이리 조용할꼬? 해어진 창틈으로 가만히 엿보니 남편은 술이 취한 양, 아랫목에 번듯이 누웠고 변씨만이 등잔 앞에 펄짜기 앉아 남편의 해진 양말 뒤축을 꿰매고 있다.

박씨는 전에 달리 남편이 더욱 그리웠다. 행여나 오늘 밤은 제 방으로 건너와 주무시지 않으시려나? 자기의 돌아온 뜻을 알리려고,

"아까 어둡뚜룩 안 돌아오시더니 언제 돌아오셨나."

하며 벌컥 문을 열었다.

그러나 남편은 세상모르게 잠에 취했고, 변씨가 한번 힐끗 마주쳐다보더니,

"아니! 이 밤뚱에 함자혼자의 사투리 어딜 갔더랬소!"

가시가 숨은 말을 그저 한번 던질 뿐, 눈은 다시 양말 뒤축으로 떨어진다. 남편이 그리운 생각을 하면 그 옆에라도 좀 앉았다 나오고 싶었으나 눈엣가시같이 변씨가 거슬린다.

"술을 또 잡쌌디?"

박씨는 남편의 얼굴을 한번 들여다보고는 돌아나와 자기 방으로 건너왔다. 등잔에 불을 켜고 앉으니 울적한 마음 더한층 새롭다. 이 불도 펴놓을 생념어떤 생각을 가지거나 엄두를 냄이 없어 그대로 초조하게

앉아서 혹시 남편의 잠이 깨지나 않나 정신을 변씨 방으로만 모았다. 그러나 아무리 앉아서 기다려야 남편이 깨는 기적은 들리지 않는다. 한 번 더 건너가 보리라, 문을 여니 어느새 변씨 방에는 불이 없다. 불 없는 방에 건너가선 안 된다. 우두커니 문을 열어 잡고 새카만 변씨 방을 건너다보는 박씨의 마음은 안타깝기 그지없었다. 울고 싶도록 마음은 아프다. 그러나 할 수 없는 일이다. 서러운 한숨을 저도 모르게 꺼질 듯이 쉬고 힘없이 문을 되닫았다.

새벽녘에야 겨우 눈을 붙였던 박씨는 참새 소리에 그만 잠이 깼다. 처마 밑에 배겨 자던 참새가 포득포득 기어나올 때면 아침밥 채비를 해야 되는 것이 습관적으로 그의 잠을 깨우는 것이었다. 박씨는 졸림에 주름지는 눈을 애써 비벼 뜨며 뒤란으로 돌아가 재삼태기ᵃ아궁이에 쌓인 재를 쳐내는 데 쓰는 기구를 들고 부엌으로 내려갔다.

그러나 부엌에 발을 막 들여놓으려는 순간, 박씨는 뜻밖의 사실에 놀라고 문득 걸음을 세우지 않을 수 없었다. 어느새 언제 나왔는지 전에 없이 시어미가 부엌에 나와 앉아서 쌀을 일고 있는 것이었다. 이상한 일이다. 박씨는 한참이나 그것을 멍하니 바라보다가,

"아니, 오마니! 와 일찌거니 나오셨소."

한 발을 마저 문턱 너머로 들여놓았다.

시어미는 일던 쌀만 그저 일 뿐, 아무 대답도 없다.

"아이구, 오마니두! 아침엔 요즘두 추운데."

박씨는 자기가 쌀을 일려고 함박ᵃ한지박을 붙들었다.

"해가 대낮이 되두룩 자빠져 자다가 이제야 나와서 이리 수선이야, 이년이! 어드메 가서 밤을 밝게 개지구 와선…… 너 같은 더러운 년이 짓는 밥은 이젠 더러워 먹을 수 없다. 이거 썩 놔! 어즌 낮엔 어디멜 갔든 게냐, 이년!"

박씨는 쥐었던 함박은 놓지도 주지도 못하고 섰다.

"야, 이년이 더럽대두 안 나가구 버티구 섰네. 안 나갈 테냐? 그래 야 있네? 야! 야! 만복이 있네? 아, 이년을 그래, 그대루 둔단 말이가? 계집년이 밖에 나가 밤을 새고 들어온 년을!"

시어미는 소리를 질러 아들을 부른다.

이에 응하여 쿵 하는 건넌방 문소리가 난다고 듣고 있는 순간, 턱 하는 소리와 같이 박씨는 함박을 쥔 채 부엌 바닥에 엎드러졌다. 어느새 남편은 달려와 발길로 사정없이 중동을 제겼던 것이다.

"이년! 이 개만두 못한 쌍년! 어즌 낮엔 어드메 갔드랜? 나래는 새끼는 못 낳구 한대는 게 서방질이로구나, 잉? 이년! 제 서방두 모르게 바늘통을 내다 팔아가지구 밤을 새와 들어오는 년이 화냥년이 아니구 그럼 뭐이가? 바늘통을 몰래 팔문 내래 모를 줄 알았든? 내래 주막에서 다 들어서. 이년, 그래 내래 이년을 에미네라우 데리구서. 에! 참 분하다."

박씨는 기가 막혔다. 정은 변씨한테 빼앗겼다 하더라도 그래도 어디론지 한껏 믿고 있던 남편의 입에서 이런 말이 나올 줄은 참으로 몰랐다. 아무리 시어미가 불어넣었기로서니 밉지만 않다면야 이런 행동까지는 차마 없었을 것이다. 분한 생각을 하면 이 자리에서 죽더라도 같이 맞싸워보고 싶으나, 그래도 남편이다. 그래서는 안 된다.

"아니, 여보! 이게 무슨 일이오? 난 당신이 이렇게 내 속을 몰라 줄 줄은 몰랐수다레. 굿이 어즌 낮이 꺼지래기 당신은 장에 가서 오 시지 않구 해서, 아 거길 갔다가 이내 와서 잤는데 뭘 그르우?"

박씨는 아무렇지도 않다는 듯이 치마를 털고 일어서 청백한^{곧고 깨}^{끗한} 나를 좀 보아달라는 듯이 남편의 턱 아래로 기어들었다.

"이전 네까진 쌍년 소리 백 번 해두 곧이 안 듣겠다. 이 쌍년 같 으니 썩 게 나가라."

그 억센 손이 끌채를 덥석 감아쥐는가 하니 사정없이 흔들며 끌 어낸다.

"이년! 다시 내 집에 발길을 또 들여놓아라. 어디 가서 뒤지든지 도와허는 놈허구 맞붙어 살던지 내 집엔 다시 못 두로리라."

휙 잡아 둘러놓으니, 박씨는 넘어지지 않으려고 비칠비칠 힘을 주다 못해 개바주^{바자울. 바자로 만든 울타리} 굽에 번듯이 나가자빠진다.

박씨는 다시 일어나고 싶지도 않았다. 그냥 그 자리에서 죽고 싶 었다. 남편에게까지 이 더러운 누명을 쓰고 살아서는 무엇하나? 차 라리 죽는 것이 편하리라. 그러나 목숨은 임의로 하는 수가 있나? 죽지 못할 바엔 남이 볼까 창피하다. 박씨는 일어났다.

그러나 대문은 걸렸다. 갈 데가 없다. 갑자기 몰렸던 설움이 물에 밀리는 모래처럼 터져 나왔다. 친정이나 있으면 남같이 어머니나 찾아가지 않겠나? 아버지의 뒤를 좇아 어머니마저 돌아가신 지 오래다. 박씨는 생각다 못해 이 집에서 학대를 받고 붙어사느니보다는 어디로든지 가는 것이 차라리 편하리라. 가다가 죽으면 죽고, 살면 살고 아무리 계집이기로 제 몸 하나야 치지 못하리. 또 치기 어려우면 시집이래두 가지. 남이라구 두 번 세 번 서방을 얻을까? 에구 그 시어미, 딸년, 첩년의 눈독―그만한 시집이야 어델 가면 없으리, 생각을 하며 박씨는 마을을 어이 돌아 신작로 큰길을 더듬어 나섰다. 하지만 무슨 미련이 뒤에 남았는지 차마 발길이 앞으로 내달아지지 않았다. 한 발걸음 두 발걸음 촌중을 살펴보고, 그리고 자기의 집을 찾아내고는 눈물을 흘렸다.

그런데다 방향조차 없는 길이다. 가다가는 산모퉁이에 힘없이 주저앉아 한숨을 짓다가는 다시 일어서 걷고, 걷다가는 또 쉬고 하기를 몇 번이나 반복을 하다가 이윽고 해는 저물어 색시 적에 같이 엿장수를 다니던 조씨라는 엿장수 늙은이의 집을 찾아들어가 그날 밤을 쉬기로 하고 저녁을 얻어먹었다.

그러나 먹고 누워서 피곤을 풀며 가만히 생각해보니, 자기가 이까지 떠나온 것이 열 번 잘못 같게만 생각되었다. 비록 갈 데는 없으되 어디나 가서 자리를 잡고 정을 붙이면 못 살 것은 아니지만 아무리 악한 시어미요, 이해 없는 남편이라 하더라도 이미 자기는 그 집 사람이었다. 어떠한 고초^{고난}가 몸에 매질을 하더라도 그것을 무릅쓰고 그 집을 바로 세워나가야 할 것이 자기의 반드시 해야 할 의무요, 짊어진 책임 같았다. 욕하면 먹고 때리면 맞자. 욕도 매도 다 참으면 그만이 아닌가. 내가 왜 그 집 대문을 떠나 시퍼렇게 젊은 년이 뉘 집이라고 이 늙은이네 집에서 자려고 할까? 그만 것을 참지 못해 마음을 달리 먹고 떠나온 것이 여간 마음에 뉘우쳐지는 것이 아니다. 병풍에 그린 닭이 홰를 치고 우는 한이 있다 하더라도 _{도저히 상상할 수 없는 일이 생길지라도 기어이 해내겠다는 의지를 비유적으로 이르는 말} 나는 그 집은 못 떠나야 옳다. 죽어도 그 집에서 죽고, 살아도 그 집에서 살아야 할 몸이다.

박씨는 다시 발길을 돌렸다.

이미 어둡기 시작한 날이라 이십 리나 걸어야 할 밤길이 적이 근심되었으나 가다가 죽는 한이 있다 하더라도 아니 돌아설 수가 없었다. 아득한 밤길을 헤엄이나 치듯 갈팡질팡 어둡쓰러 마을 앞까지 이르렀을 때는 밤도 이미 자정에 가까웠으리라. 고요한 정적에 잠겼는데, 이따금 개 소리만이 컹컹^{멍멍} 하고 건너 산에 반영을 일으킨다. 박씨는 요행히 주막집에 불이 켜져 있는 것을 보고 달려가 아직 주머니귀에 남아 있는 바늘통을 판 밑천으로 양초 두 자루, 백지 다섯 장을 사 들고 우선 뒷산 서낭당으로 올라갔다. 자기의 지금까지의 그 잘못을 서낭님께 뉘우쳐보자는 것이다.

초에다 불을 켜서 서낭님의 앞에 가지런히 한 쌍을 꽂아놓고 공손히 읍을 하고 서서 오늘 하루의 지난 일을 눈물을 흘리며 뉘우쳤다. 그리고 시어미의 마음을 고쳐달라 빌고, 남편을 이해시켜달라 빈 다음, 아무케 해서도 자손을 보게 하여 남편의 그 수심을 하루바삐 풀게 해주고 집안의 대를 이어달라 간곡히 빌었다. 그리고 다시 절을 하고 나서 백지 다섯 장을 연거푸 소지_{신에게 소원을 빌기 위해 흰 종이를 태워 공중에 올리는 일}를 올렸다.

그런 다음 집으로 발길을 돌리며 내려다보니 남편의 방에도 시어미의 방에도 아직 불은 빨갛게 켜져 있는데, 오직 자기의 방만이 홀로 어둠에 싸여서 어서 주인이 돌아와 밝혀주기를 기다리는 듯하였다. 박씨는 불빛을 향해 걸음을 재촉했다.

개 짖는 소리가 사탁 아래 또 들린다.

−1939년

···
청춘도

서곡, 창조의 마음

자유로 하여 된 꿈일진대 아름다운 꿈이라도 꾸고 싶다. 세상을 경도시킬 기울여 넘어뜨릴 걸작이야 꿈엔들 그려보기 바라련만, 하다못해 마코 담배 이름라도 한 갑 생기거나 그렇지 않으면 계집이라도……쓸모없는 시시한 꿈이 비록 몇 시간 동안이나마 현실의 시름을 잊고 지낼 수 있는 행복된 잠을 또 깨워놓는다.

어디로 들어왔는지도 모를 한 마리의 새앙쥐―바르르 책상귀로 기어올라 꿰어진 양말짝을 하릴없이 쏜다. 그리던 그림에 붓대를 대다 말고 조심스레 손을 어이 돌려 책상 위로 늘어진 꼬리를 붙드는 찰나, 날쌔게도 그놈의 새앙쥐 팩 돌아서며 손잔등을 물고 늘어진다. '아야아' 놀라 손을 뿌리치니 어이없다. 새까만 방 안은 보이는 것 없이 눈앞에 막막하고 곤히 잠든 아버지의 숨소리만이 윗목에 한가하다. 무슨 꿈이야 못 꾸어서 하필 새앙쥐에게 물린담. 꿈조차도 아름답게 못 가진 자신이 가엾기도 했다.

상하는 반듯하게 누웠던 몸을 모로 뒤챘다.

눈을 뜬대야 보일 턱이 없는 새까만 방 안이요, 게다가 눈을 감기까지 했건만 눈앞은 환히 밝다. 빽빽이 둘러선 송림솔숲, 그 산턱을 떨어져 약수터 풀밭길을 꼬불꼬불 금주는 걸어 내려온다.

"벌써 아침 물참밀물이 들어오는 때을 보고 오십니까?"

"네, 뭐, 전보다 별로 일러 뵈지도 않는데요."

"아침 물은 방불히흐릿하거나 어렴풋하게 차지요?"

"막 가슴이 뚫어지는 것 같아요."

제법 만나기나 한 듯이 말을 주고받기까지 해본다.

이렇게 금주가 안타깝게 잊히지 않은 것은 그 여자에게 반했음으로 설까, 아무리 이성에 주렸었기로서니 가슴이 반이나 썩어진 듯한 그의 표정―배꽃을 비웃는 하이얀 얼굴은 금세라도 피를 콸콸 쏟아낼 듯한 정경이 아닌가. 그런 여자, 그 여자를 못 잊는다면 대체 어찌해볼 심판인가. 그래도 그 여자가 못 잊힌다면 자기는 오직 한 가지만을 아는 짐승과도 같지 않은가. 이것이 자기의 본성일까, 사람의 마음일까.

문득 이상한 촉감에 몸서리를 쳤다. 이성을 상대로 일어나는 불길임을 알았다. 초저녁 한동안을 이불 속에서 쌔우치던재우치던 불길이다. 맹렬히 붙음이 안타깝다. 끌 수 없음이 가엾다. 공상과 공상의 접촉은 기름과 같이 기세를 더한다.

등잔에 불을 켜고 일어나 앉으니 스스로 생각해도 우스운 꼴이다. 담배라도 있으면 하니 마코 향기가 혀끝에 일층 새롭다. 몇 번이나 털어봐도 담배가 있을 턱 없는 지갑귀를 다시 털어보니 소용이 있을까. 샷귀라도 돌아가며 들쳐보자니 없는 꽁초는 샘날 수 없다. 허하지 않는 담배는 있었다. 선반 위에 아버지의 장수연 ^{담배 이름} 갑이다. 도덕상 금단의 율칙이 두려운 것이 아니다. 율칙을 범하기 벌써 몇 번—초저녁에도 꺼내고 남은 것이 몇 대 되지 않음을 안다. 노여 ^{일하는 사이에 잠깐 쉬는} 틈에 아껴가며 한 대씩 피우는 담배여니 이제 마지막 남은 밑바닥을 긁어내기 거북함이 마음에 걸리는 것이다.

그러나 이성을 그리는 마음보다 못지않은 형세의 담배 맛이다. 참으려야 참을 수 없어 한 대에 적당하리만한 분량을 다시 집어내어 궁여의 고안 그대로 신문지 여백을 쭉 찢어 두르르 말아 침으로 붙인 다음, 성냥갑을 더듬어 들고 문밖으로 나왔다.

스무날 달이 하늘에 밝다. 누동섶 개천에 돌돌돌 물소리가 청아하다. 달밤의 물소리는 이상히도 마음을 당긴다.

담배를 붙여 물고 누동으로 나갔다.

한 바퀴 뚜렷한 달이 개천 속에 떨어져 잠겼고, 물을 헤치고 달을 찢으며 잘박잘박 역류하는 송사리 떼—귀엽다 말을 할까, 나불거리는 지느러미, 오물거리는 주둥이, 달빛에 번득이는 찬란한 비늘—몸을 뒤챌 때마다 눈이 부신다.

물속에 가만히 손을 넣으면 놀라서 흩어진다. 그러나 얼마 안 있어 다시 송사리 떼는 몰려와 툭툭 하고 길을 막는 손바닥을 주둥이로 치받친다. 정신을 차려먹고 날쌔게 줌을 쥐니 포드닥 줌 안에서 한 마리의 송사리가 생명을 원하는 듯 꼬리를 친다. 다시 한 번, 또 한 번 거듭해보는 사이, 올라가고 또 내려오고 수없이 뒤를 따라 오락가락 몰려다니는 송사리 떼임을 깨닫고 평범한 행동에서의 향락만이 아님을 알았다. 본능에 충실하려는 봄의 행사임에 틀림없었다.

본능의 만족을 위한 거룩한 행사에 구속의 손을 대었음이 극히 죄송한 듯하였다. 본능의 만족, 자연의 행사—거기에는 털끝만큼이라도 구속이 있어서는 안 된다. 자유는 생명과 같이 절대하다. 미련도 없이 둔덕에 집어던졌던 몇 마리의 송사리를 다시 물속에 집어넣었다. 물 밖에서 자유를 잃었던 몸이 둔탁하게 헤엄을 쳐간다. 오그그 송사리 떼가 다시 몰려와 그놈을 에워싼다.

문득 한 마리의 새가 깃을 펴고 물속에 나타나며 송사리 떼를 놀래주고 달을 가린다. 누동으로 날아드는 공중에 뜬 해오라기^{왜가릿과의 새} 다. 돌아옴을 반겨 맞는 듯 버드나무 상가지 둥우리 옆에 앉았던 한 놈이 끼익끽 소리를 지르며 목을 뺀다.

무심코 바라보던 상하는 거기에도 봄이 왔음을 알았다. 위태로운 가지 끝에서도 생동의 힘에 못 참는 장난이 한 자웅^{암수}으로부터 일어나는 것이다.

생동의 힘, 봄의 사자―그것은 물속에도 공중에도 찾아왔다. 그러나 오직 땅 위에선 자기에게만 없는 것 같았다. 알 수 없는 촉감에 다시 몸서리를 쳤다. 둘 곳 없는 심사에 담배꽁지를 개천 속에 힘껏 메어던지니 마음이 시원할까, 난데없는 물살에 송사리 떼만이 놀라서 흩어진다.

1. 욕망

어느 것이라고 마음의 자유에 깃을 쳐본 때가 있었으련만 예술과 계집에의 자유에 깃이 없음이 더욱 한스러웠다. 예술의 신비 속에 생을 찾고 계집의 아름다움에서 향락을 구했다. 계집에 마음을 두었음이 어찌 이번이 처음이었을까, 여사무원을 건드린 것이 이렇게 자유를 구속하는 원인이 될 줄은 몰랐다.

사장이 눈 건 계집이라고 맘 두지 말란 법 없지만, 사장이 눈 건 줄을 모르고 허투루 다룬 것이 실책이었다. 사원 감원은 축출의 빙자요, 눈치에 걸린 것이 축출의 원인이었다.

그렇지만 않았던들 ××회사는 달마다 오십여 원의 월급을 틀림없이 지출할 것이요, 그것은 또 족히 생활을 지탱해주고 있을 것이다. 돈에 자유가 없으니 예술도 빛을 잃고 계집도 없었다.

부탁은 서너 곳에 두었으나 용이히 나서는 일자리가 아니다. 기다리기까지의 생활을 객지에서 붙안아가는 수가 없다. 그렇다고 집으로 돌아오니 놀고 먹기가 어렵지 않은가. 어머니 아버지는 밭갈이와 씨뿌리기에 날마다 나섰다. 자기 한 몸의 수양을 위해 이미 전답 낟가리^{낟알이 붙은 곡식을 그대로 쌓은 더미}를 모두 옮아다 썼으니, 궁여의 아버지를 받들어야 마땅할 것이나 뜻에 없고, 부모의 뜻대로 진작 장가라도 들었더라면 한 가지 괴롬만은 모르고 지낼 것을…… 또 부모의 조력인은 안 될 것인가. 학교를 마치고 얻자, 가정을 이루기까지의 토대를 닦고 얻자, 보다 더 완전한 살림에의 포만을 모르는 욕망이 이제 와서 가까스로 괴로움을 던져주었다.

2. 예술

쓸데없는 지난 일의 되풀이는 마음만 산란하다. 캔버스를 들고 산으로 올라갔다. 심심하니 소일로서가 아니다. 예술적 감흥에 못 참아서다. 산간의 시내, 곡간의 괴석, 약수터의 풍경—어린 날 모르던 이 모든 풍물이 상하의 붓대를 끌었다. 오늘은 약수터의 풍경을 눈 담고 떠난 것이다.

산턱에 떨어져 박힌 커다란 바위 위에 두 다리를 쭉 버드러치고 앉았다. 경사진 켠 아래를 내려다보니 한 폭의 그림 같았다—건너 산 너머 바라보이는 드높은 교회당 지붕, 그 산턱 밑 떨어져 일대엔 채찍을 들고 소를 몰아 밭 가는 농부, 좀더 가까이 앞으로 큰길엔 무엇이 분주한지 끊일 새 없이 줄달아 속보를 놓는 행객, 눈 아래 약수터엔 생명을 붙안고 싸우는 수객들—모두 생을 위한 싸움임에는 틀림없으나 그 아름다운 자연의 경개^{경치}임에도 흥취를 잃고 허덕이는 고달픈 인간이 상하의 마음을 흔드는 것이다.

약수터엔 지금도 수객들이 때를 잊지 않고 모여들었다. 담창_{쓸개}의 이상으로 배가 불러오고 속이 그득한 증상쟁이, 속증_{속병}앓이, 긴병_{오랫동안 낫지}_{않는 병}쟁이······ 건강을 잃은 가지가지의 환자가 표주박을 들고 행렬을 짓는다. 금주도 의연히 그들의 행렬에 끼이기를 잊지 않았다.

벼랑진 돌 틈새로 솔솔솔 끊임없이 솟아오르는 약수—받으면 표주박 안에 보얗게 안개가 서리는 물, 산속의 정기와도 같은 이 물에 생명을 맡기고 봄을 찾는 그들.

그러나 이 산간에는 이미 봄이 무르녹았으되 그들에게는 봄이 오지 않았다. 벌레 먹은 몸이 서리에 절고 바람에 시달려 그대로 한겨울 동안 눈 속에 생동의 힘을 빼앗겼던 산간의 생명인 온갖 종족—잣나무, 들메나무, 섶나무, 구름나무_{귀룽나무}, 소나무 켠을 등지고 떨어진 평지엔 소민재리, 도라지, 범부채, 깜박덩굴, 칡덩굴—꼽으려야 꼽을 수 없는 초목들은 파랗게 잎새에 초록물이 오르고 줄기는 싱싱하게 살이 찐다.

이것들의 생명을 길러내는 대자연—하늘을 엄한 아버지라면 땅은 자애로운 어머니다. 하늘에 솟은 해는 아버지의 눈이요, 땅속을 흐르는 물은 어머니의 젖이다. 어머니는 젖을 주어 살을 찌우고 아버지는 열을 주어 건강을 단련시킨다. 비교적 숙성에 빠른 진달래와 동동할미_{할미꽃}는 이미 꽃까지 피웠다.

그러나 이 같은 아버지, 같은 어머니를 가진 자연 속에 생명의 부여는 같이 받았으나, 한번 시든 인간에게는 같은 산속의 정기를 받되, 어머니나 아버지의 단련도 아무런 효과가 없었다.

삼십 명은 확실히 넘을 수객들의 얼굴에는 한 점의 봄빛을 찾을 길이 없고 구름같이 무거운 우울 속에 주름살을 못 편다.

금주, 이미 이 자연의 혜택을 받고자 세고세상의 이러저러한 일에 병든 몸을 이끌고 산 천 리 물 백 리, 천백 리길을 더듬어 이 산속을 찾아온 지 이미 이태—산간의 신선한 공기를 호흡하며 산간의 종족을 길러내는 자애로운 어머니의 젖가슴 속에 안겨 두 돌의 봄을 맞았건만 금주에게는 봄을 주지 않았다. 그래도 금주는 게을리하지 아니하고, 하루같이 산속을 뒹굴며 때 찾아 약수터로 내려왔다.

이렇게 지성을 들여 삶을 위해 마음을 다하면 서리에 절었던 풀잎이 거센 땅을 들치고 다시 봄을 맞아 파랗게 생을 빛내며 살이 쪄 자라는 것과 같이 금주에게도 다시 봄이 돌아올까. 두드러진 뺨을 능히 감추고 살이 올라 배꽃같이 하이얀 그 얼굴에도 진달래꽃빛 물이 들어볼까.

이것을 그리는 것은 자유요, 그것은 예술이었다.

대상에 시험의 붓을 들었다.

표주박을 한 손에 들고 골짜기의 잔디밭 위에 넋 없이 앉은 한 여인의 횡면—흰 닭에 검정 닭 모양으로 뛰어나게 차린 품이, 그리고 그 날씬한 몸맵시가 금주임에 틀림없었다.

한 사람의 폐병 환자를 취급할 것은 잊을 수 없는 대상이었으나 하필 금주를 그리고자 한 바는 아니었건만 참으려야 참을 수 없는 예술의 충동에서 시험하려는 붓끝에 못 잊는 금주가 모르는 듯 날아들이 이상한 감흥을 자아내주었다. 폐병 환자임에도 불구하고 마음을 당기는 금주, 애타는 속에서도 못 잊는 예술의 감흥, 알 수 없는 신비로운 심경, 그것을 자연미와 조화시켜놓으려는 충동―그 소재의 하나가 금주다. 금주는 예술이다. 예술 속에 금주가 있다. 금주는 내 붓끝에 가리가리 요리될 것이다. 금주는 이미 내 것이다. 상하의 붓끝은 금주의 얼굴에서 몸까지 선에 힘을 주고 다시 그었다.

금주는 나를 그리라는 듯이 움직이지도 아니하고 앉아서 장글장글한 살을 지질 듯이 조금 따갑게 끊임없이 내리쬐는 햇볕을 가슴에 받으며 산간 너머로 그린 듯이 앉았더니, 두세 번의 얕은 기침 끝에 괴로운 표정을 지으며 더듬어 오른다. 일상 가서 앉는 샘터가 바위 위려니 하였더니 뜻밖에도 상하를 향해 직로를 놓는다.

"오늘도 풍경이세요?"

상하의 앞에 우뚝 와 마주 서며 하는 인사다.

"네, 그저…… 요샌 어떠십니까?"

"뭐…… 그저 그래요. 미안하지만 제 초상화 하나 그려주실 수 없을까요?"

자진해서라도 그려주고 싶은 상하의 마음이다. 그러나 대번에 승낙은 싱겁다.

"내가 뭐 그림을 잘 그리나요? 어디."

"천만에요."

하다가 금주는 풍경 속에 그려진 여자 위에 문득 눈이 가고 시선에 힘을 준다. 아직 선으로밖에 되지 않은 그림이지만 그 윤곽만으로도 어딘지 그것이 자기임을 알아낼 수 있었던 것이다.

"아니, 이게 제가 아니에요!"

금주는 자못 놀라며 물었다.

"네?"

"왜 풍경 속에다 저를 이렇게 그리세요?"

"그걸 모르십니까?"

금주는 가볍게 미소를 짓는다.

"알 수 없이 금주 씨가 그립습니다."

"알겠어요. 그러나 선생님 용서하세요. 저는 며칠을 못 가 죽을 인간인가 보아요. 오늘도 각혈을 했답니다."

"모르지 않습니다."

"그러시면서 선생님은……."

"내 마음을 나도 모릅니다. 까닭 없이 금주 씨가 그립습니다."

"선생님, 절 잊어주세요. 저는 살겠다는 욕망밖에 아무것도 없습니다. 저도 봄이 그립습니다. 봄을 잊을 길이 있겠어요?"

세상이 쓰림을 못 참는 듯 한숨 끝에 주려 잡은 눈가의 주름.

상하는 다시 더 말을 못했다. 삶의 위대한 힘에 마음이 찔린 것이다. 삶의 힘, 그것은 금주의 욕망의 전부다. 청춘에 살려는 봄꿈의 보금자리에서 썩어지는 봄의 생명이 가엾기도 했다. 안타깝기도 했다.

상하는 이 가엾은 생명을 예술의 힘으로 영원히 살리고 싶었다. 다시 붓끝에 정신을 모았다.

"저를 그린 그림은 저를 주셔야 해요, 네? 선생님, 약속해주실 수 있겠지요?"

금주는 두 번 세 번 당부를 한다.

3. 애욕

그림을 그리는 며칠 동안 쉬임 없이 자란 산속은 진초록으로 푸름이 거울같이 맑다. 산속은 청춘의 요람이라고 할까, 생기에 뻗은 산속, 이 산속에서 금주가 시듦이 거짓말 같지 않은가.

상하는 금주의 신변에 염려를 못 잊으며 일단의 정성을 다하여 끝낸 그림을 들고 산으로 기어올랐다. 샘터가 도랑을 끼고 잔솔을 피하여 기름진 풀잎을 밟으며 꼬불꼬불 돌았다.

샘터가 바위 위에는 언제나 같이 금주가 앞가슴을 풀어놓고 일광욕을 하고 있었다.

"할미꽃은 벌써 머리를 다 풀었군요."

"진달래꽃도 지나 봐요."

하다가 금주는 캔버스 위에 주었던 눈을 문득 돌려,

"아이, 다 되었군요. 그림이……."

그리고 손을 내밀어 그림을 눈앞으로 당긴다.

"원하셨던 초상만을 그린 것이 아니라 금주 씨의 마음에 어떨까 해서 퍽 자제됩니다."

다 그려졌다고 하는 그림이건만, 상하는 그래도 어딘지 만족할 수 없는 듯이 들여다본다.

"아녜요. 이 그림이 제겐 더욱 좋아요."

"글쎄 그러시다면……."

"이게야 완성한 예술품이 아니에요? 이 그림 속에는 생명의 고민 상이 여실히 표현되어 있어요. 봄을 모르는 제 심정이 제 얼굴에 어떻게 이렇게 드러났을까요."

"영원한 기념으로 드립니다."

"아이, 고맙습니다."

하기는 하나 맘에 없는 그림을 받는 듯이 별안간 표정이 구름같이 흐린다. 상하는 까닭을 몰라 다음 말에 간난_{몹시 힘들고 고생스러움}을 느끼고 준비에 바쁜 동안,

"현실은 참 괴로운 것이에요. 이것이 산 인간의 풍경이 아니겠어요? 생명은 무엇으로 따질 수 있습니까? 선생님!"

"글쎄요, 욕망의 전부라고나 할까요."

"적절한 말씀이에요. 욕망이 제어된 곳에 생명은 없을 거예요. 청춘이 구깃구깃 구기운 제 심정이 어떠할 것입니까? 선생님!"

"가는 봄은 다시 돌아올 때가 있습니다."

"아녜요, 그야 위로의 말씀이지요. 인생의 봄은 거기에 적용되지

못하고 영원히 늙는가 보아요. 이제 보세요. 제가 며칠을 더 사나. 모든 것은 다 거짓이에요. 속아서 사는 것이 인생의 진리 같습니다. 저 너머, 저 교회당의 종소리는 성스럽게도 사람의 마음을 유혹합니다만 인간의 생명이야 좌우할 수가 있겠어요? 전도 부인의 설교에 이 약수터에서도 벌써 몇 사람이나 쫓아가 기도를 받았습니다만 기적도 없었습니다. 저는 이제 이 그림 속에서만 영원히 살까 합니다. 요구하였던 초상이 제 마음을 이렇게 표현한 그림을 얻게 되니 저라는 고깃덩어리는 썩어져도 정신만은 영원히 살 것이에요."

"세상을 그렇게만 해석하실 수 있을까요?"

"그렇지 않으면 뭐 기적이게요! 단지 제가 요구하던 제 초상만을 그리셨다면 저라는 인간밖에 더 그린 것이 되겠어요? 여기에는 제가 모든 인간을 대표한 한 본보기로 된 것이 더욱 좋아요. 세상을 비웃고 제 정신만을 살린 것이 되어 있지 않습니까? 새파란 청춘이 거기에 영원히 남는 것 같습니다."

"그러시면 애초에 초상을 원하셨던 뜻은……."

"그건 묻지 마세요."

"비밀인가요?"

"비밀이랄 건 없지만 말씀드리기 거북해요."

"거북한 일 같으면야 나더러 원했으리라고요?"

"그런 걸 기어코 아셔야 하나요? 뭐 말씀 못 드릴 것도 없긴 없어요. 그럼 얘기하지요. 저는 이미 약혼을 했드랍니다. 결혼을 앞으로 얼마 남기지 않고 참다못해서 이리로 왔어요. 그러니 사랑하는 이를 이렇게 멀리 떠나보내고 객지에서 그이가 오죽이나 제가 그리울 게야요? 그래서 저는 아내의 책임을 다하지 못하는 그이의 심정을 위로해드리려고 선생님에게 제 초상을 원하였던 게지요. 말하자면 저는 괴악한 _{말이나 행동이 이상야릇하고 흉악한} 년이에요. 제 목숨만이 살아나겠다고 아내로서의 책임을 피하는 년이 괴악한 년이 아니에요? 선생님!"

상하는 놀랐다. 금주를 위해 정력을 다한 예술품이 자기를 박차고 금주를 사랑하는 사나이의 청춘을 위로함으로써 금주의 사랑에 만족을 줌이 되는 것이다. 사랑하는 이를 예술화시킴으로써 만족할 것 같던 상하의 심정은 예술에 있지 아니하고 애욕 속에 있었다.

애욕, 그것은 예술보다도 위대한 힘으로 상하의 마음을 불태웠다. 이 세상에서의 온갖 힘으로도 꺾을 수 없는 가장 큰 힘 같았다.

누가 그러고자 해서 그런 힘을 길러 왔을까? 한 포기의 풀이 때가 오면 아무리 꺾어버려도 몇 번이고 거센 땅을 들치고 나와 기어이 아름다운 꽃을 피워내는 그것과도 같이 꺾이지 않는 힘이었다.

"금주 씨! 그 그림을 내 눈앞에서 용감하게 찢어 보일 수 없습니까? 없습니까? 금주 씨!"

그것은 곧 자연의 힘이요, 생명의 부르짖음인 듯이 열정에 타는 외침이었다. 벅찬 소리를 듣는 듯이 고민의 표정이 깊어간다고 보이는 순간, 금주는 서너 번의 괴로운 기침 끝에 붉은 핏덩이를 선지로 쏟는다.

뿌리박은 사랑의 위대한 힘에 용납할 수는 없는 고민의 상징일까. 그렇지 않으면 사랑에 제어된 구기운 청춘의 발버둥일까.

상하는 오직 아연하고 더할 말에 간난을 느꼈다.

4. 생명

마음의 평화를 잃은 상하는 그날 밤을 거의 새다시피 고요히 앉아서 이러한 경우에 들어맞을 선철옛날의 어질고 사리에 밝은 사람의 명구를 무수히 끌어다 자위에의 수단을 일삼아도 보았으나 그것은 모두 거짓부렁이었다. 자기의 예술은 금주의 사랑에 완전히 사로잡힌 것같이 아무리 해도 불안한 마음을 가라앉힐 길이 없었다.

그것은 마치 생명을 잃은 것과도 같았던 것이다.

예술은 곧 자기의 생명이 아니었던가. 십여 년 동안 예술을 위해 닦은 공부는 그대로 자기의 생명이었다. 만일 자기에게 예술이란 세계가 제어되어 있었던들, 자기는 스스로 목숨을 끊고 영원한 예술 속에 깊이 잠들고 있었을는지도 모른다. 오직 예술 그 속에서만 참삶을 살 수 있었던 것이다.

거지 같은 오늘의 생활—그것도 다만 예술에 충실하려는 마음이었다. 밥만을 위해 삶을 찾았더라면 자기는 결코 이러한 처지에서 한 대의 담배에조차 궁하게 되지는 않았을 것이다.

××사에서 축출을 당할 때 △△회사도 자기를 끌었고, ○○사에서도 말이 있었다. 그러나 예술을 희생하고 뜻 아닌 곳에서 밥을 빌

수는 없었다. 그것은 곧 자기라는 생명을 희생하는 것과도 같았던 것이다. 그리고 지금도 결코 그것을 후회하는 것이 아니다. 한 개의 예술을 창조할 때 그 속에서 생명을 찾고, 생의 가치를 느끼므로 자기라는 존재를 내다본다. 불안한 세태에 참을 수 없는 고독을 느낄 때에도 어떠한 예술적 소재를 머릿속에 두고 캔버스와 마주 앉을 때, 그리하여 새로운 세계가 붓끝에서 창조될 때 역시 자기의 생은 그 속에서 빛났다.

약수터의 풍경을 그릴 때에도 금주의 영원한 생명을 위해 자기의 생명을 정성을 다해 기울여 넣었다. 그리하여 예술 속에 남아질 영원한 생명을 꿈꾸고 세상을 비웃었다.

그러나 금주의 사랑 앞에서는 예술의 힘도 생명을 잃는다. 확실히 자기는 금주를 못 잊는 것으로 자기의 마음을 증명할 수 있지 않은가. 이것이 자기의 마음일까, 사람의 본성일까. 상하는 자신의 존재에 대한 회의를 풀 길이 없었다.

내다볼 수 있는 죽음을 앞에 놓은 금주나 씩씩한 건강을 자랑하는 자기나 생명이 없는 점에 있어서는 조금도 다를 것이 없었다. 금주의 생명을 가이없어 하며 캔버스 위에 그려놓은 자기의 생명도 반드시 가이없게 보아주어야 마땅할 것이다. 아니 금주의 생명이 도리어 자기의 생명을 비웃을는지도 모른다. 그림을 원하여 은근히 자기의 마음속에 알뜰하게 사랑의 패를 주는 듯하다가 약혼설을 말하여 냉정히 돌려 따는 것은 자기를 조롱하는 것이 아니었던가. 더욱이 그 그림으로 사랑하는 이의 만족을 주자는 것은 확실히 자기의 예술을 비웃어줌도 되는 것이다.

금주를 마음대로 할 수 있든지, 그렇지 않으면 그 그림을 다시 빼앗아 금주의 눈앞에서 빠악빡 찢어 불살라버리든지 하지 아니하고는 언제까지나 마음의 평화는 올 것 같지 않았다.

5. 종곡, 생명의 성격

이튿날 상하는 약수터의 아침 물참에 금주를 찾아 떠났다. 그러나 이태 동안을 하루같이 빠져본 일이 없다는 금주가 오늘은 약수터에도 산속에도 보이지 않았다. 반나절 동안을 산속에서 기다려보았어도 금주의 그림자는 나타나지 않았다. 상하는 문득 그날의 각혈을 연상하고 그의 죽음을 뒤미처 생각해보며 몸서리를 쳤다.

그러나 금주는 죽음의 길을 찾아간 것이 아니요, 삶의 길을 찾아간 것이다. 금주가 거처하던 주인집을 찾으니,

"네, 그 아가씨요? 회당으로 갔지요. 전도 부인이 늘 예수를 믿으면 병이 낫는다구 해두 쓸데없는 소리라구 귀담아듣지 않더니 어젯밤 피를 연거푸 세 번인가를 토하고는 근력 없이 밤새도록 누워서 뜬눈으로 새고 나서, 무슨 생각으로 아침 일찍이 그리로 갔답니다."

주인마누라는 분명히 대답하였다.

상하는 금주의 흉보불길한 기별를 듣는 것에 못지않게 놀랐다. 그렇게도 믿지 못하던 교회당을 필야엔 금주도 찾아가고야 만 것이다.

생명을 위해 알고라도 속지 않을 수 없는 것이 금주의 마음이었다.

상하는 교회당을 향해 발길을 옮겼다. 황혼의 불그레한 노을 속에 잠긴 신비로운 교회당의 지붕을 바라보며 산턱길을 추어올랐다. 뜻밖에도 금주는 교회당 뒤 솔밭 잔디판 위에 힘없이 앉아서 건너 산허리 밑의 마알간 바다를 무심히 바라보고 있었다.

"이리로 또 오세요? 왜 자꾸 이렇게 저를 따라다니는 거예요?"

상하의 그림자를 대하기가 바쁘게 금주는 독을 뿜는 듯한 날카로운 눈초리로 새침하여 쏜다.

상하는 그 대담함에 놀라고 멈칫 섰다.

"젊은 계집이 산속에 혼자 앉았는데 따라오는 것은 무슨 뜻이에요?"

"어제는 실례했습니다."

대답에 궁하여 늦어진 인사를 어색하게 하였다.

"글쎄, 안 그래요? 선생님! 선생님에게 생명이 있다면 응당히 저에게도 생명은 있어야 옳을 것 아닙니까? 생명은 선생님의 전유물만이 아니니까 말이에요. 안 그래요? 선생님!"

"……."

"그러나 선생님은 선생님의 청춘만을 위해 남의 청춘을 짓밟으려는 것이 욕망의 전부이지요? 다 알고 있어요. 저인들 왜 청춘이 그리울 길이 없겠습니까. 바에서 카페로, 카페에서 티룸으로 이렇게 굴러다니는 동안 가지가지의 세파에 마음이 늙은 계집이랍니다.

왜 청춘이 그리울 길이 없겠어요. 청춘에 목말랐지요. 영원한 청춘에 목이 말랐어요. 그러나 선생님! 생명이 있고야 청춘이 있지 않겠습니까? 이렇게 된 팔자에 뭐 거리낄 것 있겠어요? 털어놓고 시원히 말씀드리지요. 저는 실상 남편도 아무것도 없는 계집이에요. 선생님이 자꾸 저에게 맘을 두는 눈치를 엿보고 선생님의 사랑의 정도를 저울질해보자고 제가 초상화를 청해본 것이에요. 그랬더니 그 그림 속에서 선생님의 사랑이 열정적인 것을 찾고, 어떡하면 그 열중된 선생님의 사랑의 불길을 고이 재워볼 수 있을까 하는 데서 냉정히 선생님의 마음을 단념시키자는 것이 남편이 있다고 거짓말을 꾸며댄 원인이었더랍니다. 그러나 선생님은 그럼에두 불구하시구 저더러 그 그림을 찢으라고 열정적으로 부르짖으실 때 저는 저같이 천한 계집을 그처럼 사랑해주시는 선생님의 그 정열에 감복하여 청춘의 힘을 이길 길이 없어 흥분되는 마음에 그만 각혈까지 하게 되었더랍니다. 마음이 흥분되면 또 각혈을 할까 두렵습니다. 저를 다시는 괴롭히지 말아주세요, 네? 선생님! 이게 저의 선생님에게 알뜰한 원소원이에요. 영원히 잊어주실 수 있겠지요? 네? 선생님!"

말끝을 여물게 맺을 길이 없이 뒤미처 스미는 눈물을 금주는 걷어잡지 못한다.

순간 상하는 금주의 농락에 불쾌함을 느끼기보다 뜨겁다 못해 냉정하지 않을 수 없는 금주의 그 청춘의 정열에 감격하지 않을 수 없었다. 청춘의 끓는 그의 마음이 오죽이 괴로웠을까. 괴롭다 못해 냉정해졌을까. 냉정히 거절을 하고도 참을 수 없이 떨어뜨리는 눈물—청춘에 끓는 정열의 눈물이 아니었던가. 생명이 발버둥치는 냉정한 눈물이 아니었던가. 생명은 곧 청춘의 힘이다. 이 눈물 앞에 어찌 마음이 흔들리지 않을 수 있을까.

자기가 생명으로 아는 생명과 금주가 생명으로 아는 생명과의 그 생명을 가지는 성질은 비록 다르다 하되 생명인 점에 있어서는 공통된다. 오직 목숨을 생명으로 아는 금주에게 있어선 이 이상 더 생명을 사랑할 줄 아는 아름다운 맘씨를 가지기 바랄 수 없을 것이다. 이미 이러한 맘씨가 금주의 마음속에 숨어 있었음에도 헤아리지 못하고 그의 마음을 괴롭혀온 상하는 자책의 마음에 고개가 숙여졌다. 대답에의 빈곤을 느껴 어리둥절하는 동안 교회당의 저녁 종소리가 성스럽게 산곡을 울린다.

뜨앙! 뜨앙! 땅땅! 땅…….

그것은 마치 상하의 난처한 정경에 동정이나 하려는 것처럼 금주를 불러들였다. 비탈진 산턱길에 조심스레 발을 옮겨 짚는 금주의 힘없는 거동을 멀거니 바라보며 성스럽게 들려오는 종소리의 음향 속에서 상하는 알 듯하면서도 알 수 없는 생명의 성격에 고요히 생각을 깃들이고 있었다.

−1938년

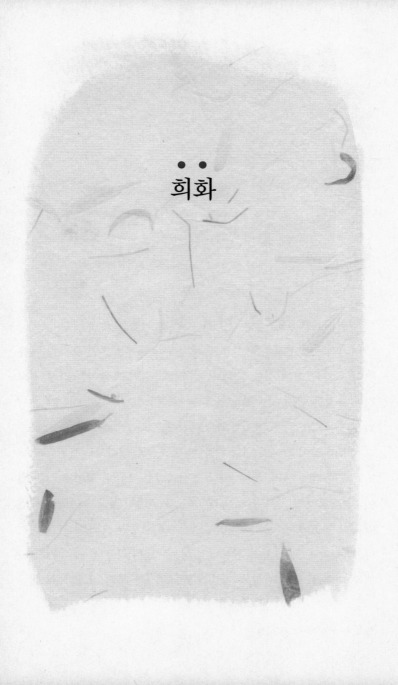

희화

낮비 소리보다는 밤비 소리가 더욱 가슴에 맺힌다.

정력적으로 쭈룩쭈룩 그렇게 세차게나 퍼부었으면 오히려 나을 것이 오기도 싫은 것을 보슬보슬 끊임도 없이 속삭이는 가랑비 소리—그것은 마치 사람의 눈을 피해 조심조심 걸어오는 사신^{저승사자}의 발자국 소리나처럼 정암의 귀에는 들린다.

날마다 살이 깎여만 내릴 줄 아는 팔뚝을 들여다보면서도 그래도 마뜩해 죽기야 하리, 하는 그 굳센 신념만은 조금도 꺾이지 않던 것이 이 며칠째의 의사의 진찰 태도에 그만 정암은 그렇게도 굳세던 마음이 일조에 꺾이고 죽음의 공포 속에 자꾸만 오력^{오금}이 재려든다. 더욱이 오늘 아침의 진찰에 와서는 청진기를 가슴에 대기가 바쁘게 머리를 흔들며 실색^{놀라서 얼굴빛이 달라짐}을 하던 그 의사의 태도는 그것이 벌써 무엇을 의미하는 것인지를 모르지 않는 것이다. 별안간 가슴이 덜컥하고 내려앉으며 정신이 아찔해진다.

그때부터 정암은 세상의 모든 것이 자기와는 인젠 손톱만 한 인연도 없는 듯이 자기의 죽음을 한시바삐 재촉하는 듯하고 또 찬미해 마지않는 것만 같다. 그러면서 무엇이나 그윽히 그리고 그윽하게 들려오는 음향이면 그것은 자기의 죽음을 재촉하는 그 무슨 신의 호령이나처럼 그의 귀에는 들린다. 사람이 한 번 죽는다는 것은 피치 못할 철칙으로되, 이제 그 불가저항의 죽음이라는 것이 참으로 찾아와 시간을 앞에 놓고 자기의 운명을 노리고 있거니 하니, 이리도 짧은 사람의 일생이 안타깝기 그지없다. 독자 _{남에게 기대지 아니하}는 _{자기 한 몸}의 예술을 개척하여—그는 그렇게 앎—주위의 벗들을 못 누르고 홀로 문단에 뚜렷한 지위를 얻기까지의 그 정력의 소비, 분투와 노력을 생각할 때 지금까지 쌓아온 그 노력의 헛됨이 지극히 아깝다.

지금 죽는다 해도 이미 얻은 그 문단적 지위는 움직일 수 없이 뚜렷은 할 것이나, 정암은 그것만으로 시원히 마음에 만족하지 못한다. 백만 대중을 위해 자기의 경지를 개척할 예술적 소재가 복안 _{마음속 생각}에 많은 것을 이렇다 세상에 발휘하지 못하고 가슴속에 지닌채 자취도 없이 자기와 같이 영원히 썩어지고 말 것임에 길이 미련이 남는다. 다만 몇 해 동안이라도 그 소재의 예술화를 보기까지 죽음에 생의 여유를 얻는다면 하고, 때로 앞날을 내다보는 것이나 다음 순간 그 의사의 실색하는 태도가 뒤미처 떠오를 땐 그러한 생각조차 그것은 너무나 한 억지임을 그 즉석에서 깨닫지 않을 수 없다. 아무리 해도 자기는 한 주일이 멀다, 그 안으로 기어코 죽고 말 것만 같다.

그러니 죽음과 같이 영원히 잊고 말 잊기 어려운 그 예술—그 예술도 자기에겐 없을 것을 미뤄볼 때 정암은 좀더 예술 속에 깊이 사라지고 싶은 알뜰한 충동에 못 이긴다. 여생이 이제 앞으로 얼마 동안이나 더 계속될는지는 모르나, 다만 몇 시간 동안이라도 깨끗하게 더러운 생활을 예술화시킴으로써 사람으로서의 보람 있는 최후를 마치고 싶다. 그러니 오늘까지 살아오는 동안 양심에 걸리던 자기 자신의 비행이 이렇게도 가슴에 맺힌다. 그 가운데서도 더욱이 참을 수 없는 그 한 가지—그것은 자기의 문단적 지위를 높여준 예술적 창작의 동기가 되었던 비인위적 행위 그것이다.

사람으로서의 차마 하지 못할 행위를 범하고도 오늘까지 비밀히 감추어두었던 것은, 지위를 보존함으로써 거기에 따라 예술 가치도 앞으로 더욱 높이자는 데 있었던 것이나, 자기와 같이 예술의 소재도 영원히 사라지고 말진대 완전한 사람으로서의 인격을 바로 가짐으로써 나머지의 여생이나 깨끗이 예술화하여 보다 더한 한갓 완전한 인간으로 예술 그 물건이 되어 죽고 싶다. 그 비인위적인 무서운 범죄로 《우정》을 써서 문단적 지위를 얻게 되던 사실, 그것을 정암은 한시바삐 밝힘으로써 완전한 죄 없는 사람이 되어 죽고 싶은 알뜰한 충동을 자못 이길 수 없다.

"여보!"

정암은 아내를 부른다. 그리고 급히 천양을 좀 청해달라 이른다.

그러고는 얼마 동안을 무슨 사념에선지 다시 그윽히 잠겼던 정암
은 천양의 기침 소리가 들리기 바쁘게 힘없는 눈을 번쩍 뜨고 지극
히 반가움에 못 이기는 태도로 천양의 팔목을 덥석 더듬어 쥔다.

"요즘은 좀 어떤가?"

다른 한 손으로 정암의 빼빼 마른 팔목을 천양도 마주 쥔다.

"나는 인젠 죽는 사람이야, 군과 이렇게 손목을 잡고 이야기를 하
게 되는 것도 이것이 필시 마지막인가 보아."

"그런 소리를 왜 하나."

"아냐, 나는 죽는 사람이지. 군의 그런 인사말도 지금 내 탈에는
너무 늦었어."

"글쎄 그런 소린 말래도."

"아니, 죽지 죽어. 죽고말고…… 내가 죽으면 군! 세상은 나더러
무어라고 할 것인가? 군은 비평가이니만큼 응당 나에게 대한 문단
의 여론을 좀더 정확히 짐작할 테지?"

"군의 지위야 소설가의 한 사람으로 영원히 살고 있을 텐데……
군의 《우정》이야 우리 문단에서뿐 아니라 외국의 어느 문단에 가져
다 놓더라도 손색이 없을 불후의 걸작으로 이미 세평 세상 사람들 사이에
오가는 평판이 높잖은가. 그것만으로도 군의 지위는 영원히 살고 있을

것이라 믿네."

별안간 정암의 눈에는 눈물이 핑 돈다. 천양의 입으로 《우정》의 찬사를 받을 때 정암은 양심상 참을 수 없는 그 무엇이 아프게 가슴을 찌르는 것이다.

"천양! 군은 이 나라는 존재를 무엇으로 알고 있었나? 바로 말해 주게, 군!"

"내 동무로서의 둘도 없는 벗으로 알지. 군과의 교의는 세상이 《우정》을 믿듯이 나는 군을 믿으니까. 안 그래? 정암! 군도 나를 믿어주지?"

정암의 눈물이 다시는 소생할 여망이 없는 데서 자기와의 우정에 참을 수 없이 흘리는 그러한 눈물인 줄만 아는 천양은 이를 데 없이 안타까운 마음에 다정히 손목을 흔들어 묻는다. 그러나 정암은 여전히 눈물로써 대답을 받을 뿐, 말이 없다.

"정암! 마음을 굳세게 먹어야 돼. 군은 그만 탈을 중히 알고 마음을 약하게 먹으니까 그게 탈이거든. 나는 군의 탈이 전에보다 분명히 떨리고 있는 줄을 아는데 무슨 근심이야 글쎄."

"용서하게, 천양!"

아무 말도 없이 눈물만 흘리던 정암은 마침내 무엇을 결심한 듯이 눈을 크게 뜨고 이에 힘을 준다.

"용서라니! 무엇을 말야?"

"나는 군에게 죄를 지고 있어."

"죄! 무슨 말이야 대체 그게."

"나는 오늘까지 그것을 속여왔으니까 군도 모르지, 용서하게."

"아, 이 사람! 그게 무슨 말인지는 자세히 모르겠으나 설혹 잘못이 있대사 군과 나 사이에 죄라고까지 이름을 붙일 무엇이 있겠나, 걱정 마라."

"정말 용서해줄 텐가? 천양! 나는 군과의 정의가 그만큼 두터움으로 해서 죽으면서까지는 군을 속이지는 못하고 밝히고 가려는 거야. 나의《우정》은 그게 모델을 두고 썼던 소설이거든……."

"응?"

의외의 사실에 천양은 냉큼 놀란다.

"그러기 내가 용서를 청한 것이 아닌가? 군!"

천양은 마치 의식을 잃은 사람 모양으로 멍하니 정암의 얼굴만 뚫어져라 바라본다.

"용서한다더니 응? 군!"

"……."

"천양! 응? 천양! 죽으면서까지 나는 그런 사실을 속일 수가 없었네. 차마 속일 수가, 군을 속일 수가……."

천양은 힘없이 한숨을 쉬며 고개를 벽으로 돌린다. 정암의《우정》을 오늘까지 혀끝에 침을 튀어가며 칭찬을 하여 불후의 명작으로 만들어놓은 그 소설의 모델이 이제 자기 아내와의 간통에 있었던 것을 생각할 때 천양은 너무도 자신이 부끄러움을 금할 수 없는 것이다.

"생각하면 십 년 전 군이 북선이북 방면으로 순회강연을 떠났을 때 나는 군에게 죄를 지었네. 그것이 잘못인 줄은 물론 잘 알면서도 그때 내 마음을 나도 억제할 수가 없었으니……."

"정암! 그게 사실인가? 사실이라면 그런 사실을 내 귀에 고하지 말고 그대로 안고 가지를 왜 못하나? 내 아내를 더럽혀준 것이 동기가 되어 그것을 모델로 짜인 작품이 내 입으로 칭찬을 하여 예술적 가치를 높여준 것을 생각할 때, 내 마음이 아플 것을 군은 짐작하지 못하였던가?"

"아니 나는 나를 나라는 일개 완전한 인간으로 내 몸을 세움으로써 예술 속에 깨끗이 죽기 위해 고백을 한 것이야. 내가 그것을 지금껏 숨겨온 것은 내 인격을 보존하기 위하자는 데 있었으나, 내가 죽으면 나라는 인간은 이 세상에서 영원히 없어질 것이 아닌가. 그러면 그때에는 인격을 보존할 필요도 아무것도 없을 것이란 말야. 그래서 나는 나라는 인간을, 다시 말하면 죄 없는 깨끗한 인간으로 인격을 세우고 죽기 위해 죄를 고백하지 않고는 참을 수가 없었거든."

어떻게 생각하면 정암의 이 고백은 자기에게 모욕을 주기 위한 농락도 같은 것이 천양은 분하다.

"너는 도무지 나를 농락하는 데 불과하구나. 자기의 인격만을 위해 남의 인격을 이렇게도 비웃어놓는 법이 어디 있단 말이냐? 나도 너를 농락하려면 농락할 만한 사실이 없는 것이 아니다. 내가 내 붓끝으로 칭찬을 하여 걸작으로 만들어놓은 소위 그《우정》은 전혀 내 붓끝이 만들어놓은 역작이었고, 내 마음이 허하는 그러한 역작은 너무도 아니었다. 우리는 그때 우리의 정치사상을 건설하기 위해 우리의 그룹을 옹호하지 않을 수 없었고, 또 내세우고 추켜올리지 않을 수 없었던 것이다. 그래야 사회적으로 권위도 얻게 될 것이요, 그러므로 가난한 우리가 밥도 먹게 될 것이므로 그렇게 칭찬을 했던 게지. 이러한 예가 그때의 문단에 있어 한 통폐^{일반에 두루 있는 폐단}이었던 것은 군도 잘 알고 있는 사실이겠지? 이제 말하거니와 군의《우정》도 그 한 좋은 예이었던 것임을 알아야 하네."

아직 여생이 구만리^{아득하게 먼 거리} 같은 천양으로서는 차마 못할 소리를 한다는 듯이 정암은 끔쩍 놀라고 겨우 뜨이는 눈이 둥그레지며,

"아니, 천양! 그게 무슨 소린가? 군은 아직도 여생을 살아갈 앞날이 많이 남았는데 군 자신의 입으로 그런 소리를 한다면 누가 군의 붓끝을 신용할 것인가. 안 그래? 군!"

그리고 앞날에 있어서의 벗의 지위를 지극히 염려해 마지못하는 듯한 일종 애연^{슬픔}에 가까운 낯갗으로까지 변한다.

그러나 천양은 이 소리를 듣는지 마는지 흥분에 걸어지는 침을 힘주어 몰아삼키며,

"반듯한 말이 그때부터 군의 지위는 문단적으로 섰고, 그리하여 밥 문제도 어느 정도까지 해결이 되었던 것을 군도 뻔히 알고 있는 사실일 테다. 그리고 군은 그《우정》을 내세우고 어깨를 우쭐거리

고 다녔지. 나는 그것을 보고 얼마나 늘 웃으며 지내왔는지 모른다. 그러면서 세상이란 일개 비평가의 붓끝에 이렇게도 속나 하고 세상을 좇아서 다시 한 번 웃으며…….”

“아니, 군! 군은 여생이 여생이…….”

되풀이하면서 정암은 괴로운 표정 속에 뒷말을 더 계속하지 못하고 눈을 감는다. 침묵이 흐른다. 영원한 침묵을 지키려는 정암은 가쁜 숨소리와 같이…….

그리하여 침묵이 계속되는 고요한 방 안에는 전등불만이 혼자 밝아서 현실의 역사를 지키고 창밖의 어둠 속엔 가랑비 소리가 여전히 보슬보슬 정암의 최후를 재촉하고…….

−1940년

• • • •
인두지주

1

S시에는 산업박람회가 열렸다. 구경이라면 머리를 동이고^{끈이나 실 따위로 감거나 둘러 묶고} 달려드는 사람들은 오늘도 이른 아침부터 모여들기 시작해서 넓은 터전은 그야말로 인산인해^{사람이 수없이 많이 모인 상태}를 이루었다. 그것은 이런 대목을 보려고 각처에서 모여든 마술단, 연극단 이외에도 온갖 놀음이 귀가 소란하게 뚱땅거리며 그들을 꾀이는 까닭이었다.

이날도 경수는 빈 지게를 지고 무슨 벌이가 혹시 있을까 하여 이 광장을 빙빙 돌다가 한나절 후에는 그만 화가 나서 집으로 돌아가려는 차에 홀연 '사람거미'라고 외치는 소리를 듣자 그는 걸음을 멈추고 귀를 기울였다.

"자아, 구경하시오! 오 전씩. 남양 인도산 사람거미—사람 대가리에 거미 몸뚱이란 이상한 짐승이올시다……."

맞은쪽 막다른 골목에다 가마니와 섶개^{마른 나뭇가지, 마른 풀, 낙엽 따위의} 부스러기로 막을 치고 출입하는 문 위에는 새 옥양목^{고운 무명} 바탕에다 사람 대가리가 돋친 거미를 이상스럽고 울긋불긋하게 그려서 걸고 그 옆에는 해진 양복을 입은 장대한 남자가 서서 목이 터지도록 이렇게 외치고 있다.

"참, 세상에 별 괴상한 것도 다 보겠군. 허! 허! 원 세상에 사람의 머리가 돋친 거미란 놈이 다 있단 말인가?"

거기는 들고 나는 사람이 연신 줄달으며 나오는 사람들마다 희한하다는 듯 모두 이렇게 중얼거린다. 이때 경수도 속으로 혼자 중얼거리며 오고 가는 사람 틈에 끼어서 얼마 동안 그 그림을 쳐다보았다. 그는 들어갈까 말까 하고 주저하다가 제일 구경값이 싼 김에 그만 지게를 벗어놓고 단풍^{담배 이름} 한 갑 사 먹을 돈이 오 전 있는 놈을 자선하기로 결심하였다.

들어가 보니 그것은 과연 사람거미였다. 눈이며 코, 입 모든 것이 영락없는 사람이다! 아니 사람 중에도 미남자다. 갸름한 얼굴에 이목구비가 번듯한데 머리는 왼쪽을 타서 하이칼라^{머리털을 가장자리만 깎고 윗부분은 남겨서 기르는 서양식 머리 모양}로 갈라붙였다. 그런데 몸뚱이는 사방 한 자 반^{약 45센티미터}씩이나 될 놈이 검붉은빛으로 게발 같은 발을 뻗치고 있는 것은 보기에도 흉한 큰 거미 몸뚱이가 아닌가. 이런 괴물을 바야흐로 단풍이 물들기 시작하는 가지가 무성한 큰 나무 두 개를 양쪽에 세워놓고 그 가지에다 굵은 노끈 같은 거미줄을 늘어놓고는 그 한가운데에 매달았는데 그것은 암만 보아도 사람 대가리가 돋친 거미가 분명하였다.

"아이구 저 얼굴 좀 봐…… 사람 같으면 좀 잘생겼나……."

기생 같은 여자 하나가 이렇게 말하면서 좀 자세히 보려고 그곳으로 가까이 가보았다. 이때 거미는 혀를 쑥 빼물고 눈을 이상하게 껌벅이며 고개를 앞으로 내밀고는 앞발로 줄을 당기며 흔든다. 그것은 마치 기생에게로 달려들려고 하는 것같이 보였다.

"아이구머니!"

이때 기생은 정말로 달려드는 줄 알았는지 그만 기절을 하여 뒷걸음질을 치는 바람에 구경꾼들은 모두 허리를 잡고 웃었다.

그러나 경수는 웃지도 않고 이상한 태도로 똑똑히 들여다보며 이 괴상한 괴물의 정체를 알아내려고 하였다. 아무리 보아도 그것은 사람거미였다. 그는 다시 생각해보았다. 사람이 거미의 탈을 썼다고 하자니 두 다리는 어디다 처치를 하였을까? 아무리 다리를 꼬부려 넣었다 하더라도 양쪽으로 쑥 두드러진 무릎마디는 드러날 것이다…… 그러나 그가 처음 볼 때에는 혹시 고무로 만들어서 전기작용을 한 것이나 아닌가 하였지만 결코 그런 것은 아니었다. 그 괴물의 얼굴에는 분명히 뜨거운 붉은 피가 살 속으로 흐르고 있다. 그러면 정말로 사람거미라는 이상한 괴물이냐? 그러나 이런 동물이 이 세상에 있을 수는 없다. 경수는 이 풀기 어려운 스핑크스그리스 신화에 나오는 괴물. 행인에게 수수께끼를 내어 풀지 못하면 죽였다고 함의 수수께끼를 속으로 또 풀어보려던 중, 그때 마침 괴물이 기생에게 히야카시희롱의 일본말를 하는 것을 보고 그것은 정녕 사람을 알아보는 모양이라는 짐작이 되어 마침내 그것에게 말을 시켜보았다.

"너 지금 몇 살이냐?"

괴물은 머리를 흔든다. 그것은 말을 모른다는 뜻 같았다.

"말을 못 알아들어?"

이번에는 고개를 앞으로 끄덕였다. 그것은 그렇다는 듯이…… 경수는 비로소 그 동물이 말을 알아듣는 줄 알게 되었다. 그래서 그는 한 걸음 다가서며 또다시 물어보았다.

"끄덕거리는 뜻은 무슨 뜻이냐?"

괴물이 이번에는 아무런 형용도 하지 않고 뚫어지도록 경수를 바라볼 뿐이다. 웬일이냐! 그의 눈초리는 실룩하고 안색은 이상하게도 안타까운 표정으로 변하였다. 그러자 두 눈에서는 눈물이 텀벙텀벙 쏟아진다…… 이때 경수나 모든 구경꾼도 물론이요, 이 괴물의 주인까지도 무슨 영문인지를 몰라서 많은 사람의 시선은 모두 괴물에게로 쏠렸다. 그러나 이때 경수의 생각은 저것이 말을 하고 싶으나 말이 나오지 않아서 그러는가 보다 하였지마는 주인이 놀라는 기색은 그 괴물이 평소의 태도가 아니라는 것을 분명히 짐작할 수 있었다. 그러나 그 괴물이 하필이면 경수를 보고 눈물을 흘린다는 것은 경수 자신도 아무래도 이해할 수 없는 일이었다.

'저것이 어째서 나를 보고 눈물을 흘릴까?'

경수는 자기도 모르게 이렇게 중얼거리고 마주 쳐다보았다. 참으로 괴상한 일이었다.

그러나 괴물의 눈에서는 더한층 눈물이 뚝뚝 흘렀다. 나중에는 훗! 훗! 느껴 운다. 이때 괴물의 안색은 온통 슬픈 표정이 가득 찼다.

2

이 광경을 본 주인은 경수와 괴물 사이에 무슨 심상치 않은 관계가 있나 보다 하였다. 그러나 지금 그것을 물어보다가는 괴물의 정체가 폭로될 것이요, 그렇게 되면 영업에 방해가 될까 봐서 이때 주인은 어찌할 줄을 모르고 당황할 때, 별안간 공중에서 프로펠러 소리가 요란하자 관중은 우— 하고 휘장 밖으로 몰려나갔다. 경수도 이때 비행기를 구경하고 싶은 생각도 있었으나 그것보다도 이 괴물이 무엇인가 알고 싶어서 그대로 서서 괴물을 쳐다보고 있었다. 이때 장내는 주인과 경수 단 두 사람만 남아 있었다.

"경…… 경수! 아……."

이때 별안간 괴물은 이렇게 부르면서 주인에게 무슨 눈치를 한다. 이 괴상한 사람거미가 별안간 자기의 이름을 부르는 소리를 들을 때 경수는 소스라쳐 놀라지 않을 수 없었다. 그는 더욱 무슨 영문인지 몰라서 홀린 듯이 괴물을 쳐다보고 있을 뿐이었다. 이때 주인은 거미줄을 풀고 그 괴물을 번쩍 들어서 땅에 내려놓았다. 괴물은 홀떡홀떡 거미껍질을 벗더니 엉금엉금 경수 앞으로 기어나오는데 그것은 두 다리가 엉덩이까지 잘라진 두루뭉수리인 형체가 제대로 이루어지지 못하고 함부로 뭉쳐진 사람이었다.

"아, 경수…… 그래도 나를 몰라보겠나…… 나는 창……."

앉은뱅이는 떨리는 목소리로 이렇게 부르짖자 별안간 경수의 손목을 덥석 쥔다. 이때 경수는 정신이 번쩍 났다. 그는 비로소 그게 누구인지 알았다. 이 두 다리가 없는 사람은 과연 창오가 분명하였다. 죽은 줄만 알았던 창오가—창오는 경수의 예전 친구였다. 그때 그 지진 난리통에 서로 헤어진 후로 벌써 삼사 년째나 소식이 묘연한 그는 필경 죽은 줄만 알았는데 이렇게 다시 만날 줄이야, 실로 꿈에도 뜻하지 못한 일이었다. 비로소 경수도 왈칵 달려들어 창오의 손목을 잡아 흔들며,

"아! 창오……."

하고 부르짖는 그의 목소리는 절반은 목멘 감격에 찬 소리였다.

3

경수와 창오는 어려서 한동네에서 자랐을 뿐만 아니라 남달리 친

하게 지냈던 사이였다. 그래서 나무를 하러 가도 같이 다니고 일을 가도 같이 다녔었다. 그러나 그들은 가난한 소작인이었으므로 남의 땅마지기를 부쳐가며 간곤한^{몹시 가난하고 구차한} 생활을 부지하던 터인데, 그들이 부치던 땅이 ××으로 넘어가는 바람에 그들은 일조에^{하루 아침에} 밥줄이 끊어지고 말았다. 그러나 그대로 앉아서 굶어 죽을 수는 없으므로 어디 가서 노동이라도 해서 돈을 벌어야 하겠다고 그때 한참 돈벌이가 좋다는 ××으로 그들은 정처 없는 길을 떠났었다.

그러나 급기야 들어가 보니 듣던 말과는 딴판으로 아무런 발전도 없고 말도 모르는 벙어리들에게 일자리를 주는 놈은 없었다. 그래 그들은 ××에서 ××로 다시 ××으로 무여걸인처럼 방랑하다가 생각만 해도 끔찍한 저 ××관××통을 치르는 통에 그때 그들은 풍비박산^{사방으로 날아 흩어짐}이 되었다. 그래서 그 뒤로는 어떻게 된 줄을 모르는 까닭으로 그들은 지금까지 서로 죽은 줄만 알고 있었던 것이다. 그때 경수는 죽을 고비를 여러 번 치르고 간신히 몸을 숨겨서 고국으로 돌아왔으나 창오는 그때에 ……에게 붙잡혀서 거의 ……맞고 다시 ××서에 한 달 동안을 갇혔었다 한다.

"그래 그 후에 어떻게 되어서 저 지경이 되었나?"
하고 경수는 궁금한 듯이 그의 굼뜬 말을 채쳤다^{몹시 재촉했다}.

"아, 그 뒤에 그 난리가 간정된^{가라앉아 진정된} 뒤에 무사히 놓이기는 하였지마는 그날부터 또 먹을 것이 있어야 살지…… 그래서 ××일을 하면 진저리도 나고 하여 ××탄광을 가지 않았겠나…… 그때 유치장에 같이 갇혔던 어떤 친구가 그쪽으로 가자는 바람에…….".
하고 말을 끊자 창오는 힘없이 또 한숨을 내쉰다.

"그래서…….".

"다행히 일자리를 붙들어서 일을 잘하게 되었는데 이듬해 봄에
탄광이 무너지는 바람에 나도 그때 속에 들어가서 석탄을 파내다가
그만 아랫도리를 치였다네…….".
하고 그는 다시 말을 이어서,

그때 자기도 꼼짝없이 죽을 것을 같이 일하던 친구들이 구해서
살기는 살았지마는 두 무릎이 부러졌다는 말과, 그때 그 굴이 무너
지는 통에 무정하게 죽은 우리 동포가 얼마나 되는지 모른다는 말
과, 그래서 할 수 없이 자기는 병원으로 떠메어가서 썩어들어가는
두 허벅다리를 자르고 몇 달 동안을 죽다시피 했던 말과, 병원에서
나올 때는 위로금 한 푼 받지 못하고 빈손으로 앉은뱅이 병신걸인
이 되어서 노상에 내던짐을 당했다는 말과, 그날부터 할 수 없이 남
의 집 문전에다 턱을 걸고 촌촌이 빌어먹으며 앉은뱅이걸음으로
이 년 만에 고국땅을 밟게 되었다는 말과, 어떻게든지 거지 노릇을
면하려고 그때 탄광에서 같이 병신이 된 친구와 밤낮으로 연구한
결과 마침내 이런 짓을 꾸미게 되었다는 말과, 그것은 그런 생각이
XX에서부터 들었는데 그때 바로 그 친구가 여간 쉬운 일을 해서 번
돈과 자기가 공원과 길거리에 앉아서 번 돈으로 그곳 마술사를 찾
아가서 그런 사정 이야기를 하고 거미탈을 만들어달라고 간청한 결

과 그 사람이 무슨 맘이 있었는지 당장에 승낙하여 잘 만들어주었을 뿐 아니라 그곳 경찰서에 교섭하여 흥행 허가까지 맡아주었다는 말과, 그 뒤로부터는 가는 곳마다 그 짓으로 돈을 꽤 잘 벌어서 고생을 덜하고 바다를 건너왔다는 말과, 고국에 와서는 차마 그 짓을 말자고 하였으나 고향이라고 돌아와보니 부모는 돌아가시고 아내는 개가하고^{다른 남자와 결혼하고} 역시 노동일을 할 자리도 없거니와 할 수도 없어서 곤란하던 차, 마침 이곳에서 박람회가 열린다는 소문을 듣고 이런 기회에 돈푼이나 벌어볼까 하고 그 짓을 또 시작하였다는 말을 일장설화^{한바탕의 이야기}하였다.

이때 경수는 듣기만 해도 뼈에 사무쳤다. 그러나 경수는 다시 그를 데려갈 집이 없음을 슬퍼하였다.

"아! 그렇게 되었나…… 나는 지금 뭐라고 자네를 위로할 말이 없네…… 그러나 자네가 저렇게 된 것은…… 알겠네그려! 그러면 자네가 그것을 안다면 자네는 그것으로써 위안을 얻지 못할까? 이 넓은 세상은…… 혹시 자네보다도 불행한 사람이 있을 것도 아닌가…… 그러면 말일세! 자네는 저렇게 되니만큼 오히려 ……가지고, 누구 ……감에게 우리 ××에서 ……지 않겠나……."
하고 경수는 그를 쳐다보고 말하였다.

"그야 더 말할 것이 있겠나. 그러나 나 같은 병신이 무슨 일을 할 수 있으며, 또는 나 같은 사람을 누가 같이할 친구로 알겠나, 다만 병신걸인으로 알 뿐이겠지…… 아! 나는 그렇다고 자네는 그 후에 어떻게 되어서 지금 이곳에 와 있는가?"

하고 창오도 강개한^{의기가} 북받쳐 원통하고 슬픈 듯이 경수를 마주볼 뿐이었다.

"나도 자네와 같이 사고무친한^{의지할 만한 사람이 아무도 없는} 나 한 몸이 남아서 정처 없이 돌아다니는 중일세. 그러나 나는 여기 온 뒤로는 고독을 느끼지 않게 되었네. 하루하루 품팔이해서 살기는 사네마는 나 같은 우리 ……에는 수백 명의 건장한 동무가 있으므로 그들과 함께 ……배우는 것이 나의 지금 통쾌한 생활일세. 그러면 자네도 나하고 같이 가세. 자네 하나 더 있으나 없으나 내 생활에는 별로 다를 것이 없겠네마는 자네는 ……가면 할 일이 많을 줄을 내가 잘 아니까…….."

"아! 그럴 수가…… 그럴 수가 있겠나. 그렇다면 가다 뿐이겠나. 가다가 죽더라도 가겠네. 참 이젠 자네 보고 말일세마는 내가 이 꼴을 해가지고 무엇을 더 바라고 살겠나마는 부모처자가 어떻게 되었는지, 그들이나 한번 만나보고 죽었으면 하는 생각으로 고향에 나왔더니 이미 이 지경이 되었으니 다시 무엇을 바라겠나…… 내게는 그런 영광이 없겠네. 그러나 내가 가서 할 일이 무무…….."

"오늘이 쉬는 날이 아니었으면 내가 여기에 왔을 리가 만무하였을 것이니, 그러면 자네를 못 만났을 것이 아닌가?"

하고 경수는 다시 한 번 그의 손을 힘 있게 잡아 흔든다.

"아, 그러면 가겠네! 가다 뿐이겠나…… 그러나 여기서는 기어이 시작한 것이고, 박람회도 며칠이 안 남았으니 이곳에서 떠나는 날 자네를 찾아가겠네."

"그럼 그러게. 내일 모레 밤에 그럼 내가 또 오지."

"아! 그럼 모레 만나세."

"그러세!"

하고 경수가 창오의 손목을 놓고 나가자, 창오는 다시 거미껍질 탈을 뒤집어썼다.

"자! 구경하시오! 남양 인도산 사람 대가리에 거미 몸뚱이란 이상한 짐승을 한 번 보는데 오 전씩……."

돌아오는 경수의 귀에 다시 이런 소리가 들렸다. 그는 창오의 아까 그 모양을 연상하고 저절로 몸서리가 쳐졌다. 경수는 별안간 까닭 모를 눈물이 핑 돌자 그의 두 주먹은 무의식적으로 꽉 쥐어졌다. 그리고 이런 말이 마치 공중에서 부르짖는 것같이 자기도 모르게 부르짖었다.

−1928년

· · ·

유앵기

1

앞문보다는 뒷문 쪽이 한결 마음에 든다.

끝이 없이 마안하니^{아득하게 먼} 내다만 보이는 바다, 그렇게 창망한 바다 위에 떠도는 어선, 돛대 끝에 풍긴 바람이 속력을 주었다 당겼다…… 결코 마음에 드는 풍경이 아니다. 어딘지 거기에는 세속적인 정취가 더할 수 없이 담뿍 담긴 듯한 것이 싫다. 무엇이 숨었는지 뒤에는 꿰뚫어볼 수도 없이 빽빽이 둘러선 송림, 오직 그것밖에 바라보이지 않는 뒷문 쪽의 풍경이 턱없이 좋다.

성눌은 마침내 뒷문 곁에 책상을 놓았다.

놓고 나서 마지막 정리인 책상 위까지 정리를 해놓은 다음, 뒷산을 대해 마주 앉으니 병풍을 두른 듯이 앞을 탁 막아주는데 마음이 폭 가라앉는다. 가라앉으니 앞은 막혔건만 앞이 트인 바다보다 눈앞은 더 환하니 내다보이는 것 같다. 역시 끝없는 바다와도 같은 현상이다. 그러나 거기에는 세속적인 생선을 실은 배가 아니고, 그렇지 않은 그 무엇이 필시 실려 있는 듯한 그러한 배가 오락가락한다.

환상일시 틀림없으나, 이러한 것을 사색케 하는 그러한 자리가 성눌에게는 좋았다.

시원하다. 산으로 내려오는 바람도 시원하거니와 마음도 시원하다. 비록 산경의 초라한 모옥^{자기가 사는 집을 겸손하게 이르는 말}이라 해도 서울의 여사^{여관}보다는 기분일지 모르나 마음이 붙는다. 앞문 쪽을 현실이라면 뒷문 쪽은 확실히 초현실적이다. 마음에 부딪치는 세속적인 모든 것을 떠나 이런 마음의 바닷속에서 영원히 산들 어떠리. 신상도 희망도 생활의 목적도 모두 다 잃고 가장 이상적이어야 할 청춘의 정열까지 마저 식은 생활의 패배자라고 비웃어도 좋다.

성눌은 마음을 풀어놓고 새 생활이 비롯하는 첫 끼를 이 산속에서 먹었다.

2

새 생활이라고는 하지만 성눌은 무슨 이렇다 할 원대한 포부를 품고 선조의 산막을 찾은 것도 아니요, 수양이나 정양^{몸과 마음을 안정하여}

^{휴양함} 같은 것을 염두에 둔 것도 물론 아니다. 다만 벗이 미쁘지 않으니 마음 둘 곳이 없다. 마음 둘 곳이 없으니 고독하다. 고독이 떠나지 않을진대 차라리 미쁘지 않은 벗을 보지 않음으로써 고독함이 한결 덜려질 것도 같은 데서 어디 한번 해보자는 데 지나지 않는다.

누가 성눌만 한 생활의 과거를 안 가졌으랴만 성눌은 그것을 결코 평범시하고 싶지 않았다.

유족하지 못한 가산을 털어 바치고 공부를 하였다. 사회의 가장 참된 일원으로 일을 하기에 목숨을 바치자던 정열의 이상은 사회생활의 첫 관문에서 부서졌다. 난치의 병이 그의 몸을 아주 단단히 붙든 것이다. 더할 줄만 아는 각혈은 절망에 가까운 공포를 주었다. 사회의 참된 일원이 되기 전에 죽는다! 아까운 일이다. 살아야 되겠다! 아무리 해서도 살아야 되겠다! 약으로 병을 다스려야 한다! 그러나 십여 년 동안의 닦은 공부는 전 가산을 새빨갛게 긁어먹고 오직 남은 것이라고는 빈손 안에 앞길의 운명을 판단하고 있을 손금밖에 쥐인 것이 없다. 거기 도와주려는 사람도 없고, 집으로 내려와 누웠으면 병에는 좀더 나을 것 같으나 역시 손금밖에 쥐인 것이 없는 아버지에게 가난의 설움을 더 끼치기 싫다. 도리어 집에서는 알까 두렵게 곧장 병든 몸을 알리는 법도 없이 운명에 목숨을 맡겨 그저 한산한 여사에 누웠다.

가끔 친구들이 찾아온다. 과자도 가지고 오고, 철 따라 선 과실도 들고 온다. 먹기를 권하고 병을 근심한다. 그러나 근심하는 것만으로는 그들도 탈이 낫지 않을 줄을 모를 리 없다. 갈 때마다 하는 말이 공기 좋은 산간으로 전지요양기후나 환경이 좋은 곳으로 옮겨 쉬면서 병을 치료함을 가란다. 그것이 약물치료보다 낫다고 간곡히 권한다.

과자나 과실을 권하는 것은 인사요, 전지요양을 권하는 것은 생명이란 거룩한 거기에 정성을 표시하는 말일 것이다. 그러나 전지요양에조차 여유가 없는 줄을 모르는 벗들이 아닌 그들이 이런 말을 할 때는 이것도 역시 과자나 과일이나의 권과 같은 인사말에 지나지 않는다. 전지요양을 백 번 권했댔자 탈이 나을 수는 없는 것이다.

"왜 전지요양을 가래두 안 가?"

자꾸만 이렇게 권할 때는 딱도 하다.

벗과 벗이 서로 대하는 의무는 이런 말로 다해지는 것일까.

모르는 사람은 모르니 서로 지나치고, 아는 사람은 아니 서로 모자 벗고 인사하고, 벗은 벗이니 악수하고, 가령 점심때면 점심이나 나누고, 그리고 술잔이라도 들게 되면 한 일 원 정도에서 오 원, 십 원도 비용은 나게 된다. 이것이 친한 벗 사이에서 가장 벗다운 성의를 표하는 인사다. 벗 아닌 사람보다 더한 것이 그것이다. 다만 그것이 벗의 필요성인 듯싶다. 점심 한 그릇 술 한 잔 그것으로 벗으로서의 사명이 다하는 것이라면 그것을 원치 않을 때는 벗의 필요성은 없는 셈이 된다.

성눌은 그런 것을 원치 않고도 벗의 필요성이 있을 그 무슨 두터운 성의와 정열이 있어야 할 것을 믿고 싶고, 그 정열이 서로의 마음을 얽어놓으리라야 사람의 벗됨에 부끄러울 것이 없을 것 같다. 병 앓아 누우니 성눌은 전에 못 느끼던 벗이 이렇게도 미쁘지 못하다. 외로운 여사에는 벗밖에 의지할 데가 없고, 또 따뜻한 정이 벗에게로만 향한다. 그러나 벗은 벗대로의 인사가 있을 뿐, 성눌의 생각과 같은 그런 두터운 성의는 그들의 염두엔 없는가 싶다. 건강을 잃은 성눌의 베갯머리는 언제나 외롭고 쓸쓸한데 세월은 그대로 가고 병세는 차도를 모른다.

이러한 때 어떻게 알았는지 아버지가 성눌을 찾아 올라왔다. 집을 팔고 밥을 빌어먹어도 병은 고쳐야 아니하느냐고 병을 속이고 누웠음을 꾸짖고 시골로 데려 내려갔다. 성눌은 아버지의 아들에 대한 성의에 눈물이 났다.

아버지, 아버지가 아들에게 대하는 그러한 성의로 사람들은 서로 대할 수는 없는 것인가. 아버지는 죽음 속에서 자기를 꺼내가지고 가는 듯싶었다. 처음에 돼지를 팔아 약을 사오고 또 소를 팔고, 그래도 차도가 없어서 집을 저당하여 금융조합에서 빚을 내다 뜸을 뜬다, 침을 놓는다, 할 수 있는 자력과 할 수 있는 정성을 다 들여 치료하는 동안이 삼 년, 무엇에 효과를 얻었는지 그렇게도 난질이란 관사를 달고 다니던 병이 씻은 듯이 나았다.

성눌은 생활의 무대에 다시 나섰다. 서울로 올라온다. 벗들은 반갑게 악수하고 투병 축하회를 연다. 그것도 성대하게 요릿집에다 기생을 셋씩이나 불러놓고 성눌을 위해 축배를 드린다. 누구나가 성눌을 위해 지성으로 술을 권하고 기분을 상치 않으려 될 수 있는 데까지 즐겁게 놀기를 위주한다. 기생도 제일 예쁜 것은 제각기 사양하고 성눌에게 맡긴다. 마치 성눌을 위한 세상 같다.

그러나 성눌은 이런 자기의 세상에서 응당히 기분이 즐거울 것이나 즐겁지 않았다. 만일 자기가 구사의 일생에서 생을 건지지 못하였더라면 물론 이런 축하회는 없었을 게고 조전남의 죽음에 대해 슬퍼하는 뜻을 표시하기 위해 보내는 전보이나 조문이, 그리고 추도회를 여는 정성이 있었으리라. 병이 나으면 반가우니 축하회, 죽으면 슬프니 추도회, 왜 축하회와 추도회를 여는 그런 정성으로 병들어 누웠을 때 목숨을 건져주기 위한 구조회는 못 열었던가? 살아 반가우니 축하회를 여는 정성이라면 죽음의 슬픔도 그만한 성의에 못지않았으리라고 보인다. 요행 살아났으니 말이지, 죽고 말았더라면 그들의 이러한 성의는 보람 없는 슬픈 일이 되고 말았을 것이 아닌가.

사람을 위한다는 것은 다 제 자신을 위하는 일임에 틀림없다. 과일 꾸러미도 축하회도 그것이 다 실질에 있어 자기에게 도움이 되지 못하는 한, 그들 자신이 낯밖에 더 나아지는 것이 없다. 그렇다면 지금 술 먹기를 그렇게도 권하는 십여 인의 벗들은 그럼 자기를 위하는 정성보다 다 제 자신을 위하는 정성이 더 클 것인가 하니 세상이 금세 어두워지는 것 같다. 성눌은 아버지의 사랑이 그리웠다. 아버지는 왜 자기 때문에 당신의 재산을 희생하여 세간을 팔아 공부를 시키고 알뜰히 죽음에서 자기를 또 구해내시고는 지금 밥에 구차몹시 가난함를 받고 계시나?

"아버지!"

입 밖에 나오지는 않았으나 확실히 불러는 졌다.

"왜."

아버지의 대답도 분명히 귀에 들렸다.

"저는 이번에 꼭 죽을 걸 아버지의 정성에 살아났습니다."

"얘, 부끄럽다. 그게 무슨 말이냐, 내가 네 소원껏 다 해준 일이 있니? 내가 돈을 좀더 모았더라면 너는 네 마음을 팔지 않고도 살 수 있을걸……."

"아버지 무슨 말씀이십니까? 저 때문에 세간을 팔으시고 늙으신 몸이 농사를 짓느라 다리를 부르걷으시고……."

"얘 별말 마라. 누구 때문에 사는 줄 아니 내가."

눈가죽이 뜨거워 온다고 느끼는 순간,

"자, 어서 잔을 따세요."

간드러지게 청하는 소리가 고막을 울린다. 바라보니 아버지는 간데없고 기생의 동그랗게 쥐인 손깍지 위에서 남실거리는 술잔이 턱 앞에 와 기다린다.

환상! 환상에 왔던 아버지! 누구 때문에 사느냐는 그 한마디가 어떻게도 성눌의 마음을 찔렀는지 모른다. 그리고 그것은 지금까지 성눌의 마음을 지배하고 있다.

성눌은 그 후 곧 어느 회사에 취직을 하였으나 '누구 때문에' 하는 그 한마디를 잊을 수가 없었다.

누구 때문에? 자기는 누구 때문에 사는 것인가? 아버지는 자기 때문에 모든 사랑과 정성을 다하심으로써 삶을 일삼으신다. 그러면 자기는 누구를 위해 사랑과 정성을 바침으로써 삶을 다해야 될까? 자기에게도 아버지가 자기를 위하듯 그러한 사랑과 정성은 아버지 못지않게 마음속에 간직되어 있다고 알고 또 그것을 믿고 싶다. 그리고 무엇에든지 지성으로 사랑을 베풀고 싶고, 또 마음을 다하고 싶음이 못 견디게 가슴속에서 용솟음치고 있음을 느끼기도 한다. 그러나 그 사랑과 정성을 베풀 길이 없이 그저 그날그날을 밥을 위해 비위에도 맞지 않는 일을 하고 있다. 문화사업이란 미명 아래서 사람을 속이고 돈을 빼앗고 하는 회사의 정책에 자기도 따라가야 한다. 지난날 '사회의 일원으로'라는 정열의 이상이 병마의 간섭에 식어감이 안타까워 어떻게든 살아야겠다던 그 욕망을 생각하니 얼굴이 뜨거웠다. 그러나 그렇게 아니하고는 생활의 방편이 도모되지 않는다. 먹어야 사는 것이 사람이다. 역시 범속한 한낱 사회의 일원임에 틀림없고, 또 그러한 존재의 사람의 벗임에 언제나 충실하게 된다. 그러니 그 어떤 공허감에 생활의 정력은 자꾸만 식어간다. 도무지 마음 가는 데가 없고 손이 붙는 데가 없다. 회사를 박차고 나왔다. 식어가는 정력 속에 도리어 자기의 존재가 있음을 어찌하는 도리가 없었던 것이다.

그러나 우울과 고독은 여전히 깃을 들고 속속들이 파고든다. 그러면서도 그것은 그 무슨 진리를 담은 껍데기 같게도 그 속에는 찾아질 진리가 있는 듯싶었다. 그리고 그 우울과 고독은 알을 낳을 때의 그 모체의 괴로움인 듯이도 생각이 된다. 그리하여 그것을 족히 이겨 벗기기만 하면 그 속에서는 노른자위와 흰자위를 제대로 가진 진리의 알이 쏟아져 나올 것 같다. 그러나 그 우울과 고독은 못 견디게 사람을 괴롭힌다. 성눌은 불속에나 뛰어든 것같이 몸 가질 바를 몰랐다. 이리도 뛰어보고 저리도 뛰어보고 싶다. 그래서 몸을 뒤재본다는 것이 이렇게 농촌으로 발길을 돌리게 된 것이요, 비교적 한적한 곳을 찾는다는 것이 이 산막이었다.

3

산막은 언제나 조용하다. 건넌방에는 산지기 늙은이가 자식 오뉘를 데리고 있다고는 해도 있는지 마는지다. 늙은이는 신소리 한번 크게 마당을 거닐 기력이 이미 진했고, 아들은 식구를 벌어먹이기에 종일을 산속에서 부대를 패다가는 밤이면 곤한 잠에 곯아떨어지고 과년한 처녀의 거동은 늙은이의 거동보다도 조심성이 있다. 아침저녁 밥상을 들여다 놓을 적에도 치맛자락 한번 허투루 날리지 않는다.

이렇게 고요한 속에서도 성눌은 여전히 고독하다. 언제나 떠나지 못하는 그 공상, 그 사색은 주위가 더할 수 없이 고요하니 여느 때보다도 더한층 차지게 달라붙는다. 그러나 그렇다고 이렇다 찾은 것은 없다. 그러니 무언지도 모르게 그리운 것은 더한층 알뜰해진다. 손을 내밀면 잡힐 듯이 그 무엇이 눈앞에 있는 것 같으나 내밀고 보면 역시 아득한 공허다. 우울하다. 찾다 못 찾으면 그것은 언제나 선철에게서밖에 찾을 곳이 없을 것 같아 생각이 진하면 놓았던 책을 또 집어든다. 하이데거 · 야스퍼스 · 파스칼 · 니체…… 그러나 또 속아 넘는다. 언제나 같이 거기에서도 또 이렇다 할 개운한 위안을 얻지 못한다. 시원한 바람이 그립다. 산으로 올라간다. 이것이 날마다 반복되는 생활이다.

오늘은 또 키르케고르를 안은 채 산으로 올라간다.

가을의 산속은 귀뚜라미 소리에 누른다. 밤새도록 귀뚜라미가 울고 나면 이튿날의 산속은 알아보게 누른빛에 짙는다. 오늘도 어제보다는 확실히 색채에 가난하다. 산기슭에 매달린 풀밭에는 혼자 우뚝 솟아서 기세를 뽐내는 듯하던 방초도 이제는 나도 늙었쉐 하는 듯이 새하얀 머리를 힘없이 풀어놓고 호들기처럼 말라드는 잎사귀는 소생할 힘조차 없는 듯이 늘어졌다. 아니 산간의 거족에 틀림없는 아름드리 나무들도 벌써 잎사귀에 누런 물이 들었다.

인간 사회는 세파에 누르듯이 산속은 서릿바람에 누른다. 지금 서리를 실은 한줄기 바람이 떡갈나무 숲으로 스치다가 그 숱 많은 잎사귀 속을 헤어나지 못해 몸부림을 치는 바람에 이리 갈리고 저리 갈리면서도 애써 제자리에 부지하려고 매달려 악을 쓰는 잎사귀들—그것은 꼭 세상 사람의 운명과도 같은 것이 아닌가. 자기도 분명히 저 나무 잎사귀가 이리 갈리고 저리 갈리면서도 애써 제자리를 잃지 않으려고 악을 쓰듯이 속세의 세파에 쫓겨 시달리는 존재에 틀림없다고 생각을 하는 순간, 마침내 한 잎의 떡갈나무 잎사귀는 더 저항할 힘이 없이 그만 제자리를 떠나 바람 쫓아 공중으로 뜬다.

성눌의 눈은 그 잎사귀를 따라간다. 잎사귀는 바람에 풍겨 그냥 그냥 하늘 높이로 솟아오르더니 한 마리의 새같이 키를 돌려 서쪽 하늘로 방향을 꺾어 돈다. 성눌은 왠지 그 잎사귀가 가는 방향을 알고 싶어서 가슴을 넘는 풀밭 속을 허방지방 헤치며 맞은편 언덕까지 쫓아 넘다가 뜻 않았던 인기척 소리에 문득 발길을 멈췄다.

"엄메야! 여긴 멀구가 그대루 있구나? 막."

머루와 다래 덩굴이 엉킨 경사진 언덕 아래, 언제 올라왔는지 산지기 늙은이 모녀가 머루를 따며 지껄이고 있었다.

얌전이는 일찍이도 머루나 다래 사냥을 다니는 일은 있었으나, 아무리 집 뒷산이라고는 해도 늙은이가 이 험한 산길에 얌전이를 대동하고 올라옴을 본 적은 없다. 그리고 머루 따러 온 모녀가 다 새 옷을 갈아입고 떠난 것은 수상하다. 얌전이는 전에 볼 수 없던 자줏빛 소매를 단 흰 옥양목 적삼에 구김살도 가지 않은 싯누른 삼베 치마를 입었다. 웬일일까, 성눌은 한 그루의 커다란 소나무에 등을 지고 그들의 대화에 귀를 기울인다.

그러나 그들은 다시 아무 말이 없고 늙은이는 회돌아진 모롱고지
모롱이. 산모퉁이의 휘어 둘린 곳의 좁은 길을 이따금씩 기웃거리며 넘성거

리는 ^{자꾸 넘어다보는} 품이 필시 누구를 기다리고 있는 모양이었다.

조금 만에 한 삼십이나 되어 보이는 장대한 농군 한 사람이 역시 바구니를 들고 무엇을 찾는 듯이 일변 모롱고지 길을 살피며 걸어 내려오는데 보니 그 어머니인 듯한 역시 백발이 헛나는 늙은이 하나가 그 뒤에 뒤딸렸다.

이 사람들을 본 산지기 늙은이가 별안간 얌전이에게 눈을 주며 바람에 약간 거슬린 머리칼을 고이 쓸어 재우고 저고리 앞섶까지 단정하게 여며준다.

산턱까지 미친 농군은 뚝 떨어진 언덕 위로 올라가고 늙은이만이 그냥 풀밭길을 지팡이로 헤치며 산지기 늙은이의 앞까지 오더니 지팡이에다 힘을 잔뜩 주며 우뚝 걸음을 멈추고 허리를 뒤로 편다.

"후우, 여긴 멀구가 많기두 많수다! 후우, 노친은 어디서 오셨나요?"

그리고 얌전이를 힐끗 한번 쳐다본다.

"우린 요 아래서 왔어요, 노친은 어디서 왔소?"

"난 더 넘에 샘골 사는 늙은이우다. 그래 이 각신 댁집 딸이요? 아이구 머리두 끔찍이두 자랐수다레!"

엉덩이 밑까지 치렁치렁하게 땋아 늘인 머리채를 탐스러운 듯이 쓸어본다.

"에에, 딸이우다."

"저고리두 꼭 맞게두 지어 입었다! 옷은 네가 다 지었니?"

"그러문요. 걔가 못하는 일이 없답네다. 베두 잘 짜구요. 김두 잘 매구요. 뭐 못하는 일이 있나요."

얌전이는 대답할 겨를도 없이 어머니는 딸의 칭찬이다.

하는 양이 꼭 얌전이의 선을 보러 온 것 같다. 사나이도 머루 딸 생각은 아니하고 얌전이를 볼 것만이 해야 할 일인 듯이 언덕 위에 마음 놓고 앉아서 주의 깊은 시선을 얌전이에게로만 보내고 있는 것이 아니었던가.

얌전이의 간선^{선을 봄}! 하고 깨닫는 순간 성늘은 새파란 칼날이 가슴 한복판을 스쳐가는 것처럼 오싹하고 전신이 위축됨을 느낀다. 이상한 감정이었다. 얌전이의 선을 보이는데 자기의 마음에 동요가 생길 필요는 없지 않은가? 그러나 분명히 가슴이 뛰고 있음을 제 자신이 인식한다. 그러면 일찍이 자기는 얌전이를 사랑하고 있었나, 성늘은 생각해본다. 그러나 결코 그러한 생각을 가져본 일이 기억에 없다. 다만 속정에 물들지 않은 순진한 그 마음씨가 좋았을 뿐이다. 그러나 그렇다고 그것으로 얌전이의 간선에 마음이 흔들릴 이치는 없는 것이다. 무슨 때문인가? 그렇게 순진한 처녀가 아무것도 모르고 땅이나 파는 우둔한 농부의 손 안에서 구애될 것임이 얌전이를 아끼는 동정심에서 생기는 마음일까? 성늘은 제 마음이면서도 제 마음을 알 수가 없었다.

늙은이는 너도 가까이 와서 얌전이를 자세히 보라는 듯이 두어 걸음 떨어진 낭떠러지 섶으로 걸어가며 다래는 여기가 많다고 아들을 불러 내린다. 그러고는 무어라고 소곤거리며 아들도 어머니도 얌전이 편을 힐끗힐끗 바라본다.

이런 눈치를 살필 때마다 얌전이는 모르는 체 그저 수굿하고 머룬지 다랜지를 따기는 따나 어딘지 그 몸가짐은 더욱 조심성을 요하는 듯하고 또 초조해하는 빛이 역력히 눈에 뜨인다.

틀림없는 간선이다. 성눌은 진정되지 않는 가슴에 물결이 뛰놀며 애써 그들의 이야기를 엿들으려고 일거일동에 주의 깊이 살폈으나 그들이 돌아갈 때까지 이렇다 한마디도 비밀한 내용 이야기는 엿들을 수가 없었다.

4

산막으로 내려온 성눌은 전에 없이 얌전이가 그리움을 느낀다. 용모에서보다 그 소박한 순결한 마음씨가 자기의 마음을 붙잡는 것 같다. 눈 코 입 그 어느 것에 흠 잡을 곳이 없다고는 해도 결코 미인은 아니다. 어디서든지 찾아볼 수 있는 한 평범한 여자에 지나지 않는다. 이러한 얌전이가 이제 그렇게도 그립다. 그리고 얌전이를 그 사나이가 아무렇게나 제 마음대로 할 수 있겠거니 하니 그 사나이가 못 견디게 밉기까지 하다.

아니, 내 마음이 왜 이럴까? 생각에 잠겨보는 동안 얼씬하는 그림자에 주위를 살피니 어느새 밥상이 들어온다. 얌전이는 저녁상을 조심스레 들고 문턱을 넘어서 사뿐사뿐 성눌의 앞으로 걸어오고 있었다. 그리고 상을 놓는가 하니 어느새 얌전이는 벌써 문밖으로 사라지고 만다.

그러나 성눌의 눈앞에는 여전히 얌전이가 있다. 환상임을 깨닫고 밥그릇을 연다. 따뜻한 김이 모락모락 피어오르는 하얀 이밥^{쌀밥} 속에도 얌전이는 있다. 고사리나물 위에도 있다. 조기 토막 위에도 있다. 눈이 가는 곳마다 얌전이는 있다. 성눌은 정신을 깨닫는다. 마지막 넘어가는 해 그림자가 불그레하게 밥상 위에 물을 들인다. 그러나 그것도 한순간뿐이다. 얌전이는 그대로 있다. 숭늉에다 밥을 말아 뜨니 밥숟갈 위에까지도 얌전이는 떠올라온다.

"상 가져 가거라."

실로 성눌은 얌전이가 차마 그리워 이렇게 밥숟갈을 놓기가 바쁘게 소리를 질러보기는 이번이 처음이었다.

곧 달려온 얌전이는 떠넣었던 밥을 채 씹어 삼키지도 못한 것같이, 그래서 그것을 어떻게 비밀히 처리하려는 것처럼 입 안을 꼭 다물었다.

"너 낮에 머루 얼마나 따왔니?"

돌연한 질문에 얌전이는 밥상을 들다 말고 멈칫 선다.

"너 낮에 머루 따러 산에 올라왔두나."

별안간 얌전이는 홍당무같이 빨개지는 얼굴을 말없이 숙인다. 그럼 낮에 성눌은 자기가 그 사내에게 선을 보이는 꼴도 보았겠구나

하는 생각이 처녀의 마음에 더할 수 없이 수줍었던 모양이다.

그러니 또 성눌은 얌전이의 그 난처해하는 태도에 자기의 마음도 꼭같이 난처하다. 공연히 그런 말을 하였나 보다, 얌전이의 난처해함이 스스로 변해될 그러한 말은 없을까 생각에 바쁜 동안,

"이예."

대답을 남긴 얌전이는 어느새 벌써 허리를 굽혀 상을 집어든다. 그러고는 돌아서기가 바쁘게 한 걸음 물러나는 얌전이. 그렇게 물러나서 부엌으로 사라지니, 또 뒤이어 허공에 나타나는 얌전이, 그 얌전이도 마찬가지로 수줍음에 고개를 숙인 얌전이였다.

사나이의 버릇인 탐욕이 이렇게도 얌전이를 자꾸만 눈앞에 끌어내놓는 것인가? 성눌은 생각해본다. 그러나 결코 그러한 종류의 탐욕이 아닌 것을 곧 양심은 증명한다. 지금까지 알뜰히도 마음이 괴롭게 찾아오던 그것은 얌전이를 찾는 데 있었던 것 같고, 또 얌전이를 찾았다고 안이 비었던 마음에 그 무엇이 꽉 들어차는 것 같았다.

성눌은 언제나처럼 불을 켜고 책을 펴놓는다. 그러나 책 위에도 얌전이는 따라온다. 그리고 책보다도 얌전이를 보는 것이 더 마음이 즐겁다. 만 가지의 공상도 얌전이와 같이 아름다워 본 적이 없었고, 책 속에서도 얌전이와 같이 아름다운 구절을 일찍이 찾아본 적이 없었다. 얌전이를 영원히 자기의 것으로 만듦으로써 아름다움에 주린 공허한 마음을 얌전이로 채우고 싶다. 그리고 그것은 못 견디게 마음을 짓다룬다. 며칠을 두고 누르려야 누를 수 없는 마음이었

다. 마침내 성늘은 사람을 내놓아 혼담을 전하기로 한다.

5

이튿날 성늘은 전에 없이 명랑한 기분을 안고 산으로 올라온다. 얌전이와의 청혼 교섭 전말을 여기서 들려주기로 그 사나이와 약속하였던 것이다. 산토끼처럼 제 길을 잊지 않고 제 발부리에 닦여진 풀밭길을 성늘은 언제나 같이 밟아서 언덕 위 바위 위에 자리를 잡는다.

바위의 주위는 여전히 어지럽다. 지리가미휴지의 일본말 조각, 담배 꽁다리, 성냥개비, 말라붙은 가래침, 근 한 달 결이나 버릴 줄만 알고 쓸어보지 않은 생활의 찌꺼기다. 누가 보든지 그것은 뚜렷하게도 사람이 살아난 자취로 안 볼 수 없으리라.

그러나 여기서 살았다는 자취는 오직 그것을 뿌려 이 산속을 어지럽힌 것밖에 없다. 하지만 지금 성늘은 이 산속에서 무심히 낙엽만을 지우고 있는 자신이 아니었던 것을 믿고 싶다. 그것은 얌전이를 찾은 때문이다. 많은 여자 가운데서 흔들려보지 못하던 마음이 얌전이를 위해서 흔들린 것이 아닌가. 분명히 자기는 바람에 시달리다 시달리다 제자리를 떠나 공중으로 끝없이 날아올라가는 낙엽을 쫓아가다가 머루를 따는 얌전이를 보고 마음에 동요가 생겼던 것이다. 그것은 결코 자위도 아니요, 공상도 아닌 버젓한 현실인 것을 다시금 따져보며 통혼의 보고가 올라오기를 기다린다.

그러나 그것은 그리 초조한 것도 아니었다. 언제나 생각해도 그 것은 자기의 위신에 미루어 산지기 늙은이 내외는 일언에 쾌히 승 낙을 하리라 믿는 까닭이다.

오히려 근심은 이런 데 있었다.

얌전이와 더불어 어디서 어떻게 살림을 차려야 할 것인가? 서울 은 싫다. 얌전이의 마음을 더럽히지 않을 이 산속에서 차라리 농사 를 지으리라. 그리하여 속세에 눈을 감는 것만으로도 무거운 짐을 벗는 듯이 한결 몸은 가벼워질 것 같고 따라서 마음은 한결 후련해 질 것 같다. 생활의 진리를 담은 껍데기 같게도 우울하던 마음은 여 기에 완전히 벗겨지고, 가슴속 깊이 들어찬 정열은 샘물처럼 터져 흘러서 우울과 고독을 깨끗하게 씻어낼 것 같다. 아름다운 공상 속 에 여념이 없는 동안, 보고를 안은 사나이가 언덕으로 기어오른다.

성눌의 가슴은 뛰었다. 그러나 그 사나이가 안고 올라온 보고는 뜻밖에도 성눌의 뛰는 가슴을 여지없이 짓밟아놓는다. 산지기 늙은 이의 말은 성눌이와 얌전이는 마치 기름과 물과 같아서 도저히 서로 합할 수가 없는 존재이니 그것이 어떻게 작혼이 될 수 있겠느냐고 일언에 거절을 하더라는 보고다. 그래 얌전이를 농갓집으로 출가를 시켜서 고생을 시키느니보다는 성눌이와 작혼을 하여 월급생활로 고칠 팔자를 왜 마다느냐고 따져 권해도 보았으나 산지기 내외는 월 급생활보다 땅을 파서 먹는 것이 더 귀하다고 하면서 손발 두었다가 는 무얼 하는 것이냐고, 성눌이 같은 사람이야 모 한 대 김 한 이랑

꽂고 맬 줄 알 것인가, 우리 얌전이는 백이 백 말해도 모 잘 꽂고 김 잘 매는 농갓집의 장정 일꾼을 얻어주겠다고 하더라는 것이다.

성눌의 가슴은 그냥 뛰었다. 뛰는 의미만이 달랐을 뿐이다. 말을 듣고 나니 자기는 과연 얌전이에게 있어 손톱만 한 필요도 없는 존재인 것을 순간 깨달은 것이다.

그렇다면 이 세상에서 자기의 존재성은 어디 있는 것일까, 성눌은 생각을 해본다. 아무 데도 없다. 앞날의 일은 추측할 바 못 되지만 현재에는 없다. 과거에도 없었다. 모 한 대 밭 한 이랑를 임의로 처리할 줄 아는 능력을 이미 배양하지 못했다. 그것만 배웠더라도 이렇게 불필요한 존재로 얌전이에게 일언으로 거절은 안 당하였으리라! 성눌은 자책의 부끄러움에 가슴이 더한층 뛰었다. 이 한 달 동안의 자기의 생활로 미루어보더라도 산지기 늙은이의 눈에서뿐이 아니라 자기 자신 무능한 한 개 생활의 패배자임에 틀림없었다. 얌전이는 늙은 어버이를 위하여 있는 정성과 노력을 다 들여 하루갈이 소를 데리고 하룻낮 동안에 갈 수 있는 밭의 넓이에 가까운 터앝집의 울안에 있는 작은 밭에서 옥수수를 혼자 거둬들이던 것을 빤히 눈으로 보았다. 그러나 자기는 그동안 무엇을 하였던가, 밤이나 낮이나 계속해서 하는 독서, 그리고 공상, 그러나 책 속에서도 공상 속에서도 이렇다 얻어진 것은 없다. 역시 보람 없는 그날의 생을 보내고 있었을 뿐이다.

성눌은 피워 물었던 담배를 한숨과 같이 저도 모르는 사이 바위 등에다 힘없이 썩썩 비벼 다시 못 올 그 순간의 생애를 표시하는 한 토막의 자취를 또 무심히 바위 위에 기록을 하였다. 그리고 나서 그것이 자기임을 그 순간 또 인식할 뿐이었다.

6

성눌은 힘없는 발길을 또 산막으로 돌린다.

돌릴 때까지는 조용한 틈을 타서 자기가 직접 한번 산지기 늙은이에게 말을 건네보리라 은근히 마음을 먹었던 것이, 먹었던 마음을 건네볼 겨를도 없이 건네볼 용기를 잃고 말았다. 들어오는 저녁 밥상이 전에 없이 얌전이의 손에서 그 늙은 어머니의 손에 바뀌어 들려 들어왔던 까닭이다. 그러니 그것은 도시 자기라는 인물은 인제 다시는 믿을 수가 없는 것이니 얌전이를 예전대로 함부로 들여보낼 수가 없다는 반증이 아닐 수 없다.

성눌은 상을 받기보다 짐을 꾸리지 않아서는 안 될 것이란 생각이 앞서 들었다. 창피하기가 이를 데 없었던 것이다.

그러나 그렇다고 얌전이는 눈앞에서 깡그리 사라지는 것이 아니다. 하지만 자리끼^{밤에 자다가 마시기 위해 잠자리의 머리맡에 준비해두는 물}도 여전히 늙은이의 손에 들려 들어오기를 잊지 않는 것을, 그리고 얌전이의 그림자는 마당으로도 한번 얼씬하지 않는 것을…….

성눌은 밤을 두고 생각해보았다. 그러나 다시 말을 건네본다는 것은 결국 낯만 더 무지는^{짧는} 쑥스러운 짓만이 될 것 같아서 이튿날

아침에도 의연히 늙은이의 손에 잊지 않고 들려 들어오는 밥상을
낯간지럽게 받아 물리고는 도망이나 치듯 산막을 떠나 집으로 돌아
왔다.

7

집에서는 뜻하지도 않았던 한 장의 편지가 성눌을 기다리고 있었
다. 먹고살기 위한 단체를 만들어놓았으니 지체 말고 빨리 서울로
올라오라는 예의 그 벗 여섯 사람의 편지로, 김군이 대표가 되어 있
었다. 성눌은 이 편지를 읽는 순간 저도 모르게 낯이 뜨거워 옴을 어
찌하는 수가 없었다. 자기의 마음이 끌리는 얌전이에게는 절대로
필요치 않은 존재가 믿기지 않은 벗들에게서는 이렇게도 신임을 받
게 되는 것이다. 미더운 데서는 버림을 받고 미덥지 못한 데서는 신
임을 받는다. 그것은 결국 자기라는 인물은 그런 유에서나 신용할
수 있는 그러한 존재임에 틀림없는 것을 증명하는 것이 되는 것이
다. 성눌은 순간 그것을 마음 아프게 깨달은 때문이다.

즉석에서 성눌은 회답을 썼다.

이 순박한 농촌의 자연처럼 자기의 마음을 살찌워주는 데는 없
다. 차마 농촌을 떠나기가 싫다. 내일부터 나는 농촌의 자연인의
한 사람이 되어서 머리에 수건을 동이고 낫을 들고 벼 가을 농작물을

거두어들임을 나서련다. 군들과 나는 인제 너무나 차이가 있는 동떨어
진 사람이 되련다. 나 같은 사람은 서울 장안에도 그득 들어찬 게
그것일 테니 나는 인제 아주 잊어주는 것이 좋을 것이다. 그리고
그것을 나는 두 번 세 번 당부하고 바랄 뿐이다.

이런 사연이었다.

그리고 성눌은 며칠 후에는 실제로 낫을 들고 들로 나섰다.

늙은 아버지가 자기를 위해 모든 것을 다 희생하시고 생전 쥐어
보지 못하던 낫을 들고 여름내 피땀을 흘리며 지어놓은 벼 가을을
또한 손수 하시고 그것을 마당질 품으로 남의 품벼를 베다가 그만
서투른 낫에 다리를 상하여 꼼짝 못하고 누워 있으니, 마당질만은
혼자로서는 도저히 할 수 없는 일인데 이제 품을 들여놓지 못하면
아버지 혼자로서 해야 될 앞날의 마당질 처리를 내다볼 때 성눌은
그대로 앉아 있을 수가 없었던 것이다.

"벼 가을이 바루 그렇게 헐한 줄 아니? 너마저 어디 또 다치려구?"

아버지는 한사코 말리는 것을 성눌은 뿌리치고 품벼를 베러 나섰
다. 천여 석의 씨를 뿌린다는 이 넓은 들에는 논배미논두렁으로 둘러싸인
논의 하나하나의 구역마다 모두 다리와 팔뚝을 걷어올리고 무슨 진리를
거두기나 하는 듯이 오직 거기에만 정신을 쏟고 낫들을 놀린다.

성눌이도 그들과 같이 발을 뽑고 논배미로 들어섰다. 이른 새벽
이라 아직 햇볕을 완전히 보지 못한 아침 물은 어지간히 차다. 발바

닥에 집히는 물이 산뜻산뜻 소름을 끼쳐주는 정도거니 하였더니 차차 발가락에는 얼음이 꽂히는 듯이 아려왔다.

그러나 이 논에 같이 들어선 칠팔 인의 가을꾼들은 그런 것쯤은 느끼지도 못하는 듯이 흥에 실린 낫만이 그저 분주하였다. 발가락은 못 견디게 아려왔으나 성눌은 그것을 참기 어려워서 뛰어나와서는 안 된다. 강잉히 억지로 참으며 이에 힘을 주어가며 그들과 같이 의연히 한편 쪽으로 열을 지어가며 낫을 놀려야 했다. 그러나 일꾼들을 따를 수는 없다. 겨우 다섯 단을 묶어놓고 보니 그들은 벌써 십여 단씩이나 뒤로 남겨놓고 서너 발가량이나 앞서 나가고 있다. 성눌은 좀더 속력을 내어 일단의 정열을 다해본다. 그러나 그러한 속력으로도 손익은 그들의 일에는 미치지 못했다. 맞은편 논둑까지 다 나가서 허리를 펼 때 보니 성눌은 겨우 논배미의 한복판에 서 있었다. 하지만 그것도 얼마 동안의 일이었다. 낮밥을 지나고 났을 때에는 끊어져내는 허리를 펼 수가 없었다. 그런 것을 그대로 우기자니 기력이 당해내질 못한다. 일의 능률은 오히려 처음보다도 나지 않았다. 그래도 성눌은 시늉이라도 하게 남아 있는 힘이 제 자신 기적 같음을 느끼면서 견뎌냈다. 그리고 그런 힘이나마 힘껏 남아 있기를 바랐었으나 온몸은 땀에 뜨고 코로는 단김이 몰려나왔다. 해가 지기까지 베는 시늉을 하고 또 베어놓은 볏단을 등짐으로 메어내다가 배까지 치고 났을 때에는 실로 촌보의 자유도 능치 못하게 전신의 동맥은 굳어진 듯이 제대로 움직여지질 않는다.

농사일이란 눈으로 보고 상상하던 짐작의 노력만으로는 도저히 미치지 못할 일임을 성눌은 이제 깨달았다. 그리고 얌전이에게서 거절을 당하게 된 이유의 일단도 여기서 서언히 밝아지는 듯하였다.

일꾼들은 논둑으로 나와 담배를 한 대씩 피워 물고 또 내일의 품꾼들을 제각기 따지고 다들 일어섰다. 그러나 오늘의 일꾼 중에서 내일의 품에 빠진 사람은 다만 성눌이 한 사람뿐이었다. 오늘 수고를 하였다는 인사가 있었을 뿐, 누구나가 하나같이 성눌에게는 내일의 품을 말하는 사람이 없었다.

성눌은 모욕이나 당한 것같이 마음이 좋지 않았다. 여기서도 그들은 무언중에서 자기는 의연히 필요치 않은 인물인 것을 말해주었던 것이다. 마음이 붙지 않는 곳에서는 반겨 청하고 마음이 붙는 데서는 거역을 당한다. 성눌의 눈앞은 또다시 어두워졌다. 이 넓은 세상에서 자기의 마음은 여전히 담을 데가 없는 것이다. 숨이 막히는 듯이 가슴이 답답했다.

그러나 숨이 끊기지 않는 것을 보면 분명히 숨을 쉬고 있는 것으로 공기를 호흡하고 있는 것은 사실이나 마음의 호흡이 괴로운 것을 보면 분명히 세상의 공기는 탁해진 것 같았다.

가슴이 막힌 것 같은 답답한 날을 보내는 며칠 동안 자기의 답장이 강경함을 안 벗들은 성눌을 기어이 끌어올리려고 김군이 그 대표로 성눌을 찾아 내려오기까지 하였다.

자기를 이처럼 기어이 끌어올리려는 벗들의 그 우정에는 아니 감사할 수 없었다. 그들의 주위에도 실직으로 밥을 땅땅 굶고 있는 친구가 수두룩함을 모르는 바 아닌데 하필 자기를 끌어올리자는 것은 자기에게 대한 그들의 정의 발로 이외에 다른 아무 생각도 있는 것이 아니리라, 생각을 하니 성눌은 주위의 탁하던 공기가 얼마쯤 완화되는 듯이 가슴이 좀 후련해지는 것도 같았다. 그리운 서울이 아니었으나 벗들이 벗을 위하는 그 충성에 성눌은 반항할 용기를 문득 잃는다. 어디를 가도 자기의 마음은 담을 데가 없다. 그럴진대 터럭만 한 도움도 되지 못하는 존재가 피땀을 흘려 벌어놓은 늙은 아버지의 등을 파먹고 있기보다는 다시 서울로라도 올라가 자기의 손으로 벌 수 있는 일을 하여 먹는 편이 차라리 나으리라, 생각을 돌려 굳히게 된 성눌은 두말없이 이튿날 아침차에 김군과 같이 몸을 싣기로 했다.

8

진고개의 어느 요정이다. 성눌이가 올라오는 바로 그날 저녁에 벗들은 또 명색 성눌의 환영회를 열었던 것이다.

밤늦도록 소리하고 판소리나 잡가를 부르고 마신다. 성눌은 오래간만에 얼근히 취해본다. 괴로움을 잊는 즐거운 밤이었다. 한 시 가까이 좋은 기분에 벗들과 어깨를 나란히 하고 귀로에 나섰다. 깊은 밤의 장안 거리는 어지간히 고요하다. 행인이 딱 끊긴 바는 아니나, 이 성눌의 환영회 일행의 세상인 듯이 아스팔트 바닥에 그들의 구두 뒤축 닿는 소리만이 장안에 찬다.

좀 신중하지 못한 벗 한 사람은 기분일 탓일까, 목이 찢어져라 소리 높이 유행가를 불러도 보고, 타지도 않을 택시를 손을 들어 스톱도 시키고, 지나가는 여인의 옷자락도 부딪쳐 보고…….

하지만 거리 사람들이 그의 주기에 다 같이 호의로 그를 대하려고 하지는 않는다. 한번은 지나가는 행인의 어깨를 길을 어이다가 잘못된 채 힘껏 들이받았다. 그러나 받고 보니 그건 안 되었다. 싸움을 건 셈이다. 옳거니 밀치며 제치며 시비를 서로 따져야 하게 되는 판.

성눌은 중재를 위해 나선다. 붙은 싸움을 떼고 사이에 들어섰다. 그러나 들어서고 보니 친구는 날쌔게도 빠져나와 구두 소리 높이 거리의 정적을 깨치며 도망을 친다. 그 친구를 놓친 적은 분함을 참지 못하는 듯이 성눌에게 들러붙는다.

"이 새끼! 그래 네가 쌈을 도맡을 작정이냐? 뎀벨 템 뎀베라!"

볼 새도 없이 들어오는 주먹은 턱 하고 번개같이 성눌의 턱 밑을 받아낸다. 그뿐이면 좋았다. 단 한 주먹에 성눌은 쾅 하고 뒤로 나가둥그러지며 돌같이 단단한 아스팔트 바닥에 머리를 받쫓는다. 그것뿐이면 또 좋았다. 두부에서는 검붉은 피가 계제하게 흘러서 순식간에 머리는 핏속에 파묻힌다. 성눌은 죽었는지 살았는지 혼도한 정신이 어지러워 쓰러짐 채 일어나지를 못한다.

잘못은 어느 편에 있었든지간, 죽었는지 살았는지 나가둥그러진 그대로 꼼짝 못하고 피만 쏟아내는 벗, 이 벗을 위해 일행은 응당히 복수의 의무를 느껴야 옳을 것이나, 일견 적진의 행색은 거리의 불량배에 틀림없다. 쓰봉^{양복바지}을 땅에다 찰찰 끌며 셔츠 바람에 캡을 비스듬히 쓴 사람이 둘, 노타이에 머리를 반반이 재워서 바른 골을 쪽 갈라붙이고 모자도 없이 와이셔츠 소매를 팔뚝까지 걷어올린 사람이 하나. 싸움에는 아무런 기술도 갖지 못한 벗들은 그들에게 손을 대기는커녕 도리어 그들의 손이 올까 두렵게 말로라도 한마디 대항해볼 용기조차 잃고 다만 자기네의 신변을 지키기에만 급급해서 쩔쩔매고 있는 동안,

"이 새끼들아! 다음엘랑 술은 먹더라도 점잖게 먹고 다녀라!"

약점을 본 그들은 사람을 핏속에 묻어놓고도 오히려 뻐젓이 버티고 서서 큰소리를 치면서 골목 안으로 사라진다.

그제야 일행 중의 한 사람이던 조군은 제 자신 모욕을 느꼈는지, 실로 벗의 치명상이 분했던지, 또는 성눌에게 대한 자기의 체면을 유지하자는 데선지 웃통을 벗고 넥타이를 끄르며 고함을 친다.

"이 자식들아! 네 자식들이 가면 어디로 갈 테냐? 뎀벨 템 뎀벼보자!"

그러나 사람을 핏속에 묻어놓고 그들이 설사 이 소리를 들었댔자 돌아서 대들 이치 만무하다. 반응이 없는데 조군의 기세는 더 높아진다.

"이 자식들아! 내 단주먹에 가루를 만들리라! 어디를 숨어? 이 자식들……"

그리고 있는 힘을 다해 땅바닥이 깨어져라 발을 탕탕 구른다.

남은 벗 세 사람은 여기에도 격동할 용기가 없는 듯이 어리둥절해서 조군의 태도만 묵묵히 바라보고 섰다가 움찍하고 몸을 뒤채는 것 같은 성놀의 거동이 눈에 뜨이자 죽지는 않았다는 그 동작이 그지없이 반가워서,

"성놀이! 성놀이! 정신 차려, 응? 성놀이!"

제각기 부르짖으며 김군은 성놀의 팔목을 잡아당긴다. 성놀은 일어서려고 전신에 힘을 주는 눈치였으나 몸을 가누지 못하고 비뚝모로 쓰러진다. 피를 너무 많이 쏟은 탓일까, 달빛에 어린 얼굴이 몹시도 창백하게 보였다.

조군은 혼자서 덤비나 마나, 겁이 시퍼렇게 난 세 사람의 벗은 성놀을 부축하여 병원을 찾아 내달았다.

9

하얀 붕대로 머리를 겹겹이 둘러 감고 병원 침대에 고요히 몸을 눕힌 성놀은 또다시 한 번 무심히 눈을 떴다. 천장에 매달린 휘황한 백오십 촉 전등이 번개같이 눈에 꽂히며 시력을 압도한다.

주위에는 여전히 벗들이 졸리는 눈에 잠을 싣고 그린 듯이 앉았

다. 그 모양은 자기에게 대해 심히 미안해하는 거동같이 짐작되었다. 그것이 그에게는 한껏 불쌍하게 보였다. 이미 받은 상처니 앉아서 밤을 새며 졸아야 자기에게는 하등 필요가 없는 것을 인사상 자기의 곁을 떠나지 못하고 졸고 있는 것이다. 자기의 신변에 위험이 미칠 염려가 있을 경우에는 인사에 그렇게 무디다가도 신변의 위험을 느끼지 않을 때에는 이렇게도 마음 놓고 거룩하게 인사를 베푸는 벗들이다. 이 벗들이 자기의 벗이요, 자기는 또 그 벗들의 벗이 된다. 그리고 자기는 그들에게 절대의 우정의 대상이 된다. 절대의 우정의 대상이 됨으로써 서울로 다시 올라오게 되어 받은 상처가 지금 머리에 크다. 아니 마음에 크다. 성눌은 한숨과 같이 다시 눈을 내리감았다.

"꼭 의사의 지시대로 치료를 받아야 하네."

벗의 손에 흔들림을 받고 또 힘없이 눈을 떴을 때는 어느새 불은 전등에 없고 동편 유리창을 통해 아침 햇발이 줄기차게 들여 쏘고 있었다. 그적에야 벗들은 돌아갈 채비인 모양이다.

"진단은 삼 주간이래두 보름이면 퇴원이 될 게라."

"어젯밤 일은 말끔한 신수야."

그리고 돌아갔다가 다시 찾아온 김군의 손에는 미깡^귤 꾸러미가 들려 있었다. 이것을 본 성눌은 떴던 눈을 힘없이 또다시 내리깔았다.

−1939년

• • • • • • • • •
바람은 그냥 불고

1

산허리로 무심히 넘는 해를 등에다 지고 동쪽으로 길이 뻗은 신작로 위로 흘러내리는 오렌지빛 놀^노을 속에 물들며 순이는 걷는다. 오늘 하루를 두고는 다시 오지 않을 이 해의 마지막 넘어가는 저 해가 인젠 아주 자기의 운명을 결단해주는 것만 같다. 저 해가 넘어가도 그이가 돌아오지 않으면 그이는 영원히 돌아오지 못하는 그이다. 그럴진대 차라리 저 해와 같이 함께 운명을 하고도 싶다. 저 해에 희망을 붙이고 살아오기 무릇 일 년이었다. 앞으로 기다릴 저 해가 아니었던들 자기는 이미 이 세상 사람이 아니었을는지도 모른다. 생각을 하다가 순이는 또 문득 걸음을 세운다. 대체 가면 어디까지 가자고, 해도 넘어가는데 젊은 계집년이 무작정으로 이렇게 걸어만 가는 것인가.

"오긴 무에 온다구, 죽었을걸……."

아주 단념을 하자고 하다가도 차마 단념이 가지 않는 안타까운 한 가닥의 미련…….

"……염려 마라, 살았다. 이 해 안으로는 단정 들어서리라."

지금도 그 소리가 또렷하게 귓전에 남아 있다.

싸움은 끝났다고 해도 일제히 들어서는 사람들이 아니었다. 가까운 곳에서부터 차츰 들어서는 사람들이었다. 시일이 차면 어련하랴 하였으나 라바울 서남태평양, 멜라네시아의 뉴브리튼 섬 동북부에 있는 항구 도시. 제2차 세계대전 때 일본 해군항공대 기지가 있었음에 갔던 사람까지 들어서는데 일본 갔던 남편의 소식이 이렇게도 없는뎬 애가 키이지 않을 수 없었다. 불안한 속에서 기다리며 기다리며 날을 세다가 그해도 설을 넘길 적엔 그대로 앉아만 있을 수가 없었다. 생사의 여부를 무당에게 물었던 것이, 무당의 대답은 이렇게도 분명하였던 것이다. 무당의 말이라 믿을 것이 있으랴 하다가도 자꾸만 그대로 믿고 싶은 마음이었다. 이 해가 다 저물었다 하더라도 이 하루까지는 어련한 이 해다. 마지막 이 날이라고 들어오지 말랄 법 있으랴, 혹시?…… 하는 한 가닥 희망이 다시금 가슴속에 정성껏 무젖어든다 환경이나 상황 따위가 몸에 배어든다. 오면 차에서 내려올 테지, 정거장까지 마중을 가보자, 치맛자락에 바람을 순이는 다시 묜다. 길바닥 위에 깔렸던 놀이 차츰 그 빛을 잃는 걸 보면 보지 않아도 산 너머로 무썩무썩 깊이 해는 이제 아주 떨어지는 고비에 접어들고 있음을 알겠다.

그러나 노을이 걷히면 어둠이 바뀌어 깔릴 밤길에의 공포도 지금 순이는 모른다. 준비를 하고 나선 길이 아니다. 두루마기도 목도리도 없건만 저녁 바람의 차가움도 지금 순이는 모른다. 모든 무서움이 지금 순이에게는 없다. 다만 간다는 것, 오늘 하루 안으로 생각이 닿는 끝까지 간다는 단순한 일념이 있을 뿐이다. 그것이 지금 순이의 생명이다.

2

산모롱이^{산모퉁이의 휘어 들어간 곳} 고지에 별안간 검은 연기가 피어오르는가 하더니 시꺼먼 물체가 씩씩거리며 산허리를 꺾어돈다. 기차다.

어느새 다섯 시 차일까. 이 차가 그 차면 인제 객차는 없다. 보얗게 언 유리창 속에 담뿍 담기운 사람들의 그림자가 희미하게 얼른얼른^{물결 지어 자꾸 움직이는 모양} 칸마다 연달린다. 분명일시 객차다. 발랑발랑 좀더 서둘러 걸었던들 정거장에서 저 차를 마음 놓고 맞았을걸…… 저 차와 같이 걸음을 달릴 수 없을까? 그이는 죽었느냐 살았느냐 최후의 판단을 싣고 자기의 운명을 결단해줄 이 해의 마지막 객차가 지금 들어오는 것이다.

가로놓인 신작로 한복판의 네루^{철도}를 타고 기차는 정거장을 바라보았다. 끼익 소리를 냅다 지르며 숨이 찼다.

지리한 몸을 쿠션에서 일으켜 모자를 떼어쓰고 트렁크를 시렁^{선반}에서 내리는 손님들이 순이의 눈에 보인다. 그 손님들 가운데서 그이의 모습을 순이는 찾는다. 그러나 내릴 준비를 하는 그이이기보다 떠나보내던 그이의 모습만이 눈앞에 생생하다. '축 김진수 군 입영'이라는 면장의 글씨로 정성껏 쓰인 붉은 '다스키^{어깨띠의 일본말}'를 가슴에다 걸고 눈썹 위까지 푹 눌러쓴 사각모를 차창으로 내밀어 플랫폼에 선 어머니와 자기를 말없이 번갈아 바라보던 충혈된 두 눈, 이윽고 차가 바퀴를 움직이기 시작할 때 와아 하고 아들을 손자를 동생을 남편을 보내는 가족들의 모습을 마지막으로 한 번 더 다시 보리라는 조여드는 분비 속에 붉은 '다스키'들이 창턱마다에 가슴을 걸고 내미는 손 가운데는 그이의 하이얀 손도 자기의 눈앞에 있었다. 저도 모르게 쭈룩 흘러내리는 눈물이 뺨가에 뜨거움을 느끼며 저도 말없이 손을 내밀어 그이의 손 안에 가만히 넣을 때 따스한 온기가 꽉 부르쥐는 힘과 함께 뼛잠까지 스며드는 듯하던 생각, 차 안의 손과 차 밖의 손이 서로 붙들고 늘어진 무수한 손들, 놓으면 다시는 잡아볼 수 없는 손 안에 사무친 정이 서로 끄는 손들은 굴러나가는 차바퀴에 따라 저절로 당겨진다. 그이의 손 안에 감기운 자기의 손도 으스러지게 팽팽히 당기었다. 떨어지지 않으려고 손끝에 힘을 주어 그이의 손가락을 자기도 감싸쥐고 쫓아가며 여유를 주는 것이었으나 속력을 내기 시작한 차체의 힘과는 저항이 되지 않는다. 마침내 뻗으러져 나가던 손, 뻗으러져 나간 손들은 차 안에서나 차 밖에서나 서로들 두르며 두르며 떠나는 정과 보내는 정을 잇는다. 그이의 손도 자기를 향해 허공을 추어올리며 그냥 두르는 것이었으나, 자꾸만 흘러내리는 눈물이 앞을 가리워 얼굴로만 손을 가져가게 만들던 생각, 언제나 그이가 생각키면 이렇게 먼저 보이는 것이 붉은 '다스키'요, 떠나보내는 형상이다.

기차와의 거리는 점점 멀어진다. 정거장에 차가 멎고 사람들을 내려놓을 때에야 겨우 역전의 광장에까지 달릴 수 있는 순이였다.

거리로 쏟아져 흩어지는 사람들을 순이는 낱낱이 살핀다. 보퉁이를 머리에다 잔뜩 인 여인네가 아니면 륙색^{배낭}을 등에다 무겁게 걸머진 중년의 사나이가 대부분이다. 한참 나오던 사람들이 뜸해지는데도 그이 같은 모습은 찾을 수가 없다. 정거장 안까지 들어섰을 때 육중한 트렁크를 한 손에다 들고 몸을 일며 아직도 플랫폼에서 헤매는 한 사람의 그림자가 순이의 눈에 쏘인다. 어딘지 눈에 서투르지 않은 익은 인상임이 대뜸 들어왔던 것이다. 그이일까? 하는 생각에 별안간 가슴이 뛰놀며 짙어가는 어둠 속에 똑똑히 알아볼 수 없는 형상임을 초조로이 눈에 힘을 주며 바라보다가 질겁을 하고 순이는 놀란다.

영세, 그것은 틀림없는 영세였던 것이다. 생각만 해도 치가 떨리는 영세, 하필 왜 이 자리에서 이렇게 영세를 만난단 말인가. 그이를 마지막으로 기다리는 오늘 마지막 차의 마지막 손님이 그이가 아니고 그이를 전지전쟁터로 몰아낸 영세라니! 영세를 맞으러 자기는 어둠도 추움도 무릅쓰고 오 리나 되는 정거장 길을 집안도 모르게 이렇게 달려왔더란 말인가. 영세가 나오기를 이렇게 눈이 빠지도록 기다렸단 말인가. 속이 떨려 두 번 다시 거들떠보기도 으스스하다. 얼굴을 돌린 채 제결에 몸을 피하여 터전으로 순이는 뛰어나왔다.

3

영세는 순이네와 논틀논이 있는 어느 구획이나 지역이 하나를 사이에 둔 건넛마을에 산다. 옛날부터 내려오는 문벌과 재산이 그를 우러러보게 만드는데다가 경도제대 경제학부를 졸업하고 돌아오게 되자부터는 학력까지 그를 따를 사람이 없어 금력으로나 학력으로나 물심양면에 있어서까지 선망의 적이 되어 동네의 추존높이 받들어 존경함을 한 몸에 받아오다가 서울로 올라가자부터는 그 이름이 언론기관에 끊일 새 없이 오르내리게 되어 신문 장이나 보는 사람치고는 박영세라는 이름을 모르는 사람이 없이 되었다.

누구나 동네의 빛으로 동네를 말할 때에는 그를 내세우고, 자기도 그 동네에 사노라 말했고 친하다 말했다. 그리고 개인의 사정이나 동네의 사정으로 혼자 처리하기에 썩 마음이 내키지 않는 일이 있을 때면 일부러 서울까지 올라가 그와 더불어 문의를 하고 그의 말을 좇았다.

면사무소에서, 주재소에서 창씨를 하라고 그렇게 강권을 하는데도 사람이 어떻게 성을 고치느냐고 하나 없이 뻗대었으나 영세가 솔선해서 다카야마로 고치는 것을 보고는 영세가 고치는 것이라 안 고치고는 견딜 수 없는 창씨인가 보다고 다들 면사무소로 달려가 제멋대로 성들을 갈았다. 그리고 뒤이어 몰아치는 학도지원병령이 발포되매 막다른 골목에 든 이 위급을 피해보려고 학교도 집어치우고 집안도 모르게 어디론지 숨어버린 진수를 끌어내는 데도 이 영세의 영향이 절대하였던 것이다.

주재소에서는 아들을 내놓으라 날마다 졸랐으나 그 아버지 선달은 모르노라 응치 않았다. 응치 않음이 그대로 강경함에 경찰서 고등계에서는 형사까지 둘씩이나 나와 선달을 데려다가 유치장에 집어넣고 승낙서에 도장을 찍으라, 그렇지 않으면 싸움이 끝날 때까지 가두어두리라 위협하였다. 그래도 듣지 않음에 반이나 넘어 센 선달의 그 허연 수염을 형사들은 둘러앉아 제각기 쥐어뜯으며 만행으로 단련을 시켰으나, 수염 아니라 목을 뽑히는 한이 있더라도 승낙은 못한다 하여 턱이 맨숭맨숭하게 수염이 한솧^{대강} 다 뽑힐 때까지 굳이 승낙을 하지 않고 죽일 테면 죽여라 뻗치고 있는데 하루는 서울서 강연대가 내려와 공회당에서 명사들의 시국 강연이 열리니 다 가서 듣자하여 학병지원에 승낙을 않는다고 가두고 단련을 시키던 학부형 십여 명을 다 나오래서 데리고 갔다.

선달은 군중 속에서 늙은이^{아내}도 작은이^{동생}도 다 들어와 앉아 있음을 보고 주재소에서 반드시 이 강연만은 들어야 한다고 같이 들어가자 해서 들어들 왔노라는 말을 들었다.

강연은 들으나마나 누구나 전문학생이면 다 지원을 해야 된다는 소리였다. 거기서 선달이 놀란 것은 이 연사^{연설하는 사람} 세 사람 가운데 영세가 섞여 있음을 본 것이었고, 황은에 보답할 길은 오직 자식을 나라에 바치는 길밖에 없다고 테이블을 주먹으로 치는 것을 보는 데서였다. 그러고는 영세 같은 사람이 돌아다니면서 이렇게 열과 성을 다하여 저런 강연을 할 때에는 이것도 창씨와 같이 피할 수 없는 성질의 것일까, 죽어라 하고 수염을 뽑히우면서도 움직여지지 않던 선달의 마음속엔 그 어느 한 구석이 흔들리우는 것 같음을 그 순간 느꼈다.

그러나 영세도 하는 수가 없어 이렇게 붙들려다니며 저런 강연을 하지 않고는 못 견디는 것은 아닐까 몇 번이고 생각해도 믿어지지 않아 저녁에 사석에서 조용히 좀 만나 의견을 들어보리란 생각까지 은근히 두었던 것이, 그러지 않아도 이 연사들과 지원에 대해서 문의할 일이 있으면 얼마든지 하라고 이에는 구속도 않으므로 선달은 가족들을 다 데리고 그의 여관으로 찾아가 하룻밤을 같이 묵으면서 의견을 들었다.

사석에서의 의견도 다른 데가 없었다. 지원을 아니하면 그보다 더 무서운 징용이 내린다는 것이요, 그것까지 거부하게 되면 가족의 일체 배급 정지로 가정은 파멸되고 말 것이니 이왕이면 선뜻 지원을 하고 나서는 것이 상책이라는 것이었다. 그리고 씨움을 나간 다고 다 죽는 것이 아니요, 승리를 하고 싸움이 끝나 돌아오게 되면 명예와 권세가 그 한 몸에 넘칠 것이니 하루바삐 지원을 하는 것이 유리하리라는 것이었다.

하나에서부터 열까지 믿기에 의심이 없는 영세였던 것이다. 그대로 고집을 한다는 것은, 그것은 결국 자승자박^{자신이 한 말과 행동에 자신이}을 하는 셈이 되는 우둔인 것임을 깨닫고 산속 깊이 절 간에 가서 숨어 있는 아들을 수소문하여 찾아다 놓고 온 가족이 모여 앉아 지원서에다, 승낙서에다 도장들을 부자가 각기 찍고는 눈물을 흘리며 진수를 떠나보냈던 것이다.

자기가 자기 손으로 도장을 찍어서 아들을 내보내 놓고 누구를 원망하랴만 지원서에 도장 찍기를 굳이 피하고 숨어 돌아가던 학생들 중에는 간혹 적발도 되어 징용장을 받기도 하였으나 피하면 얼마든지 피해 돌아갈 수 있고, 또 피치는 못했댔자 그것이 총알이 왔다 갔다 하는 전장판보다는 비교도 안 되게 헐한 것임을 알았을 때 순이네 가족은 가슴을 치고 통탄해하지 않을 수 없었다. 그리고 영세를 원망하지 않을 수 없었다. 그나마 남과 같이 살아 돌아오기나 했으면 모든 것을 꿈처럼 잊어버리고 말았으련만, 아아.

'무당도 다 소용이 없어, 인젠 아주 그이는 잊고 말자.'

영세가 뒤에 달리는 것 같아, 늦어진 허리를 다시 단정히 고칠 여유에도 초조로이 집으로 내닫기 시작한 순이는 치맛뒤를 땅에다 지일질 끌면서 몇 번이고 마음에 힘을 주어가며 되뇌인다.

'잊어야지, 안 잊음 별수가 있나.'

그러나 누구를 믿고 살 것인가가 뒤미처 생각킬 땐 받느니 옷자락에 눈물이었다.

부모네들의 옛날부터 내려오던 우의에서 그이는 대학에 들어가던 해, 자기는 고녀^{고등 여학교}를 나오던 해, 그해 봄에 약혼이 되어 결혼은 그이의 졸업을 기다려 하자던 언약이 꿈에도 생각지 못하였던 학도지원병령이 내리게 됨에 부랴부랴 결혼을 하여 한 달을 채 못다 살아본 남편이었다. 이러구러 정신없는 얼떨떨한 삼 년 동안의 시집살이였다. 이것으로 자기라는 인생은 다 산 것이란 말인가. 학생시대에 꾸던 무한히 즐겁던 청춘의 꿈은 이렇게도 삭막하게 뒤집히고 만단 말인가. 인젠 나라도 찾았다. 제 나라에서 거리낌 없이 마음껏 살 수 있는 아름다운 꿈이 그이로 더불어 한껏 즐거울 것이련만 이렇게도 청춘은 애달프단 말인가. 그이가 나가기 전에 부모네들이 하루바삐 결혼을 서두른 의미도 모르지 않는다. 그러나 그것도 한낱 꿈이었다. 부모네들의 소망대로 한 점 혈육이나마 남겼더라면 대나 이음이 되지 않을 것인가. 자기의 존재는 이 집에 무엇으로 있단 말인가. 불쌍한 며느리, 죽기까지 들어야 할 측은한 대명사, 그것이 인젠 다만 자기에게 남은 존재일 뿐이다.

'더 살음 무얼 해. 그이가 간 곳을 나도 인제 따라가야지.'

그러나 자기마저 그이 따라 이 집을 떠나간다면 늙은 시부모 양주^{부부}는 누구를 믿고 의지하고 산단 말인가. 생각이 이에 미치면 제 마음이건만 제 마음을 저로서도 결단할 용기가 차마 나지 않는다.

그이는 이 집의 기둥이었다. 그이의 어깨에 늙은 부모가 매달려 있었고, 거기 자기가 또한 덧붙은 것이었다. 시아버지는 늙마^{늘그막}에 만득^{늙어서 자식을 낳음}으로 그이 하나를 두고 그이를 위하여 넉넉지도 못한 가산을 기울여 학자를 대었다. 몇 마지기 안 되는 땅이 들어간 것은 그이가 중학에 들어가던 해요, 학병으로 끌려나가던 해엔 집문서까지 금융조합에 들어가게 되었으나, 이제 한 해만 더 참으면 졸업을 하게 된다. 오히려 반갑게 매어들 달리려던 기둥이었다. 그 기둥이 이제 부러졌다. 의지할 데가 없는 것이다. 여전^{남은 돈}은 다 쪼아먹고 집문서는 찾을 기약조차 까마아득한데 배급은 없고 쌀값은 나날이 오른다. 조반석죽^{아침에는 밥을 먹고 저녁에는 죽을 먹는다는 뜻으로 몹시 가난한 살림을 이르는 말}도 구차하다.

이게 인제는 모두 자기의 손에서 해결이 되어야 할 무거운 짐으로 바뀌어진 것이다. 그이는 아주 잊는다 해도 이미 자기가 그이의 아내였다면 이 집은 아주 잊을 수 없는 것이 도리다.

그러나 이 집을 붙들고 나갈 그만한 힘이 계집으로서의 자기에게 과연 있을 것일까, 생각하니 그저 아득한 앞날이다. 다시금 눈시울이 뜨거움을 느끼며 짙어가는 어둠 속을 분주히 집으로 집으로 순이는 걷는다.

5

시부모도 오늘 하루를 은근히 기다리다 지치고 만 모양임이 드러난다. 이미 밤은 깊을 녘^{무렵}에 들었건만 사당^{조상의 신주를 모셔놓은 집}에도 제석^{제물을 차려놓기 위해 만들어놓은 상}에도 아직 불이 없다. 해마다 섣달 그믐밤이면 초저녁부터 간마다 불을 밝히고 복을 맞아들이던 수세^{집 안 구석구석에 등불을 밝히고 밤을 새우는 일. 이날 밤에 자면 눈썹이 센다고 함}의 풍습도 이 해 따라 이 집에선 지금 무시되고 있다.

작년에도 재작년에도 이 수세의 점등만은 잊지 않고 손수 정성을 드리던 시어머니였던 것이, 이게 다 그이 때문이로구나 하니 모든 것을 잊자던 순이의 가슴은 다시금 뭉클해진다. 들어서는손 장보시기를 말끔히 닦아 솜으로 심지를 비벼넣고 피마자기름을 부어 사당과 제석에 먼저 불을 밝히고 큰 간으로 건너갔다.

시어머니는 샛문^{방과 방 사이에 있는 작은 문} 발치에 이불을 쓰고 누웠고, 시아버지는 아랫목에서 팔패를 뗀다. 시아버지의 팔패는 화 팔패다. 속이 상할 때에는 언제나 늘 팔패로 화를 푸는 것이 버릇이다.

한동안 그쳤던 팔패를 오늘 저녁 시아버지는 또 꺼내들었다. 그 원인이 어디 있음을 순이는 모르지 않는다. 마음대로 맞아떨어지기나 하는 것일까, 그렇다면 한결 위안이라도 되련만…… 생각을 하며 아랫목으로 내려가,

"추운데 손 시럽지 않아요? 밖 날이 끔찍이 찬가 봐요."

하고 방바닥을 순이는 손으로 짚어본다.

"응 난 괜찮다. 네가 얼었구나, 어디를 갔다 오니?"

"어디 간 데두 없어요. 괜히 밖에 있었죠."

곧이 들을는지 모르나 그러지 않아도 가뜩이나 침울해 팔패까지 또 손에 대신 시아버지였다. 아들의 이야기를 하여 아픈 상처를 건드리기보다는 정거장까지 갔더란 말은 숨기는 것이 예의였다.

이것은 순이만이 취하는 태도가 아니다. 이 한 해 동안의 이 집 가족은 며느리나 시부모나 서로들 눈치와 위로로 산다. 털끝만큼도 진수에 대한 이야기는 서로 입 밖에 내지 않고, 누가 얼굴을 푹 숙이고 앉았던가 먼 산만 좀 바라보아도 진수를 생각하나 보아 필요도 없는 이야기로 어루만지는 것이 누구나의 태도였다.

"아, 참, 너 이박기섣달 그믐날 밤에 먹으면 복을 받는다고 하여 먹는 엿 먹어라. 며느리 이박기 내려주구려."

시아버지는 팔패 떼던 손으로 마누라를 흔든다.

마누라는 눈이 좀 붙었던 모양이다. 기지개와 같이 일어나 장문을 열고 고리당즉을 들어낸다.

"주막집 엿장사가 이박기라구 엿을 갖다 맡기누나. 어서 먹어라. 너 들어온 담에 같이 먹으려구 기대렸단다. 영감님두 드세요. 영감님이 먼저 드세야 애가 먹지."

시어머니도 극진하다.

"아이, 먼저 잡수실 걸요. 아부님 드세요. 어머님은 치아가 없으셔서 넣고 녹이서얄 걸요."

근심 없는 마음의 표현들 같다.

이렇게라도 가정이 지속만 될 수 있다면 죽는 날까지 이러구러 살다는 볼 것이, 맞닥뜨린 절박한 사정은 이러한 눈물겨운 단란도 허치 않았다. 금융조합에서는 인제 더 연기는 하는 수가 없으니 그리 알라는 최후의 통첩이 떨어진 것이다. 지금 선달이 떼는 팔패에는 이러한 것들의 처리에 판단을 댄 앞날에의 운명이 점쳐지고 있었다. 오늘도 진수는 들어서는 애가 아니니, 이 애는 인젠 정말 아주 잊어야 옳으냐, 옳다면 붙고 그르다면 마저 떨어져라, 떨어지는 데 마음을 대고 떼었던 것이, 붙고 떨어지지 않는다. 그러면 정말 진수는 죽었느냐, 차마 믿고 싶지가 않아, 삼태 양승으로 행여 다시 떼어보았던 것이, 영락없이 연달아 붙고 떨어지지를 않는데 눈앞이 아득했으나 하는 수가 없는 일이다. 정말 잊어야 옳은 앤가 보다, 쓰린 가슴을 억누르며 금융조합의 빚처리로 들어가, 돈은 집을 팔아서라도 갚아주고 여전을 벗겨 생활의 밑천을 삼는 것이 옳으냐, 옳다면 떨어지고 그르다면 붙어라, 또 떨어지는 데 마음을 대고 떼어본 것이 마음과 같이 마저 떨어졌다. 그렇다면 집은 파는 것이 바른 길이긴 길인가보나, 쓰고 있을 집이 그적엔 또 있어야 아니하나 서방은 죽어 돌아오지 않고 집은 팔아먹고 그래도 며느리는 청상과부로 있을 데도 없는 이 집을 족히 지키며 개가할 의사가 없이 수절을 하고 지낼 것인가, 아들을 생각할 때마다 연달아 떠오르는 며느리의 귀추가 자못 궁금하다. 개가할 의사가 있느냐 없느냐, 없다면 떨어지고 있다면 붙어라, 떨어지는 데 마음을 또 대고 뗐던 것이 신통하게도 이번에는 장마다 맞아돌더니 끝내 떨어진다. 그러지 않아도 인젠 며느리밖에 의지할 데가 없다고 은근히 생각을 해오던 것이다.

이것이 시아버지는 기막히는 사정 가운데서도 한결 마음의 위안이었다. 더욱이 이 패를 떼는데 어딘지 나갔던 며느리가 섬적 들어서고, 또 그 앞에서 뗀 패가 이렇게 대었던 마음대로 떨어지고 마는 것은 이것이 무슨 한낱 자위책으로서의 그러한 노름이 아니요, 정말 며느리 앞에서 그러마 하는 굳은 맹세를 받는 것도 같아, 엿을 들면서도 시아버지는 참 기특도 하다고 생각을 하며 몇 번이고 며느리를 바라보다가 한 가락 엿을 채 못 들고 수염을 닦고 나더니,

"며느리 너……."

하고 부르며 얼굴을 든다.

팔패는 마음대로 떨어졌다. 떨어진 팔패와 같이 며느리의 마음은 과연 그렇게 굳어 있는가, 집을 팔자면 살아갈 방도에 있어 무엇보다 알고 싶은 것이 며느리의 마음이었다.

"네 앞에서 내가 어떻게 이런 말을 하랴만 목구멍이 야속해서 산 사람은 그래두 먹구살아야겠으니 어찌하겠니?"

"아무럼요. 지나간 일은 다 잊구 산 사람은 살 도리를 해야죠. 아부님 근심 마세요."

철난 대답이다. 아무런 티도 없이 천연하게 받는 며느리다. 시아버지는 놀랍고도 반가웠다.

"옳으니라 참, 너 선선하구나! 네 입으루 그런 말을 들으니 내 마음이 얼마나 풀리는지 모르겠다. 공부헌 여자란 참 다르다. 그럼 그러지 않음 도리가 있니?"

"그이는 아주 돌아오지 못할 사람으루 알아야 해요."

"아무럼 인젠 어련히 고렇게 믿구 지내야지. 그런데 말이로구나, 살라니깐 그놈의 빚 때문에 집을 안 팔구는 못 배길까 보다. 창피하게 집행을 겪기보다는 팔아 물어주는 것이 떳떳한 일 같구나. 네 의견은 어떠니?"

"제가 뭘 알아요. 아버님 생각이 어련하시겠어요."

"어련험 뭘 허겠니. 팔구 나서 살 길 때문에 그러지. 남저지^{나머지}를 벼끼문 외막살이나 한 채 살까, 그것두 십만 원을 받아야 할 말이구. 그러문 또 집만 쓰구 있음 사니, 먹구살 밑천이 그적엔 또 있어야지. 다른 게 아니구 이게 걱정이 돼서 그러누나."

여기엔 순이도 할 말이 없다. 그러지 않아도 못 잊는 근심이었다. 정거장에서 돌아오면서도 눈앞이 아득해 발길조차 더디었던 것이다. 다시금 암담한 생각에 순이는 얼굴을 무릎 위로 떨어뜨린다.

"글쎄, 그 섬나뭇자리 너 마지기 그것만 가지구 있어두 우리 세 식구 자룡감은 걱정이 없으련만, 논이나 좀 좋은가 천상수빗물 판에……."

하다가 시아버지는 별안간 흑흑 느끼는 소리에 주위를 둘러 살피다가 며느리의 어깨가 분주히 들먹이고 있음을 보고는 더 말을 계속하지 못하고 그만 한숨과 같이 고개를 숙인다.

'그럼 그만큼 참는 것두 나이 봐선 용허지. 저두 기가 왜 안 막히려구, 서방은 죽어 돌아오지 않구, 집까지 팔아먹게 되니…….'

6

"칠칠만 원이면 놓게 놓아."

집을 내어놓기는 내어놓으면서도 이 동네에서 작자가 그리 쉽게 나서리라고는 믿지 않았는데 의외에도 며칠이 안 되어 박 구장예전에 시골 동네의 우두머리를 이르던 말은 어디서 작자를 구해냤는지 자꾸 와서 값을 튀긴다.

"글쎄, 채워놓으래두 그래. 하나십만 원루."

"하나 다는 안 된대두 그러눈. 이게 꼭 작자니 놓아. 이 작자 놓치면 집 팔기 힘드네. 그래 이 동네 집 살 사람이 어디 있어, 빤한 형편 아닌가."

"작잔 누군데 그러나?"

"건 미리 알아 쓰나. 문서 쓸 때 알아야지. 어서 칠이면 놓게."

"사실 작자라면 우리 집은 하나라두 싸네. 위치가 이 촌중에서 젤 아닌가. 손자 손향 판이지, 건자 건향 판이구. 다자꾸 내 운이 진해서 집을 팔아먹지, 집이야 좀 좋은 데 놓였나. 건너말^{건넛마을} 박영세 네 집 자리를 좋다구들 말하지만 그건 집이 폭 백히구. 어디 우리 이 집에 대겠나, 전에 우리 조부님이 뒷산에 올라서서 촌중을 쓱 내려다보시군, 참 집자린 일등이라구 번마다 말씀을 하시던 집 아닌가."

"자네 말수두 늘었네게레. 고집 말구 놓게. 저녁엔 문서나 하구 우리 오래간만에 한잔하기나 하세."

"글쎄, 여러 말 말구 하나만 채워놔."

"놓으라니까 글쎄? 칠이면 고집 말구."

"이 사람 어림두 없는 소릴 자꾸…… 칠에 어떻게 놓으라나, 이 집을."

"자, 그러문 그럼 팔만 허지. 팔에 또 말을 듣겠는지 모르겠군, 저쪽에서. 자네만 팔에 놓는대문 내 건 떼여올게."

제 욕심만 부리다 이 작자를 놓치면 사실 팔기도 그리 수월치 않음을 안다. 십만 원을 다 받는다 하더라도 예산은 닿지 않는다. 팔이면 무던도 해 보이는 것 같다.

"구꺼지만 올려대 보게."

우선 높여보다가 할 말이다.

"그저 팔, 팔, 팔이면 꼭 정가야. 어서 팔에 말을 뚝 자르세."

"글쎄 구에만 끌어대여."

"어서 팔에 말 떼래두."

"허, 이건 권에 못 이겨 박입을 쓰는 격인가?"

이만했으면 승낙하는 의미의 말임을 박 구장이 모를 리 없다.

"그럼 잘됐네. 저녁 세 시쯤 문서 허지. 내 저짝에 가서두 그렇게 잘라가지구 또 오겠네."

이렇게 언약은 되고, 저녁 세 시를 기하여 다시 박 구장은 찾아와 계약을 하러 같이 가잔다. 그러나 즐거워 파는 집이 아니다. 구장을 따라가 제 손으로 집문서에 도장을 찍기가 차마 싫다. 선달은 계약 일체를 도장까지 내어 구장에게 맡기고, 대체 나를 몰아내고 우리 집으로 들어올 사람은 누구일까, 촌중에는 아무리 훑어보아야 없는 것 같고 읍에서 누가 퇴촌_{읍내에서 촌으로 물러가서 삶}을 하는 것인가, 구장이 돌아오기를 기다리고 앉았다가 선달은 계약서를 받아들고 놀란다. 매수자가 뜻도 않았던 영세였던 것이다.

'내 집이 영세의 손으로 들어가다니!'

'박영세'란 이름이 자기의 이름과 가지런히 쓰이고 도장까지 분명하게 나란히 찍힌 계약서를 얼빠진 사람처럼 선달은 내려다본다.

"자, 인젠 우리 흥정이 됐으니 술이나 한 잔씩 노누세. 주막에 마침 곡주_{곡식으로 빚은 술}가 들어왔기에 한 병 넣어달래가지구 왔지. 아주머니 그 뭐 김치조각이나 좀 들여오시우."

구장은 품 안에서 술병을 뽑아낸다.

"아니, 영세 그 사람이 우리 집을 뭣허러 사나?"

"가만 보니 동생들의 분가를 시킬 눈치드군."

"동생들의 분가?"

"넷을 일시에 다 시킬 모양인가 봐. 웃말_{윗마을} 홍 첨지네 집두 유사과네 집두 지금 흐르고_{흥정} 있는 판인데, 것두 아마 오늘 저녁쯤은 떨어지게 될걸."

"아아니, 그게 무슨 일인가, 갑자기! 그 사람이 동생들의 분가는 왜 그리 급자기 일시에 서둘까?"

선달은 의아한 눈이 둥그레진다.

"까닭이 있드군그래. 앞으로 법이 서면 토지가 국유루 될 것 같으니까 동생들을 분가시켜가지구 노나서 제 몫금씩 갈라세울 모양이야. 그리구 대명동 토지와 웃당모루 토지는 전부 내놓았다는데."

무슨 비밀이나 말하는 것처럼 구장은 나직이 수군거린다.

"그래서 그럼 그이가 일전에 내려왔군요. 법이 서면 토지는 자롱감 몇 정보씩을 내놓구는 유상 몰수가 될진 몰라두 다 몰수하게 되리라구 그리는 소리를 들었드니……."

순이도 의아한 태도로 참예를 한다.

"그 사람이 지금두 서울서 그런 우두머리루 다니는 사람이니까 그런 거야 아마 잘 알 테지. 미리 손 쓰는 셈이로군 그럼."

이제야 깨달은 듯이 선달은 머리를 주억이며 들었던 잔을 쭉 들이켠다.

"암, 영세 그 사람이야 알구말구. 확실히 알게. 누대루 내려오던 토지를 팔아 없애려구 내놓구, 또 부리나케 동생들을 위해서 집을 사는 게 아니겠나?"

"아아니, 나라를 위해서 정치를 하자는 사람이 큰 게는 잡아서 제 구럭_{물건을 담을 수 있도록 만든 그릇}에 먼저 넣구, 정친 참 바르게 되겠네. 한때는 일본 사람들한테 남이야 어찌 되었든 저만 곱게 보이구 살려구 남의 귀한 자손들을 전장판으루 나가야 한다구 목구멍에 핏대를 돋히구 연설을 다니드니 이젠 또 나라를 위해 나섰다는 사람이 제 실속부터 차린다! 그럼, 아, 그 대명동 토지 사는 놈은 쫄딱 망하겠구먼. 돈 주구 샀다가 온통 몰수를 당할 테니까. 에이 내 앉아서 그대루 죽음 죽었지, 영세헌테 내 집은 못 파네. 그 여보게, 집 해약해다 주게."

문갑 뺄함^{서랍}에 넣었던 계약서를 선달은 되꺼내어 구장의 무릎 위에 던진다.

"이 사람이 벌써 취했나 술두 몇 잔 안 들어가서."

"아니, 취허긴 이 사람, 아 그럼 전 눈 좀 밝다구 모르는 사람을 속여먹어야 옳은가. 몰수당할 토지를 팔아먹으문 사는 놈은 녹을 줄을 몰라? 그놈 아니문 내 자식두 쌈 나가서 죽질 않아서. 내 자식두 내 집두 그놈의 손에 다 녹아나야 옳아? 뻔뻔헌 놈! 체면이 있지, 자식을 먹구 미안하지두 않아서 집을 또 먹게서? 이 집이 이게 누구 때문에 파는 것인 줄 몰라? 난 못 파네, 내 집을 그놈의 손에단. 어서 물러다 주게, 허 세상이……."

아닌 게 아니라 선달은 벌써 주기술기운가 얼근히 도는 모양이다. 손세손짓까지 이상히 쓴다.

"그 무슨 소리야, 이 사람 정말 취했네게레. 자, 자, 그런 소리 말구 어서 또 잔이나 내게."

"글쎄 아니야, 내 집은 백 번 죽어두 그놈의 손엔 안 넣네. 어서 일어서게, 이 사람."

선달은 잔을 바로도 못 들고 술을 옷자락에다 줄줄 흘리며 들이켜더니 상 위에다 잔을 엎어놓으며 일어선다.

"이 사람이, 이게 앉아."

"아니야, 일어서래두?"

"앉아요, 글쎄. 이게 무슨 일이야, 이 사람."

구장은 선달의 손목을 끌어당긴다.

"아니, 안 일어날 텐가? 그럼 내가 가겠네."

팔을 뿌리쳐 구장의 손을 떨구고 감투를 눌러쓰며 계약서를 집어 들더니 문을 차고 나간다. 설도 지났으니 양지쪽엔 이미 봄뜻도 푸르련만 날씨는 그대로 차다. 종일을 그칠 줄 모르는 바람이 그냥 대로 누동의 구새 먹은살아 있는 나무의 속이 오래 돼서 저절로 썩어 구멍이 뚫린 오리나뭇가지를 왕왕 울린다.

"이 사람 여보게 선달!"

구장은 쫓아가며 부르나 선달은 들은 체도 않고 옷자락을 날리며 건넛마을로 가는 그 좁은 논틀이 길을 취한 사람 같지 않게 총총걸음으로 내닫고 있다.

7

　시아버지가 혹 취중에 무슨 실수나 하지 않을까 순이도 덧쫓아나와 넌지시 논틀이를 뒤따른다. 그러나 차마 영세네 집까지엔 발길이 내키지 않는다. 누동 마루 오리나무 아래 그만 걸음이 멎는다.

　구장은 그냥 선달의 뒤를 바특이 _{조금 가깝게} 따라가며 연방 뭐라고 말리는 모양이나 대꾸도 없이 선달은 활깃세를 쓰며 앞만 보고 그저 내닫더니 영세네 마당에 발을 들여놓기가 바쁘게 소리를 지른다.

　"영세!"

　개가 세 마리씩이나 짖으며 우르르 밀려나온다.

　"영세 있나?"

　"영세!"

　세 번 만에야 밀창이 밀리며 영세의 머리가 기웃하더니,

　"아 선달님, 오래간만이십니다."

하고 대 아래로 달려 내려와 인사를 한다.

　"나 자네 좀 볼일이 있어 왔네."

　"네, 그러세요? 들어오시지요."

영세는 사랑 쪽으로 손을 내밀어 인도를 한다.

"아니 들어갈 것두 없어. 집이나 물러주게."

"이 사람 취언두 웬. 술두 몇 잔 안 허구 그리 취해? 어서 들어가 담배나 한 대 붙여가지구 가세."

구장은 선달의 옷소매를 붙들고 사랑 쪽으로 이끈다.

"이 사람 왜 붙들구 이래 자꾸. 취허긴 뉘가 취했다구. 어서 집 물러주게."

"참 취허셨군요, 선달님."

하긴 하면서도 영세는 자못 불쾌한 태도다.

"취허다니! 집을 물러내라는데?"

선달은 정색을 하고 영세의 옆자락을 낚아챈다.

어인 까닭인지를 몰라 말없이 영세는 선달을 노려본다.

"집을 물러달라는데 자네가 나헌테 도리어 눈을 부릅떠? 허, 이거 세상이!"

"아니, 대체 어떻게 하시는 말씀입니까?"

영세도 눈이 길죽해지더니 정면으로 마주 선다.

"하, 눈을 부릅뜨구 마주 선다! 이놈 너 그래 마주 섬 어떡할 테냐?"

버썩 나서며 선달은 영세의 멱살을 붙든다.

"아니 이게 무슨 행패란 말이요? 해방이 됐다니까 괜히 모두……."

"뭐야? 행패? 해방이 됐다니까? 그래 해방이 돼서 넌 잘허는 일이 뭐냐? 나라는 어떻게 되든 제 배만 불렸음 되구, 촌중이 어떻게 되든 저만 잘살았음 그만이로구나. 고이헌 놈 하늘이 내려다본다 이놈."

선달은 멱살을 붙든 손에 힘을 주어 버쩍 당긴다.

"아니 남의 멱살은 무슨 까닭으루 붙들구 이래요? 내가 영감네 집을 억지루 빼앗는단 말요? 하 참, 별일 다 보겠네, 집을 판다구 내 났기 샀는데……."

"집을 판다고 내났기 샀는데? 이놈 너 무슨 까닭으루 동네 집들 은 돌아가며 다 사들이니? 너만 집 쓰구 살 테냐? 이놈 매양 하는 버 릇이…… 응? 이놈 이놈아! 내가 집을 왜 파는지 몰라? 이놈 이놈아! 학병으루 지원 안 한 놈은 하나두 안 죽었구나 글쎄? 이놈아 이놈아 가슴이 터진다 이놈아!"

선달의 팔은 와들와들 떨린다.

영세도 여기엔 할 말이 없는 듯이 충혈된 눈만을 꺼벅일 뿐 아무 런 대꾸가 없다.

"이놈아 내 아들이 죽었구나, 이놈아. 이놈아 이놈아, 내 아들이 죽어서? 진수란 놈이 죽어서? 이놈아 이놈아, 진수란 놈이? 진수야 아 진수야아!"

목이 찢어지는 듯이 기를 쓰며 발악을 부리더니 별안간 선달은 눈을 뒤어쓰며 뒤로 나가쓰러진다. 기를 앗긴 모양이다.

"아, 아니 이게 무슨! 여 여보게 선 선달 선달!"

싸움을 말리노라 서서 어르다니던 구장은 어쩔 줄 모르고 선달의 팔을 잡아당긴다.

"아부님 아부님! 정신을 차리세요, 네? 아부님!"

순이도 달려와 떨리는 손으로 시아버지의 어깨를 거칠게 흔들며 달래나 흰자위만으로 뒤어쓴 눈이 그저 무섭게 마주 올려다볼 뿐, 아무러한 반응도 없다. 동네 사람들이 몰려와 사랑으로 안아다 눕히고 냉수를 떠다가 얼굴에 뿌린다, 사지를 주무른다 갖은 방법을 다 써보았으나 선달은 종시^{끝내} 피어나질 못했다.

"잘 죽었지. 외아들 죽이구 더 삼 무슨 낙을 보려구."

"암, 잘 죽구말구."

"아들을 따라갔구먼."

"불쌍헌 건 며느리야."

숙덕이는 동네 사람들의 이야기에 순이의 가슴은 더한층 미어지는 듯하였다.

-1947년

● ● ● ● ● ● ● ●
캥거루의 조상이

1

실제를 이상화하기는 쉬워도 이상을 실제화하기는 그렇게도 어려운 듯하다.

문보가 약혼을 하였다는 것은 자신이 생각할 적에도 이상과는 너무도 멀었던 사실이다.

'내가 약혼을 하다니!'

앞길의 판재判裁에 현재를 더듬어 미래를 내다볼 땐 전생에 죄를 지은 듯이 마음이 두렵다. 멘델의 유전학적 법칙은 완전히 무시할 수 있다 하더라도 정문보 중국 북송의 학자 가의 유전적 내력은 무시할 수 없는 것이다. 쬠손이, 절름발이, 곱사등이, 앉은뱅이, 애꾸눈이―대대로 이런 불구자를 계승하여 내려오는 가계_{대대로 이어 내려온 한 집안의} 계통에서 자기 따라 이목구비가 분명하고 사지백체_{온몸}를 제대로 갖춘 인간으로 대를 가시어_{깨끗이 씻어} 놓기 바랄 수 있는 것일까?

오십여 생을 손이 묶인 듯이 쓸 수 없던 죔손이 아버지의 불행에 비하면 한 눈이 먼 자기는 행복된 인간이라고도 할 수 있으나, 차라리 한 눈이 마저 멀어 세상의 모든 것을 애초에 볼 수가 없었다면 얼마나 행복된 일이었을까? 불구의 고민을 잊을 때가 없거니, 이제 자기의 불구한 고민에 비추어볼 때 이러한 불행한 생명을 세상에 내어놓아 자기와 같은 고민 속에서 일생을 보내게 한다는 것은 몇 번이고 생각해도 그것은 인생에 대한 죄악이었다.

자기 한 몸을 희생하여 불구의 불행한 씨를 근절시켜놓는 것이 차라리 그들의 행복이리라. 결단코 결혼을 해서는 안 된다. 인생의 반생을 한뜻같이 독신으로 살아온, 아니 영원히 살려던 문보였다.

비록 한 눈은 멀었을망정 그것이 흉하여 자수의 짙은 안경을 매양 끼고 있으니 좀 건방져는 보일망정 문보가 불구한 인간인 줄은 꿈에도 모르고, 그 나머지 부분의 붙음 붙음이 분명하고 고르게 정리된 뚜렷한 용모와 체격의 남자다운 늠름한 품격이 남달리 이성에의 흠모의 적_{어떤 일의 목적이 되는 대상}이 되어 동경의 학창시대엔 결혼 신청을 받기도 실로 수삼 차에만 그친 것이 아니었건만, 이런 것들을 물리치기에는 조그마한 혼란도 없이 그의 생각은 철저하였다.

눈에 들고자 갖은 아양을 피워가며 계집으로서의 온갖 미를 아낌

없이 자기 앞에서 떨어낼 땐 인생의 본능에 자극을 안 받을 수 없어, 그것을 이겨내기란 참으로 괴롭지 않은 것이 아니었다.

한번은 동경에서도 이름난 미인으로 유학생들의 입술에서 끊임없이 오르내리고 있던 금봉으로부터 열렬한 사랑의 편지를 받았을 때, 그리고 자기를 위해 아까운 것 없이 바치기를 아끼지 않으려 할 때, 금봉의 미모와 열정에 청춘의 마음이 본능적으로 휘어들어감을 억제치 못하여 하마터면 실수를 할 뻔한 적도 있기는 있었다.

그러나 한번 문보의 불구한 부분을 찾게 됨으로써 금봉은 그만 실색_{놀라서 얼굴빛이 달라짐}을 하고 돌아서서는 다시 찾아주지를 않던 것이 지금도 다행한 일이었다고 생각해오거니와, 그 후부터 문보는 이성에 대한 교제는 더한층 각별히 주의를 해왔다. 학창시대에 동경서 같이 노닐던 벗들은 학업을 필하고 고향으로 돌아와 모두 결혼들을 하여 벌써 아들딸을 둘씩이나 둔 사람도 있었건만 문보는 애써 결혼에까지는 맘을 두지 않아 왔다.

그러나 미자와의 교제가 두터워갈 때, 그것은 지난 겨울이었다.

하루는 새로 발표한 창작에 대해 뜻 아니한 미지의 여성으로부터 한 장의 찬사를 받게 된 것이 그의 맘을 돌린 시초다.

문단에 나선 지 칠팔 년, 작품을 발표한 수도 적지 않건만 불구한 성격이 빚어낸 그의 독특한 인생관—남달리 이상한 그 문체, 그 주의는 언제나 독자의 이해 밖에 악평의 적이 되어 유명 무명 간에 들어오는 투서는 누구의 것이나 판에 박은 듯이 욕으로 일관된 그 속에서 미자의 편지를 찾은 것은 확실히 한 가닥의 기쁨이었다.

비로소 예술의 이해자를 찾은 문보는 미자란 이름을 잊을 길이 없어 염두에 두고 지내오던 어느 날 돌연히 또한 그 여자의 방문을 받은 것으로 교제는 시작이 되었다. 그러나 가끔 만난대야 문단과 예술 방면의 이야기로 만족할 수 있던 미자는 차츰 그것만으로는 만족할 수 없는 의미를 은근히 비치기도 했다.

하지만 문보는 그저 모르는 듯 냉정했다.

그러나 미자의 정열은 식는 것이 아니었다. 마침내는 하려는 말을 기어이 하고야 말았다.

"선생님! 전 선생님을……."

듣기에 놀라운 소리였으나 엷은 강철같이 떨리는 음향은 그다지도 문보의 마음을 당겼다. 이럴 때면 문보는 인생의 행복을 멀리 등진 불구의 고민과 싸우지 않을 수 없었다. 괴로움에 그의 마음은 탔다.

"선생님, 선생님……."

못 견딜 듯이 정열에 타는 미자의 눈, 매달리는 듯한 아양에 떨리는 몸부림, 그래도 문보의 마음은 휘지 않았다.

"나를 잊어주시는 것이 차라리 행복이리다. 나는 당신을 사랑할 자격을 잃고 있습니다."

"건 저를 모욕이에요. 자격이 없으시단……."

"아니 정말 자격이 없습니다. 나는 솔직히 말합니다만 불구자입니다."

미자는 문득 놀라고 더 말이 없다.

"거짓말을 왜 하겠습니까. 나는 한 눈이 좀 부족합니다."

문보는 어디까지든지 미자의 마음을 돌리게 하기 위해 숨김없이 사실 그대로를 말하였다.

그러나 이 소리를 들은 미자는 그것만으로는 불구자랄 것도 없다는 듯이 금시에 낯갗은 다시 화기에 물들며,

"네, 건 예전부터 알고 있었어요. 전 뭐……."

"……."

"전 뭐, 선생님의 마음에 움직인 것 같애요. 사람을 용모로 따진다면 그건 결국…… 네? 전 선생님을……."

놀란 것은 도리어 이쪽이었다. 불구자인 줄을 알면서도 사랑한다! 맘을 사랑한다는 말이다. 사람을 외모로서 찾으려 하지 아니하고 마음으로 찾는 미자, 미자는 그런 사람을 찾는다! 이 세상이 미자같이 참되다면 자기는 결코 불구한 사람이 아니다. 자기의 마음을 아는 사람은 다만 미자를 본다. 왜 버젓이 눈을 내어놓지 못하고 미자 앞에서 가리고 다니었던가? 이제 그것이 부끄럽기까지 하다. 그렇게도 열렬하게 사랑하던 금봉이가 한번 자기의 불구한 부분을 찾자부터는 그만 실색을 하고 말던 것에 미루어보면 미자는 범인을 초월한 초인적 존재도 같았다. 무엇인지는 꼬집어 말할 수 없으나 불구의 고민 속에서 오늘까지 찾아오던 진리는 비로소 미자의 마음 속에서 찾은 것 같았다. 그리고 미자의 마음과 자기의 마음과는 떼

려 뗄 수 없는 한 개의 물체로 융합이 되는 듯 휘어들어갔다.

마음의 힘이란 그렇게도 센 것일까. 장래의 문제엔 마음을 보낼 여유도 없이 실로 그 일순간에 사랑의 관계는 맺히고 약혼은 성립이 되었던 것이다.

그러나 마음의 융합이기로 유전적 법칙이 무시될 리는 없는 것이다. 이것이 그 후에 따르는 문보의 고민이었다.

2

날마다 근심은 더해왔다.

'불행의 씨가 생기지 않았나?'

생각과 같이 그것은 따라오고 마음은 두려웠다.

'며칠 동안에야 무에 그리 쉽게 생겼을꼬?'

그러나 그것은 두려움의 자위요, 보증할 수는 없다.

'단연히 파혼을 해야 돼.'

언제나 생각하다가는 이렇게밖에 더 맺혀짐을 찾지 못하던 그 결론이 지금도 다시 돌아와 맺힘을 당연한 일이라고 문보는 마음속에 따져보다가도, 그러나 이미 씨가 들어 있는 몸이었다면 그 곤란할 것 같은 처리에 다시금 생각은 얼크러져, 보면 알기나 할 것인 듯이 치맛감을 마르고 있는 미자를 힐끗 쳐다보았다.

"이 치마빛은 봄빛보다는 좀 짙지?"

자기로 인하여 문보의 마음속에는 커다란 난이 일어난 줄도 모르고 미자는 혼자 즐거움에 엉뚱한 질문을 들이댄다.

문보는 하고 싶은 대답도 아니었으나 실상은 대답할 수도 없는 질문이매 잠자코 말았다.

"봄빛은 물빛보다도 짙어야 산뜻한데, 그런 게 원 있어야 말이지."

아무래도 그것은 마음에 개운치 않은 빛인 듯이 뒤적거리던 치맛감을 훌훌 털어 허리에 두르고, 잠깐 아래위를 훑어보며, 그리고 보아달라는 듯이,

"아무래도 빛이 좀 짙지?"

하기 싫은 대답이라고 세 번째나 못 들은 척할 수는 없다.

"옥패두 뭐, 그런 빛을 입었던데?"

"아이 어쩌나!"

"뭣이?"

"옥패가 이런 빛을 입으문 난 못 입어."

"건 또?"

"옥패야 벌써 애를 낳지 않았수? 애를 낳으면 맘도 늙는다우."

"그러문 그 치맛감은 두었다 애를 낳아야 입겠군."

"싱겁긴!"

"싱겁긴 뉘가 싱거운데? 그렇게 뻔히 알면서 그런 치맛감을 사올 때야 애가 그리워 기장구^{기저귀}를 마련하는 격이……."

"아이 망칙두 쉐…… 뉘가 뭐 애를 낳겠대나! 바스락거린다니께

꼬집지 흐응!"

"배면 안 낳고 배길 장사가 있어 그래?"

"글쎄 난 죽어두 앤 안 날 테야."

이 말은 결코 아직 애는 안 밴 말이다.

우연한 문답에서 문보는 어렵지 않게 미자의 뱃속을 들여다볼 수 있었다. 순간 문보는 얼크러졌던 마음의 고삐가 스르르 하고 풀리며 결론은 다시 굳어졌다.

'당장 파혼을 해야 돼.'

"애를 배면 청춘이 간답니다."

그러나 문보는 이론을 더 앞으로 계속하려고도 아니하고 그저 파혼을 해야 된다는 데만 열이 올라, 다시 더 여기에 마음이 돌지 말고자, 아주 굳혀버리기로 벌떡 일어서 테이블을 마주하고 의자에 하반신을 묻었다.

어제저녁에 배달된 신문이 그대로 테이블을 덮고 있다. 집어드니 마음은 먼저 학예면을 더듬고, 눈은 이달의 창작평에 멎는다. 가장 회심의 작이라고 자처하고 싶던 이번의 작품도 자기의 것만은 또 악평의 대상이었다. 도대체 무슨 소린지 이런 작품은 아마 인류사회 이후에는 몰라도, 인류의 역사가 있기까지는 이해할 수 없을 것이라 단언을 내렸다.

반드시 비평가만이 작품을 바로 본다고 믿을 것이 아니로되, 벗들 사이에서도 이미 이러한 의미의 말을 여러 번 들어왔고, 또 며칠 전에는 미지의 독자들로부터서도 역시 같은 뜻의 서면을 받았던 것을 미루어, 이제 그 평점이 일치됨을 찾고 문보는 일반의 이해에 벗어나는 자기의 예술에 다시금 우울함을 느꼈다.

자기가 보는 인생관, 사회관은 이 세상에서는 이렇게도 이해를 못 가지는 것이다. 그만큼 자기는 현실사회와는 인연 먼 존재 같다. 그러나 일반의 이해를 잃었다 하여 자기의 마음을 결코 슬퍼하고 싶지는 않다. 도리어 현실을 비웃고 싶은 마음이다.

그러나 마음에 공명하는 이 없으니, 자기가 옳다는 데는 자만심이 꺾이지 않아도 마음을 통하여 즐거움을 느낄 수 있는 집단 속에 사는 개인의 심정으로서는 아니 고적할 수가 없었다.

문보는 그 작품이 실린 잡지를 집어들고 자기의 작품을 다시 한번 읽어본다. 구절구절이 도리 정연한 문장이다. 한 사람의 불구자의 입을 빌어 현실사회를 상징적으로 표현시킨 그 시미창일한 시적인 분위기가 넘치는 문장 속에 스스로 취해 자기도 모르게 무릎을 쳤다.

그리고 다음 순간, 문보는 문득 놀라고 눈앞에 나타나는 미자를 보았다. 써놓는 원고를 한 장 한 장 옆에서 읽어주고 정리해주던 미자가 과연 하는 솜씨라고 그 조그마한 무릎을 연거푸 세 번이나 치던 그 구절이, 역시 그 구절이었던 것을 문득 생각하는 까닭이다.

그리고 보니 이 작품을 읽은 사람은 많았으되, 이 작품의 이 구절에 저자인 자기가 무릎을 쳤고, 그러고는 다만 미자가 쳤을 따름이다. 그렇게도 미자는 자기의 예술에 공명을 갖는다. 이해를 잃은 고독한 마음에 오직 미자로부터 공감을 받는 것이 새삼스럽게 느껴지는 듯 미자가 마음에 든다. 그리고 그런 미자와의 파혼이 차마 아까움을 순간 느낀다. 언제라도 미자의 마음은 싫지 않을 것 같고, 생애에 있어 미자는 영원한 마음의 반려일 것 같다. 이해를 잃은 곳에 생활의 윤택은 없다. 사는 것이, 잘사는 것이 희망일진대 이해하는 자를 차버리는 것은 스스로 파멸을 도모하는 것과도 같다. 가뜩이나 침울한 생활은 미자를 잃을 때 그 얼마나 더할 것일까?

못 견디게 아까운 마음에 문보는 파혼에까지 결론을 지었던 이론을 다시 이렇게도 전도시켜보았다.

그러니 그적에는 그 뒤에 따르는 두려운 그 유전.

문보는 가리기 어려운 괴로운 마음에 아프게 몸을 비틀었다.

3

"오늘 아침 신문엔 사쿠라꽃 벚꽃이 벌써 핀댔구먼?"

약혼이 성립되던 날 결혼은 사쿠라꽃 필 무렵에 하자던 문보가 창경원엔 일주일 이래로 야앵이 개원되리라고 하는데도 이렇다 준비가 없는데 미자는 은근히 문보의 마음을 짚어보는 것이다.

"철두 참 빠르군. 벌써 사쿠란가!"

"아이, 그런데 참 날을 받어야 안 해요?"

문득 생각킨 듯이 미자는 바싹 따진다.

"뭐 꽃구경은 반드시 해야 하는 법인가?"

"아니 그날 말예요."

"그날이라니?"

"아이, 왜 당신이 그적에 사쿠라꽃 무렵에 하자고 안 그랬어요?"

"으응, 결혼식 말야 뭐?"

"쉐! 바루 모르는 척허지, 음흉허기두."

사실 문보는 음흉하였다. 미자의 말귀를 모를 리 없건만 대답할 말에 이미 준비가 없었으매 이야기의 빈곤을 안 느낄 수가 없었던 것이다.

"그런 가식이 그리 바쁠게 뭐야."

"가식!"

"그럼 가식이 아니고, 난 결혼에 예식의 필요를 그리 절실하게 느끼지 않는데…… 본시 결혼이란 마음의 결합을 의미하는 것이니, 마음의 결합보다 더 튼튼하고 굳고 아름다운 것이 어데 있어? 예식 으로 그것을 의미하는 것은 그 자체부터가 가식인 동시에 결합에의 모욕이거든."

아직 마음을 결정하지 못한 문보는 만일을 위해 농담 삼아 이렇게라도 말해둘 필요를 순간 느꼈다.

그러나 미자는 이 말을 조금도 농담으로 듣고 싶지 않았다. 농담 이라 해도 진정으로 듣고 싶을 만큼 가식을 벗어난 그 진실한 마음 의 태도에 오히려 감복하는 것이 있었다. 가식에 얽매여 뜻 없는 마음으로 애석히 청춘을 썩여내던 지난날의 결혼생활을 연상하는 때문이다.

미자는 이미 어느 전문학교 교수와의 결혼생활이 있어 보았다. 그러나 인생관, 사회관이 다른 그 결합에서 귀하다고 하는 개성을 살릴 수가 없어, 견디다 못해 가정을 박차고 뛰어나온 노라입센이 쓴 《인형의 집》주인공의 후예였다. 부모가 간섭한 강제의 결혼도 아니었고, 인물이든지 학식이든지, 그 사회적 지위든지 무엇에 있어서나 남편으로서의 갖춰야 할 조건은 다 갖추었다고, 그리고 그것을 사랑하는 마음에 장래의 행복을 그와 더불어 꿈꾸었던 것이다.

그러나 정작 결혼을 하고 지나보니 동경하던 행복은 오지 않았다. 알 수 없이 마음은 여전히 공허하고 까닭없이 그리운 것이 있었다. 그렇게도 있는 정성을 다하여 아내를 사랑하는 남편이었건만 그것만으로는 만족할 수 없는 마음의 우울이 있었다. 아내로서의 사랑을 받기 전에 마음의 사랑을 받고 싶었고, 또 그 마음을 주고 싶었다. 그리하여 그 속에서 정의 용해를 얻음으로 자기라는 존재를 찾고 싶었다. 그러나 그것을 느낄 수 없는 곳에 마음의 우울은 깃을 들이고, 그리고 그것은 처녀시절에 알 수 없이 우울하던 그런 것과는 달리 마음의 파멸을 침노하였다.

여기서 미자는 처녀시절에 알 수 없이 마음이 허하고 무엇인지가 만지고 싶게 그립던 것은 이성을 상대로 일어나는 한낱 사춘기 여성의 마음이었음을 깨닫고, 그것만을 만족시킴으로 만족할 수 없는 마음속에서 아내로서의 알뜰한 정이 남편의 그것과 융합되지 못함을 안타까워하며 삼 년을 하루같이 결혼이란 법망에 얽매여 뜻 없는 생을 지탱해오다가 충실한 문보의 독자이던 미자는 지난 겨울에 발표한《사람》이라는 작품을 읽게 됨으로 비로소 그 속에서 자기를 찾은 듯이 마음의 위안을 느끼고, 불구한 문보인 줄은 알면서도 약혼까지 성립시켰던 것이다. 그리고 마음의 이해 속에서 영원한 행복을 꿈꾸려고 사쿠라꽃이 필 무렵이 어서 오기를 기다리고 있었던 것이다.

"참, 그래요. 예식이라는 건, 한낱 눈을 속이는 거짓이구요. 결혼식이 있었다고 마음이 변한다면 그 사랑이 아니 깨어질 수 있겠어요? 깨어진 사랑이 예식에 얽매여 부부생활이 계속된다는 건, 허수아비 장난이구……."

참으로 그렇다는 뜻을 강조하는 의미로 태도를 정색하게 가진다.

도리어 문보는 놀랐다. 난처한 경우에서 대답에 궁하여 그럴 듯이 끌어다 붙인 말이 그렇게도 미자의 마음을 살 줄은 꿈에도 생각지 못했던 것이다.

이러한 주장이 여자의 처지로서는 극히 불리한 것인 줄을 미자가 모를 리 없건만 그렇게까지 미자는 허식을 떠나 참을 찾는 그 아름다운 마음씨에 문보의 마음은 흔들렸다. 불구한 고민 속에서의 그들의^{자식} 불행한 일생을 건져주기 위해 절대의 독신주의를 지켜오던 자기가 이렇게도 미자와 약혼까지 성립을 시키고 동거를 하고 있는 것을, 그리고 이미 그것이 그릇된 것임을 깨닫고 있는 자기면서도 마음을 판단하지 못하고 거짓말로 마음의 자위를 얻으려는 자기는 도무지 사람 같지 않았다.

"참, 생각하면 너울^{예전에 여자들이 나들이할 때 얼굴을 가리기 위해 쓰던 물건}을 쓰고 반지를 받아 끼고 맹세를 하고…… 맹세는 뉘게다 하는 거예요. 우스워요. 그럼 우린 어느 날 그저 친구들이나 청해놓고 기념사진이나 한 장 찍을까요?"

그렇게 해도 그것은 소위 그 결혼, 그것을 의미하는 것이다. 결정적으로 대답할 수가 없었다.

"글쎄?"

이렇게 말끝을 흐려놓을 수밖에…….

4

며칠을 두고 애를 태웠으나 시원한 해답은 얻어지는 것이 아니었다. 이쪽을 누르면 저쪽이 돋우서고, 저쪽을 누르면 이쪽이 돋우서고…… 이에 생에 대한 의문은 점점 문보의 마음속으로 스며들었다. 어떻게 생각해도 제 마음을 제 스스로 못 가짐은 사람 같지 않았던 것이다.

사람이 살아 있다는 것만으로는 사람이 될 수가 없는 것이었다. 개도 돼지도 살아는 있다. 살아 있다는 것과 산다는 것은 자못 그 거리가 멀다. 살아 있다는 것은 다만 죽지 않았다는 대명사에 불과한 것이 아닌가.

그래도 자기가 무엇인지를 알고, 그 마음에 충실함으로 삶을 다하려던 자신이 가엾기도 했다. 세상에는 이러한 뼈 없는 존재가 결코 자기만은 아닐 것이지만, 이러한 무리들은 무엇 때문에 살아야 되나? 이러한 무리들은 생선 엮듯 한 묶음에 꽁꽁 묶어서 한강의 깊은 물속에 풍덩실 들어 던지더라도 세상은 조금도 애석해하지 않을 것 같다. 이러한 뼈 없는 무리들이 그래도 저로라고 뽐내는 이 사회는 장차 어찌될 것인가? 차페크^{체코슬로바키아의 극작가}는 그 작품 속에서 인조인간을 일찍이 예언하였고, 어떤 학자는 인류 다음에 올 고등동물은 캥거루라고까지 설파하였다. 이 학설을 그대로 믿고 본다면 인류는 올챙이가 개구리로 화하듯 캥거루로 화해가는 그 과정에 처한 존재가 아닌가. 그렇다면 선조가 쌓아놓은 인류문화의 이 찬연한 탑을 우리는 아무런 반항도 없이 그날그날의 생활에 순응하고 만족함으로 캥거루 사회에 양여해야^{자기 소유를 남에게 넘겨줘야} 옳은가? 영원한 인류문화의 축적에 피를 흘린 거룩한 역사에 한 개 삽이 되어 미진^{아주 작은 티끌}의 북돋움이 되지는 못할지언정 장래 사회에 인류의 혼을 애석히 추모하는 캥거루의 조상이 될진대, 차라리 값없는 목숨이 귀할 것 없었다. 단연히 끊는^{미자와의 관계} 것이 도리어 인류문화에 공헌을 더하는 표시는 되는 것이다. 캥거루의 조상에서 인류를 구하는 셈은 되니까.

이렇게도 생각한 문보는 잠에서 깨는 사람처럼 정신이 새로웠다.

비로소 앞길을 내다본 듯이, 그리고 큰 짐을 벗어놓는 듯이, 마음이 가뿐해지는 것 같았다.

자살, 그것은 어려운 것이 아니었다. 방법은 얼마든지 있을 것이고, 또 그것이 값있는 것이라면 아까울 것이 없었다. 그리고 생이란 것이 그렇게도 괴로운 것이라면, 그 모든 것을 잊게 하는 것만으로라도 생에 대한 대접은 되는 것이다. 자기 한 몸을 희생해서라도 불구의 불행한 씨를 근절시키는 것만이 원인이었더라면 그 행하기 어려운 삶을 질질 끌어가며 발버둥칠 필요가 나변^{어디}에 있는가? 어떠한 방법으로든지 근절시킴으로 그들의^{미래의 자손} 행복만을 도모하였으면 그만이 아닌가? 그리고 거기에 만족할 것이 아닌가.

그는 문득 이렇게도 생각하고, 그러한 목숨을 스스로 끊는 데 있어 과연 자기는 이 세상에 대하여 한 점의 미련도 없을까를 마음속에 따져보았다. 그러나 문보는 그 순간 아깝게도 스스로의 대답이 궁함을 느꼈다. 돌아보아야 모든 것에 있어 손톱만 한 미련이 없었건만 차마 그 미자의 마음은 버리기 아까웠던 것이다.

문보는 여기서 미자와의 정사를 또 문득 생각한다. 자기의 마음을 그렇게도 이해하는 미자라면 여기에도 이의는 안 가질 것 같은 것이다.

정사! 이래 두고 세상에는 정사가 있는 것이 아닌가 하고, 문보는 지금까지 이해할 수 없는 그 정사의 심리를 엿본 듯하였다.

"미자!"

문보는 자기도 모르게 소리쳤다.

"으응?"

"난 영원히 살 도리를 찾고 있는데……."

"네에?"

미자는 그것이 무엇을 두고 하는 말인지 몰라 잠깐 멍하지 않을 수 없었다.

"만일 이 세상에 내가 없다 해도 미자는 살 수 있겠나?"

"당신은 제가 없으문 어떡허지요?"

"난 살 수 없어."

"그럼 저도 못 살 게 아녜요?"

"그러게 말야, 미자! 난 이 세상에선 더 살고 싶지 않구, 그렇다구 또 미자는 떨어지구 싶지 않구 어쩌면 좋은가?"

"아이, 또 소설 재료에 궁하셨나베. 남의 맘을 엿뜨려구……."

"아니, 그런 게 아냐, 미자! 미자는 혹 정사서로 사랑하는 남녀가 그 뜻을 이루지 못해 함께 자살하는 일라는 걸 생각해본 일이 있는지, 나는 미자와 같이 이 세상에선 인연을 끊고 싶어. 그래서 도무지 세상을 잊고 싶단 말야."

열정에 떠는 침착한 문보의 태도는 실없는 농담도 무슨 소설의 재료도 아닌 것 같은데 미자는 짐짓 놀라고 대답이 막힌다.

"응? 안 그래 미자?"

"그게 진정으로 하시는 말씀이에요?"

"진정이라는 것보다도 내 가슴은 미자를 사랑하는 마음에 불붙고 있으니까."

"그러면 왜 그렇게 진실한 사랑을 안고 세상에서 인연을 끊을 필요가 있겠어요?"

"난 살기가 무서운 것이 있어. 난 천벌을 받은 사람이 아닌지 몰라. 조상적부터 대대로 내려오는 이 불구의 유전—내 할아버지도 내 아버지도 다 병신이었어. 그리구 나두 병신이니, 이 유전적 법칙을 어떡헌단 말야. 후계 자손에게도 반드시 이런 불구자는 오구야 말 것이니, 나의 이 불구한 고민을 생각할 땐, 차마 자손에게까지 이 불행을 물려주고 싶지가 않구만. 아니, 그것은 죄악두 같아. 그러나 그렇다고 미자와는 떨어질 수 없으니 후계 자손에게 영원한 행복을 도모하랴면 목숨을 끊는 길밖에 없단 말야. 안 그래? 미자!"

뜻밖의 사실에 미자는 놀라고 잠깐 말이 없더니 고개만이 점점 숙여진다. 눈물이 스며나옴을 느끼는 까닭이다.

문보는 더 말하고 싶지 않았다. 미자의 눈물은 확실히 죽음의 절망 속에서 삶의 화살을 겨누는 약자의 무기임이 틀림없었던 것이다. 그렇게도 모든 것에 있어서 마음이 일치되면서도 오직 죽음이라는 데 있어선 뜻을 달리 가진다. 죽음이라는 것은 그렇게도 두려운 것일까. 이렇게 죽음을 두려워하는 미자의 마음이 아까운 것은 무슨 뜻일까? 알 듯하면서도 알 수 없는 마음이 안타까웠다.

'나 혼자는 왜 죽지 못하나?'

괴로움에 일어서 나온 것이 거리였다. 거리는 자기의 마음보다도 어지러운 것 같다. 발을 임의로 옮겨 짚기에도 주의가 가는 복잡한 거리—자동차, 전차, 자전거, 인력거, 심지어 오토바이, 구루마수레까지도 전날보다 더 나도는 듯 걸음의 자유를 구속한다.

어디로 가자는 목적이 있었던 것은 아니었으나 남대문통으로 나가려던 문보는 고, 스톱을 기다리기가 싫어 가던 길을 되돌아서 동일은행을 꺾어 지향 없는 발길을 다시 종로로 내켰다.

가지가지로 제멋대로의 단장을 하고 나서서 꿈틀거리는 인파는 마치 쓰레기통을 쏟아놓은 듯이 정리의 필요가 있는 듯하다. 사람은 다 같은 사람이로되, 왜 그 행색은 그리 일치하지 못할까. 그들의 행색은 다 그들의 마음의 표시가 아닐까. 옷차림은 둘째로, 머리 깎음조차도 일치하지 못하다. 길게 길러서 뒤로 넘긴 자, 왼 골을 탄 자, 바른 골을 탄 자, 무슨 까닭일까. 신은 사람을 이렇게 창조해놓고 멋에 살며 허덕이는 꼴을 봄으로 무쌍견줄 만한 것이 없음의 행복을 일삼는 것이 아닌가. 그렇지 않다면 사람 제 자신이야, 삶에 대한 그러한 멋으로 만족할까 보냐. 그것은 확실히 슬픈 멋이다. 사람은 반드시 이런 멋 속에 신의 노리개가 되어야 하는 것인가. 한번 사람 제 자신의 멋대로 삶을 통제시켜 창조의 신으로 하여금 노리개를 삼음으로 멋을 잃은 신이 괴로워하는 꼴을 보고 우리도 한번 무쌍의 행복을 느껴본다면 얼마나 통쾌한 일일까? 생각하다 문보는 문득 얼씬하고 앞에 꺼꿉세는 시커먼 그림자에 놀라고 우뚝 걸음을 세웠다.

"나리! 한 푼만 적선하십쇼? 나리!"

거지의 애원이다.

문보의 손은 두말없이 호주머니 속으로 들어가 한 닢의 동전을 찾았다. 그러나 거지의 손바닥 위에 던져진 것은 뜻하지도 않았던 오십 전짜리의 은화다. 굽실하고 거지는 참으로 고맙다는 뜻을 표하고, 또 그럴 만한 손님의 앞으로 옮겨선다. 그러나 손님은 거절이다. 다음 손님도, 또 그다음 손님도……

이것을 본 문보는 자기의 적선이 우스웠다. 생을 붙안고 살아갈 인간들이 그 불쌍한 거지에게 이렇다 한 푼의 적선도 없는데 자살을 도모하는 자기가 살겠다는 인간에게 적선은 다 무엇인지 알 수가 없었던 것이다. 미자밖에 미련이 없던 내가 이 거지에게 동정이 가는 것은 무슨 마음이었을까. 사람마다 본척만척 지나치고 마는 그 거지, 그 거지를 왜 자기 따라 불쌍히 여길까? 언제나 거지에게 일전 한 푼의 거역은 있어본 일이 없었지만, 그 이상 더는 그를 위해 마음을 가져본 일도 없었다.

그러나 설잡힌 그 오십 전이 결코 아깝지 않았다. 그리고 그 마음은 언제까지라도 버리고 싶지 않았다. 생각하면 거리 사람들이 오히려 사람으로서의 일면을 갖추지 못한 것 같다. 불구한 거리에 삶을 찾는 이 불구한 무리들—자기가 육체의 불구자라면 그들은 확실히 맘의 불구자다. 이 맘의 불구자들은 죽음이라는 것은 생각지도 않는 듯이 생기에 충만하다. 맘의 불구자는 삶을 찾고 육체의 불구자는 죽음을 찾는다! 자기가 이미 자살을 도모하였을진대, 맘의 불구자들은 벌써 이 세상 사람이 아니었어야 옳을 것이 아닌가. 그러고도 그들이 그렇게도 살기를 원할진대, 제 책임을 다하지 못하는 시계는 그 불충분한 기계를 드러내고 완전한 것으로 갈아넣어야 되듯이 그 맘의 불구한 부분을 갈아넣어주고 싶다. 그리하여 그들에게 영원한 값있는 생명을 부어넣어 캥거루의 조상이 되기 전에 인류문화의 축적에 빛이 되는 거룩한 인류의 조상을 만들어주고 싶다.

이 거리에는 이런 인간 수선의 기사는 없는가.

생각하다 문보는 제결에 놀라고 다시 우뚝 걸음을 멈추었다. 그것은 제 자신에게서도 마땅히 찾아야 할 종류의 것은 아닌가 하니, 금시에 도모하던 자살이 유성처럼 번쩍하다 눈앞에서 부서지고 생에 대한 집착이 오히려 굳세어짐을 느꼈던 것이다.

그러고 보니 지금까지 되풀이해온 이론은 모두 저도 모르는 가운데서 생긴 죽음에 대한 미련의 반증도 같았다. 그렇지 않다면 거리에 대한 애착이 이다지도 알뜰할 리가 있었을까. 다만 하나의 여자로 말미암아 제 생명을 스스로 끊는다는 것은 그 순간의 고통 속에서의 일시적 착각임이 틀림없을 것이고, 자살이란 이러한 경우의 그 순간을 넘지 못하는 데서 생기는 인생의 가장 처참한 한 장면인 것도 같았다. 백을 넘기지 못하는 인생의 한명^{하늘이 정한 목숨}이라는 것을 다 살고 죽는다 해도 그것은 확실히 비극의 한 토막이어늘, 삶의 목숨을 중도에서 스스로 끊는다는 것은, 그것은 너무도 비극적이다. 만일 창조의 신이란 것이 분명 있어 인생의 운명을 지배하고 있다면 제 목숨을 제 스스로 끊는 그 처참한 행동을 취할 때 신은 자신의 작희^{방해를 놓음}에 한 마리의 순한 양같이 아무러한 반항도 없이 끌려 들어가는 것을 보고 얼마나 통쾌해할 것인가. 자살이란 신의 작희에 만족을 주는 것밖에 더 되는 것이 없을 것 같았다.

생, 그것이 사람의 빛이 아닐까. 사람은 사는 데 그 존재가 있을 것이고, 죽음으로 벌써 그는 한 개 인간의 역사요, 인간은 아니다. 인간은 역사를 짓기 위해 살 것은 아니고, 생을 빛내기 위해 산다. 생이 빛나는 곳에 인간의 역사 또한 빛날 것이 아닌가. 단연히 미자는 잊어야 옳다. 잊지 못하는 곳에 불행의 씨는 반드시 가까운 장래에 깃들여질 것이다. 그러면 그들의 고통은 또 얼마나 할 것이며, 신은 자기의 그 조화의 기능에 또 얼마나 만족해할 것인가.

이렇게도 생각하면 미자란 사람의 마음을 긁어먹는 악마도 같았다. 인간의 어여쁜 악마, 그것이 미자가 아닌가. 자기의 마음을 이렇게 흔들어놓았던 것은 틀림없는 미자였다. 이러한 미자를 생명을 걸고 사랑하였는가 하면 전신에 소름이 쭉 끼친다.

그러나 지금이라도 미자를 눈앞에 대하기만 하면 그 아름다운 마음과 미모에 다시 마음은 끌려 들어갈 것 같다. 문보는 집으로 들어가기가 차마 두려웠다. 할 일 없는 거리를, 거리에는 밤이 오는데도 거리거리 돌고 있었다.

그러나 언제까지라도 거리로만 돌아가는 수도 없다. 그는 문득 며칠 전에 받은 대동강 선유^{뱃놀이}에의 벗의 청요장^{남을 청해 맞이하는 글}을 적은 것을 생각하고 주저도 없이 떠난다는 전보를 쳤다.

6

차에 올라서 그는 한 장의 편지를 미자에게 썼다.

가장집물^{집안의 여러 가지 세간살이}은 다 당신의 것으로 하시오. 이달 집세는 안 낼 수 없으니 ××사에 고료를 채근하면 그것이 될 게요. 내가 가는 길은 알았댔자 필요 없는 줄 아오.

밤차 속에서 정문보 씀

간단한 사연이었다.

차는 다리를 지나는지 더한층 소리는 높아진다. 밖의 하늘엔 빛 잃은 봄달이 외롭고 한가한데…….

−1939년

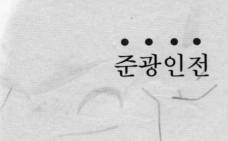

· · · ·
준광인전

1

선생님! 세상에는 이런 일도 있나이다. 제가 미쳤나이다. 제가 왜 미치겠나이까. 그러나 선생님! 세상은 저더러 미쳤다 하나이다. 그러니 저는 과연 미쳤는가, 미치지 않은 것 같은 이러한 제 마음은 정말 미친 것인가. 제 마음이건만 저도 분간을 못하고 있을 수밖에 없나이다.

선생님! 저는 이제 저를 길러주신 선생님에게 이렇게 미치게 되기까지의 그 경과를 아니 사뢸 수가 없나이다. 제가 미쳤다면 선생님은 제 자신보다도 더 아파하실 것을 모름이 아니오나, 한편 생각하올 때면 저의 신변에 이러한 일이 있었음에도 숨기고 있다는 것은 선생님에 대한 저로서의 도리에 도리어 예의가 아닌가 하여 차마 들기 부끄러운 붓을 벼르다 벼르다 이제 들었나이다.

선생님! 바로 그게 사 년 전 그해의 여름이었나이다. 그날 오정 가까이 김군과 같이 읍내의 옥거리를 지나다가 하도 목이 클클하기에 맥줏집에 찾아 들어갔더니 게서 우연히도 한군과 손군을 만난 것이 아니었겠나이까. 그리하여 우리 네 사람은 한자리에 합석이 되어 오래간만에 서로 술잔을 나누며 유쾌한 시간을 가질 수가 있었나이다.

그런데 선생님! 그때 제가 말한 이야기 가운데는 저도 하기 싫은 이야기였나이다마는 몹시도 그들을 놀라게 한 것이 있었나이다. 바로 영주가 세상을 떠났다는 보고가 그것이었나이다.

"뭐야! 영주가 죽어?"

"아, 사람이 그렇게도 죽나!"

한군과 나는 서로 이렇게 놀라며 인생의 무상함을 다시금 느끼는 듯이 한숨을 쉬고 고인의 모습을 그려보는 듯이 눈들을 내리깔고 무엇인지의 생각에 잠깐의 침묵이 계속되었나이다. 그러는 동안 또 조·박·허, 세 사람이 하던 부채질을 하며 들어오는 것이 아니었겠나이까. 그런데 선생님도 아시다시피 조·박·허, 그들도 다 같이 허물없는 저의 친한 벗이요, 또 영주의 벗이었기 때문에 이야기는 자연 그들로 하여금 영주의 죽음에 대한 이야기로 되풀이하지 않을 수 없었나이다. 그러고는 고인의 장점, 단점의 비판, 또는 그의 생전의 자랑거리던 그 아릿자릿한 로맨스, 이런 것들로 친구의 인물 된 성품을 추억하며 노닐던 나머지 우리 사이에는 벗을 조상하는 뜻을 어떠한 형식으로 표하는 것이 가장 적당할 것인가 하는 의견 이 또 바뀌게 되었나이다. 그리하여 우리 여덟 사람이 민군과도 교 섭을 하여 참가케 하기로 하고 한 폭에다 연서^{한 문서에 여러 사람이 잇따라} 서명함를 하여 만사^{죽은 이를 슬퍼하여 지은 글}를 보내기로 결정을 하였나이 다. 그러고는 우리 여덟 사람이 일행으로 다 같이 장례에 참석해야 할 것을 약속하고 만사는 비단으로 하되, 글씨는 한군이 쓰기로, 글은 박군이 짓기로, 각각 그 장기를 따라 맡기고 내일모레는 다시 Y구락부로 모여서 서명은 각기 자서로 하기로 하였었나이다. 그렇 게 하는 것이 우리 일동이 다 같이 친의가 보다 두텁다는 표시도 될 것임으로써였나이다. 그러고는 이런 뜻을 민군에게도 속히 알리기 로 박군에게 그 책임을 맡기고 우리 일행은 각각 집으로들 헤어졌 던 것이었나이다.

2

그랬으니까 선생님! 그 이튿날 하루를 지나서 저는 약속한 대로 Y구락부를 향해 떠날 것이 아니었겠나이까. 그러나 그날 저는 피치 못할 가정의 약간 사정으로 작정한 시간보다 거의 두 시간이나 늦 어서 열두 시에 모이자는 것이 새로 두 시가 가깝게야 집을 떠나게 되었나이다. 그리하여 걸음에 불이 번쩍이도록 그야말로 속력을 다해서 읍을 향해 걷고 있었나이다.

그런데 선생님! 큰길을 추어올라서 거리로 들어가는 십자길^{사거리} 어귀에 선 광고판에는 어제 없던 광고가 큼직큼직한 글자로 가장 눈에 뜨이기 쉽게 붉은 잉크로 관주^{글을 하나하나 따져보면서 잘된 곳에 치던 동} 그라미까지 그려 붙인 것이 아니었겠나이까.

　　김철호는 미친 사람이니 누구든지 일거일동에 있어 그와는 상
　　가기를 바란다. 허무한 존재를 사실인 것처럼 꾸며 일반의 인심을
　　미혹케 하는 것이 그의 이즈음의 행동이다.

아, 선생님! 이게 웬일이겠나이까. 거기에는 분명히 이렇게 쓰여 있었나이다. 김철호, 그것이 제 이름인 이상 실로 아니 놀랄 수 없었나이다. 그러나 미치지 않은 제 자신을 너무도 똑똑히 아는 저이오라, 한편으로는 우습기도 하였나이다.

하지만 선생님! 다시 생각하올 때 미치지도 않은 사람을 이렇게 광고판에까지 대서특서^{큰 비중을 두어 다룸}하여 붙인 것은 불쾌하다면 불쾌하지 않을 수도 없는 일이었나이다. 혹 김철호라는 사람이 저 밖에 또 있어 그가 미친 것은 아닌가도 문득 생각이 들었으나, 그것은 글씨로 보아서 한군의 글씨에 틀림없었고, 문투로 보아서 박군의 문투에 조금도 의심할 여지가 없었나이다. 그리하여 그것은 벗

들 가운데서 저를 가리켜 한 장난임이 즉석에서 깨달기었나이다.

선생님! 이것이 너무 과한 장난이 아니겠나이까. 아무리 허물없는 벗으로서의 악의 없는 장난이라 하더라도 이러한 장난을 받는 저로서는 다소 불쾌하지 않을 수가 없었나이다. 그렇게 큰길가에다 써도 크게 써 붙인 광고였으니 이것은 저만이 보았을 것도 아니고, 이 길로 지나는 사람이었으면 누구나 한 번씩은 다 눈을 거쳤을 것이오니 만일 저를 모르는 사람이라면 김철호라는 사람은 정말 미친 사람으로 알 것이 아니겠나이까. 그리고 남의 단점이라면 침을 흘려가며 외고 싶어하는 것이 세상의 인심이오라, 이런 말이 어찌어찌 세상에 퍼지게 된다면 저의 신변에 어떠한 불리한 영향이 미치게 되는지도 모를 일이 아니겠나이까. 그리고 생각하니 선생님! 솔직하니 말씀이오이다만 불쾌함을 참을 수 없었던 것이 사실이었나이다. 선생님! 그리하여 저는 제가 벗들 가운데서 이토록 미친 사람으로 농을 받도록 그러한 미친 짓을 한 때가 있었나 한참이나 우두커니 서서 생각해보았나이다만 아무리 생각해보아도 기억에 남는 그러한 일은 찾아낼 수가 없었나이다.

그러니 선생님! 그것이 대체 어찌된 영문인 것을 저인들 알 턱이 있겠나이까. 궁금한 수수께끼를 안은 채 구락부로 그대로 달릴 수밖에 없는 저이었나이다.

"미친 자식!"

구락부에 막 발을 들여놓자 저를 대하는 첫인사가 한군의 입으로 또 이렇게 나오는 것이 아니었겠나이까. 이미 광고를 보고 오던 길이오라, 혹은 이러한 말을 듣게 되는지도 모른다고 전연 예기미리 생각하고 기다림를 아니하였던 바는 아니었으나, 그 순간 여간 마음이 좋지 못하였던 것이 아니었나이다.

그러나 그뿐이오리까.

"이 자식 오늘두 정신이 들지 않았군. 지금이 몇 시인데 이제야 보이는 게야."

"정신이 그렇게 쉽게 들면 사람 구실 하려구!"

"에이 미친놈!"

벌써 모여 앉았던 벗들은 한군의 말이 미처 끝도 나기 전에 제각기 이런 말을 던지는 것이었나이다.

저는 그만 무안하였나이다. 여느 때 같으면 이런 말이 그리 나무랍게도못마땅하고 섭섭하게 생각되어 언짢게도 들리지 않고 그저 귓결으로 흐르고 말았으련만 이때만의 제 감정은 실로 좋지 않았나이다. 그러나 뭐라고 대답해야 할지를 모르는 저는 다만 발을 문 안에 들여놓다 말고 어리둥절하여 그대로 섰을 수밖에 없었나이다.

"저 눈! 저 눈 봐! 미친놈의 눈 같다드니 멀쩡히 먼 산만 바라보네."

민군도 또 이렇게 나서는 것이 아니었겠나이까.

선생님! 이것이 물론 벗으로서의 농담에는 틀림없을 것이오나, 광고까지 보고 이런 말을 뒤이어 들을 때의 제 감정은 차츰 도수를 더해왔나이다. 그러나 제가 그에 대한 감정을 꺼내놓는다면 아무리 제 감정은 좋지 못하다 하되, 농담을 농담으로 받지 못하는 저를 도리어 탓할 것이므로 그렇다고 제가 그 자리에서 감정을 그대로 토로할 수는 없었나이다.

"이 자식들이 미치긴 웬 똥딴지로……."

이렇게 말을 받으며 저는 그저 빙그레 웃어 보일 뿐이었나이다.

"네가 그럼 미치지 않구?"

민군이 또 나섰나이다.

"어째서?"

"어째서라니! 저게 무슨 장난이야? 그럼!"

민군은 뒷벽을 돌아보며 손짓을 하였나이다. 거기에는 다섯 자길이나 되는 백숙소 전폭에 한군의 글씨로 영주의 만사가 쓰여 걸려 있었나이다.

선생님! 그래서 저는 영주의 만사로 해서 제가 그런 농담을 받을 만한 조건이 있었던 것을 비로소 짐작을 하게 되었나이다. 그러나 그것이 어떻게 되어서 그런 탈을 쓰지 않으면 안 되었던 것인가는 물론 알 턱이 없었나이다. 저는 무엇보다도 그것이 궁금하였나이다.

"그게 어쨌단 말이야 그래?"

이렇게 묻는 저의 말은 저도 모르게 시치미를 뗀 항의적 언사이었나이다.

"저것이 군의 설도라는데!"

"그래 내 설도라면?"

"군은 왜 영주의 만사를 이렇게 하지 않아서는 안 되었든구?"

"군은 그럼 벗으로서의 영주의 만사에 동의하지 않는단 말인가?"

저와 민군의 이야기가 여기까지 진행되었을 때에 일동은 별안간 '와' 하고 웃었나이다. 그러니까 민군도 다시 뒤를 이으려던 말을 못 잇고 따라 웃는 것이었나이다. 저는 이것이 물론 어떤 영문인지는 모르면서도 그들의 기분에 말려 저도 모르게 웃어버렸나이다. 그러니까 좌중은 '아하하' 하고 더욱 소스라쳐 웃게 되었나이다. 한군과 민군은 박수까지 치는 것이 아니었겠나이까.

선생님! 여기에 저는 그들이 저로 해서 웃었음을 알았고, 따라서 제가 웃음은 제가 저를 웃는 격이 되었음을 그 순간 또 깨달았나이다. 제 얼굴에는 후끈하고 불덩이가 지나갔나이다. 저는 될 수 있는 대로 그런 기색을 나타내지 않으려고 마음에 힘을 주었나이다마는 저의 붉어진 얼굴은 그들의 눈에 아니 띄지는 못하였던 모양이었나이다. 그리하여 제가 너무도 미안해하는 것 같은 기색을 그들도 살피었음인지 웃음소리를 일시에 뚝 그치고 한군이 나서며 하는 말이,

"아니 웃지들만 말구 김군의 의혹을 풀어주어!"

하는 것이었나이다. 그러니까 민군도 한군의 의견에 동의를 하는 듯이 아까와는 다소 태도를 달리하여 나직한 음성으로 말을 건네는 것이었나이다.

"김군! 글쎄 동의, 부동의는 고사하구 웬 뚱딴지로 영주가 죽었다구 짓이 이 짓이야 글쎄! 만사까지 써서 걸고……."

"아니 이건 누구더러 하는 말이야? 자네가 그런 말을 전하지 않았나?"

"이건 정말 미쳤군!"

"왜 누가 미쳐?"

"누가 미치다니 내가 언제 군더러 영주가 죽었다구 했나? 영주의 동생 영수가 죽었다구 그랬지."

이렇게 저는 그때 들었던 대로 대들고 대답을 하였나이다만 본래 듣길 민군에게서 들었던 것이오라, 제가 그때 잘못 들었던 것으로 아니 깨달을 수 없어 민군의 말을 그대로 부인하고 우길 수 없었나이다. 동시에 저는 저의 미쳤다는 원인을 알게 되었고, 또한 이것으로 저를 한번 놀려주려는 계획이었던 것을 알았나이다.

"글쎄 그러기에 미쳤다지, 영수가 죽었다는 걸 영주가 죽었다구 들었으니 웬—."

그리고 민군은 '하하' 하고 웃는 것이었나이다. 그러니 조군이 또 나서며,

"아니 그 두 놈이 다 미쳤군. 제각기 옳다구 떠드니 뉘가 옳은지

우리야 알 수가 있나."

하면서 박수를 치는 것이었나이다.

여기에 선생님! 제가 어떻게 대답을 하였겠나이까? 그저 무안함에 잠자코 있을 따름이었나이다. 제가 오전^{사실과 다르게} 전함을 하였으므로 뻔히 살아 있는 친구 영주가 만사까지 받게 되는 미안함도 말할 수 없는 것이었거니와 만사를 하게 만들었던 벗들에게까지 미안함을 금할 길이 없었나이다.

"아 그래서 이 자식들이 나를 미쳤다고 떠들고 야단이로군. 광고까지 써 붙이고."

저는 도리어 그들을 위로하기 위해 이렇게 농을 붙이며 웃을 수밖에 없었나이다.

4

선생님! 지금까지 이야기한 사실은 우리의 일상생활에도 흔히 있을 수 있는 웃음거리에 불과할 것이 아니겠나이까. 그러나 선생님! 그 결과는 사람의 일생에 이런 일도 있을까 하리만치 파멸의 구렁에 저를 끌어가지고 들어갈 줄이야 어떻게 알았겠나이까. 응당 그 일곱 사람의 벗들도 제가 이렇게까지 되리라고는 예기도 못하였을 것이었겠나이다.

그 이튿날 거리에 나선 저의 귀에는 이러한 소리가 들리는 것이 아니었겠나이까.

"김철호가 또 미쳤대나. 유전이란 할 수가 없어. 그의 할아버지가 미쳐서 죽드니 점잖은 가문에 원—."

이 말은 얼마나 저를 놀라게 한 것이었겠나이까.

그러나 선생님! 저는 그 사람에게 '내가 왜 미쳐?' 하고 대들 수는 없었나이다. 그것은 대드는 것이 도리어 제가 미쳤다는 것 같은 것을 보이는 것도 같아서 못 들은 척 그저 지나가고 말았을 따름이었나이다. 그러나 이제 좇아 생각하오면 대들지 않았댔자 무슨 소용이 있었겠나이까. 그것은 아무러한 효과도 주는 것이 되지 못하였나이다. 날이 갈수록 여전히 저는 미친 사람으로만 화해가는 것이 아니었겠나이까. 그 광고를 본 사람이면 누구나 김철호가 미쳤다는 것을 자기가 가장 먼저 아는 것 같은 자랑으로 만나는 사람마다 그런 말을 아끼지 않았을 것이라 추측되나이다. 그리고 그런 말을 들은 사람의 입으로는 또 다른 사람의 귀에 이렇게 자꾸자꾸 다리를 놓아 한 달 후에는 저는 완전한 미친 사람이 되어버리었나이다.

선생님! 제 벗 조·김·허·민·손·한·박, 이 일곱 사람 외에는 누구나 저를 대하는 태도가 일변해버리지 않았겠나이까. 혹 거리에서 아는 사람을 만난다 해도 그는 제가 자기를 어떻게든지 해칠 것만 같아서 곁을 멀리하여 피하고, 피해서는 아는 사람끼리 수군거리는 것은 그렇게 똑똑하던 사람이 미치다니 하는 것이었나이다.

선생님! 저는 기가 막혔나이다. 지금껏 제 지방 사람들이 저를 가리켜 위인이 똑똑하다고 그렇게 신용을 해왔다는 것은 제가 결코 선생님에게 대해서 하는 저의 자랑이 아니오이다. 그러나 선생님! 김철호가 미쳤다는 풍설이 돌아가자부터는 저의 신용은 납작해지고 말았나이다. 범사에 있어 도무지 저와는 말하기를 싫어하고 자리를 같이해주지 않나이다. 따라서 저는 저 홀로 이 세상에서 인생의 뒷골목길을 걷지 않으면 안 되었나이다. 그리고 선생님! 아이들의 놀림을 받지 않으면 또 안 되었나이다. 미쳤다는 제 입에서 어떠한 허튼 말이 나오나, 제 입에서 나오는 말이 가령 우스운 말이라면 그것을 들음으로 서로 웃어, 웃음으로써 한때의 행복을 삼으려는, 다시 말씀하오면 즉 저라는 물건으로써 쾌락의 대상을 삼으려는 일종 향락을 위한 따름이었나이다.

선생님! 정신이 멀쩡하여 이렇게 미친 사람의 대우를 받지 않으면 안 되는 제 자신을 생각할 때 울고 싶도록 가슴이 아팠나이다. 아니, 선생님! 이런 것뿐이었겠나이까. 근거도 없는 허무한 풍설이 저를 이끌고 자꾸자꾸 파멸의 구렁으로 들어가는 것이었나이다. 김철호는 벌써 인간의 궤도를 벗어난 사람이다, 도덕과 예의는 물론 그에게는 오륜이 없다, 계집을 함부로 농락하고 사람을 치기 일쑤다. 선생님! 글쎄 이러한 풍설까지 도는 것이었나이다.

선생님! 저는 저에게 대해 세상 사람들이 이러한 태도를 할 때 제 자신이 파멸의 밑바닥에 떨어져 들어가는 것보다 허무한 풍설을 그대로 듣고 믿는 그들이 오히려 더 불쌍하게 생각키었나이다. 이렇

게도 세상은 어두운 것인가. 기분에서 기분으로 마치 의식이 없는
그것과도 같이 허공을 떠돌지 않으면 안 되는 것이 그들의 존재임
을 알았을 때, 선생님! 참으로 가슴이 아팠나이다.

선생님! 저는 이제 여기에 제 인격이 더할 수 없이 파멸에 떨어져
완전히 미친 사람의 대우를 받게 되기까지의 에피소드를 말씀드리
겠나이다.

5

선생님! 세상의 월편건너편에서밖에 존재의 인정을 받지 못하는
저는 언제나 술을 찾아 우울한 제 마음을 위로하지 않으면 안 되었
나이다.

어떤 날이었나이다. 그날도 저는 어느 카페의 한구석 의자에 앉
은 몸이었나이다. 그리하여 웨이트리스로 위안을 받으며 술을 들이
켜고 있었나이다.

선생님! 이때였나이다. 카페 문이 스르르 밀리더니 저를 힐끗 한
번 마주 바라보고는 무슨 못 볼 원수나 본 것처럼 부리나케 다시 문
을 밀어 닫고 되돌아 나가는 사람이 있었나이다. 저는 그것이 민군
인 것을 알았나이다.

선생님! 이때 저의 마음이 불쾌하였던 것이 잘못이었겠나이까.
여느 때 같으면 멀리서라도 더욱이 술이라면 저를 보고 싶대도 굳

이 청할 민군이었나이다마는 아무리 제가 세상에서 버림을 받은 존재라 해도 옛날의 정의를 살필진대 그렇지는 못할 것인데 아무러한 인사도 없이 원수나 본 것처럼 피치 않으면 안 되는 그의 행동에 저의 가슴은 기가 막히도록 아팠나이다. 저는 물론 민군이 저에게 대한 이러한 태도가 어디 있는지를 잘 아나이다. 민군도 일곱 사람 가운데 한 사람이니까 제가 정말 정신에 이상이 생긴 사람으로 아는 사람은 아니었나이다. 민군은 저를 위해 어디까지든지 세상의 의혹을 풀어주기로 힘을 쓰는 줄도 저는 잘 알고 있었나이다.

그러나 선생님! 그는 저를 피하지 않아서는 안 되었나이다. 물론 민군 자신은 제가 완전한 정신의 소유자인 줄은 아나, 세상은 저를 믿지 않으니까 세상이 믿지 않는 저를 대하여 자리를 같이한다면 세상은 저와 친의를 같이한다는 이유로 해서 자기에게까지 어떠한 영향이 미치리라는 이유에서일 것이 뻔한 것이었나이다. 그리하여 그들까지도 세상 사람과 같이 저를 미친 사람으로 대하지 않으면 안 되었고, 차마 버리지 않아서는 안 되었던 것이었나이다.

선생님! 저로서 이러한 민군의 태도를 생각할 때 제 마음이 과연 어떠하였겠나이까. 그러나 선생님! 어쩐 일인지 저는 그에게 항의하고 싶은 마음은 조금도 없었나이다. 저는 저도 모르게 그를 찾았나이다. 이것은 물론, 저의 참을 수 없는 알뜰한 정의 발로에서였으리라는 것을 저는 지금도 믿고 있나이다.

"어이 민군!"

그러나 민군은 대답이 없었나이다.

"어이 민군!"

그래도 대답이 없음에 저는 좀더 힘차게 부르며 그를 따라나갔나이다.

"민군! 어 어이 민군!"

"누구야, 그게."

민군은 그적에야 피치 못할 줄을 알고 비로소 뒤를 힐끗 돌아다보는 것이었나이다.

"무엇 잊은 것이 있나? 왜 채 들어오지도 않고 돌아서나?"

"난 누군가 했지, 또."

민군은 그제야 누군인지를 알았던 것처럼 이렇게 책임을 피하려고 하였나이다.

그런데 선생님! 제가 민군을 대하는 태도가 더할 수 없이 반가움에 사무친 그러한 마음인 것이야, 민군 자신인들 모를 것이었겠나이까. 그러나 민군은 저와 같은 정으로 저를 대하려는 것이 아니었나이다. 그의 태도와 인사는 어디까지든지 냉정하였나이다. 그것은 분명히 '너는 세상 사람들에게 믿음을 잃은 폐물이니 옛날과 같은 나의 친구는 못 된다' 하는 뜻이 아닐 수 없었나이다.

선생님! 제가 사회에서 믿음을 잃은 옛날과 같은 그러한 벗은 못된다손 치더라도 그리고 저와 친교를 옛날과 같이 그대로 맺는 것이 자신에게 다소 영향이 미친다 하자 하더라도, 이유 없이 사회에서 믿음을 잃게 된 불쌍한 옛날의 친구를 위해 다정하게 손목이야 한번 쥐어주지 못할 것이 무엇이겠나이까. 그리고 또 다정한 말로 저의 이 터질 듯한 심정을 조금이라도 어루만져주지 못할 것이야 무엇이겠나이까.

선생님! 여기에 저의 감정이 흥분될 대로 흥분되었던 것이 잘못이었겠나이까.

"술 한잔 마시자!"

"나 술 인제 안 먹네."

"그럼 카펜 왜 들어왔어?"

"아 저 잠깐 좀 만나볼 사람이 있어서 왔던 게야."

"누군데 그게?"

"으— 저—."

저는 벌써 그의 심리를 다 알았으므로 다시 더 따져 물을 필요도 느끼지 않았나이다.

"자 들게, 오래간만에 우리 한잔하세."

"글쎄 나 술 안 먹어 이젠."

"그래 한 잔두 못 먹어?"

저의 음성은 아니 높아질 수 없었나이다.

제 기색을 살핀 민군은 아무 말도 없이 한 잔을 들이켰나이다. 저는 다시 그 잔에 술을 따랐나이다. 그러나 민군은 다시 그 잔을 들지 않고 밑을 떼었나이다.

"정말 못 먹겠나?"

저는 저도 모르게 부어놓았던 술잔을 그의 가슴으로 던져버렸나이다.

"이 자식 정말 미쳤어!"

"뭣이? 한 번 더 해라, 그런 말을?"

저의 손은 민군의 멱살을 바싹 치켜들었나이다. 그도 가만히 있지 않았나이다. 제각기 지지 않으려고 붙잡고 돌아갔나이다. 그런데 선생님! 제가 민군보다 본래 힘이 센 것은 아니었나이다마는 어찌된 셈이온지 제 빗장거리에 민군은 그만 잔뜩 탁자 위에 허리를 걸고 넘어졌나이다. 그리하여 민군은 눈을 뒤집고 정신을 차리지 못하였나이다. 그러니까 카페 안이 떠들썩할 것이 아니었겠나이까. 구경꾼이 쭉 모여드는데 실로 창피하였나이다.

그런데 선생님! 이렇게 방 안에서 떠들썩하니까 밖에서 숭숭거리던 패가 문을 열고 들어오는데 보니 그것이 우리의 패거리 그 일곱 사람이 아니었겠나이까. 짐작건대 그들은 민군과 같이 왔다가 제가 여기 있음을 알고 몸을 피하였으나 민군이 그만 나에게 붙들려 들어왔음에 가지도 못하고 그가 나오기를 기다리고 있었던 모양이었나이다. 선생님! 이들의 태도까지 어떻게도 그리 민군의 태도와 똑같은 것이었겠나이까.

선생님! 그들은 민군을 일으키기에만 열심이었나이다. 민군은 허리를 잘 쓰지 못하고 비뚝걸음으로 그들의 부축을 받으며 카페를 나갔나이다.

선생님! 이 사건에 있어서 민군 자신은 물론, 그들의 일행인 그 여섯 사람까지도 제가 그것이 정신의 이상으로 저지른 행동이 아니었던 것이야, 모를 리 있겠나이까마는 저의 파멸의 씨를 뿌려준 것이 민군이라 해서 그에 대한 감정으로 그러한 행동을 취하였다고는 즉각 오해하기 쉬울 것으로 알았나이다. 그러나 선생님! 저의 그 민군과의 싸움이 거기에 있었던 것은 너무도 아니었나이다. 솔직히 말하나이다만 그저 참을 수 없는 정의 발로가 그렇게까지 되었던 것이었나이다. 그러나 이것이야 제 자신밖에 백이 백 말하면 곧이 들어줄 사람이 있겠나이까.

그러니까 선생님! 이것을 또 세상은 김철호라는 광인의 장난이라고 한동안의 이야깃거리가 되어서 그들의 소일감이 되는 동시에 저에게 대하는 태도는 더욱 심해가는 것이었나이다.

아니, 선생님! 이런 일이 세상에 정말 있다고 어떻게 말씀을 드리겠나이까. 글쎄 선생님! 이 일로 말미암아 저는 제 가정에서까지 믿지 못하는 몸이 되어버리었나이다. 제 어머니가 저를 못 믿고, 제 아내가 저를 못 믿어주나이다. 그러니까 제 가정이 저와 같이 파멸의 도상^{어떤 일이 진행되는 과정이나 도중}을 걷고 있게 되는 것이 아니겠나이까. 제 힘이 아니면 제 가족은 목숨을 이을 수가 없나이다. 그러나 선생님! 저를 믿지 못하나이다. 믿어주지 못하는 것이 가정의 파멸인 줄을 모르나이다. 저의 정신의 이상은 신의 장난이라, 무당을 데려다

푸닥거리를 한다, 굿을 한다, 야단까지 부리니 글쎄 선생님! 이제 세상 사람에게 저라는 인간은 믿지 못할 사람이라고 오히려 광고를 하는 것이 아니고 무엇이겠나이까.

그러니 선생님! 저는 장차 무엇이 되나이까. 무엇이 되겠나이까. 그리고 선생님! 이런 말씀을 제가 선생님께 드리옴으로 선생님의 안온한 마음을 슬프게 하옵는 것이 잘못은 아니나이까. 선생님!

−1939년

• • •
최서방

1

새벽부터 분주히 뚜드리기 시작한 최서방네 벼마당질 가을에 거두어들인 벼에서 이삭을 터는 일은 해가 졌건만 인제야 겨우 부채질이 끝났다. 일꾼들은 어둡기 전에 작석 곡식을 섬에 담아 한 섬씩 만듦을 하여 치우려고 부리나케 섬몽이를 튼다. 그러나 최서방은 아침부터 찾아 와 마당질이 끝나기만 기다리고 우들우들 떨며 마당가에 쭉 둘러선 차인꾼 남의 장사하는 일에 시중드는 사람들을 볼 때에 섬몽이를 틀 힘조차 나지 않았다. 그는 실상 마당질 끝나는 것이 귀찮다기보다 죽기만 치나 겁이 난 것이다.

그것은 하루에도 몇 번씩 찾아와 호미값 중국에서 나는 쌀값이라 약값이라 하고 조르는 것을 벼를 뚜드려서 준다고 오늘내일하고 미뤄오던 것인데, 급기야 벼를 뚜드리고 보니 그들의 빚은 갚기는커녕 송 지주의 농채^{농사짓는 일로 진 빚}도 다 갚기에 벼 한 알이 남아서지 않을 것 같아서 으레 싸움이 일어나리라 예상한 까닭이다.

"열 섬은 외상없이^{조금도 틀림이 없거나 어김이 없이} 나지?"

사랑 툇마루 위에서 수판^{주판}을 앞에 놓고 분주히 계산을 치고 앉았던 송 지주는 이렇게 물었다.

"열 섬이야 아마 더 나겠지요."

최서방은 열 섬이 못 날 줄은 으레 짐작하지만 일부러 이렇게 대답을 했다.

"글쎄⋯⋯그러고 벼는 충실하지?"

지주는 놓았던 수판알을 떨어버리고 마당으로 내려와 들여놓은 벼를 여물기나 잘 하였나 하고 시험 삼아 한 알을 골라 입 안에 넣고 까보았다.

"암, 충실하고말고요. 이거야 소문난 변데요."

이것은 일꾼 중에 한 사람의 이야기였다.

섬몽이 틀기는 끝이 나고 이제는 작석^{곡식을 담아서 한 섬씩 만듦}이 시작되었다. 차인꾼들은 제각기 적개책을 꺼내든다.

"십오 원이니 섬 반은 주어야겠소."

호미값 차인꾼이 한 섬을 갓 되어놓은 벼를 깔고 앉으며 이렇게 말을 건넨다.

"글쎄 준다는데 왜 이리들 급하게 구오."

최서방은 또 한 섬을 묶어놓았다.

"오 원이니 나는 반 섬이면 탕감이 되오."

이것은 포목값 차인꾼이 들채는 들추는 소리였다.

"섬 반이고 반 섬이고 글쎄 벼를 팔아서야 돈을 갚아도 갚지, 있는 벼가 어디로 도망을 치겠기에 이리들 보채오."

최서방은 우선 이렇게밖에 대답할 수 없었다.

"벼도 돈이고 벼값도 빤히 금이 났으니 어서들 갈라주소. 괜히 이 추운데 어둡기나 전에 가게."

약값 차인꾼은 이렇게 말을 붙이고 또 한 섬을 깔고 앉는다.

"여보, 그것이 무슨 버릇들이오. 남의 벼를 그렇게 함부로 깔고 앉으니."

"그러니 날래들 갈라주어요."

"글쎄 팔아서야 준다는데 무얼 갈라달라고 그래요."

"그러면 그럼 오늘도 안 주겠다는 말이오, 말이?"

"안 주겠다는 게 아니라 벼를 팔아서 주마 하는데 되어놓는 족족 한 섬씩 덮쳐 깔고 앉으니 어디 체면이 되었단 말이오, 그럼?"

"그래 오늘내일하고 속여온 당신의 체면은 그래서 잘됐단 말이오, 그래?"

"오늘이야 글쎄, 벼를 팔았어야지요."

"그럼 오늘도 정말 안 줄 테요?"

"아니, 못 주지요."

"정말?"

"정말 아니고."

"정말?"

"정말이야 글쎄."

"정말이야 글쎄가 무어야 이 자식!"

호미값 차인꾼은 분이 치밀어 푸들푸들 떨리는 주먹을 부르쥐고 최서방의 턱 앞으로 바싹 다가섰다. 그리고 주먹을 훌끈 내밀었다.

최서방은 '히' 하고 뒷걸음을 쳤다. 그러나 아무 반항도 안 했다.

작석은 또한 끝이 났다. 열 섬을 믿었던 벼는 겨우 여덟 섬에 그치고 말았다. 송 지주는 그것 가지고는 청장빛 따위를 깨끗이 갚음을 이르는 말이 빳빳하다는 듯이 머리를 흔들며,

"이번에도 회계가 채 안 되는군. 모두 오십이 원인데."

하고 다시 계산을 틀어본다.

"어떻게 그렇게 되오?"

최서방은 자기의 예산과는 엄청나게 틀린다는 듯이 깜짝 놀라며 이렇게 반문을 했다.

"본_{원금}이 사십 원에 변^{이자}을 십이 원 더 놓으니까."

"무어? 그 돈에다 변까지 놓아요?"

"변을 안 놓으면 어쩌나. 나도 남의 돈을 빚낸 것인데."

"그렇다기로 변은 제해주세요."

"그 돈으로 자네 부처가 일 년이란 열두 달을 먹고산 것인데 변을 안 물다니. 안 돼 안 돼, 건."

그는 엉터리없는 수작이라는 듯이 '안 돼' 하는 '돼' 자에 힘을 주었다. 최서방은 보통의 농채와도 다른 이물푼삯물을 끌어다 댄 값에 고가의 변을 지우는 데는 젖 먹던 밸까지 일어났으나, 송 지주의 성질을 잘 아는 그는 암만 빌어야 안 될 줄 알고 아예 아무 말도 안 했다. 실상 그는 말하기도 싫었던 것이다.

"그러니깐 태반이 넉 섬씩이지. 십 원씩 치고도 모자라는 십이 원을 어쩌나? 오라, 가만있자. 또 짚이 있것다. 짚이 스무 단이니까, 그러면 한 단에 십 전씩 치고 이 원, 응응, 겨우 우수일정한 수효 외에 더 받는 물건 떼는군. 나머지 십 원은 어쩔 테야?"

그는 최서방이 그리 해주겠다는 승낙도 얻지 않고 자기 혼자 이렇게 결산을 치고 다짜고짜로 일꾼들을 시켜 한 섬도 남기지 않고 모두 자기네 곳간으로 끌어들였다.

행여나 벼로나 받을까 하고 온종일 추위에 떨면서 깔고 앉았던 볏섬을 놓아준 차인꾼들은 마치 닭 쫓아가던 개가 지붕을 쳐다보는 격으로 눈들만 멀뚱멀뚱하니 어쩔 줄을 모르고 멀거니 서서 송 지주의 분주히 왔다 갔다 하는 꼴만 쳐다보고 있었다. 그들은 한껏 분하면서도 우스웠다. 그래서 '하하' 웃었다. 그러나 다시,

"돈 내라, 이놈아!"

"오늘 저녁에 안 내면 죽인다."

"저렇게 속이기만 하는 놈은 주먹 맛을 좀 단단히 보아야 아마 정신이 들걸."

하고 제각기 이렇게 부르짖으며 달려들었다. 그것은 마치 이제는 돈도 받기 글렀는데 그사이에 품 놓고 다니던 분풀이로나 떼워버리려는 듯하였다. 그들은 골이 통통히 부어서 갖은 욕설을 거들며 덤볐다. 호미값 차인꾼은 최서방의 멱살을 붙잡았다.

"놓아, 이렇게 붙잡으면 누굴 칠 테야?"

최서방은 이제는 팔아서 준단 말도 할 수 없었다.

"못 치긴, 하는데 이놈아."

호미값 차인꾼은 최서방의 귀밑을 보기 좋게 한 대 갈겼다.

약값 차인꾼과 포목 차인꾼도 각각 한 대씩 갈겼다.

"아이구."

최서방은 뒤로 비칠비칠하며 전신을 떨었다. 그리고 당연히 맞을 것이라는 듯이 아무런 반항도 안 했다.

"돈 내라, 이놈아!"

호미값 차인꾼은 이번에는 불두덩^{남녀의 생식기 언저리에 있는 불룩한 부분}을 발길로 제겼다. 여러 차인꾼들도 또한 같이 제겼다.

"아이고!"

최서방은 기절하여 번듯이 뒤로 나가넘어졌다. 넘어진 그의 코에서는 피가 흘렀다. 추움에서 떨던 차인꾼들은 땀이 흠뻑 났다. 최서방은 죽은 듯이 넘어진 그대로 여전히 누워 있었다. 한참 만에 그는 알뜰히 아픔을 강잉히 참는 듯이 얼굴을 찡그리고 이를 뿌득뿌득 갈며 허우적거렸다. 그리고 불두덩을 한 손으로 움켜쥐고 간신히 일어섰다. 그의 일어선 자리에는 코피가 군데군데 발갛게 물들어 있었다.

그가 완전히 걸어 오막살이를 찾아 들어갈 때에는 날은 벌써 새까맣게 어두워 있었다.

2

최서방에게 있어서 여름내 피땀을 흘리며 고생 고생 벌어놓은 결정이라고는 오직 죽도록 얻어맞은 매가 있을 뿐이었다. 그 밖에는 아무러한 것도 없었다. 그는 밤이 깊도록 오력을 잘 못 썼다. 더구나 불두덩이 아파서 잘 일어서지도 못했다. 그는 이렇게 남 못 보는 고초를 맛보지만 어느 뉘더러 호소할 곳도 없었다. 있다면 오직 사랑하는 아내가 있을 뿐, 다만 자기 혼자서 아파할 따름이었다.

그는 참으로 불쌍한 사람이었다. 이같이 불쌍한 처지에 있는 소작인이 이 나라에 가득한 것이 현실이지만 그중에도 최서방처럼 불행한 처지에 앉은 사람은 별로 없을 것이다. 이렇게 그가 불행한 처지에 앉았게 된 원인은 오직 단순한 두 가지가 있을 뿐이다.

하나는 악독한 독사 같은 지주를 가졌다는 것이요, 하나는 그가 본래부터 성질이 착하다는 것이니, 모든 사람들은 정의와 인도를 벗어나 남의 눈을 감언이설남의 비위를 맞추거나 이로운 조건을 내세워 꾀는 말로 속여가며 교활한 수단으로 목숨을 연명해가지만, 이러한 비인도적이요, 비윤리적인 행동에는 조금도 눈떠보지 않는 그에게는 밥이 생기지 않았다. 이따금 밥을 몇 끼씩 굶을 때에는 도적질이란 것도 생각해본 적이 한두 번이 아니었지만, 이런 것을 생각할 때마다 비인도적이라는 것이 번개처럼 머리에 번쩍 떠오르곤 하여 그는 차마 그걸 실행하지 못하였던 것이다.

그가 이같이 착하니만치 그 반면에는 악독한 지주가 있어 이렇게 불쌍한 그의 피를 또한 빨아내는 것이었다.

예년은 말고 금년 일 년만 하더라도 이 동리 앞벌^{마을 앞쪽에 있는 벌판}에 지독한 가뭄이 들어 모두 볏모^{옮겨 심기 위해 기른 벼의 싹}를 말라죽이다시피 하였지만 송 지주의 소작인 치고도 오직 최서방 하나만이 인력으로는 도저히 인수할 수 없는 물을, 빚을 얻어가며 펌프를 세내어 물을 한 방울 두 방울 빨아올리게 하여 볏모를 꾸준히 구해온 것이었다. 이렇게 그는 오직 살겠다는 생존욕에서 남이 아니하는 고생을 해가며 남 못하는 수확을 하였지만, 수확이라는 것을 거름 주었던 송 지주의 빚이라는 것이, 고가의 이자까지 쓰고 나와 그로 하여금 도리어 가해를 지게 하여 그들의 피땀의 결정은 결국 송 지주네 고방^{곳간}으로 들어가게 된 것이었다. 그러고 보니 그는 당장에 먹을 것이 없는 것이라, 농사를 지어줄 셈 치고 안 쓸 수 없어 사소한 용처^{물품 따위의 쓸 곳}를 외상으로 맡아 썼던 것이 일이 이렇게 되고 보니까 매를 얻어맞는 경우에까지 이른 것이었다.

실상 그들의 빚은 송 지주의 그것과는 다른 관계로 감사히 절하고 갚아야 될 것이건만, 더구나 호미값이란 잊을 수 없는 것이었다.

　이 지방 풍속에 으레 소작인이 먹을 것이 없으면 추수를 할 때까지 식량을 지주가 당해주는 법이건만, 유독 송 지주만은 먼저 당해준 식량에 고가의 이자를 기위^{이미} 계산을 틀어가다가 추수에 넘치는 한이 있게 되면 예사로 그때에는 잡아떼고, 작인은 굶어 죽든지 말든지 그것을 상관하지 않고 다시는 주지 않는 것이었다. 그래서 금년에 최서방은 사흘이라는 기나긴 여름날을 굶다 못하여 이전부터 친분이 있던 그 고을에서 호미장사 하는 사람을 찾아가서 그런 사정을 말하였다. 그도 가난을 겪어본 사람이라 지극히 불쌍히 여겨 호미를 두 포대나 맡아준 것이었다. 그래서 최서방네 내외는 주린 창자를 회복시켜 오늘까지 목숨을 이어온 그러한 호미값이었다.

　그런데 그는 오늘 마지막으로 뚜드린 벼를 지주의 권력에 못 이겨 이 아닌 추운 겨울에 쫓겨날까 두려워 호미값을 미리 끌어주지 못하고 그의 빚에 그만 탕감^{빚 따위의 물어야 할 것을 삭쳐줌}을 치워버린 것이었다.

3

　최서방은 지금 불김이 기별도 하지 않는 차디찬 냉돌에 누워서 발길에 차인 불두덩과 주먹에 맞은 귀밑이 쑤시고 저림도 잊어버리고 불덩이같이 뜨거운 햇볕이 내리쬐는 들판에서 등을 구워가며 김매던 생각과 오늘 하루의 지난 역사를 머릿속에 그려본다.

'나는 왜 여름내 피땀을 흘리며 김을 매었노. 그리고 호미값을 왜 미리 못 끊어주었을꼬. 송 지주는 왜 그렇게 몹시도 악할꼬. 나는 왜 그리 약한고. 나는 못난이다. 사람의 자식이 왜 이리 못났을까? 그런데 차인꾼들은 나를 왜 때렸노. 그들은 너무도 과하다. 아니 아니 그런 것이 아니다. 그들도 밥을 얻기 위해 나와 그렇게 피를 보게 싸웠던 것이다. 그들은 내가 피땀을 흘리며 여름내 농사를 짓는 것과 조금도 다름이 없이 그래야만 입에 밥이 들어오기 때문일 것이다. 아니, 그들은 농작이 없어 농사도 짓지 못하고 막벌이^{아무 일이든지 닥치는 대로 해서 돈을 버는 일}로 품팔이^{품삯을 받고 남의 일을 해주는 일}로 저렇게 남의 돈을 거두어주고 목숨을 붙여가는 그들이 나보다 도리어 불쌍하다. 나는 조금도 그들을 욕할 수 없다. 야속달 수 없다. 그러나 지주네들은 왜 아무러한 노력도 없이 평안히 팔짱 끼고 뜨뜻한 자리에 앉았다가 우리네의 피땀을 송두리째로 들어먹을까. 암만 해도 고약한 일이다. 금년만 하더라도 우리 부처가 얼음이 갓 녹아 차디찬 종아리를 찢어내는 듯한 봄물에 들어서서 논을 갈고 씨를 뿌렸으며 불볕이 푹푹 내리쪼이는 볕에 살을 데어가며 물 푸고 김매고, 가을내 단잠 못 자고 벼 베기와 삿거리질이며 겨우내 추움을 무릅쓰고 굶어가며 마당질을 하였는데, 우리는 한 알도 맛보지 못하고 송 지주네 곳간에 모조리 들여다 쌓았다. 괘씸한 일이다. 그리고 우리 부처가 이렇게 노력을 할 때 송 주사는—그는 늘 송 지주를 송 주사라 부른다—긴 담뱃대 물고 뒷짐 지고 할 일 없어 술 먹고 장기 두고, 더우면 그늘을 찾고 추우면 뜨뜻한 아랫목에서 낮잠질이나 하였것다.'

이까지 머릿속에 그려 생각해온 그는 실로 분함을 참지 못하였다.

"에이."

그는 자기도 모르게 이렇게 부르짖으며 두 주먹을 불끈 쥐었다. 그리고 부르르 떨었다.

"왜 그리우?"

산후에 중통^{심하게 병을 앓음}을 하고 난 그의 아내는 발치 목에서 어린애 젖을 빨리고 있다가 무엇을 생각하고 있는 듯하던 남편이 그같이 알지 못할 소리를 지르고 떠는 주먹을 보고 의아하게도 이렇게 물었다. 남편은 아무런 대답도 없이 여전히 부르쥔 주먹을 펴지 못하고 떨었다. 한참 만에 그는 입을 열었다.

"여보 마누라, 우리는 여름내 무엇을 하였소?"

이 소리는 매우 친절하고 측은하고 어성이 고왔다.

"무엇을 하다니요. 농사하지 않았어요?"

"그러면 지은 농사는 왜 없소?"

아내는 이 소리에 실로 기가 막혔다. 정신이 아찔해지고 대답이 나오지 않았다. 저녁때 남편이 매를 맞던 꼴과 송 지주의 벼를 떼어 들어가던 현장이 눈앞에 갑자기 환하게 나타났다.

"에이."

그는 또다시 주먹을 부르르 떨었다. 아내는 어쩔 줄을 모르고 남편의 곁으로 다가앉으며 눈물을 흘렸다.

"울기는 왜 우오, 우리 의논 좀 하자는데."

하고 그는 다시 무엇을 생각하더니 아내를 노려보며 말끝을 이었다.

"마누라, 우리는 왜 빚을 졌는지 아시오?"

"호미와 강냉이옥수수 사다 먹지 않았어요?"

"그런데 우리는 그 호미값을 왜 못 무오?"

아내는 기가 막혀 또 말문이 막혔다. 지난여름에 사흘씩 굶어 떨던 그때의 현상이 또다시 눈앞에 나타났다. 남편도 이렇게 묻고 보니 생각은 새로워 알지 못할 눈물이 눈꼬리에 맺혔다.

"우리가 이리로 이사 온 지가 몇 해지?"

"십 년째 아니오."

"옳아, 십 년째. 우리는 십 년째를 이 독사의 구덩이에서."

하고 그는 혼잣말 비슷이 이렇게 부르짖고 한숨을 괴롭게도 한번 길게 빼고 다시 말을 이었다.

"여보게 마누라, 남 보기에는 우리가 송 주사네의 덕택으로 먹고 입고 사는 줄 알지만, 실상 우리의 두 주먹으로 우리의 몸을 살린 것일세. 내나 자네나 이렇게 핏기 없이 뽀독뽀독 마른 것이 모두 송 주사한테 피를 빨린 탓일세. 우리가 그렇게 피와 땀을 흘리며 죽을 고생을 다하여 벌어놓으면 그들은 그것을 가지고 잘 먹고 잘 입고 그러고도 남으면 그 돈으로 또 우리의 피를 빠는 것일세. 그러면 금년에 우리가 번 그것으로 또 내년에 우리의 피를 줄 것이 아닌가. 어떻게 생각하면 그런 줄을 번연히 알면서 피를 빨리는 우리가 도리어 우스운 것일세. 그러기에 우리는 이제부터 피를 빨리지 않게 방책을 연구해야 되겠네. 그래서 자유롭게 살아야 되겠네. 만일 우리의 두 주먹이 없다 하면 그들은 당장에 굶어 죽을 것일세. 죽고말고. 암 죽지, 죽어."

하고 매우 흥분된 어조로 이렇게 장황히 부르짖었다. 그는 상당히 무엇을 깨달은 듯하였다. 아내는 이런 소리를 남편에게서는 듣기는 실상 이번이 처음이었다. 그리고 가슴이 시원하다는 듯이 빙그레 웃었다.

"글쎄, 참 그렇긴 하지만 어찌하우?"

아내는 무엇을 생각하는 듯하더니 한참 만에 어찌할 바를 모르겠다는 듯이 이렇게 물었다.

"어찌해, 싸워야 되지. 싸울 수밖에 없네. 그들의 앞에는 정의도 없고 인도도 없는 것을 어찌하나. 아니, 이 세상이란 또한 그런 것이니까. 남의 눈을 어렵게_{어지럽게} 패륵한 수단으로라도 가리지 않고는 밥을 먹을 수 없는 것을 나는 이제야 비로소 깨달았네. 우리는 이제부터 이 모든 더러운 독사 같은 무리와 필사의 힘을 다하여 싸워야 되겠네. 싸워야 돼. 그래서 우리는……."

하고 그는 무엇을 더 말하려다가 참기 어려운 듯이 주먹을 또다시 부르르 떨었다.

"글쎄요, 아이 참, 낼 아침밥 질 게 없으니 이 일을 또 어찌하우."

아내는 새삼스럽게 잊히지 못하던 아침거리가 머리에 또 떠올랐다.

"그러기에 싸우란 말이다."

해어진 창틈으로 바람은 씽씽 들어오지만 추운 줄도 모르고 이렇게 그들 내외는 생활고에 쪼들려 닥쳐오는 고통을 서로 하소연하며 장차 어찌 살꼬 하는 앞날에 대해 온 정신을 쏟아 깊은 생각 속에서 밤이 새도록 헤매었다.

4

그 이튿날 아침 일찍이 송 지주는 최서방을 불러다 놓고 어제저녁에 벼에 탕감이 채 되지 못한 나머지 십 원을 들채기 시작했다.

어젯밤 밤새도록 한잠도 자지 못한 최서방의 눈은 쑨 죽처럼 풀어지고 눈알엔 발갛게 핏줄이 거미줄처럼 서려 있었다.

"자네 농사는 참 금년에 장하게 되었네. 농사를 그렇게 근농^{부지런}히 ^{지음}으로 하지 않으면 이즘 전답^{논밭} 얻기도 힘드는 세상일세. 참 자네 농사엔 귀신이야. 그렇기에 그래도 근 백 원 돈을 이탁데탁 청당했지. 될 말인가."

하고 송 지주는 점잔을 빼고 최서방을 추켜 하늘로 올려보내며 다시,

"그런데 어제 오십이 원에서 사십이 원은 귀정이 된 모양이나 이제

나머지 십 원은 어쩔 셈인가? 조속히 그것도 해 물고 세나 쇠야지?"

최서방은 없는 돈을 갚겠다지도 또한 안 갚겠다지도 어떻게 대답을 해야 좋을지 몰라 한참이나 주저주저하다가,

"금년엔 물 수 없습니다. 그대로 지워주십시오."

하고 그는 낯을 들지 못했다.

"물 수 없으면 어쩐단 말이야."

"그럼 없는 돈을 어찌합니까?"

"물지도 못할 걸 쓰기는 그럼 왜 그렇게 썼어, 응!"

"그 돈 꿨기에 주사님네 농사를 지어 바치지 않았습니까?"

"이놈, 나에게 거저 지어 바친 것 같구나. 바루 원 천하의 말버릇 같으니. 에이 이놈."

그는 기다란 댓새^{담뱃대}를 최서방의 턱 앞에 홀끈 내밀었다.

"아니 그럼 아시는 바, 한 말도 없는 벼를 무엇으로 돈을 장만해 내라십니까?"

"이놈, 그럼 없다고 안 물 테냐, 응! 이놈아, 내가 너희들은 그래도 불쌍한 것이라고 특별히 먹여 살렸건만 에이, 이 은혜 모르는 놈, 이놈 썩 나가, 전답도 모조리 다 내놓고, 이 돼지 같은 놈, 아직도 밥을 굶어보지 못하였던 거로구나."

하고 그는 누구를 집어삼킬 듯이 벌건 눈을 홀근거리며^{아니꼬운 기색으로 눈을 자꾸 슬쩍슬쩍 흘기며} 댓새로 최서방의 턱을 받쳤다. 최서방은 이렇게 여지없는 욕설을 들을 때에, 아니 턱을 댓새로 받치울 때 단박 달

려들어 댓새를 부러뜨리고 대항도 하고 싶었으나 그는 약하였다. 그리고 머리끝까지 치밀어오르는 분이 진정할 수 없이 가슴을 뛰게 하였지만 또한 그는 말을 못 하였다. 나오려던 말은 입 안에서 돌돌 굴다 사라지고 말 뿐이었다. 최서방이 집으로 나간 뒤끝에 송 지주 는 곧 멈돌 머슴을 불러가지고 오막살이로 쫓아 나와서 약간한 가장 집에 간직해둔 물건으로 십 원을 또한 탕감치려 하였다. 위선 우선 그는 멈 돌을 시켜 김장을 해놓은 독 항아리과 부엌에 건 솥을 뽑아 내왔다.

이때에 최서방은 더 참을 수 없었다. 여러 해를 두고 곰기고 곪은 자 리에 딴딴한 멍울이 생기고 곰겨오던 분은 일시에 탁 터져 나왔다. 마치 병 의 물을 꿀떡꿀떡 거꾸로 쏟듯이.

"이놈!"

최서방은 주먹을 부르쥐었다. 그리고 입술을 푸들푸들 떨며 송 지주와 마주 섰다.

"이놈이라니, 야 이 이 이 무지한 버릇없는 놈…… 아."

송 지주는 어쩔 줄을 모르고 몽둥이를 찾아 사방을 살피며 덤볐 다. 실상 그는 나이 오십에 이놈이라는 소리를 듣기는 이번이 처음 이라 젖 먹던 밸까지 일어나 섰을 것도 그리 무리는 아니었다.

"에이, 이 독사 같은, 사람의 피를 빠는……."

하고 최서방은 허청 헛간으로 된 집채 기둥에 세웠던 도끼를 들어 솥과 독을 단번에 부셨다. '찌렁땡' 하고 깨어져 사방으로 달아나는 소리 는 마치 폭탄이나 터지는 듯이 요란하였다.

"독을 깨깨깨 깨치면 이미 십 원은……."

"이놈아, 이 이 내 피는."

그들의 형세는 매우 험악하였다. 최서방은 앞에 들어오는 것이거든 무엇이든지 모조리 때려 부술 듯이 주먹과 다리는 경련적으로 와들와들 떨렸다. 이런 광경을 멀거니 보고 있던 그 아내는 세간의 전부인 독과 솥이 깨어져 없어지는 아까움보다 승리가 기쁘다는 듯이 빙그레 웃었다.

송 지주는 멈돌의 손에 끌려 못 이기는 체하고 끄는 대로 끌려 들어갔다. 멈돌에게 독과 솥을 지어가지고 들어가려, 가지고 나왔던 지게는 멈돌의 등에서 달랑궁 달랑궁 빈 채로 쫓아 들어갔다.

5

겨울은 가고 봄이 왔다. 어느 일기 좋은 따뜻한 날 석양에 무순^푸순. 중국 요령성 동쪽에 있는 광공업 도시 차표를 손에다 각각 한 장씩 쥔 최서방 내외의 그림자는 정거장 삼등 대합실 한구석에 나타났다.

그들의 영양부족을 말하는 수척한 얼굴은 몹시도 핼쑥한 것이 마치 꿈속에서 보는 요물을 연상케 하였다. 더구나 그 아내의 등에 업힌 겨우 두 살밖에 안 되는 어린애는 추움에 시달렸음인지 한 줌도 못 되리만치 배와 등이 거의 맞붙다시피 쪼그린데다가 바지저고리도 걸치지 못하고 알몸 채로 업혀서 '삐악삐악' 하고 울며 떠는 꼴이란 차마 볼 수 없었다.

그들은 송 지주와 싸운 그 자리로 그 오막살이를 떠나 끼니를 굶어가며 혹은 방앗간에서, 그도 없으면 한길에서 밤새워가며 정처 없이 일자리를 찾아 돌아다니다가, 어떤 조그마한 도회지에서 최서방은 삯짐과 품팔이로, 아내는 삯바느질과 삯빨래로 간신간신히 차비를 장만하였던 것이다. 그들이 그 오막살이를 떠날 때의 본래의 목적은 어떻게 죽물로라도 두 내외의 배를 채울 수만 있다면 내 고국은 떠나지 않으리라 생각하였건만 그것조차 여의치 못하여 최후의 수단으로 마침내 서간도^{백두산 부근의 만주지방} 길을 단행한 것이었다. 그의 내외는 차 시간이 차차 가까워 오자 몇 분 격지 않은 앞에 잔뼈가 굵은 이 땅, 같은 피가 넘쳐 끓는 동포가 엉킨 이 땅을 떠나 산설고낯설고 물 선 이역^{다른 나라의 땅}의 타국에서 고생할 것을 생각할 때에 실로 사무쳐 흐르는 눈물을 금할 수 없었다.

기차가 도착되자 플랫폼으로 앞서거니 뒤서거니 엉기엉기 걸어 나가는 사람들 틈에는 그들 내외도 섞여 있었다. 시각이 있는 차 시간이다. 그들은 할 수 없이 차에 몸을 담았다. 호각 소리가 끝나자 차는 바퀴를 움직였다.

"아! 차는 그만 가누나! 우리는 왜 이같이 눈물을 뿌리며 조국을 떠나지 않으면 안 되노?"

하고 그는 입속말로 중얼거리며 바람이 씽씽 부는 차창으로 머리를 내밀고, 차마 고국을 못 잊어 하는 듯이 눈물에 서린 눈으로 사방을 힘없이 살펴보았다. 그리고 좀더 기차가 머물러주었으면 하는 듯하였다. 그러나 내닫기 시작한 사정없는 기차는 흰 연기, 검은 연기 번갈아 토하며 세 생명의 쓰라리게 뿌리는 피눈물을 싣고 줄달음치기 시작했다.

-1927년

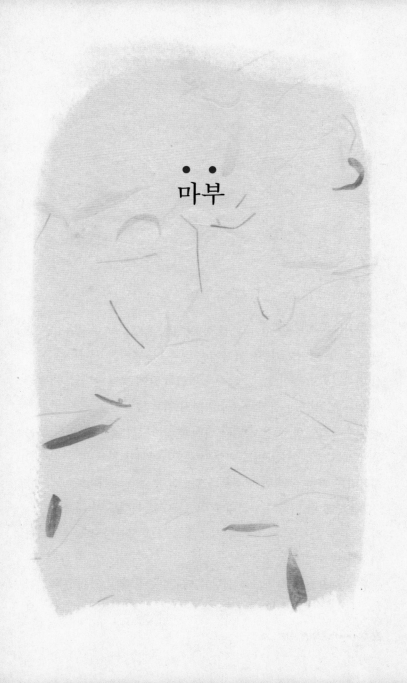

마부

응팔은 한 손에 고삐를 잡은 채 말을 세우고 부르쥐었던 한 컨 손을 또 펴며 두 눈을 거기에 내려 쏟다. 번쩍하고 나타나는 오십 전짜리의 은전이 한 닢, 그것은 의연히 땀에 젖어 손바닥 위에 놓여 있는데, 얼마나 힘껏 부르쥐었던지 위로 닿았던 두 손가락의 한복판에 동그랗게 난 돈 자리가 좀처럼 사라지질 않는다. 이것을 본 응팔은 그 손질이 한 번도 가보지 못한, 이제야 겨우 밭이 잡히기 시작하는 거친 수염 속에 검푸른 입술을 무겁게 놀리며,

"제 제레 이 이렇게 까깍 부르쥐었는대야 어디루 빠 빠져나가?"
하고 돈을 잃지 않은 자기의 지능을 스스로 칭찬하고 만족해하는 미소를 빙그레 짓는다.

응팔은 오늘도 장가드는 신랑을 태워다주고 돈을 얻어선 여기까

지 십 리 길을 걸어오는 동안, 아마 다섯 번은 더 이런 짓을 반복했으리라. 그러나 아직도 집까지 닿기에는 또한 십 리 길이나 남아 있다. 몇 번이나 또 이런 짓을 되풀이해야 될는지 모른다.

무엇이나 귀한 것이면 웅팔은 두 개의 주머니가 조끼의 좌우 짝에 멀쩡하게 달려 있건만 넣지 못한다. 손에서 떠나 있으면 마음이 놓이지를 못하는 것이다. 살에 닿는 그 감촉이 있어야 완전히 그 물건이 자기에게서 떠나지 않고 있다고 안심이 된다.

그러나 웅팔의 이런 의심증은 결코 그에게 이로운 것이 아니었다. 한번은 그때도 역시 사람을 태워다주고 오십 전 한 닢을 얻어, 손에다 쥐고 오다가 문득 말을 세우고 줌주먹을 펴보았다. 손에는 돈이 없었다. 조금 전에 오줌을 누며 허리춤을 뽑을 때 그만 쥐고 있던 돈을 깜박 잊었던 것이 뒤미처그 뒤에 곧 잇따라 생각났다. 그리하여 돈은 그때에 떨어졌으리라는 것은 분명히 알 수 있었으나, 그래도 그는 그 후부터도 돈을 주머니에 넣지 못하고 줌에 부르쥐기를 의연히 잊지 않으며 그저 펴보는 그 번수만을 자주할 뿐이었다.

그러면서도 그는 또 사람을 대해서는 이상히도 의심을 못 가지는 것이 특색이다. 사람이라면 그는 누구나 믿으려고 한다. 자기를 해치려는 말에까지도 넘겨짚을 줄을 모른다. 자기의 마음이 곧으니 남의 마음도 곧으려니 맹신을 한다. 이것이 또한 그에게 이로움을 주지 않았다. 아내까지 남에게 빼앗기고 의지 없이 이렇게 남의집 살이를 하며 말을 끌고 돌아다니게 된 것도 바로 그 때문이었다.

십 년 전까지라도 웅팔은 남의 집에 쌀 꾸러는 다니지 아니하고, 비록 몇 날갈이의 밭뙈기에서 더 되는 것은 아니었으나 부모가 물려준 것을 받아가지고 제 손으로 벌어서 목구멍에 풀칠을 하기에는 그리 군색함이 없었다.

그러나 장가를 들자부터 생활은 차츰 쪼들려오게 되었고, 그렇게 몇 해를 지나는 동안 저도 모르는 사이 그야말로 꿈 같게도 하루아침에 아내도 세간도 다 남의 손으로 넘어가고 알몸만 댕그라니 돌리워 한지에 나서게 되었던 것이니, 속살 모르는 아내를 아내로서만 믿고 돈을 벌어다는 의심 없이 맡겨오던 것이 그 근본 불찰이었다. 남 같은 지혜를 못 가졌다고 보이는 그 남편을 아내는 형식으로 서밖에 섬기지 아니하고 은근히 따로이 정부를 두고는 돈을 솔금솔금^{조금씩 조금씩} 뒤로 빼돌리다가 나중에는 도장까지 훔쳐내어 남편의 이름에 있는 밭 몇 날갈이, 아니 집까지 팔아가지고 어디론지 뺑소니를 쳤던 것이다.

그리하여 생계가 어려워진 웅팔은 거지처럼 이리저리 밀려 돌다가 이 진 초시네 머슴을 살게 되기까지의 쓰라린 경험이 이미 있었건만 그래도 그는 사람을 믿기에는 의심이 없었다. 오직 자기를 해친 그 사람만이 대하지 못할 사람이라 욕을 해 넘길 뿐, 그 사람의 마음에 비추어 다른 사람까지도 의심할 생각은 조금도 않았다.

이렇게도 이상히 사람을 믿는 그라, 주머니에도 못 넣고 손에 쥐고 다녀야 안심할 수 있는 그런 돈이었건만 마치 지난날 아내를 의심 없이 믿고 돈을 맡기듯, 주인 진 초시에게도 돈을 벌어다가는 이렇게 맡기기를 잊지 않았다. 그것은 오히려 자기의 손에 있는 것보다 더 든든하다는 듯이 한 점의 의심도 없이 마음을 턱 놓고,

"헤, 일 일천칠백 낭^{일백칠십 원}에 꼬 꼬리가 다 달리누나!"

응팔은 이미 초시에게 맡긴 일백칠십 원에 지금 그 오십 전을 또 가져다 맡기면 일백칠십 원하고도 또 오십 전이 붙는 것을, 그리하여 또 그렇게도 불어만 나가 큰돈이 자꾸 뭉쳐지는 것을, 그리고 이제 그 돈이 아내를 또 얻어주리라는 것을 은근히 생각해보며 부르쥐었던 줌을 금시에 다시 펴서 손바닥 위에 나타나는 돈을 물끄러미 내려다보고 끌끌끌 혀를 까리며^{혀를 입천장에 연거푸 댔다 떼면서 소리를 내며} 다시 혁^{말안장 양쪽에 장식으로 늘어뜨린 고삐}을 채었다.

집에 닿기까지에는 해도 저물었다. 마구간에 들어서니 마지막 숨을 쉬는 그날의 붉은 노을 줄기가 용마루에 길이 쏘아져 걸렸다.

"오늘은 또 얼마 얻어옴마아?"

드르르 밀리는 밀창^{미닫이} 소리와 같이 언제나 찡기지^{구겨져서 주글주글하지} 못하는 초시의 풍만한 얼굴이 쑥 내민다.

"다 단 낭^{오십 전}이오."

말을 구유^{가축들에게 먹이를 담아주는 그릇}에 매고, 사랑^{바깥주인이 거처하며 손님을 접대하는 곳}으로 들어간 응팔은 초시의 앞으로 나가 벌떡 줌을 폈다. 그리고 열병 환자같이 땀에 뜬 돈을 즈르르 삿자리에 미끄러쳐 놓는다. 너무나 눈에 익은 응팔의 행동이라, 초시는 그 태도를 이상

히 여길 것도 없이 돈만을 당겨 장부에 기입을 한다.

이런 기색을 눈치챈 초시는 또한 맞방망이로 응팔의 비위를 맞추느라고 묻기도 전에 장부에 기입을 하고 나서는 인제는 얼마가 된다고 미리 알려주곤 한다.

지금도 초시는 붓대를 놓자 응팔의 말이 건너오기도 전에,

"일백칠십 원 오십 전이 됨메. 꽃 같은 색시가 이제 차차 돈 속에서 왔다 갔다 히눈. 하하하하……."

하고 응팔을 보고 웃는다.

"대 대주디 않아두 다 다 알아요. 일 일천칠백 단 냥인 줄."

응팔은 말을 끌고 오는 동안 도중에서 벌써 그 액수를 외워 넣었던 것이다. 자기가 먼저 다 계산하고 있다는 것을 자랑 삼아 대답을 했다. 그리고 그것이 맞는 줄은 알면서도 입버릇으로 중얼중얼 일천칠백 단 냥을 입 안에서 다시 굴려보며 나간다.

초시는 응팔이가 그 돈의 액수를 똑똑히 아는 것이 마음에 켰다. 그것을 그가 앎으로 그의 입은 뭇입^{여러 사람의 입}에다 다리를 놓아 온 동네가 다 알게 되면 재미없으리라는 것이 자못 근심이었던 것이다. 그리하여 응팔이가 행여 이것을 잊어주지 않을까, 며칠만큼씩 초시는 그것을 따져본다.

"님쟨 글을 모르니 머릿속에다 단단히 치부를 해두어야 하느니!"

하고 이르는 듯이 말을 하면 응팔은,

"아, 안 잊어요. 일 일천칠백 다 단 냥을 잊어요?"

하고 거침없이 쭉 뱉아놓는다. 그러면 초시는,

"그렇지, 잊어선 안 돼."

하고 이르는 듯이 말은 하나, 실인즉 속으로는 너무도 똑똑한 그의
기억에 '하하아!' 하고 탄식을 하는 것이었다.

초시는 여기에 한 계획을 세웠다. 이것은 비로소 세운 계획이 아
니라, 이미 계획해오던 것을 급히 다가놓는 데 지나지 않는 것이었
다. 그것은 안심부름감^{집안일로 다니는 심부름을 하기에 알맞은 사람}으로 길러
오던 종의 새끼 삼월이를 그와 맞붙여줌으로 장가 비용을 빙자해서
액수가 밝아진 그 돈을 우선 흐려버리자는 심계^{깊이 생각한 계획과 꾀}였
다. 그러면 흔히는 길러내면 서방을 얻어 뺑소니를 치는 버릇이 있
는 종의 습성이라, 삼월의 발목도 붙드는 수단이 되고 삼월의 인물
이 또한 깨끗하니 그러지 않아도 제법 수작을 붙이고 다니는 눈치
인 응팔이라 흡족해하지 않을 리 없을 것이고, 그럼으로써 마음은
더욱 가라앉을 것이니 그렇게 하는 것이 그들 둘을 다 영원히 붙들
어두게 하는 수단도 될 것임으로써였다. 그러면 종이라는 것은 딸
을 낳아서 그 딸이 시집을 갈 만한 나이가 아니고는 임의로 그 집을
떠날 수가 없는 법임은 이미 그들도 잘 알고 있을 것이므로, 설사
그들이 나갈 의향을 혹 가졌다 하더라도 거연히^{허둥지둥 조급하게} 염을
못 내고 딸을 낳아서 십여 살까지의 성장을 기다려 그 딸을 바치고
야 나가게 될 것이니 그적에는 나가지 않아도 걱정이다. 오십이 넘
게 될 응팔이니 무슨 소용이 있으랴.

초시는 이런 이해타산을 일단 세운 다음, 어느 날 웅팔에게 조용히 말을 걸었다.

"내 님재 색시감을 참헌 걸 하나 골라놨음메. 날래 당개를 들으야디, 늘 호래비루야 적적해서 어떻게 살갔음마?"

"고 고로므뇨, 당 당개 가가가 가가시요."

웅팔은 그러지 않아도 인젠 모은 돈이 장가 밑천은 된다고 속으로는 은근히 색시의 물색을 하던 참이었다.

눈이 번쩍 띄어 대답을 했다.

"그래 내가 작년부터 색시감을 골라왔디만, 암만 두구 골라봐야 그저 고년만큼 참헌 년이 없어."

"어디메 있소? 색 색시레?"

"아, 그 삼월이 말이야. 내 참 고년을 뉘가 언어가노 했더니 그년이 님재게로 감메게레."

이 말을 들은 웅팔은 말없이 잉큼 놀라며 눈이 둥그레진다.

삼월이를 얻어준다면 입이 헤 하고 벌어질 줄 알았던 초시는 까닭을 몰라 더 말을 못하고 웅팔의 태도만 이상히 바라보니,

"뭐 뭐시요? 삼 삼월일?"

하고 웅팔은 자기의 귀를 의심하는 듯이 재차 묻는다.

"고년 참 오줄기^{오쥭} 똑똑헌 년인가, 사람은 그저 인물이 밴밴해야…… 님재두 늘 지내보디만 고년 참 얌전허디 않아?"

"글쎄 삼 삼월이 말이디요?"

"글쎄 삼월이 말이야."

"아 아니오. 삼 삼 삼월인 시시시 싫에요 난."

"싫다니! 삼월이가 싫어?"

"그 그렇게 고 곱게 새 생긴 걸 누 누구레 얻 얻갔소!"

응팔은 진저리가 난다는 듯이 머리를 절레절레 흔든다.

이상히도 사람을 믿는 그였지만 삼월이 같은 애교 있고 반반한 계집은 생각만 해도 이에 신물이 돌았던 것이다. 이미 자기를 옭아 먹고 달아난 그 아내가 그것을 말하는 것이었다.

동네 사람들이 밤마다 모여서 시시덕거리는 걸 그저 놀기 좋아 그러거니 했더니, 후에 알고 보니 고년의 애교에 모두 반하였던 것이다. 열 번 찍어 안 넘어가는 나무가 없다. 근덕시니 요년은 휘어져서 자기를 돌려 따던 것이다. 그러면서 없는 정을 있는 체, 속으로는 딴전을 펴는 그것은 그 여자의 밴밴한 데 숨어 있는 요염이 시키는 짓이라 하여 저 여자가 이쁘다 하고 눈에 띄는 여자면 그는 장래 아내로서의 대상을 삼자는 데는 마음에도 두지 않았던 것이다. 그저 좀 못난 듯하면서 입이 무겁고 상판이 좀 넓적지근하고 두꺼운 가죽에 털색인 두미두미한^{몸이 크고 뚱뚱한} 여자가 아내로서의 영원한 대상 같았고, 그리하여 그런 여지를 꿈꾸어왔던 것이다. 응팔이가 삼월에게 눈치를 달리 가졌다는 것은 그것은 다만 홀아비로서의 여자임으로서 대하는 그러한 행동에 지나지 않았던 것이지, 결코 삼월에게 마음이 쏠렸던 것은 아니었다.

"응팔이, 상 좀 내가우!"

하고 이상히 지긋하는눈 따위를 슬쩍 찌그리는 삼월의 그 감기는 듯한 눈초리는 웃지 않아도 웃는 것 같은 옛날 아내의 그 사내들을 호리는 그 맛보다 어딘지 더 힘센 매력이 있어 보였고, 그것은 그대로 거짓말 같았다. 이제 그 아름다움으로만 되었다고 볼 수 있는 삼월이를 응팔이는 아내로 얻을 수가 없었다.

"초 초시님! 난 그 그 서마을댁 행랑 영감 딸 닌 닌네가 마 맘 있어요."

응팔은 이 동네의 처녀들 가운데서 그 닌네를 제일이라고 눈여겨보고 점을 쳐두었던 것이다.

"이 사람! 그걸 아, 그 믹째길! 그년이 임재 왜 시집을 못 가구 스물이 넘도록 파묻혀 있는 줄 알마? 어쩌면 색이라니, 계집이란 첫째 인물이야. 아, 게다가 눈을 두다니! 아여 생각을 돌리시."

이것은 지어서 하는 말만이 아니라 초시의 실지이기도 했다.

"그래두 난 이 이미네아내 고 고훈 건 시 싫에요. 재 재미있게 데리구 살내기 이미네디 보기만 고 고흠은 뭐 뭘 허갔소, 그까짓 거."

"안 그렇대두 그래. 어서 내 말을 들으시? 내 말이 그저 옳습머니. 내 이 봄으루 아여 성례꺼지 시켜줄 터인데, 뭐 날 받아서 삼월이 머리만 얹으문 될걸."

초시는 누가 듣기나 하겠다는 듯이 혼자 이렇게 단정을 하고 문갑 위에서 역서를 집어들고 손마디를 짚어 돌아가더니,

"사월 보름이 대통일이로군."

하고 인제 작정은 다 되었으니 다시 더는 여기에 이의를 말라는 듯이, 그리고 위엄으로 응팔의 마음을 누르려는 듯이 '애햄' 하고 시침을 따며 도사리고 앉아 재떨이에다 담뱃대를 타앙탕 뚜드린다.

이런 일이 있은 후부터 응팔은 손에 일이 오르지 않았다. 가복家覆, 개바주바자울. 바자로 만든 울타리, 담뜸, 이런 것들이 어서 치워져야 또 자룽 논에 거름을 실을 터인데 초시는 삼월이를 기어이 붙여줄 채비니 도무지 일에 기운이 탁 빠졌다. 그러면서 삼월이야 무슨 죄련만 그년은 보기만 해도 머리칼이 오싹거리고 눈꼴이 가로서 볼 수가 없었다.

삼월이 귀에도 이런 말이 벌써 들어갔는지, 전에 달리 자기를 대하기를 수줍어하며, 그러는 태도에 나타나는 그 얌전한 듯한 가운데 마음을 끄는 매력엔 천하에 있는 간사와 요염과 표독이 다 숨어 있는 듯이 생각되었다. 그리고 이것이 한데 얼크러져 꼬리를 두르는 날에는 영락없이 자기는 옛날의 그 아내적 운명을 벗어나지 못하고 말 것만 같았다.

그러니 삼월에게 대한 홀아비로서의 마음조차 삼월에게는 느껴지지 않고, 무슨 못 볼 요물을 보는 때와 같이 삼월은 먼발치에서 빛만 보여도 등어리에 찬물이 와닿는 듯이 몸이 오싹거렸다. 그러면서 자연히 나가지는 말에도 삼월을 대해서는 밉게만 쏘아지는 것을 어찌하는 수가 없었다.

언제인가 한번은,

"응팔이, 새^{벗과 식물을 통틀어 이르는 말} 좀 뽑아디리우?"

하고 삼월이가 이를 때,

"구 구 구무 여우 같은 년, 넌 넌 손 손목재기^{손모가지}가 부러졌네? 쌍 쌍년 같으니!"

하고 응팔은 저도 모르게 욕을 쏘아붙였다.

그러니 삼월이 감정이 또한 좋을 리 없다.

"하 좋다! 꼴이 꼴 같지두 않은 게…… 누구레 욕주머닐 달구 다니나! 야하, 참!"

하고 응팔을 능멸히 보는 삼월은 가늣하게^{약간 가늘게} 감기는 눈이 새침하게 흰자위만을 반득이며 코웃음이다.

그러면 응팔은 또 약이 오른다.

"요 요 패 패라한 년, 뭐 뭐시 어드래?"

"욕 안 허군 말 못허나?"

"요 요 요년 봐라! 요 요 요 마 마주 서는 꼴!"

"아이구 저것두 뭐 수컷이라구 계집을 업수이 여기나!"

"아, 아니 요 요년이 누 누 누굴 보구…….."

"어서 새나 뽑아 거리라우? 잔말 말구?"

그러니 응팔이가 참나 삼월이가 지나 마주 서 입론만 되게 되면 흔히는 둘이 다 볼이 부어서 하나는 씨근씨근, 하나는 쌔근쌔근 결려댄다.

이럴 때면 초시는 화해를 붙이노라고,

"닭쌈 또 하나 뭐? 내외 쌈은 칼루 물 베긴걸……."

하고 이미 부부가 다 되었다는 뜻으로 이렇게 능청스럽게 사이에 들어서 중재를 시킨다.

그러나 아무리 삶아야 응팔은 삶기지 않았다.

초시의 속살을 넘겨짚지 못하는 응팔은 초시가 자기를 그처럼 생각하고 인물이 깨끗하고 된 품이 얌전하다고 삼월이를 얻어주려 싫대두 우기는 초시의 그 자기를 위하는 정성에는 이심으로 감사하나 백년해로를 눈앞에 놓고 일생을 바라볼 땐 아무리 마음을 지어서 먹으려 해도 삼월이와는 살 수가 없었다.

그리고 그 반면으로 서마을댁 행랑 영감의 딸 닌네만이 자꾸만 잊히지 아니하고 알뜰하게 마음을 붙들었다. 푸르뎅뎅한 살빛, 넓적한 상판, 웃을 때 헤 하고 있는 대로 벌어지는 커다란 입, 비록 그것이 색으로 마음을 끄는 것은 아니었으나, 그러한 모습에 담긴 순진한 마음은 조금도 사람을 속일 것 같지 않았다. 그리하여 그러한 계집이 언제든지 자기의 짝이리라 생각하면 그저 그리운 것이 닌네뿐이었다. 그래서 그 닌네를 만일 얻는다면 하고 장래의 살림 배포까지 짬만 있으면, 아니 일을 하다가도 문득 손을 놓고는 머릿속에다 베풀어본다. 그러면 그것은 몇 번이라도 전날의 그 아내적 살림보다는 순조로, 그리고 단란한 가정이 웃음 속에서 깨가 쏟아져 보였다.

"내 내 그 돈 거 일 일천칠백 단 단 냥이디요?"

응팔은 사월 보름이 오기 전에 그 돈을 초시에게서 찾아내어 닌네를 살려고 액수를 다시금 단단히 따졌다.

"그래 그 잊어선 안 됨메."

"이 잊다니요! 나 이전 거 거 다 달라구요?"

초시는 뜻밖의 돈 채근에 눈을 치뜬다.

"돈, 내 돈, 이전 다 달란 말이우다."

"아니 뭣이? 이 사람이 정신이 있나 원! 삼월이 몸값을 이백 원으루 친대두 돈이 삼십 원이나 부족헌데 거 무슨 말이야?"

"자 이 이건! 걸 누 누구레 삼 삼월일 뭐 얻갔대기 그르우?"

"아, 뭣이? 아 사월 보름으루 날까지 받아놓지 않았나?"

"난 난 삼 삼월인 글쎄 시 싫어요. 다 다른 데 난 당 당갤 갈래는 데 뭐 뭘 그르우?"

"아 아니 건 안 될 말이야. 천부당만부당두 푼수가 있디. 내가 님재 장갤 보낼라구 오륙 년을 힘써왔는데, 또 이건 동네에서두 다 아는 일이웨. 그러니 님재가 장갤 잘못 들었다면 그래 남들이 누굴 욕 하겠나? 날 욕할 테야 날. 그래서 내가 여지껏 똑똑한 계집을 고르누라구 힘을 써왔는데 삼월일 마대구 다른 델 가겠대면 난 그 돈 못 줘. 못 주구말구. 돈 주구 욕 얻어먹으려구? 바루 내가 삼월일 싫대면 또 다른 데 얻어볼 법은 해두, 그렇지 않아? 생각을 해보시."

"글쎄 난 닌 닌넬 얻으래는데 뭐 뭘 그르우? 일 일천칠백 단 단 냥 다 달라우요."

웅팔은 날마다 졸랐다. 그러나 초시는 시종일관 들으려고 하지 않았다. 이러는 가운데 갈 줄만 아는 세월은 사월 보름도 며칠밖에 앞으로 더 남겨놓지 않았다. 이 며칠 안으로 성공을 못 하는 날이면 삼월은 꼬리가 떨어질 것이요, 그럼으로써 자기는 행랑방으로 옮아 앉아야 될 판이다. 그러면 삼월은 명색이 아내, 그렇게 밴밴한 계집이…… 생각하면 뒤에 올 것은 이를 악물고 다한 머슴살이 육 년의 결정이 삼월의 요염 속에서 제멋대로 놀아나는 밑천밖에 더 될 것이 없을 건 뻔한 일 같았다.

응팔은 생각다 못해 한 방도를 생각했다. 받을 수 없는 돈을 받자면 돈을 훔쳐낼 수밖에 없다는 어리석은 지혜가 그것이었다. 훔쳐낸다고는 하지만 내 돈이기에 내가 임의로 하는 것이니 죄라기보다는 당연한 일일 것 같았고, 또 훔쳐내서는 곧 그 뜻을 알릴 것이니 죄랄 것이 없으리라는 것이었다.

일단 이런 계획을 세워놓고 응팔은 날마다 밤이면 돈을 훔쳐낼 그 기회만을 엿보는 것을 게을리하지 않는 일이었다. 오늘 밤도 사랑 윗목에서 그렇게 억센 일에 종일을 지친 피로한 몸이었건만 깊이 잠이 들지 못하고 이불 속에서 초시의 드는 잠만을 엿보기에 온 정신을 모으고 있었다.

원체 한번 잠이 들면 깰 줄을 모르고 내자는 습성이 있는 초시인 것은 예전부터 알아오는 일이었지만 그래도 하고 용단^{용기 있게 결단을}^{내림}을 못 내오던 것이, 오늘 밤은 거기에 콧소리까지 높이 들려 아주 잠이 깊이 들었다는 것이 용기를 돋우게 했다. 그런데다가 벽장

문 열쇠를 열어야 할 것이 늘 근심이던 판에 오늘따라 낮에 벼 판 돈이 그대로 초시의 조끼 호주머니 속에 들어 있다는 것을 안 웅팔은 더 참을 수가 없었다. 웅팔은 마침내 이불을 젖히고 일어나 숨소리를 죽였다. 그리고 어둠 속을 두 다리, 두 팔로 짐승같이 조심조심 초시의 머리맡으로 기어가 낮에 보던 그 불룩한 누런 봉투를 조끼 주머니에서 그대로 들어냈다.

이튿날 아침 봉투가 없어졌다는 것은 곧 탄로가 되고, 한 방에서 잤다는 이유로 혐의의 화살은 웅팔에게 쏘였다.

웅팔은 자기가 가져야 할 액수만을 갈라가지고 나머지를 미처 들여놓지 못한 것만이 미안했다. 초시의 눈앞에서 봉투를 가르자니 초시가 그 봉투를 보고는 그대로 있지 않을 것 같아 주위의 화살이야 오건 말건 그 돈을 가르기까지 넣어두리라 사랑 부엌 아궁이에 불을 지피고 있는 동안, 뜻밖에도 시꺼먼 그림자가 문 앞에 마주 선다. 순사였다.

"난 난 죄 죄 없어요. 일 일천칠백 단 단 낭을 내구, 디 디리노문 회 회계가 돼요. 일 일천칠백 단 단 낭은 다 내 돈이에요."

웅팔의 목소리는 부지깽이^{아궁이에 불을 땔 때 불을 헤치거나 끌어내거나 하는}_{데 쓰는 막대기}를 잡은 손과 같이 떨렸다.

"정 정말이에요. 일 일천칠백 단 단 낭은 다 다 내 내 돈이에요."

그러나 순사는 그의 팔목을 묶는 데만 열심이었다. 그리고 꽁꽁 묶어서 뒤로 늘인 포승의 끈을 말고삐처럼 붙들고 끌어냈다.

응팔은 분명히 자기가 주재소^{순사가 머무르면서 사무를 맡아보던 경찰의 말단}기관로 끌려가고 있는 것은 현실인 줄 알면서, 왜 끌려가는지, 무엇이 죄 될 것인지를 똑똑히 분간할 수 없는 것이 그저 꿈속 같았다.

−1939년

별을 헨다

1

산도 상상봉 맨 꼭대기에까지 추어올라 발뒤축을 돋워 들고, 있는 목을 다 내빼어도 가로놓인 앞산의 그 높은 봉은 눈 아래 정복하는 수가 없다. 하늘과 맞닿은 듯이 일망무제^{아득하게 멀고 넓어서}^{끝이 없음}로 끝도 없이 빤히 터진 바다, 산 너머 그 바다, 푸른 바다, 고향의 앞바다, 아아 그 바다, 그리운 바다.

다시 한 번 발가락에 힘을 주어 지그시 뒤축을 들어본다. 금세 키가 자랐을 리 없다. 역시 눈앞에 우뚝 마주 서는 그놈의 산봉우리.

"으아—."

소리나 넘겨 보내도 가슴이 시원할 것 같다. 목이 찢어져라 불러

본다.

"으아—."

그러나 소리 또한 그 봉우리를 헤어넘지 못하고 중턱에 맞고는 저르릉 골안^{골짜기}을 쓸데도 없이 울리며 되돌아와 맞는 산울림이, 켠 아래서 낙엽 긁기에 배바쁜^{분주한} 어머니의 가슴만을 놀래놓는다.

별안간의 지랄 소리에 어머니는 흠칫 놀라고 갈퀴를 꽁무니 뒤로 감추며 주위를 둘러 살핀다. 소리의 주인공을 찾는 모양이다. 어머니의 귀에는 사람 입에서 나오는 큰 소리가 총소리보다도 더 무섭게 들린다.

집이라고 가마니 한 겹으로 겨우 둘러싼 산경^{산길}의 단칸 초막^{풀이나 짚으로 지붕을 이어 조그마하게 지은 막집}, 날은 추워 온다. 겨울 준비가 없을 수 없다. 그러나 산등성이에 자연히 자라난 풀도 금단의 영역에 속한다. 풀이 없으면 눈비의 사태질이 산 밑의 집들을 위협하는 줄을 모르느냐는 핏줄 서린 눈알이 엄한 호령과 같이 군다. 가슴이 뜨끔거리는 낙엽 긁기다. 위로와 도움은 못 드릴망정 부질없는 고함 소리로 어머니를 놀래었다. 자기인 줄을 알려야 할 텐데, 어서 알리고 싶어 몸짓을 하며 목을 내빼어보나 어머니가 그 형용을 알아줄 리가 없다. 눈을 둘러주다가 자기의 그림자를 산상에서 찾고는 긁어모은 낙엽도 모르는 체 그대로 버리고 슬그머니 돌아선다. 필시 자기를 아침마다 호령하는 그 눈 붉은 사나이로 아는 모양이다.

"소나무 위에서 까치가 푸덕하고 날아만 나두 가슴이 막 내려앉는 것 같구나! 글쎄.”

어제 아침에도 낙엽을 한 아름 긁어 안고 들어오며 한숨과 같이 허리를 펴는 어머니의 말을 무어라 받아야 할지 몰랐다. 귀국한 지가 일 년, 지난 겨울 곱돌아오도록 집 한 칸을 마련 못하고 초막에다 어머니를 그대로 모신 채 이처럼 마음의 주름을 못 펴드리는 자기는 오관_{눈, 귀, 코, 혀, 피부}을 제대로 가진 옹근 사람 같지가 못하다. 가세는 옛날부터 가난했던 모양으로 아버지도 나와 한가지로 만주에서 시달리다 돌아가셨다지만, 제 나라에 돌아와서도 이런 가난을 대로 물려 누려야 하는 것이 자기에게 짊어지어진 용납 못할 운명일까. 만주에서의 생활이 차라리 행복했었다. 노력만 하면 먹고살기는 걱정이 없었고, 산도 물도 정을 붙이니 이국 같지 않았다. 노력도 믿지 않는 고국—무슨 일이나 이젠 하는 일이 내 일이다. 힘껏 하자, 정성껏 하자, 마음을 아끼지 않아 오건만 한 칸의 집, 한 자리의 일터에조차도 이렇게 정에 등졌다.

일본이 물러가고 독립이 되었다. 자기도 반가웠거니와 제 땅에 뼈를 묻게 된다고 기꺼워하시던 어머니—아버지도 고토^{고향 땅}에 뼈 못 묻힘을 못내 한하였다. 자기만 고토에 묻힐 욕심이 있으랴, 아버지의 유골도 같이 모시고 나가야 한다. 밤잠도 못 자고 무덤을 파서 뼈마디를 추려가지고 나온 것이 산 사람의 잠자리도 정치 못하였다. 나올 때에 보자기에 싸가지고 나온 그대로 어머니의 곁에서 초막살이다. 묻기야 어딘들 못 묻으련만 고국도 고향이 그렇게 그립다.

고향은 찻길이 직로라 차로 오자던 고향이 뱃길이 안전하다고 뱃길을 돌아서 왔다. 어디는 제 땅이 아니냐 아무 데나 내려서 가자, 인천에 와닿고 보니 뜻도 않았던 삼팔선이 그어져 제 나라 아닌 것처럼 남과 북이 제멋대로 굳었다. 그래도 내 땅이라 못 갈 리 없다고 삼팔의 경계선을 넘다가 빵 하고 산상에서 터져 나오는 총소리에 기겁들을 하고 서성이다 보니 동행자 중 한 사람이 거꾸러졌다. 삼팔의 국경 아닌 국경을 넘기란 이렇게도 모험인 것을 체험하고, 고향이라야 일가친척도 한 사람 없는 그리 푸진매우 많아서 넉넉한 고향도 아니다. 어디를 가도 제 손으로 터를 닦아야 할 채비다. 서울도 내 땅이라 보통이를 풀어놓고 터를 닦자니 날로 어려워만 지는 생활, 겨울까지 눈앞에 떨어졌다. 초막의 추위는 지금도 고작이다. 밤새도록 담요 한 겹에 싸여 신음하는 어머니. 가슴이 답답하다. 시원한 바람이 그립다. 눈이 짝해지자 산을 탔다. 산을 타니 산바람이나 시원할까, 고향이 그립다. 배꼽줄이 떨어지면서부터 놀던 바다, 고향의 앞바다, 푸른 바다, 시원한 바다, 그 바다나 마음껏 바라보았으면 바다 끝같이 가슴이 뚫릴 것 같다. 부질없이 봉우리를 추어올라 지랄을 부려보니 마음이 후련할까. 아침이 늦었다고 시장기만이 구미를 돋운다.

2

마음이 배바빠 아침도 덤벼 치우기는 했으나 쓸데도 없는 호의에 걸음만이 더디다. 백 번 생각해도 그것은 실행할 일이 아닌 것을……
진고개 너머 어떤 일본집에 수속 없이 제집처럼 들어 있는 사람이
있는데, 정식 수속을 밟아 내쫓고 들어가게 해준다고 부디 오늘 오
정 안으로 만나자는 친구가 있다. 집이 없어 한지에서 겨울을 날 생
각을 하면 마음이 으쓱하다가도, 그러나 있는 사람을 내쫓고 들자
니 생각을 하면 내쫓긴 사람이 역시 자기와 같은 운명에 놓여질 것
이 아니 근심일 수 없다.

자기도 처음 서울에 짐을 푼 것은 한지가 아니었다. 푸진 것은 아
니었으나 그래도 일본집 다다미방 한 칸에 베풀어지는 호의를 힘입
어 겨울을 나게 되었음은 다행이었다 할까. 해춘^{봄이 되어} 눈이 녹음도
채 못미처 수속이 없다 나가라고 하여 쫓겨난 이후로 이래 아홉 달
을 한지에서 산다. 남을 한지로 몰아내고 그 집으로 들어가겠다고
눈을 감을 염치가 없다. 이런 기회는 몇 번이고 있었다. 비로소 듣는
이야기가 아니요, 받아보는 호의가 아니다. 일언에 거절을 하였더니,

"이 사람아, 고양이 쥐 생각두 푼수가 있지, 그런 맘 쓰다가는 이
세상에선 못 사네."

친구도 어리석은 생각임을 비웃는다.

"그런 얌전만 피다가는 자네 금년 겨울에 동사하네."

아닌 게 아니라 듣고 보니 그것이 만만히 될 것 같지도 않다.

"글쎄, 그 사람이 쫓겨나왔어두 집을 잡을 수가 있어야 말이
지……."

"흥, 아 그럼 자네처럼 제집 없으면 한디에서 겨울날 줄 아나. 그저 별생각 말구 눈 딱 감구 내 말만 듣게. 집이 생길 게니."

친구는 승낙도 없는 상대방의 의견을 임의로 무시하며 혼자 약속을 하고 갔다. 해를 두고 마음을 바꾸며 사귄 친구도 아니다. 만주에서 나올 때 우연히 같은 배를 타게 되어 뱃간에서 사귄 것밖에 없는 교분이다. 복덕방을 뒤타 돌아가다가 어제저녁 뜻밖에도 거리에서 만나 된 이야기다. 염려해주는 호의는 열 번 감사하다.

그러나 호의에만 맡겨지는 호의가 반드시 바른길이라고 생각할 수는 없다. 욕심껏 마음을 제대로 누르고 살아오지는 못했을망정 제 뜻을 버리지 않고도 삼십을 넘어 살았다. 호의가 무시되는 나무람에 자제해서는 안 된다. 복덕방을 찾아 나가야 할 것이 오늘도 의연히 자기에게 던져진 떳떳한 길이다. 그러나 친구는 혼자 약속이라도 기다리기는 기다릴 눈치였다. 그를 거쳐가는 것이 걸음의 순서는 된다, 결론을 짓고 나선다.

남대문시장의 남미창정[현 남창동의 일제강점기 명칭] 어귀라고만 해놓은 것이 하도 사람이 많고 뒤섞여 좀해서는 찾을 수가 없다. 어른, 아이, 늙은이, 색시까지 뒤섞여 물건들을 안고 지고 밀치며 제치며 비비 튼다. 같이 비비고 끼어들어 보니 안쪽 구석으로 낯익은 그림자가 시야에 들어온다. 잠바 흥정이 붙었다. 친구는 양복 위에다 잠바를 입었다. 물건 주인은 값이 맞지 않는 모양으로 어서 벗으라고 잠바 앞섶을 한 손으로 붙들고 당긴다. 조금도 닳아진 맛이 없는 것 같은 스물다섯이 채 되었을까 한 청년이다.

"안 팔다니! 팔백 원이면 제 시센데 시세를 다 쥐두 안 팔아? 이건 누굴 히야카시루 가지구 나와서?"

친구는 눈을 매섭게 부릅뜨고 팔을 뿌리친다.

"글쎄 그르켄 못 팔아요. 이천 원 다 줘야 돼요."

청년의 손은 다시 잠바로 건너간다. 친구의 눈은 좀더 매섭게 모로 빗기더니,

"받아요."

지전 묶음을 청년의 호주머니 속에 억지로 넣어주고 돌아선다.

넣어준 돈을 청년은 다시 꺼내 부르쥐고 뒤를 쫓는다.

"여보!"

친구의 옷자락을 붙든다.

"누구야! 왜 붙들어? 바쁜 사람을……."

"인 쥐요."

"주다니, 뭘 줘?"

"잠바 말이에요."

"당신 정신이 있소? 물건을 팔구 돈까지 지갑에 넣구 다니다가 딴생각을 허구선…… 이건 누굴 바지저구리만 다니는 줄 알아? 맘대로 물건을 팔았다 물렀다……."

몸부림을 쳐 청년의 붙든 손을 떨구고 떨어진 손을 와락 붙들어 이마빼기가 맞닿으리만큼 정면으로 딱 당겨 세우고 눈을 흘기며 가

습을 밀어젖힌다.

"이러단 좋지 못해, 괘니!"

밀어젖힌 대로 물러난 청년은 더 맞잡이를 할 용기를 잃는다. 멍하니 친구를 바라보고만 섰더니 어처구니없는 듯이 뭐라고 혼자 중얼거리며 그대로 쥐고 있던 돈을 세어보고 집어넣는다.

무서운 판이었다. 총소리 없는 전쟁 마당이다. 친구는 이 마당의 이러한 용사이었던가, 만나기조차 무서워진다. 여기 모여 웅성이는 이 많은 사람들은 그러한 소리 없는 총들을 마음속에 깊이들 지니고 있는 것일까. 빗맞을까 봐 곁이 바르다.

"아, 여 여보!"

어서 이 자리를 떠나고 싶어 자기를 찾는 듯이 살피는 친구를 꾹 찔러 부른다.

"지금 왔소?"

"나 좀 바삐 먼저 가야 할까 봐, 기다리겠기에 들렀지."

"바쁘긴, 내 다 아는걸…… 글쎄 그래가지군 백만 날 돌아다녀야 집 못 얻는달밖에. 난 아직 아침두 못 먹구…… 우리 점심 같이허구 잠깐 집에 들러 옷 좀 갈아입구 나가세."

"아니, 정말 난……."

"글쎄, 이리 와요."

손목을 잡아끌어 앞세운다. 강박히 _{인정이 없게} 부딪칠 수가 없다.

점심이라기보다 술이었다. 실로 얼마 만에 소고기찜을 실컷 하고,

확확 다는 얼굴을 느끼며 남산 밑을 돌아 후암동으로 따라간다. 어느 커다란 회사의 중역이 살던 숙사인 듯 반양식^{반쯤 서양식을 본뜬 격식}의 빨간 기와집이다.

"이 집도 그렇게 얻었거든."

친구는 전령의 단추를 누른다. 꼭 같은 알몸으로 보퉁이 한 개씩을 등에 걸머지고 인천에 내려서 헤어진 지 일 년, 친구의 살림은 벌써 틀이 잡혔다. 가구의 준비까지도 완비가 된 듯 장롱이니 의걸이^{위는 옷을 걸 수 있고, 아래는 반닫이로 된 장}니 놓아야 할 건 제대로 다 들여놓았는 데 놀랐다.

"팔백 원, 참 싸구나! 이건."

들고 온 잠바를 친구는 다다미 위에 내던진다.

"거긴 하루 한때만 들러도 밥벌인 되거든. 일자린 없것다, 쌀값은 비싸것다. 그대로 댕그라니들 앉아서 배겨날 장사가 있나. 전재민^{전쟁으로 재난을 입은 사람}이 가지구 나오는 물건이 여간 많은 게 아니야. 늪지에서 자라난 풀대 모양으로 희멀쑥한 얼굴이 물건을 제대루 내놓지도 못하구 옆에다 끼구선 비실비실 주변으로만 도는 걸 붙들기만 허면 그건 그저 얻는 폭이지. 잠바도 만주^{중국의 동북지방} 건가 봐. 가죽이니 좀 좋아? 작자가 어리숭해가지구 그래두 첫마디엔 안 놓아주구 제법 쫓아오던데? 글쎄 외투루부터 저구리, 바지 차례루 다들 팔아자시군 쪽 발가벗고들 눈이 멀뚱멀뚱하여 누워서 천장에 파리똥만 세구 있는 사람두 있대나? 하하. 자네도 이런 데 눈 뜨지 않으면 파리똥 세게 되네, 괜니······."

"파리똥두 집이 있어야 헤지, 난 별만 헤네^{세네}."

농으로 받기는 하였으나 친구의 상식과는 대잡이가 되지 않는다. 기만 막히는 소리뿐이다.

"난 가겠네."

"아, 이 사람아! 같이 나가? 내 정말 한 놈 내쫓구 집 들게 해준달 밖에."

"우리 단 두 식구 살 집 그리 커선 뭘 허나. 난 방이나 한 칸 얻을까 봐."

"방은 그래 얻을 듯싶어? 보증금이 만 원두 넘는다데."

"방두 못 얻으면 이북으루 가지."

"저런! 이북선 누가 거저 집 주나? 다 저 헐 나름이라누. 여기서 못 살면 거기 가두 못 살아. 괜니 고집부리지 말구 앉게."

"그래두 가는 사람이 많던데?"

"아, 가는 사람만 봤나? 오는 사람이 더 많은 건 못 보구. 이 좋은 시세에 서울서 못 살면 어디서 산다는 게여."

"아니, 정말 이러단 오늘두 참 내가······."

일어서는 옷자락을 친구는 붙든다.

"글쎄 앉아."

"놓아."

"앉으라니깐."

그래두 뿌리치고 기어코 돌아선다.

"저런 반편이…… 태 ^{모양새}만 길러서!"

쫓아나와 중얼거리는 소리를 층층대를 내려서며 듣는다.

3

낮의 거리는 여전히 사람들의 발부리에 닦인다. 거리가 비좁게 발부리를 닦는 무리들, 허구한 날을 이렇게도 많을까. 겨레도 모르고 양심에 눈감은 무리들은 골목마다에 차고, 땀으로 시간을 삭이는 무리들은 일터마다에 찼다. 차고 남아 거리로 범람하는 무리들이 이들의 존재라면, '반편이야 태만 길러서'의 축에 틀림없다.

이 반편의 축들은 다들 밤이면 별을 세다가 오라는 데도 없는 걸음이 이렇게도 싱겁게 배바쁜 것일까. 언제까지나 싸늘한 별을 가슴에다 부둥켜안고 세어야 태 속에서 벗어나 거리에의 정리에 도움이 될까. 피난민 구제회의 알선으로 어떤 문화사에 이력서를 내고 총무부장과의 인사 끝에 집이 있느냐고 묻기에 솔직히 대답한 한마디가 다 된 죽에 떨어진 코 ^{격 거의 다 된 일을 망쳐버리는 주책없는 행동을 비유 적으로 이르는 말이었다.} 기별이 있겠으니 그리 알라고 돌려온 채 이래 반년을 깜깜소식임이 문득 생각키우며, 집이란 것이 사람으로서 존재의 인정을 받는 데에 그렇게도 큰 역할을 하고 있는 것임을 새삼스럽게 느끼다가 펄럭이는 복덕방의 휘장을 본다. 골목을 접어들다가 깜짝 놀란다. 별안간 총소리가 귓전을 때리는 것이다.

"타앙."

건설이냐, 파괴냐.

"타앙."

연거푸 또 한 방.

아로새겨지는 역사의 페이지에 단 한 점 콤마라도 찍혀지는 역할일까. 분주히 눈을 둘러 살핀다. 시야에 들어오는 짐작이 없다. 어디서 날아났는지 기겁을 하고 공중에 뜬 까치 두 마리가 걸음아 날 살려라, 몸이 무거움을 느끼는 듯이 깃부침만이 바쁘게 북악으로 날아 달릴 뿐, 언제나 같이 평온한 골목이다. 거리에도 이상이 없다. 전차도 오고 간다. 자동차도 달린다. 사람들도 여전하다.

어디서 난 총소릴까. 듣고만 있을 총소릴까.

이윽고 밤도 아닌데 이마빼기에 쌍불을 달고 아앙 소리를 냅다 지르며 서대문 쪽을 향하여 종로 한복판을 질풍같이 달리는 한 대의 하얀 미군 구급차의 풍진바람에 날리는 티끌이 일었다. 무슨 일인지 단단히 난 모양이다.

총소리와 관련된 차일까, 생각을 더듬다가 또 골목으로 들어선다. 복덕방의 깃발이 헤기우는팽팽하게 당겨지는 것이다.

"방 있습니까?"

"방 얻을 생각은 말아요."

안경 너머로 눈알이 삐죽하다 말고 맞붙은 장기판 위로 도로 떨어진다.

"그렇게도 없습니까?"

쓸데도 없는 소리를 되묻는다는 듯이 거들떠보려고도 않고 장훈이^{장군} 소리만을 기세 있게 허연 수염 속으로 내뿜으며 무릎을 조인다. 다시 더 두말이 긴치 않을 눈치다. 골목을 되돌아 나온다. 어디나 매일반인 대답, 가으내나 다름이 없다. 싹도 찾을 수 없는 방, 날마다 종일을 품만 놓는 방이다. 마음도 지쳤거니와 다리도 지쳤다. 다시 뒤탈 생념에 정열이 빠진다. 찌뿌둥 흐린 날씨는 눈까지 빗는 것인가. 젊은 놈이야 한지에선들 마득해^{오죽해} 얼어야 죽으련만 어머니는 환갑이 넘었다. 정말 이북으로 가보나, 생각을 하니 생각마다 간절한 이북이다.

4

아들이 돌아오는 발자국 소리가 그렇게도 기다려졌을까. 말라 까불어진 낙엽이 발밑에 부서지는 싸각 소리가 벌써 어머니의 귀에 스쳤나 보다. 산곡을 접어들기가 바쁘게 반짝 초막에 불이 켜진다.

"진지 잡수셨어요?"

"오늘두 저물었구나. 집은 얻었네?"

앉기도 전에 어머니는 냄비를 밀어 내놓는다. 저녁이었다. 밀가루떡이 네 개 소복이 담겼다.

"어머니 더 잡수시지요. 오늘두 집 못 얻었습니다."

"아이구, 집이 그렇게 힘들어 어떡허간, 큰일 났구나. 오늘은 너 들어오길 어떻게 기다렸는데."

전에 없던 한숨이 힘없이 길다.

"왜, 늘 벅작 고는^{떠드는} 눈 붉은 사람 있디 않네? 그 사람이 곽쟁이^{갈퀴}를 빼뜨러 갔구나!"

"네?"

"아까 저녁때 새^{땔나무}를 또 좀 해볼라구 나섰다가 그 사람한테 붙들려서 욕을 보았구나. 방공호^{적의 항공기 공습이나 대포, 미사일 따위의 공격을} ^{피하기 위해 땅속에 파놓은 굴이나 구덩이}두 하두 많은데 하필 이 산속에 들어백여 남꺼지 못 살게 할라구 그러느냐구 눈을 부르대이누나."

"그러세요?"

"우리가 여기서 겨울을 난다면 산이 새빨개지구 말 테니 봄에 나가면 산 아래 집들은 하나 없이 사태에 묻히겠다구, 어디서 거지 같은 것들이 성화냐구 막 욕을 퍼붓디 않갔네?"

"욕을 퍼버요! 그래서요?"

"그래서 집을 얻는 중이라구 그랬더니, 거지 쌈지^{작은 주머니} 보구 누구레 집을 빌리리라구 하면서 피난민 소굴루 가래누나. 당춘단이 소굴이라나……."

"네에, 그래요."

"이것 좀 보람 글쎄. 가두 당장 가라구 눈을 홀근댕이며 곽쟁이루 이 가마니짝들을 걸어 댕겨서 다 떨러 놓지 않안? 그래서 내레 저녁 한겻반나절을 돌아가멘서 데르케 잡아매났구나.”

“네, 알겠습니다. 아무래두 이북이 인심이 날까 봐요. 이북으루 떠나가십시다, 어머니!”

“야, 봐라! 그 끔찍한 삼팔선을 어드케 또 넘갔네.”

“남들이라구 다 오구 가구 허겠어요?”

“그래 가는 사람두 있던? 뭐……..”

“아, 있구말구요.”

“고롬 가자꾼, 우리두. 위선 네 아버지 뻬다굴 처티해야디. 그걸 어드케 늘 안구 있갔네. 그래 거긴 인심이 살기 도태던?”

“여기 같이야 허겠습니까.”

“야, 그롬 가자.”

두 개 남았던 초를 밤이 깊도록 다 태우고, 이튿날 아침 담요를 팔아 여비를 마련한 다음, 밤차에 대어 어머니와 아들은 청단황해남도에 있는 군까지의 차표를 한 장씩 들고 서울역에 나타났다. 간단한 짐이었다. 아들은 하나 남은 담요에다 아버지의 유골을 덧말아 등에 지고, 냄비 두 개에 바가지 하나는 어머니가 꿰어 들었다. 사람은 확실히 거리로 범람한다. 가는 곳마다 이렇게도 많을까. 정거장 안도 촌보몇 발짝 안 되는 걸음의 여지가 없이 들어찼다. 비비고 들어가 겨우 벤치의 한 자리를 뚫어 어머니를 앉혔다.

“아아니! 이게 공경골짓 아즈마니 아니요?”

옆에 앉았던 여인의 눈이 둥그레서 어머니의 손목을 붙든다.

"너 박촌짓 딸 아니가?"

어머니도 알아본다. 아래위 동네에서 살다가 만주로 들어가게 되어 서로 떨어졌던 고향 사람끼리 우연히도 여기서 만난다. 아들과 여인의 남편도 서로 알아본다.

"아, 이게 십 년 만이구나!"

감격한 악수가 손 안에 다정하다.

"아니, 그런데 아즈머니, 어드케 여기서 만내요? 되따^{중국 땅}에선 언제 나오셨기?"

"참, 넌 어드케 여기서 만내네?"

"우린 지금 이북서 넘어와요. 살기가 너머 어려워서, 듣는 말이 남이 도타구 그래 강원도루 가는 길이에요."

"머이! 살기가 어려워? 우린 이북으루 가는 길인데……."

"이북으루요? 아이구, 갈 념^{생각} 마르우. 잘사는 사람은 잘살아두, 못사는 사람은 거기 가두 못살아요. 돈 있는 사람 덴답과 집들을 다 떼슴 뭘 허갔소. 없던 사람들이 당사들을 해서 그만침은 또 다 잡아 놨는데…… 우리두 그런 당살 했음 돈 잡았디요. 우리 옥순이 아버진 그런 당사엔 눈두 안 뜨고 피익픽 웃기만 허디요. 그러니 살긴 어려워만 가구 좀허면 그렇게 힘든 국껑^{국경}을 넘어오갔소?"

"아이구, 우리 아와 신통히두 같구나. 만주서 같이 나온 사람들은 야미^{뒷거래} 당사들을 해서 돈 모은 사람들이 많은데 우리 아가 그런 건 피익픽 웃디, 밥을 굶으맨서두. 거기두 고름 그러쿠나 거저. 살기가 같을 바에야 뭘 허레 그 끔즉헌 국경을 넘어가간."

"그러문요. 아이, 여기두 고롬 살기가 그르케 말재우다레 잉이? 뭐 광다부^{광목} 한 자에 삼십 원 헌다, 사십 원 헌다 허더니."

"우리 가제 와선 그르케두 했단다. 어즈께레 옛날인데 뭘 그르네. 거기 집은 어드르니? 그른데, 얻긴 쉬우니?"

"쉽다니요! 발라요^{충분할 정도에 으르지 못해요}. 거저 집이라구 우명헌 건 내만 놓으문 홀떡홀떡허디요. 그르기 어디 빈칸이 있게 그르우? 만주서 나와 집 찾는 사람두 있디요? 제집 쬐께 나서 어디 빈칸이나 있을까 허구 돌아가는 사람두 있디요? 뭐 촌이나 골이나 딱 같습두다. 난^{난리}이에요, 난."

"여기두 그르탄다. 우린 집을 못 얻구 한디에서 내내 살았단다. 밥이라군 밀가루떡만 먹구."

"여기두 고롬 그르케 집이 없어요! 것두 같수다레, 고롬?"

"글쎄 네 말을 들으니께니 집 없는 것꺼지 신통두 허게 같구나, 참."

"아니, 괘니 넘어왔나 봐."

"우린 괘니 넘어갈라구 허구."

두 여인만이 서로 한심해하는 게 아니다. 사내들도 같은 말을 바꾸고는 난처해 마주 섰다. 앉았던 사람들이 별안간 일어서며 웅성인다. 개찰이 시작되는 모양이다.

"어머니!"

"와 그르네?"

"고향 가두 시원헌 건 없을까 봐요."

"글쎄 박촌짓 딸 네기^{이야기} 들으니께니 그르태누나."

한심해서 서성이는 동안 승객들은 다 빠져나가고 개찰구는 닫힌다. 물 샌 바다같이 갑자기 휑해진 대합실 안엔 한기만이 쨍하고 휘떠돈다.

-1946년

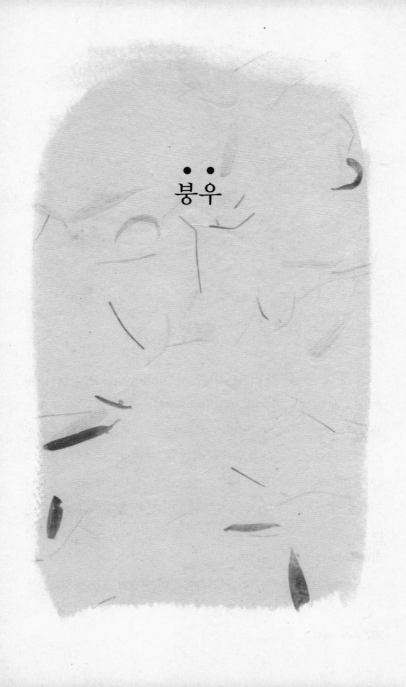

붕우

1

주문해놓은 차라고 반드시 먹어야 되랄 법은 없다. 청한 것이라 먹고 나왔으면 그만이련만 조군이 금방 문을 삐걱 열고 들어서는 것만 같아 기다리기까지의 그동안이 못 견디게 맘에 조민스럽다. 어떻게도 만나고자 애써 하던 조군이었던가. 주일 나마^{남짓}를 두고 와 줄곧 기다리지 못해 다방을 찾아왔던 것이, 와놓고 보니 되레 만날까 두렵다. 가져온 차를 계집이 식탁 위에 따라놓기도 전에 백동화^{조선 말기에 널리 쓰였던 화폐} 두 푼을 던지다시피 장판 위에 떨어치며 나는 다방을 뛰어나왔다.

조군이 나를 찾기까지 기다려봐야지, 내가 먼저 조군을 찾는다는 것은 아무리 생각해야 자존심이 허하지 않았던 것이다.

　그러나 다방을 나와놓고 보니 조군의 자존심 또한 나를 먼저 찾아줄 것 같지는 않다. 이러한 경우에 나를 먼저 찾아줄 조군이었더라면 벌써 나를 찾았을 그이였을 게고, 또 우리의 사이가 이렇게까지 벙글도록벌어지도록 애초에 싸움도 없었을 게 아닌가.

　생각은 또 이렇게 뒤재어지니여러 가지 것이 한데 뒤섞이니 내가 그를 찾지 않는다면 서로의 자존심은 언제까지든지 엇갈려 조군과의 사이는 영원히 떨어지고 말 것 같다. 사람의 사이란 이렇게도 벙그는 것인가. 우스운 일에 말을 다투고 친한 사이를 베이게 되었다.

　문학은 로맨티시즘이어야 된다거니 리얼리즘이어야 된다거니 다투는 끝에 조군의 가장 아는 체하는 태도에 불쾌해서 '군은 아직도 예술을 몰라' 하고 좀 능멸하는 듯한 태도로 내뱉는 한마디가 조군의 비위를 어지간히 상한 모양이다.

　이상히 안색이 말없이 변하는 것을,

　"군은 아직 예술의 그 참맛을 모르지."

하고 농담에 돌리려고 맘에 없는 농을 붙이니,

　"자식이 잔뜩 건방져가지고…….”

　조군 역시 농담 아닌 농담으로 받는다.

　"건방진 게 아니라 군은 모른달밖에.”

　"옳고 그른 것을 따지는 데 건방지다는 건 다 뭐야.”

　"건방지다는 건 모르고도 아는 체하는 것.”

"군과 같은 존재?"

"누가 할 말이야."

서로 우기는 동안, 좀 불쾌한 말이 오고 가게 되니 남 듣기에는 제법 정식으로 하는 싸움이나 같았던지 때마침 찾아오던 손군이 싸움으로만 알고 왜들 이러느냐고 영문도 모르고 꾸짖으며 말리는 서슬에, 피하면 누구나 지는 것 같아 서로 달려들어 언성은 높아지며 말은 격렬하게 되어 결국은 정말 싸움처럼 되고 만 것이다.

나도 조군에게는 그렇게 보였겠지만 실상 혼자만 아는 체하는 조군이 얄밉기는 했다. 이 때문에 참다못해 가다가 한 번씩은 누구나 말을 우겨도 진정으로 불쾌한 기색을 서로 감추지 못하는 적도 한 번 두 번에 그친 것이 아니었으나, 그런 티도 없이 조군은 나를 찾고, 나는 조군을 찾았다. 각별히 언쟁이 격심했다고도 볼 수 없는 이번 일에 날마다 오던 우리 집을 조군은 주일 나마를 나를 찾지 않는다. 조군은 나를 그처럼 아니꼽게 보았다 하니 조군에게 향하는 내 마음 또한 좋지 않다. 조군의 모든 단처^{부족하거나 모자란} 점가 얄밉게 드러나며 허하지 않는 자존심에 나도 일체 그를 찾지 않았던 것이다. 그러나 벗과 벗 사이는 끊으려야 끊을 수 없는 무슨 탄력이 있는 듯싶게 조군에의 우정은 날이 갈수록 그립다. 벗이 많되 내 마음에 위로를 주는 벗은 없다. 예술을 이해하는 진정한 벗이 없을 때 마음의 어느 한구석은 빈 듯이 공허함을 느낀다. 예술상 견해는 달리 가지면서도 예술 그 물건에 있어선 무슨 공통된 정신이 떨어질 수 없게 머리를 서로 맞대어놓는 듯도 하다. 군과 밤낮 마주 앉았을 때 못 느끼던 조군에의 우정을 알뜰하게 이제 알았다. 생애의 둘도 없을 영원한 반려를 잃은 듯도 싶어 오늘은 기어이 그를 만나고야 말리라, 그의 전용 휴게실과도 같은 다방 장미원을 찾기도 하였던 것이다.

2

조군도 내가 군을 그리듯 나를 이렇게 그리워할까. 그리우면서도 자존심이 허치 않아 지금껏 찾아주지 않을까. 군에게도 군을 이해한 벗은 오로지 나밖에 없을 텐데…… 그 저주할 자존심이 적용되지 않을 방법으로 어떻게 그를 만날 수가 없을까. 그리하여 피차의 부끄러움도 없이 그를 만날 그러한 방도를, 나는 거리로 걸어오면서 꾀해보았다. 특별한 일이 없으면 오늘도 으레 이때쯤은 조군이 장미원을 들를 것이 빤한 일이다. 그가 오는 길목에서 기다리다 오다가다 만나는 것처럼 만나는 것이 어떨까. 만일 만나고 보면 조군도 나를 보고 가만히 있지는 않겠지. 한번 입만 떨어지면 화해는 되는 날이다. 생각하니 그것이 가장 묘한 방법도 같다. 나는 시험해보기로 하였다.

장미원의 골목을 나서 큰 거리로 걸어 나오던 나는 가장 분주한 체 걸어 내려가고 있었다. 그러나 조군은 아직 오는 사람이 아니다. 순식간 종로다. 종로는 필요 없는 길이다. 나는 다시 온 길로 돌아섰다. 안국동으로 내려오면 정면으로 만날 수 있으나 종로로 들어오면 나의 뒤에 달리리라, 나는 몇 걸음에 한 번씩 뒤를 돌아보며 빨리 걷는 체 활개_{사람의 어깨에서 팔까지, 또는 궁둥이에서 다리까지의 양쪽 부분}를 놀리면서도 걸음은 될 수 있는 데까지 속력을 아꼈다. 몸놀림과 걸음에 조화되지 않을 나의 이 걸음은 거리 사람들에게는 무던히도 우스운 꼴일 것 같다. 나와 같은 경우에서 나와 같은 행동을 취하는 사람이 이 거리에는 또 있을까? 사람마다의 걸음에 부질없는 눈이 갔다.

장미원을 거의 다다라 다시 돌아서려 할 무렵이다. 나의 시야에는 틀림없는 조군이 내려든다. 금방 안국동 4가에서 꺾어 내려오는 골목길을 조군의 조그마한 똥똥한 체구는 아그작아그작 사람들 틈을 새어 내려온다.

나는 가장 급한 볼일이 있는 사람처럼 속력을 다하여 활개를 치며 마주 걸어 올라갔다. 조군도 나를 본 듯하다. 금시에 머리가 숙여진다. 거리는 점점 가까워 온다. 가슴이 후득후득 뛴다. 할 말의 준비에 간난을 느껴 어리둥절하는 동안 획— 하고 바람이 얼굴을 씌운다. 벌써 조군과는 어느덧 지나치고 마는 것이다.

만나고도 말할 수 없었음이 이를 데 없이 안타깝다. 조군의 마음도 내 마음과 같을까? 아니 조군은 미련도 없이 나를 지나쳐버린 것은 아닌가. 그랬다 하더라도 지나치고도 혹시 마음이 언짢아 나를 돌아다볼는지 아나, 나도 한번 돌아다보고 싶다. 그러나 마주칠지 모를 시선이 두렵다. 마주치면 고의로 지나쳤음이 증명되는 것이다.

나도 조군을 못 보고 지나친 체 고개를 숙이고 달아날 수밖에 없다.

자존심의 탓일까, 비겁한 것일까. 몇 번이나 돌아다보고 싶은 것을 나는 눈앞만 바라보고 그저 걸었다.

3

이튿날도 또 그다음 날도 조군은 찾아주지 않는다. 만나고도 모른 척하고 지나치게 되었음이 더욱 조군과의 사이를 멀리하게 만드는 짓이 된 것은 아닌가. 나 자신조차도 그 후부터 조군을 만나야 그때에 지나쳐 보고 지금 만나기가 더욱 어색한 것 같음을 느낀다.

그가 일상 와주던 시간이라고 아는 열 시로부터 오전 동안 그동안을 나는 오늘도 은근히 기다리고 있었건만 조군은 얼씬도 않는다. 나의 집이 아니면 다방, 다방이 아니면 본정^{현 중구 충무로의 일제강점기 명칭}의 서점 순례! 그것이 그의 날마다의 하는 버릇이다. 지금도 다방이 아니면 서점일 게다.

나는 장미원에 전화를 걸었다. 조군이 거기에 있다 해도 조군을 만나러 갈 것 같지는 않으면서도 왠지 그저 그가 거기에 있나 없나가 알고 싶다.

"거기가 장미원이오. 저, 저 조우상 씨 거기 안 계슈."

"네, 금방 다녀가셨습니다."

오늘도 장미원엔 틀림없이 조군은 다녀갔다. 그길로 어디를 갔는가, 나를 찾아오는 것은 아닌가.

"여보세요. 나가신 지가 얼마나 오래됩니까?"

"한 십 분가량, 아니 한 십오 분가량은 될 겁니다."

"어디로 가신지는 모르셔요?"

"알 수 없는 걸요. 거긴 누구십니까?"

나는 누구라고 물론 알릴 필요는 없었다.

장미원에서 나의 집까지 삼십 분이면 올 게다. 나를 찾아 나선 것이라면 이제 십오 분이면 조군이 보일 것이다. 나는 그가 당장 와주겠다고 약속이나 해준 것같이 초조하게 조군이 찾아주기를 기다린다.

"허 허군!"

왔다! 가슴이 뛰기 시작하는 찰나, 문을 미는 것은 뜻밖에도 손군이다.

"산보 안 가려나 아이 참, 심심해서."

"어디."

"홈부라^{현 명동 신세계 백화점 부근} 가지."

그렇지 않아도 한 십오 분 동안 기다려보아 조군이 오지 않으면 본정으로 가보려는 참이다. 조군을 만나는 데 동무가 있으면 더욱 도움이 될 것 같고, 또 일부러 조군을 만나러 간 것처럼도 안 보일 것이다.

"글쎄, 가볼까."

나는 마음에 없는 것을 끌려가는 사람처럼 마음을 속이며 대답했다.

"그럼 어서 옷 갈아입어."

"가만가만 조곰조곰 있다……."

나는 이런 말 저런 말로써 십 분 또 십오 분을 손군을 속여가며 시간을 지체케 하여 조군을 기다려보았으나 역시 필요 없는 시간의 낭비밖에 없었다.

본정은 나 역시 책전서점에 마음이 끌린다. 새로 난 레코드를 듣자고 조르는 손군을 나는 책전으로만 끌었다.

날이 좀 차진 탓인가, 거리에 사람은 알아보게 드물다. 사람 틈에 잃기 쉬운 작은 체구의 조군을 찾기에는 그리 복잡한 인파는 아닌데 조군은 찾기지 않는다. 혹은 나의 앞을 서 다녀간 것인가, 그렇지 않으면 뒤로 따라오나, 다녀온 책전을 다시 한 번 훑어서도 역시 조군의 빛은 보지 못하고 전차에 올랐다.

그동안에 조군이 나의 하숙으로 찾아오지나 않았을까. 손군을 종로에서 보내고 나는 바쁘게 집으로 돌아오다가 정말 나는 하숙집 문전에서 저적거리고힘없이 천천히 걷고 있는 조군을 볼 수 있었다. 순간 나는 나도 모르게 골목 안에 몸을 숨기고 그의 행동을 엿보았다. 조군은 하숙집 대문을 들어서려고 머리를 기웃하고 발을 떼는 듯하더니 다시 돌아서 두어 걸음 내려오다 아무래도 미련이 있는 듯이 되돌아서 들어가려 야붓야붓하더니 아주 지나가고 만다.

조군은 분명히 나를 찾아왔다. 찾아왔으나 차마 어색하여 망설이다 돌아가는 눈치다. 나는 조군도 차마 나를 못 잊고 그리워하는 것임을 알았다. 조군이 그대로 돌아감이 더할 수 없이 안타깝다. 내 마음이 이렇거늘 조군의 마음인들 안 그러랴.

'조군' 하고 불러볼까 하니 차마 입이 무겁다.

조군은 다시 찾기는 단념한 듯이 뒤도 돌아다보지 않고 잰걸음으로 그냥 골목을 빠져나간다. 나는 어쩔 바를 모르고 바재다^{머뭇머뭇하다} 못해 골목으로 빠져들어가 마주 올라오다 만나리라, 십여 집을 싸고 앉은 골목을 뛰다시피 걸음으로 어이 돌아 천변길을 걸어 올라왔다. 그러나 조군은 벌써 어디로 빠졌는지 보이지도 않는다. 그동안에 이 골목길을 어느새 다 추어 큰 거리로 갔을까, 혹시 내가 뒷골목을 어이 도는 동안 나의 하숙을 다시 들어간 것은 아닌가, 나는 부리나케 집으로 뛰어들어왔다. 그러나 나의 방문은 여전히 덧문까지 닫혀 있다.

"누구 나 찾아오지 않았습니까?"

"아뇨."

"아 금방 왔던 손님 없어요."

"없습니다."

필시 그대로 간 조군이다.

4

내가 조군을 못 잊듯 조군도 나를 그렇게 못 잊는다면 혹시 군은 오늘도 나를 찾아줄는지 모른다.

이튿날은 전혀 다른 기대를 가지고 나는 아침부터 조군을 기다리며 문밖을 들락날락하였다. 그러나 오라는 벗은 안 오고 뜻하지 않았던 가키도메^{등기우편의 일본말} 한 장이 찾아온다. 나의 소설을 꼭 받아가지고야 편집에 착수하겠다는 S잡지의 원고 독촉이다. 못 쓰겠다고 거절을 하였더니, 이번에는 고료까지 십오 원을 넣어 보냈다. 딱한 사정이다. 돈이 생기는 일이니 아무렇게나 끼적여 보냈으면 그만이련만 예술적 양심은 차마 그렇게까지 허하지 않는다. 오늘까지 써온 과거의 작품을 모두 불살라버리고 싶은 충동을 못 참는 나다. 이제 게서 더 일보를 나아가지 못한 필법은 차마 손에 붓이 가지 않는 것이다.

나는 이 일 년에 소설 제작에 있어 커다란 고민을 느껴온다. 그것은 소설이란 무엇인지가 비로소 알아진 때문도 같다. 그러나 알아진 그 소설을 시험하기에는 자신의 역량에 쓴웃음을 금할 길이 없다. 그 소위 저널리즘 위에서 총애를 받는 작품들이 나의 수준에서 뛰어남을 찾지 못할 때, 나의 용기는 확실히 되살아나 나는 여기에 집필에의 위로를 얻기보다 오히려 폭소를 금치 못한다. '그것도 소설이요' 하고 침묵을 못 지키는 그들의 낯이 빤히 들여다보이기 때문이다.

조군과 나와의 사이에 가끔 언쟁이 있게 되는 원인도 그 실인즉 이러한 관계에서여니 조군도 어쨌든 쓰고야 보는 작가의 한 사람임으로써다. 그러나 조군의 작품은 발표할 때마다 월평가의 붓대 끝에 찬사의 표적이 된다. 그러면 일반은 그 작품을 믿고 저널리즘은 그 이름을 안고 춘다. 그리하여 그는 확실히 인기작가의 한 사람이다.

그러나 나는 그와 같은 작품을 내놓음으로 자신이 허하는 작품을 쓸 수가 없다. 차라리 침묵을 지키는 원인이다. 나는 이제 나의 소설 못 쓰는 마음을 솔직하게 적어놓아 내 마음을 세상에 알리고 싶은 충동을 못 참는다. 그리하여 이해할 수 있는 벗으로 손뼉을 같이 쳐주는 공감을 사고 싶다.

나는 문득 그것의 소설화를 생각해본다.

그러나 나의 붓끝은 나의 마음을 충분히 그려내기에 충실한 사자가 되어줄까 신용되지 않는 자신의 역량이 몇 번이나 머리를 흔들어대건만 참을 수 없는 창작욕에 마침내 원고지 위에 하필^{시나 글을 짓는 것을 이르는 말}을 해본다. 일 년 만에 처음으로 든 붓이다.

곤란한 일이다. 내 마음을 살리기엔 조군이 상대가 아니 되고는 내 뜻을 완전히 표현할 수가 없는 것이 곤란한 일이다. 조우상이라 똑바로 그대로 끌어다 대고 쓰자는 것이 아니로되 조군이 보면, 아니 벗들은 누구나 보아도 그것이 조군인 줄을 알 것이다. 내 마음을 표현하기 위해 벗의 허물을 드러내는 것은 마땅한 일이 될 수 없다.

될 수 있는 대로 조군의 신상을 생각해가며 쓰고자 하나, 내 뜻이 옳다는 것을 표백하려니^{생각이나 태도 따위를 드러내어 밝히니} 조군은 언제나 거기에 눌리고 나를 내세울수록 그는 떨어진다.

나는 몇 번이나 이래서는 안 된다고 붓대를 내던져보았건만 나의 이 생명인 창작 충동은 벗에 관한 한 개의 악감, 그리고 신의를 생각하기보다 예술사상인 창조 충동이 보다 더 강렬한 힘으로 붓끝에 열을 올렸다.

마침내 닭 울 무렵까지 조군에게는 재미롭지 않은 한 편의 짤막한 소설이 짜여지고야 말았다. 이것을 발표해서 옳을까 몇 번이나 읽어보아도 조군이 걸렸으나 내 생명이 담긴, 아니 어떻게 생각하면 그것은 그대로 내 생명이라 하니 차마 버리고 싶진 않다. 이렇게 글로는 조군을 비웃었다 해도 지금도 나는 조군을 진심으로 그리워하거니, 결코 무슨 악의에서 비웃는 것이 아니라 그것은 한 개의 사상이요, 주의^{굳게 지키는 주장이나 방침}의 싸움이다 하는 생각은 마침내 발표에까지 마음을 정하게 하고 말았다.

5

이튿날 나는 이 소설을 S잡지에 부치고 우편국을 막 돌아나오는 무렵 공교롭게도 조군과 서로 문을 밀거니 당기거니 하고 있었다. 내 편의 밈이 좀 세었던지 문고리를 비슷이 놓고 몸을 비키며 내가 먼저 나오기를 기다리는 사람은 뜻밖에도 조군이었던 것이다.

"요우!"

나를 보기가 바쁘게 조군은 조금도 어색한 티 없이 나의 손을 붙든다. 순간 반가우면서도 당황하던 나의 마음에 비쳐보면 조군의 인사법은 확실히 나보다 단련된 품이 있다.

"이거 참 오래간만이야."

"한 보름 됐을까?"

비로소 어색한 입을 나는 뗀다.

"우편소 출입을 할 땐 호경긴 모양이군."

"아니 저 원고 하나 잠깐…… 오래간만에 소설 하나 썼네."

"응?"

내가 소설을 썼다는 말에 조군은 무슨 기적으로나 아는 듯이 냉큼 놀라는 빛을 보이고,

"소설! 축하하네. 물론 걸작이겠군. 일 년 동안이나 닦고 닦은. 그래 어데야."

"저 ××지."

"으— 군께도. 나도 거기 썼는걸!"

조군은 포켓에서 S지로 가는 원고봉투를 드러내 보이고 절수^{우표}를 사서 붙인 다음 포스트에 쓸어 넣는다.

"조군도 소설인가?"

"아니 평론, 이달 창작평이야."

"이크! 이기영이가 또 비행기를 타겠구먼."

"그야 군이 창작평을 쓴다면 이효석이가 체베린을 안 탈 겐가."

"이 사람, 선 자리에서 복수인가. 어쨌든 나의 창작이 이달에 없었던 것만은 천만다행이군. 군의 붓끝에서 천길만길 뚝 떨어질걸."

"그럴 수 있나. 그런 경우라면 쓱 이러이러한 작품은 아깝게도 지면이 모자라서 하는 의미로 척 뺑그러쳐서 빼어놓거든."

"하하하—."

"아닌 게 아니라 친지의 작품을 지상으로 내려깎고 만인의 앞에 공개하기란 참 거북한 일이거든. 그러기에 이러한 태도를 취하는 것이 근자엔 뭐 월평가의 레후나 같이 되어서."

"그러면 이번에도 군은 또 누구한테 지면이 모자랐겠구먼."

"하하하."

우리는 그동안 서로 틀렸던 티도 없이 천연덕스럽게 이야기를 주고받으며 걷는다. 그러나 사이가 벙글었던 원인, 그리고 그리웠더라는 말은 안 하기를 서로 내기나 한 듯이 누구나 입 밖에 내려고 하지 않는다. 그렇게 그리워하는 벗 사이라도 자기의 위선을 위해 굳이 감추고 비밀을 지키지 않아서는 안 되는 것이었다. 이러고도 벗일까, 그러면서도 그리워는 서로 한다. 나는 우리 사이의 그 심리의 작용이 묘하게 움직이는 것을 들여다보며,

"우리는 그동안 어쩌면 거리에서 그렇게도 한번 못 만난담."

하고 나는 관훈정^{현 종로구 관훈동의 일제강점기 명칭} 거리에서 만났던 일을

생각하고 은근히 그의 마음을 엿떠보았다.

그러나 조군은 '글쎄' 하고 다른 아무 말도 없더니,

"언젠가 한번 관훈정 거리에서 지나치고 보니 그게 군이라고 보았는데 군은 나를 못 봤나."

하고 도리어 나의 마음을 엿뜬다.

그러나 나 역시 그의 말에 넘어갈 내가 아니다.

"나는 군의 그림자도 못 봤는걸."

"못 봤어."

하는 것은 '너도 어지간히 속을 안 주누나' 하고 속으로는 입을 비쭉하는 것 같다.

"참 군은 다니는 길목이라 우리 집 앞을 더러 지났을 텐데 그렇게도 한 번도 안 들른담."

"지날 턱이 있나, 그동안은 참 꼭 집 안에 박혀 있었네."

조군도 그에 대한 이야기는 일체 입 밖에 내려고 하지 않는다.

우리는 그다음에 바로 들어가 얼근히들 술이 취해 못하는 이야기가 없이 지껄여대면서도 그렇게 그리워하였더라는 이야기는 누구의 입에서도 나오려고 하지 않는다.

생각하면 그것은 우리가 영원히 지켜야 할 비밀일 것도 같다.

−1939년

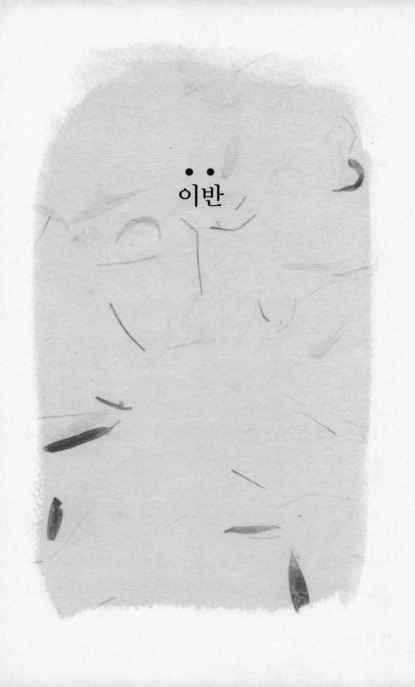

이반

1

오늘 아침도 어멈은 벌써 세 번째나 내가 일어났는가 하는 여부를 살피고 들어가는 눈치였건만 나는 그저 자는 척 이불 속에서 그대로 뒹굴었다. 열한 시도 넘었으니 아침을 안 먹은 몸이 어지간히 시장함을 느끼게 되면서도 일어나서는 또 먹어야 할 그 백미밥을 생각할 땐 뱀의 혀끝을 보는 것과 같이 몸서리가 떨려 시장한 배를 쥐어틀면서도 이렇게 안 넘어졌게 되지 못한다.

백미밥을 먹으면 각기_{비타민 B1이 부족해 일어나는 영양실조 증상}는 낫지 않는다는 것을, 그리고 심하면 생명에까지 관계된다는 의사의 주의를 받게 되자부터는 차마 그 백미밥이 목구멍 너머로 넘어가질 않았던 것이다.

그러나 나는 내 생명이 귀하길래 시재^{현재}의 고픈 배가 야속해서 이렇게 한껏 누워 넘겨졌다가도 필경엔 일어나 억지로 눈을 감고라도 이 백미밥을 또한 안 먹게 되지 못한다. 여기에 나의 고통이 크다.

백미밥은 병에 관계되는 것이므로 팥밥을 지어달라고 주인마누라더러 몇 번이나 부탁을 해오건만 마누라는 기어코 팥밥을 지어주지 않는다. 쌀값과 팥값과를 비해보면 결코 팥값이 앞서는 것은 아니나, 주인은 주인대로 그렇지 않은 이유가 또한 있었던 것이다.

내가 이 집에 기숙을 한 지 반년이 되건만 처음 두 달 것밖에 밥값을 치르지 못한 것이 그 벌이다. 밥값을 제때에 내지 못하는 나를 내쫓자는 것이 그 계획으로 병자니까 병에 관계되는 요구를 들어주지 않으면 어디 가서라도 돈을 마련해다 놓고 나가리라는 것이 중요한 이유인데다 팥밥이란 여름 한철에 있어선 쉬기를 잘하는 것이어서 먹다 남으면 버리고 말게 되는 데 대한 이해의 타산이 또한 있었고, 그리고 설혹 쉬지를 않는다손 치더라도 먹던 밥의 표가 나는 팥밥이니 다른 손님의 밥에 섞어도 못 주게 돼, 병자 자신에게만 주자니 전혀 찬밥이 되고, 병자의 것이니 자기네도 먹기가 싫고 하여 결국은 버리는 것밖에 없이 되고 마는 것이어서 도무지 팥밥은 하지 않아야 이롭다는 것이 그 전체적 이유다.

이러한 사실을 비로소 알았을 때 나는 이렇게도 인정에 매몰한 사람이 있을까 자못 놀라지 않을 수 없었다. 밥값을 내라고 앙칼스레 조를 때는 밥을 팔아먹는 사람으로 안 그럴 수 없는 일이거니 하여 너무 심하다고는 생각하면서도 밥값을 내지 못하는 내가 도리어 미안함을 느껴왔으나, 병중에 있는 손님에 대해서 동정은 못하나마 되레 이 기회를 이용해 내쫓음으로써 돈을 받는 것만이 당연히 해야 할 일인 줄 아는 보통의 범주를 넘어선 주인마누라임을 알았을 때 나는 내 병을 위해 이 집을 떠나지 않아서는 안 되었다.

그러나 당장으로 치르고 나올 돈이 없다. 그래도 취직만 되면 살아갈 도리가 있으리라, 있는 세간을 거의 다 들추어가지고 올라왔던 이백 원이란 돈은 되지도 못하는 그 취직운동에 두 달이 안 돼 한 푼 없이 물어가고 빈손 안에 손금만 쥐고 앉았게 되니 동무들로부터도 버림을 받게 된다. 동무라야 노·홍·조·백·허, 다섯 사람밖에 없었지만 그들은 내가 언제부터 돈 한 푼 없이 각기로 고통을 받고 있는 줄은 잘 알면서도 그저 모르는 체다. 아니 언제인가 한번 참다 참다 돈의 융통을 좀 원했더니 그들은 손실을 피하기 위해선지 그적부터는 하나같이 나의 하숙에까지 걸음발을 딱 끊고 말았다.

그러니 도리가 없는 나는 병을 더치는^{병세가 더해지는} 백미밥인 줄을 알면서도 이 집을 떠날 수가 없어 그저 운명에 목숨을 맡기고 눈치의 그 밥이나마 주어 고맙게 받아먹고 지나는 수밖에 없었다.

어멈은 다시 나오는 기색이다. 신 끄는 소리가 중문턱을 넘어선
다. 순간 밥이라는 것이 다시금 전광처럼 눈앞에 번쩍하고 나타날
때 나의 눈은 어느새 책상 위에 놓인 한 권의 서적에 곁눈질을 하였
다. 그것은 철학에 관한 서적으로 내 생애에 있어 사람된 나의 전부
를 키워준 자모^{어머니}와 같은 것이어서 어떠한 난처한 경우일지라도
품 밖에 내보내서는 안 된다는 내 신념도 그렇거니와 그것은 또한
난처한 경우일수록 그것에의 해결을 지어주는 그야말로 내 생애에
의 나침반과 같은 것이어서 이천여의 장서를 모두 팔아먹으면서도
그것만은 오직 품 안에 품고 다니던 것이언만 너무도 절박한 사정
이 어제저녁 불면의 고민 속에서 차마 목구멍으로 넘길 수 없는 백
반이 다시 내일 아침을 엿볼 때에 절대한 생명은 사랑하는 책이길
래 생명을 위해 희생하자고 간곡히도 서두르는 것이어서 지금까지
끌어오며 마침 나는 이것의 이론에로 정당화를 시켜놓았던 것이다.

"아이 오정이 나세요 서방님!"

어서 일어나라는 말이다.

"나 밥 안 먹겠어."

서운한 듯이 어멈은 '왜 그러세요' 한마디의 물음도 없이 발꿈치
를 돌린다.

"안 먹겠으면 진작 안 먹겠다구 할 게지, 한껏 자빠져서 남의 골

을 올리고야…… 빌어먹을 녀석!"

어멈의 보고를 받은 마누라는 중문 밖까지 들려라 하는 듯이 조금도 조심성 없게 뱉어놓는다.

그러나 이러한 소리는 너무도 평범하리만치 나의 귀에는 익다. 그것은 조금도 내 감정을 움직이는 것이 못 된다. 나는 다만 흥 하고 머리를 들어 어제저녁의 고민 속에서 한 권의 서적과 같이 절대한 생명에의 후보로 나섰던 춘추의 합복을 벽에서 떼어 입고 그리고 예의 그 책을 집어든 다음 왜 봉변을 당하였는지 아궁에 손잡이를 박고 넘어진 단장短은 지팡이을 주워들고 전신에 피가 멎은 것 같은 무거운 몸을 의지해 대문을 나섰다.

며칠 만에 걸음을 걸어보는 다리는 전에 비해 별로이 더한 줄은 모르겠으되 결코 가벼워진 맛은 없다. 그러나 손끝에까지 무엇을 매어다 단 것같이 심하게도 팔락 쫓아 떨어져오는 것을 보면 병은 그동안에도 분명히 깊이 들어갔음을 알게 한다.

오래간만이라 본정에라도 가볼까 하는 나는 이런 몸으로 운동이 과하면 안 될 것을 짐작하고 관훈정 어느 서점으로 들어가 그 책을 마침내 일금 일 원 오십 전에 바꾸어 들었다. 팥죽을 한번 배껏배의 양이 찰 만큼 먹어보자는 것이다.

그러나 팥은 긴도키팥빙수의 일본말에도 있다. 타오르는 목은 우선 발부리 앞 다방으로 먼저 유혹한다. 나는 선풍기 가까운 야자수 그늘 아래 자리를 잡고 긴도키를 청했다. 섬먹섬먹 떠서 몇 숟갈 입에 넣으니 등골에 땀방울이 가다든다. 시원한 맛에 의자에 몸을 기대어 싣고 청량음료를 나르기에 분주한 끽다걸 찻집 아가씨을 하릴없이 바라보다가 나는 시야에 벌어지는 뜻 아닌 그림자를 찾는다. 저쪽 매화분 뒤로 조·홍·노, 세 사람이 헤엄쳐 들어왔던 것이다.

순간 나는 나도 모르게 반가움에 그들을 맞기 위해 빙그레 웃으며 몸을 일으켰다. 그러나 그때의 나의 시야에는 벌써 그들의 그림자는 어느새인지 사라지고 만다.

조군의 시선이 정면으로 나의 시선과 마주칠 때 조군은 무슨 보아서는 안 될 원수나 본 것처럼 얼른 시선을 피해 누구를 찾으러 온 사람같이 휘 한 바퀴 장내를 둘러 살피는 시늉을 하더니 뒤에 달린 홍·노 양군에게 일변 눈짓을 하며 단장으로 앞을 가리키면서 나가자는 뜻을 말하던 것이다.

나는 맴을 돈 것같이 갑자기 정신이 횡해졌다. 눈앞에서는 알 수 없는 무수한 원형의 그림자가 빙빙 떠돌 뿐, 아무것도 보이지 않았다. 대개 그들이 요즘 나와 사이를 멀리하는 것이 나의 난처한 사정에 물질로써의 자기네들의 손실을 피하기 위한 의미에서일 것이겠거니 하는 정도에서밖에 그들을 보다 더 악의로 해석하고 싶지 않은 나였건만 이렇게 만나서까지 인사 한마디 없이 전혀 원수와 같은 태도로 대하는 것을 볼 때 내 가슴은 미어지게 아팠다.

내가 그들에게 이렇게까지 악감을 갖게 한 그러한 행동이 있었을까. 아무리 생각해도 알 수 없다. 다만 턱을 여러 번 얻어먹고 한 번도 갖지 못한 것—이런 것까지 생각하게 되면 이런 일은 있었다.

언젠가 조군은 이 삼복고열에 나의 아직 벗지 못한 춘추의 합복을 가리켜 '나는 실상 너와 같이 다니기가 창피하더라. 나의 동무가 너와 같은 미나리라면 나를 어떻게 보겠니' 하던 것이요, 그런 지 며칠 후 그의 여관을 찾아갔을 때 그는 또 나의 양복에 눈질을 하며 '이 여관집 딸이 나에게 호의를 가지는 모양이니 연애가 성립되기까지 네 양복 자태는 제발 좀 엔료구다사이^{삼가달라}' 하던 것이다.

그때 나는 그런 말을 듣고 아무리 그것이 농담이라 치더라도 다소 무안함을 금할 길이 없었다. 그러나 그와 나와는 서로가 못하는 말이 없이 지내오던 터이므로 이역^{이 역시} 농담이었을 것이거니 하고 웃음으로 받고 말았으나, 이제 그들의 행동을 이렇게 살피고 그것을 되풀어보니 그 언사는 분명 내가 역하여 참마음에 농담의 껍데기를 씌우고 하였던 말임이 틀림없었던 것을 깨달을 수 있었다. 그러니 그 원인은 물론 나와 자리를 같이하면 나를 위해서 자기네의 인격이 떨어지게 된다는 그것이니 나를 대해서는 재미없다는 것일 것이다.

사람의 마음이란 이렇게도 변하는 것일까. 십여 년 동안 학교에서 맺어온 그와 나와의 교분은 그것이 결코 허스러운 것이 아니었다. 그때에는 사람들이 좀해선 허하지도 못하는 돈이라는 관계에 있어서까지라도 네 것 내 것이 없이 서로 주머니를 뒤져 쓰던 그러한 처지였다. 참으로 그는 나를 못 잊음이 다른 그 어느 동무에게나 비할 정도가 아니었다.

내 집안이 어떠한 사정에서 일시의 몰락을 피치 못해 일 년을 앞으로 남겨놓은 학교를 마치지 못하고 집으로 돌아오지 않아서는 안 될 운명에서 귀향의 도길에 오를 때 동경역에서 시나가와^{일본 도쿄도에 있는 특별구의 하나}까지 전송을 나오던 조군의 눈에서 연인을 떨어지는 계집애같이 석별에 못 이기는 눈물이 끊임없이 두 뺨으로 흘러내려 나로 하여금 눈물을 아니 흘리게 하지 못하던 그러한 교분으로써의 그였다. 그러던 그가 이제 돈이 없는 나라 해서 이렇게 원수같이 대하지 않아서는 안 되는 것이다.

"어이 조끼^{맥주 한 잔}."

나는 술을 아니 청하지 못했다. 이때의 내 마음을 참고 이기게까지 내 마음은 세지를 못했다. 나는 가져오는 조끼를 사정없이 들이켰다. 본시 잘 먹지 못하는 술이었지만, 아니 술을 먹으면 각기에 해롭다는 의사의 주의까지 받은 것이었지만 나는 내 바른 정신을 아니 흐리고는 배겨날 수가 없다.

그러나 술이 들어갈수록 정신은 더 똑똑해만 진다. 나의 그 가난하디 가난한 주머니를 뒤집은 그 돈의 액수로는 족히 흥분된 내 정신을 흐릴 길이 없었다. 그리하여 그것은 내 마음을 보다 더 괴롭히는 것밖에 더 되는 것이 아니었다.

3

며칠이 지났다. 그날 밤 새로 두 시나 되었을까, 잠이 드는 둥 마는 둥 어렴풋이 정신이 흐렸을 때 별안간 대문이 왈칵하는 바람에 나의 눈은 놀람에 번쩍 뜨였다.

"누구요?"

"손님 왔습니다."

자칭 손님이란다. 이상한 대답이다. 그러면 이 사람은 손님을 데리고 온 사람인가. 손님—나를 찾아올 손님은 서울 장안에 없는데, 더구나 이 아닌 밤중에.

"누구를 찾으십니까?"

"이 방 손님 계세요? 오신 손님이 몸이 위태하시니 빨리 문을 좀 열어주세요."

밖에서는 나의 방 뒷미닫이를 똑똑 두드려 보인다.

비록 나의 이름은 따져 부르지 않는다 하더라도 이 방 손님 그것은 내가 틀림없다. 나를 찾아온 손님이다. 나를 찾아온 손님이 몸이 위태하다! 나를 찾아올 손님에 그러한 손님이 있을까, 나는 의아한 눈을 둥그렇게 뜨지 않을 수 없었다.

"당신은 대관절도대체 누군데 누구를 찾으십니까?"

"어 어 어이 아 안군!"

이번에는 겨우 입술 끝에 떨어지는 힘없는 다른 목소리가 분명히 나의 성자를 불러놓는다.

　나는 정신이 펄쩍 들었다. '안군' 하는 그 음성은 심히도 뒷맛에 익은 음성인 것이다. 그래서 나는 그것이 누구일까는 헤아려볼 여지도 없이 내 벗의 한 사람이 몸이 위태해 나를 찾아온 것이라는 생각에 어느새인지 나는 나도 모르게 창을 냅다 밀고 뛰어나가 대문 빗장을 더듬어 열었다.

　대문을 정면으로 향하고 마주 놓은 한 채의 인력거, 그 위에는 한편 쪽 손과 머리를 붕대로 동이고 전신에 피투성이가 된 사나이가 힘없이 고개를 어깨 위에 떨어치고 있다. 누굴까 살펴보고자 머리를 쑥 내미니,

　"아 안군!"

하며 손을 마주 내미는데 자세히 바라보니,

　'아! 뜻이나 하였으랴! 그것이 조군이라고야!'

　그 순간 나는 그가 왜 이렇게 되었을까 하는 생각보다 나를 왜 찾아왔을까 하는 생각이 선뜻하게 나의 마음을 앞서 지른다. 나와는 전연 인연을 끊은 것처럼 따돌리고 대하기조차 피하던 조군, 이제 그 조군이 나를 찾아왔다. 피에 젖어서 나를 찾아왔다. 이것이 정말 생시인가 나는 멍하니 서 있지 않을 수 없었다.

　그러나 그다음 순간, 피에 젖어 고민을 느끼는 그의 얼굴을 똑바로 바라볼 수 있을 때 나는 어느새인지 그의 손을 덥석 더듬어 쥐었다. 그는 말없이 눈물을 흘리며 힘없이 몸을 비튼다.

"조군! 이게 웬일인가?"

"……."

역시 말없는 한숨과 같이 그의 입에선 확 하고 술 냄새가 풍겨나 온다. 그는 그 상처에 술까지 더할 수 없이 마비되어 있는 성싶다. 인력거꾼과 나는 좌우에서 그를 부축해 방 안으로 들여다 눕혔다.

"무 물, 나 물 좀……."

한참 동안 그린 듯이, 아니 죽은 듯이 눕힌 그대로 넘어져서 몸 한번 움직이지 않던 조군은 눈살과 같이 얼굴을 찡그리며 머리를 반쯤 든다. 그리고 주발에 남실거리게 떠다 주는 물을 꿀꺽꿀꺽 단 숨에 삼키고 나더니 정신이 드는 양, 휘 방 안을 한번 살펴보고는 다 시 누우려다가 참기 어려운 무엇이 있는 듯이 강잉히 얼굴을 찌푸 리며 이를 부드부득 간다.

"조군! 조군! 웬일이냐? 이게—."

"에익!"

대답도 없이 그는 방바닥이 깨어져라 두드리며 고함을 지른다.

"이놈! 이놈들! 이놈!"

"조군! 조군!"

원인을 모르는 나는 그저 멍하여 부를 수밖에 없었다.

"죽는다. 나는 죽는다. 죽어."

미친 듯이 몸부림을 하며 그는 눈물과 같이 설움까지 터뜨린다.

"조군! 조군! 조군! 조군!"

그가 정신에 이상이 생긴 것은 아닌가 나는 은근히 겁이 나서 어쩔 줄 모르고 자꾸 불렀다.

"나는 죽어 이 꼴을 하고 내가, 에이."

"조군! 무슨 일이야. 어떻게 된 일인데 그래?"

"나는 동무도 없는 놈이야. 나는 죽어, 내가 그놈들을……."

그는 더욱 세차게 방바닥을 두드린다.

상처받은 그 손을 그렇게 함부로 쓰는 것이 마땅치 못한 것 같아 나는 그의 손을 우선 붙들었다.

"안군, 글쎄 안군, 내가 군을 찾아와서 이렇게 시끄럽게 구는 건 참말 미안한 일이야. 그러나 사람이 이거야 원 안타까워 살 수가 어디 있나. 에이 씨―."

분함을 못 참는 듯 멎었던 눈물이 다시금 주르르 미끄러져 나온다. 나는 너무도 격분한 그의 태도에 뭐라고 위로할 말을 몰랐다.

"글쎄 이놈들에게 내가, 그놈들을 동무라고 믿다니! 노가놈, 홍가놈, 허가놈 하나 같은 놈들, 이놈들 작당을 하고 나 나를…… 글쎄 내가 오늘 저녁 그놈들을 데리고 명월관^{유흥음식점}엘 가지 않았겠나 군! 그런데 말이야. 산홍이라는 기생년을 내가 뜻을 둔 지가 오랜 것은 군두 아는 사실이지만 그래 오늘 저녁에두 그녀를 불렀드니, 아 그년이 글쎄 나만 좋아서 내 곁을 떠나지 않고 서비스를 불공평하게 하니께니 이놈들이 샘이 나서 강주정^{술에 취한 체하고 하는 주정}을 부리며 트집을 잡지 않겠나. 그러드니 필야엔 홍가놈이 아 산홍이년의 따귀를 갈긴단 말이지. 그게 글쎄 꼴이 무어겠나, 막잡이^{마구잡이}들도 아니고 적어도 최고학부들을 나온 인텔리^{지식층}들이 기생년에게 손을 대다니. 그래 내가 그년을 붙들고 위로를 하는 척했더니, 아 그적엔 날더러 꼭 같은 자식이라고 막 달려들겠지. 홍가놈, 노가놈, 백가놈, 허가놈 할 것 없이 이놈들이 온통 달라붙어서 나를 미친개나 치듯 난타질을 한단 말이야. 내 이 양복꼴, 이 피를 좀 보게나. 내가 이제 원수를 못 갚나 군 두고 보게. 그놈 홍가놈의 대강이^{머리}를 당장에 오스라치랬더니^{부스러뜨리랬더니} 내가 그놈을 안다리를 걸어 깔고 앉지야 못하겠나, 그만 식탁 위에 컵을 손으로 쥐고 넘어가는 바람에 이 손까지 아마 동맥이 끊긴 것 같은데 에이 내 이놈들을……."

걸어진 침을 힘주어 삼키며 그는 뿌드득 다시 이를 간다.

나는 도무지 알 수가 없었다. 조군을 대장 격으로 세우고 다니며 나를 그룹에서 따돌리는 그들, 그들은 이제 대장 조군을 구타하였다. 일개 계집애의 시기로 구타하였다. 동무를^{나를} 버리고 동무한테 버림을 받은 조군, 버림을 받고 버렸던 벗을 다시 찾아온 조군, 조군은 나를 무슨 뜻으로 찾아왔을까?

"안군, 그러니 이 꼴을 하고 여관으로야 차마 들어갈 수가 있어야지. 여관에서는 나를 부랑자^{불량자, 행실이나 성품이 나쁜 사람}로 틀림없이 볼 거야. 우선 그 윤희^{여관집 딸}가 내가 매를 맞았다면 내 위신을 어떻게 볼 것인가. 지금 윤희는 한참 내게 반했는데. 그래서 나는 윤희한테 내 이 꼴을 차마 보일 수가 없어서 군을 찾아왔지. 너무 시끄러워 말게."

나는 여기에 무어라고 대답할 말을 몰랐다. 자기의 인격을 보지하기^{온전하게 잘 지켜내기} 위해 버려도 아깝지 않던 벗을 딱한 사정에 직면해선 당당히 찾아올 권리를 가지는 것이다. 나는 입 안이 씀을 느끼고 아무 말도 없이 걸어진 침을 삼킬 뿐이었다.

4

밤을 새워 아침을 먹고 병원에 갔던 조군은 삼 주일 동안의 치료를 받아야 되겠다는 진찰을 받고 돌아와서 그때까지 나에게 시끄러움을 부득불 좀 끼쳐야 되겠다고 하면서 여관에다가는 한 삼 주일 동안 북선지방에 여행을 다녀온다고 전화를 걸어놓았다. 그러고는 그 이튿날부터 나의 방에서 그냥 자고 일며 병원에를 다녔다.

돈 내음새를 맡은 주인마누라는 조군에게 할 수 있는 한 친절을 다하는 눈치였다. 돈이 말하는 그 풍채에 홀대할 수가 없었던지 혹은 그를 영원히 자기 집에 붙들어두고 밥을 팔아먹을 심계에서였던지 어쨌든 친절은 나에게 대하는 그러한 정도가 아니었다. 식찬^{반찬} 같은 것도 전에 나의 것에 비해 배 이상이 늘었을 뿐 아니라 특별히 정성을 다해 요리법에 애를 쓴 흔적까지 보였다.

이렇게 주인마누라의 특별한 대우를 받으며 날마다 병원에를 다니던 조군은 보름을 넘어 다니고 나서 어느 날은 병원에를 가는 듯이 나가선 진종일을 들어오지 않았다. 아니 그 이튿날도, 또 그 이튿날까지도 들어오는 것이 아니었다.

사흘째 되던 날 저녁이었다. 나에게는 뜻밖에 '피솔'이라는 각기약 이백오십 그램의 한 병이 진고개 S약방으로부터 조권수趙權秀라는 이름의 딱지를 달고 배달이 되어 왔다.

나는 이것을 보고 문득 놀라는 나머지 조군은 이 집을 아주 떠난 사람인 것을 깨달았다. 그리고 생각하니 조군이 이 집을 떠난 이유도 있을 것 같았다.

그날 아침 조군은 병원에를 떠나기 전에 자기의 집으로부터 오는 돈 삼백 원을 받은 것이었다. 그리하여 그 돈을 찾고 보니 돈을 가지고서 병중에 돈이 없이 쩔쩔매는 나와 같이 있기가 차마 미안하여 슬그니 이 집을 떠난 것인지도 모를 일이었다. 그러면서 그동안 나에게 시끄러움을 끼친 보상으로 그 약을 사 보내고.

주인마누라가 묻는다.

"그게 뭐예요?"

"약인가 보군요."

"그거 사오는 계유?"

그는 돈이 없다는 내게 약이 오는 것이므로 이상하여 묻는다.

"조군이 나 약 먹고 살아나라구 사 보냈나 보군요."

"아이 참 사정 있는 양반두—그런데 그이는 사흘씩이나 뭣하구 안 들어온대요?"

"내가 걸 알 수 있습니까. 약을 사서 보냈을 때에야 아마 이젠 안 들어올 사람인가 보죠."

"뭐요! 안 들어와요?"

"돈 있는 사람과 돈 없는 사람과 같이 있으면 손해나지 않나요."

"아, 그럼 우리 집은 뭐 아주 떠난 사람이게! 아니 무슨 사람이 그럴까? 아니 난 그날 아침에 돈 십 원을 좀 맡았다 달라고 주기에 받아넣었드니 이제 그걸 그럼 식비로 쳤군. 멀쩡한 사람이 그게 무슨 인사야!"

마누라는 적이 섭섭한 표정이나, 그러나 식비는 잘리지 않은 것만이 다행이라는 듯이 중얼거리며 허리에 찬 주머니를 치마 위로 한번 짚어본다. 이 기회에 마누라는 식비 이야기가 났으니 말이지 하고 말머리를 내게로 돌려붙여 식비 채근을 또 할 것만 같아 아니 아니한^{조마조마한} 마음에 나는 슬그미 방 안으로 들어가고 말았다.

−1941년

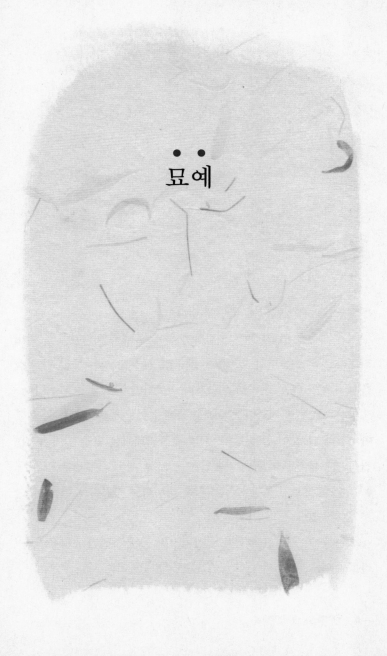

묘예

들에도 한 점의 바람이 없다.

거름 섞은 논귀^{논의 귀퉁이}의 진창물 위에 두 다리를 힘없이 쭉 버드러뜨리고 뚜웅뚱 떠서 헐떡이는 개구리, 나른히 시든 풀잎 위에 깃을 축 늘어뜨리고 붙어 조는 잠자리—보기만 해도 기분조차 덥다.

양산으로 볕을 가렸다고는 해도 등에 업힌 손자나 손자를 업은 할아버지나 다 같이 땀에 떴다. 턱밑에 흘러내리는 땀을 할아버지는 건성 머리를 흔들어 떨며 가랫밥^{흙을 파헤치거나 떠서 던지는 기구인 가래로 떠낸 흙덩이} 위의 고르지 못한 논두렁 길을 허덕허덕 지팡이로 더듬는다.

"엄마, 젖?"

조는 듯 갸웃이 한짝 뺨을 할아버지의 등에 기댔던 손자는 또 머리를 든다.

"엄마 젖 이제 주디."

언제나 어르던 말 그대로 얼르는 보나, 아직도 엄마의 김터_{김매는 곳}까지에는 한참이나 걸어내야 하겠다.

아무리 늙었다고는 해도 작년만 하더라도 이런 논틀이 길쯤은 볏짐을 잔뜩 지고도 날다시피 걸어냈다. 칠십여 생을 진날 마른날 없이 짓이겨내며 잔뼈를 굵히고 늙혀온 길이다. 다리만 성하고 보면 그까짓 가랫밥 길쯤 한 십 리는 어느 겨를에 걸어냈는지 모른다. 그러나 늙음에 풍까지 맞은 다리는 그렇게 마음대로 척척 몸을 실어 옮겨놓을 수가 없다. 지팡이를 다리 삼아 요동을 하자니 힘은 들고 걸어지지는 않고.

날마다 젖이 늘 늦어져 울어대는 손자가 측은해서 좀 일찍 나온다고 한 것이 다리에 힘은 날마다 줄어드는 듯, 며칠 전보다도 한결 더 걸어지지 않음이 현격하다. 해는 벌써 한낮이 기울었거니 아침에 한 번 젖꼭지를 물려본 아이가 안 보챌 수 없다.

"엄마 젖?"

"엄마 젖 준대두? 이제 조꼼만 더 참으문."

할아버지는 무거운 몸을 지긋둥 지긋둥 좀더 지팡이에 힘을 실어본다. 그러나 제 한 몸만 해도 한 다리로 걸어내긴 된 짐이었다. 아무리 젖먹이의 어린것이라고는 해도 그것은 숨주머니다. 결코 헐한 짐이 아닌 것이다. 맥을 조금만 놓다가도 그것의 요동을 받을 땐 자꾸만 한편으로 쓰러지려는 위태로움을 느끼게까지 된다.

하건만 할아버지는 그것이 조금도 괴롭지 않다. 그 괴로움 속에 도리어 낙이 있음을 맛보는 것이다. 자기의 잔등이등을 속되게 이르는 말에 만일 이 손자의 숨소리가 없다면 자기의 여생은 얼마나 쓸쓸한 것일까. 앞날의 영원한 행복은 이 잔등이엣것의 숨소리를 두고는 다시없을 것만 같게 여겨지는 것이다.

손이 모자라서 남 다 떼는 김을 떼지 못하고 이렇게 김이 늦어져 혼가온 집안가 떨쳐나서도 쩔쩔매는 것을 보면 단박에라도 머리에 수건을 자르고 논배미로 뛰어들든지, 그렇지 않으면 수차물레방아에라도 기어올라 다만 한 이랑의 김이라도, 다만 한 바퀴의 물이라도 매고 돌리고 해보고 싶은 마음은 참아낼 길이 없으나, 다리가 말을 안 들어 바로 요 며칠 전에도 한 번은 남모르게 슬근히행동이 은근하고 가볍게 수차 위로 올라섰다가 물은 한 바퀴도 못 돌리고 뒤로 나자빠져 물만 먹고 기어나오던 일을 뒤미처 생각할 땐 이젠 자기의 천생인 직능을 잃은 듯이, 그리하여 인생으로서의 온갖 힘을 다 잃은 듯이 눈앞의 아득한 적막을 느끼다가도 자기에겐 이미 성장한 아들이 있고 그 밑에 또 어린 손자가 있음을 헤아릴 땐, 그리하여 그것은 이제 무력해진 자기의 직능에 대를 이어주는 생명의 연장인 것임을 미루어 보고는 도리어 알 수 없는 생의 의욕에 이렇게 손자를 자기 품속에서 키울 수 있게 되는 것이 얼마나 즐거운 일인지 몰랐다.

"엄마."

손자는 엄마를 보았다. 반가움에 손을 내저으며 요동을 한다.

그러나 온 정신을 감탕^{몹시 질퍽질퍽한 진흙} 속에 모으고 수굿이 머리를 묘^{묘종} 속에 묻은 엄마의 귀에는 이 소리가 들리지 않는다. 그저 수굿하고 풀을 뽑고 감탕을 주물러야 하는 것이 그의 해야 하는 일이었다.

"엄마, 엄마."

손자는 자꾸 뒤로 자빠져나오며 머리를 흔들어댄다.

"젖 멕이구 봐? 아무래두 오늘은 못 다 맬걸, 뭘."

건너쪽 개울에서 논귀로 물을 퍼올리던 아버지가 먼저 보고 아내에게 말을 건넨다.

절절 끓는 이 폭양 밑에서 웃통을 쭉 벗고 잠방이^{가랑이가 무릎까지 내려오도록 짧게 만든 홑바지} 바람으로 수차 위에 올라서 쉬임 없이 연해 바퀴를 짚어 넘기는 아들—볕에 그을고 들바람에 씻긴 그 적동색 살갗, 다리를 드놓을^{들었다 놓을} 때마다 떡 벌어진 어깻죽지와 울근거리는 종아리, 그 건장, 그 힘—을 볼 때마다 할아버지는 만족하다. 이미 자기는 그것을 감당할 능력을 잃었다 하더라도 아들의 그 억센 힘은 손자를 위해 앞날을 바라보기에 아무러한 미련도 없을 것 같은 것이다.

"너두 좀 쉬서 푸람? 아무래두 오늘은 못 다 풀걸."

손자를 어미에게 내주고 두렁 위에 펄썩 주저앉으며 할아버지는 자식을 올려다본다.

"쉬다니요! 물이 자라질 않아서 김이 더 늦어지는데요."

"날이 무던히 덥구나."

"아버님 제 걱정은 마시우. 그까짓 물 한 열흘쯤 못 퍼 넘겠어요."

마음까지 든든한 아들이다.

"그래두 정 힘들문 좀씩 쉐서 푸군 해라. 제 몸은 제가 돌봐야디."

"저야 지금 한창 혈기에 무슨 걱정이 있겠어요. 이 더위에 아부
님이 그저 그 자식을 날마다 업으시구……."

"아니로다. 난 그게 낙이로다. 내 잔등에 그 재식이 없어만 봐라,
내가 오죽 적적하겠네. 늘그막에 자식 기르는 낙 없이 무슨 낙에 산
단 말이냐."

이야기를 하는 동안에 시퍼렇게 불은 엄마의 젖을 마음대로 주무
르며 한참이나 빨고 난 손자는 그제야 마음이 가득한 듯이 젖꼭지
를 놓고 엄마의 얼굴을 쳐다보며 빙긋 웃는다.

"쨋쨋."

할아버지는 무릎을 돋우세우며 혀를 채어 손자를 어른다. 손자는
소리를 내어 까르륵거리며 할아버지를 향해 그 조그마한 두 팔을
날개같이 벌리고 안기려 내어쏜다.

할아버지도 같이 팔을 벌려 건너오는 손자를 가슴에다 바싹 받아
안는다. 엄마의 젖을 빨아먹고는 으레 자기의 품속으로 건너와 안
길 줄 아는 손자, 그것을 받아 안을 때의 귀여움, 할아버지는 어떻
게 할 줄을 몰라 손자의 뺨을 옴옴 빨아내며 말랑거리는 엉덩이를
찰싹찰싹 두드린다.

손자는 나날이 다르게 살이 포동포동 오르고, 할아버지는 나날이 다르게 살이 뼈듯뼈듯 깎여 내린다. 김이 채 끝나기도 전에 할아버지의 다리는 지팡이를 짚고나마 손자를 등에 업을 기력을 잃었다. 마치 한 떨기의 풀이 서리를 맞고 추위를 몰아오는 거센 바람에 떡잎이 점점 시들어 말리듯이, 그러나 시들수록 그 떡잎 속에서 힘찬 생명이 새파랗게 봄 준비를 하고 기다리듯이 기력이 점점 쇠퇴해가는 할아버지의 품 안에선 그 어린 손자가 모락모락 자라나고 있었다. 할아버지가 완전히 다리를 못 쓰고 앉아서 뭉개게 되었을 때엔 손자는 가끔 일어설 공부까지 하였다.

"서어마, 서마— 서마—."

할아버지는 방 안이 좁다 기어다니며 짬짬이 일어서 보기에 힘을 넣는 손자를 바라보다가 그 일어섬을 자기의 힘으로 도와나 주려는 듯이 무르팍걸음^{무릎걸음}으로 쫓아다니며 대고 손을 공중으로 추어 올려 격려를 하였다.

그러면 손자는 더욱 신이 나서 일어서 보려고 애를 쓰기는 하나 그것은 아직 조계^{적당한 때가 되기도 전에 지레 잡는 계획}였다. 겨우 한 팔이 방바닥에서 떨어졌는가 하면 그만 한 다리가 모로 쏠려 팍삭 주저 앉고 만다. 그러고는 마치 떡잎을 헤치고 나올 힘이 부족한 듯이, 그리하여 그 묵은 떨기 속에서 좀더 단련을 하려는 것처럼 벌레벌레 쭈르르 기어와서는 할아버지의 품속으로 기어든다.

할아버지는 손자의 섬의 더딤이 여간 마음에 섭섭지 않다. 대개는 아이들이 열 달이나 그만한 세월이 흐르면 다 설 줄을 아는데 왜 이리 손자의 섬은 더딜꼬? 풀마나 하듯 짬짬이 손을 잡아 일어세워선 끌어서 걸려도 보며 단련을 시키나 할아버지의 손의 의지가 없이는 아무리 애를 써도 제 힘으로는 서지를 못했다.

그해 가을이 지나고 겨울에 접어들어서도 손자는 완전히 일어서지를 못했다.

봄이 왔다. 마을 안은 살구꽃에 붉고, 산속은 새소리에 푸르다. 농가에서는 또 농사 준비에 한창 바빠야 할 시절이다.

헛간 구석에 아무렇게나 처박아두었던 연장을 들어내 먼지를 털고 물러난 사개^{상자 따위의 모퉁이를 끼워 맞추기 위해 서로 맞물리는 끝을 들쭉날쭉하게 파낸 부분}를 맞추는 망치 소리가 날마다 마을 안에 요란하다.

봄이 왔다고만 해도 할아버지의 마음은 길러 온 버릇을 잊지 못해 방 안에 누워서도 씨를 뿌리고 재를 덮고 자구를 밟고—생각에 못 잊히는데 망치에 맞아 물러났던 연장의 사개가 치익칙 소리를 내며 들어가 맞는 부딪침 소리를 들을 땐 자기도 금방 밭갈이에 한 몫 메고 나서야 할 것만 같아 봄뜻에 서두르는 마음을 이겨낼 길이 없었다.

"우리 밭은 언제 가네?"

마당에서 연장 수선에 바쁜 아들에게 말을 걸었다.

"우린 낼 보리밭 냄을 내게 했어요."

"자구 밟을 군이 없갔구나?"

"제 에미와 밟으래디요."

자구나마 하지 않는 다리, 할아버지는 답답함을 참지 못했다. 지팡이를 구석에서 당겨 문을 밀었다.

앞집의 지붕 너머로 바라보이는 누동의 오리나무, 그 가지마다에 하얗게 앉은 왁새뻐꾸기들—한창 둥지를 틀기에 바쁘다. 수놈은 줄불이 나게 나뭇가지를 물어오고, 암놈은 둥지를 지키며 앉았다가 그것을 받아 쌓고—금년에도 여전히 왁새가 누동으로 들어와 둥지를 트는 것이 할아버지는 여간 반갑지 않다.

할아버지는 왁새처럼 사랑하는 새가 없었다. 왁새는 그해의 그 마을의 농사를 말하는 영조영묘한 힘이 있다고 전해지는 새다. 왁새가 촌중에 봄마다 들어와서 새끼를 쳐내가야 그 촌중에 운이 든다는 것은 예로부터 들어오는 말이다. 그러기 때문에 장난바치장난꾸러기 아이들이 알을 내리러 오르내리는 것을 할아버지는 한사코 말려오며 보호를 해오는 그 왁새인 것이다. 그 왁새가 잊지 않고 이 봄에도 또 들어왔다. 들어와서 봄 역사를 한다. 왁새와 같이 농사를 위해 봄을 맞고 싶은 마음—.

그러나 자기에겐 손자를 보는 일밖에 인제 더 던져진 일이 없다. 오직 거기에 정성을 다함으로 힘을 쓸 것이 자기에게 남은 책임이다.

손자, 그것은 인생의 봄싹이다. 그것을 가꾸어내는 것은 좀더 뜻있는 일인지 모른다. 한참 서려고 애를 쓰는 손자, 그 아양이 더할 수 없이 귀여워진다.

눈을 돌려 방 안을 살폈다. 그러나 손자는 방 안에 없다. 그제야 할아버지는 조금 전에 밖으로 나가자고 어미를 졸라 등으로 기어들며 쪼록시던 것을 생각했다. 제나 내나 꼭같이 걸음을 걸을 수 없는 몸이지만 손자는 호령 일령으로 마음대로 어미의 등에서 바깥 출입을 하는 자유를 행사한다. 그러나 자기는 인제 모든 것을 다만 손자에게 바치고 난 몸인 것 같다.

"애놈 바깥에 있네?"

아무의 대답도 없다.

"애놈 바깥에 없어?"

"들어가요."

대문 밖으로 들려오는 어미의 대답. 필시 어디를 갔다가 돌아오는 모양이다. 이윽고 방 안으로 들어와 업었던 손자를 내려놓는다. 손자의 손에는 한 포기의 꽃이 들렸다. 화편_{낱개의 꽃잎} 안이 새빨간 할미꽃이다. 뒷산에 올라갔다가 산소갓_{산소 주변} 잔디밭에 핀 할미꽃을 자꾸만 꺾어내서 꺾어주었노라는 어미의 말을 들으며 할아버지는 품속으로 기어드는 손자를 안고 코끝에 닿는 꽃향기에 봄의 조화를 잊었던 것처럼 그 신비스러움에 다시금 놀랐다.

저렇게 새빨갛게 예쁜 꽃이 어떻게 새까만 땅속에서 생겨날꼬? 죽으면 하잘것없는 한 줌의 흙밖에 더 되는 것이 없을 것 같던 적막하던 마음은 저런 꽃을 피워내는 거름이 되는 것이 아닐까 하니 장차 자기의 죽음도 사람의 마음속에 아름다운 정서를 자아내게 하는 그런 보람이 되는 것이라면, 생각과 같은 그런 적막한 죽음은 아닐 것 같다. 이렇게 되는 것이 죽음의 원칙일까? 원칙이라면 자기는 농사꾼이니까 아마 곡식을 키우는 거름이 될 것만 같다. 되기만 한다면 얼마나 원하고 싶은 일이랴. 당장 죽어도 한이 없을 것 같다. 자기는 땅속에서 벼를 빚어내고 손자는 땅 위에서 그것을 가꾸고 키우고.

할아버지는 다시금 손자가 귀여움을 느낀다. 품 안에다 두 팔로 손자를 얼싸안았다. 그러나 안은 것은 아무것도 없다. 손자는 품 안에 있지 않았다. 언제 품을 빠져나갔던지 발치 구석에 세웠던 호미를 더듬어 들고 그것을 의지해서나마 서보려는 것처럼 일어설 공부에 일심이다. 한 팔은 완전히 땅에서 떨어졌다.

"서어마! 서어마! 서어마!"

할아버지는 손자나 마찬가지로 안타깝게 마저 떼어보려는 호미를 든 다른 손에 눈을 주고 부르짖었다.

손자는 할아버지의 격려 소리에 더욱 흥이 실려 조심스럽게 몸에 힘을 주며 손을 떼었다 짚었다 한다.

"서마 공둥! 서마 공둥!"

할아버지는 그 호미 든 한편 손도 점점 떨어져 올라가는 것을 보고는 어쩔 줄을 모르고 두 팔을 들어 허공을 치받치며 얼러댄다.

"서마 공둥! 서마 공둥!"

부르짖다 할아버지는 저도 모르게 어깨를 으쓱 추며 무릎을 탁 쳤다. 손자는 필경 일어서고야 만 것이다.

그저 일어선 것도 아니요, 호미를 들고 일어선 손자. 할아버지는 어떻게도 만족한지 몰랐다. 아이가 처음으로 일어설 때에 가지고 일어서는 그 물건으로 장래 그 아이의 운명이 결정된다는 것을 할아버지는 그대로 믿어온다. 호미를 들고 일어섰다는 것은 필시 농사를 상징한 것이 아닐 수 없다. 그가 성장함을 보지 못하고 죽는다 하더라도 이제 그것은 틀림없이 자기의 뒤를 이음으로 집안의 대를 농사로 이어갈 것임이 마음에 놓였다.

　　일어선 것이 너무도 기꺼워 벙글거리고 섰는 손자의 손목을 할아버지는 잡았다. 손자는 지긋지긋 걸어와 할아버지의 무릎 위에 몸을 내다 던지는 듯이 털썩 주저앉는다. 그러고는 만족한 듯이 할아버지를 쳐다보며 끼르룩 웃는다.

　　"그저 내 손주 싸디 요놈이!"

　　할아버지는 품 안에 들어오는 손자를 바싹 끌어안으며 어쩔 줄을 몰라 엉덩이만 그냥 뚜드려댔다.

―1941년

• • •
불로초
─묘예의 속편─

봄밤이 곤하단 말은 늙은이에게는 적용되지 않는 말이다. 춘곤을 느낄 기력조차 인젠 다 빠졌는지 그렇게도 고소하던 새벽잠이 날마다 줄어드는 것 같다.

어제저녁에도 며느리가 못자리볍씨를 뿌려 모를 기르는 곳에 오리를 보고 들어와 누운 다음에도 아마 다섯 대는 나마 태우고 누웠으나 눈을 붙이기까지에는 자정도 훨씬 넘었을 것인데, 한잠도 달게 들어보지 못하고 첫닭의 울음소리에 그만 눈이 뜨여가지고선 아무리 자려고 해야 다시는 잠이 들지 않는다.

닭도 이젠 두 홰나 울었으니 머지않아 동은 트겠으나 잠시라도 눈을 좀 붙여볼까, 눈에 힘을 주고 누웠다 못해 할아버지는 이불을 젖히고 일어나 담배를 또 한 대 재여 물었다.

"어!"

벙긋하고 성냥불이 방 안을 비추자 어미의 품속에서 자는 줄만 알았던 손자가 언제 깨어 있었던지 물고 늘어졌던 젖꼭지를 놓고 녀석이 머리를 들며 히쭉 웃는다.

그러나 할아버지는 모르는 체 담배만을 붙이고 나서는 불을 죽였다. 그것이 또 일어나 설레게 되면 진종일을 밭갈이에 시달리다가 곤히 든 에미 애비 잠이 깨일까 염려스러웠던 것이다. 담배도 조심히 빨고 있었으나,

"이!"

심심하면 언제나 하던 버릇대로 손자는 또 놀자고 수작이다.

그래도 할아버지는 못 들은 체 담배만 빨았다.

"이!"

"……."

"이!"

"……."

"이이—."

건네도 건네도 수작을 받지 않으니 손자는 되게 소래기_{소리}를 지른다. 하는 양을 보니 그대로 잠자코 있으면 그런 고래 소리가 필시 나오고야 말 것 같다. 대꾸를 아니하는 수가 없었다.

"애비 깨갔다! 어서 자라. 조꼼 있으문 밝갔는데, 우리 이제 밝은 댐에 일어나서 놀자. 용티 내 새끼가."

속삭이다시피 얼러보았다.

그러나 손자는 제 청을 들어주지 않고 거역하는 것이 참을 수 없이 분한 듯이 말끝도 채 떨어지기 전에 '으아!' 하고 울음을 터뜨린다. 오히려 더한 우환을 만들어놓았다.

"야! 야! 데 머시기 잉야! 데⋯⋯."

울음을 그칠까 할아버지는 얼렁뚱땅 달래며 하는 수없이 성냥을 그어 등잔에 불을 밝혔다.

그러나 그것도 손자는 제 소원이 아니었던 듯이 에미의 팔꼬비^{팔꿈치}에 파묻은 머리를 들 염도 않고 그냥 엉엉 응석을 부린다.

"아쌔기두 참! 고롬 일러루 오갔네?"

불러보아도 머리를 들지 않는다.

"넌 좀 씩씩 자기나 하람! 무슨 일이 바빠서 신새벽^{첫새벽}부터 일어나 넘두 못 자게 또 설레바릴 틸래네!"

하는 수없이 할아버지는 손을 내밀어 손자의 손목을 잡아끌었다.

그래도 손자는 찌뿌둥한 채, 그러나 끄는 대로 어미 애비의 배를 되는대로 차부도 없이 타고 넘으며 끌려와선 할아버지의 무릎 위에 엉덩이를 둘러대고 털썩 안긴다.

"다 죽어가는 늙은이 물팍이 머이 그리 도와서 밤낮 안기갔다구만 서두네? 서둘길!"

그러면서도 할아버지는 새벽녘의 한기가 춥지는 않을까 안기는 손자를 이불귀로 감쌌다.

그적에야 만족한 듯이 손자는 응석 울음을 뚝 그치고 할아버지를 돌아다보며 히쭉 웃는다.

밉고도 고운 것이 그것이었다.

자기 품 안이 그렇게도 좋아서 만족히 히쭉거리는 웃음을 받아들이는 순간, 할아버지는 모든 감정을 온통 손자에게 빼앗기는 듯이 야기밤공기의 차고 눅눅한 기운에 역겹던 귀찮음도 봄눈처럼 금세 스러지며 못 견디게 귀여움을 참아낼 길이 없었다.

"아이 아쌔기두!"

할아버지는 오스라지게아스라지게 바싹 껴안으며 손자의 뺨에다 뺨을 대고 비볐다.

"거저 너 까타나 내레 못 죽누나!"

오늘도 날씨는 좋을 것 같다. 새벽안개가 마을 안에 자욱하다. 아직 해도 뜨기 전인데 소 잔등에다 연장을 싣고 떠나는 밭갈이꾼이 벌써 신작로로 연줄연방 닿는다.

"놈덜은 발써 밭갈일 다 나가누나?"

바깥을 내다보던 할아버지는 마당을 쓰는 아들에게 우리는 떠나기가 늦어지지 않았나 재촉이다.

"소래 죽을 채 먹디 않아서 그래요. 이제 떠나디요."

그동안에나 죽을 다 먹었나 아들은 빗자루를 든 채 소궁이로 가서 넘성이 들여다본다. 아직 소는 죽을 반도 못 먹었다. 콩이 떨어져 맨 여물만 익혀주었더니 맛이 덜 나는 모양이다.

"식디 않안? 식었음 더운 걸 좀 타주람!"

"뭐 괜티 않아요."

"한창 밭갈이에 콩을 못 내줘서 그르누나! 그게 절반은 더 농사를 제주는걸……."

할아버지는 한숨과 같이 끙 하고 쌀바가지를 당겨 들고 닭을 부른다.

"쥐쥬우우 쥐쥬 쥐쥬 쥐쥬……."

"나아아 나아아."

웃궃 가마니틀에 붙어서 혼자 자질을 하며 놀기에 세상을 모르고 노는 손자가 닭 부르는 소리를 듣더니 그만 또 제가 주겠다고 소래기를 지르며 달려온다. 닭의 모이를 제 손으로 주는 걸 손자는 왜 그리 좋아하는지 몰랐다. 아침저녁으로 모이 주는 기색만 보이면 한사코 쫓아와서 모이 그릇을 빼앗는다.

처음에는 모이를 함부로 쥐어 뿌릴까 염려스러워 맡기기가 자못 안심치 않았으나 지나 보니 인젠 그것도 셈속이 뻔한 것 같았다. 이러이러하게 모이는 주어야 된다고 한번 일러주었더니 영락없이 이른 대로 꼭꼭 주는 것이 신통도 했다. 이미 준 모이가 없어져 닭들이 머리를 들고 다시 바랄 때가 아니면 더는 허투루 던져주는 것이 아니다. 할아버지는 그게 재롱스러워 몇 번 모이 바가지를 맡겨보았더니 인젠 바로 닭의 모이는 제가 맡아서 주어야 할 책임이나 가진 것처럼 꼭 제 손으로 주려고 채비다.

닭들은 모두 토방 위로 올라서서 목들을 길게 빼고 꾸득거리며 모이를 기다린다.

"쥐 쥐 쥐—."

열 마리가 넘으니 닭들은 모일 대로 다 모였는가 본데 손자는 쥐 소리를 부르면서야 닭의 모이는 주는 것인 것처럼 연방 쥐쥐 불러 대며 쉬 쌀을 집어뿌린다.

모이가 떨어지는 대로 쫓아다니며 남보다 한 알이라도 더 얻어먹으려고 눈이 뻘게서 덤비는 닭들, 그 경쟁판에서 한 다리로 깨금질 _{앙감질. 한 발은 들고 한 발로만 뛰는 짓}하여 다니며 수고로이 모이를 줍는 한 마리의 땅뚱이—손자에게는 그것이 모이를 줄 때마다 동정의 대상이 되는 듯싶었다. 모이를 거듭 던질 때마다 땅뚱에게 주력을 하고 쥐어뿌린다. 그러나 떨어지는 모이 쫓아 우윽 하고 몰려다니는 성한 놈들의 분주통에 무더기로 떨어지는 모이는 한 번도 참예를 못하고 매번마다 밖으로 밀려나와선 알주이밖에 더는 못한다.

손자는 혼자 얻어먹지 못하는 그 땅뚱이가 가엾어 보였던지 모이를 주어보다 못해 그만 바가지를 놓고 토방으로 나서더니 그중에서도 제일 미꿀스럽게 덤비며 어린것들을 무시하는 묵은 수탉을 통통거리며 쫓아낸다. 그러나 수탉은 쫓을 때마다 성큼성큼 피할 뿐, 돌아만 서면 여전히 덤비기에 조심도 않는다. 몇 번이고 쫓아보아도 쫓을 수 없는 수탉임을 안 손자는 할아버지에게 응원을 청하는 듯이 수탉을 가리키며 손목을 잡아끈다.

할아버지는 손자의 그 착한 맘씨에 놀랐다. 아직 엄마 아빠 소리 밖에 말도 할 줄 모르는 인제 겨우 두돌잡이에게 벌써 그런 착한 마음씨가 깃들었다니! 악한 줄 모르고 선을 위해 정성을 베푸는 마음! 그것이 예로부터 농가의 마음이었다. 그 마음이 자기의 집에서도 대를 이어 내려왔음을 안다. 자기 아들도 그런 마음을 받았다. 이제 거기 억센 힘, 굳은 의지가 배양만 된다면, 그리하여 천여 두레^{논에 물을} _{퍼붓기 위해 나무로 만든 기구}의 물을 단숨에 쾅쾅 퍼낼 수 있는 장정이 되어주기만 한다면 자기는 게서는 더 손자에게 바랄 것이 없었다. 손자의 그 싹트는 귀여운 마음을 북돋아주는 의미에서라도 그가 원하는 대로 당장 그놈의 수탉을 몰아내주고는 싶었으나, 변소 출입도 자유롭지 못한 풍 맞은 다리는 문턱 너머 토방도 천리 길이었다. 지팡이를 들어 쉬쉬 내둘러 보았으나 그것은 손자의 쫓는 힘에도 미치지 못했다. 닭들은 지팡이가 나올 때마다 머리를 한 번씩 들어볼 뿐, 그저 그것이었다.

정말 인젠 죽은 목숨인가 보다 할아버지는 느껴진다. 두돌잡이의 어린것만치도 마음의 자유를 행사할 수 없다니! 작년 여름까지만 해도 그걸 등에다 업고, 십 리나 넘는 들길에 젖을 먹이러 진날 마른날 없이 다녔는데, 날로 치면 한 해도 못 흐른 그 짧은 세월에 앉아서 뭉개던 손자는 마음대로 척척 일어서 걸을 수가 있고, 걸을 수 있던 자기의 다리는 걸음이 여물수록 무거워만 지고—젊어선 노새 다리라고 소문을 놓았던 그 다리의 힘도 인젠 자기의 것이 아니다. 아주 손자에게 물려나 주고 만 것 같다.

그러나 아직 마음만은 조금도 시들지 않은 것은 스스로 생각해도 장한 일 같았다. 비록 몸은 건강이 허락지 않는다 하더라도 마음만은 조금도 다름없이 물이나 한 천 두레, 밭이나 한 밭갈이쯤은 쉬지 않고 단숨에 푸고, 매내일 것 같은 싱싱한 젊음이다.

몸뚱이는 썩어서 형체가 없어진다 하더라도 이미 다리의 힘이 손자에게 물려졌을진대 늙어도 늙지 않는 그 마음조차도 영원히 물려져 두 마음의 힘이 서로 합하여 한 사람이 두 몫의 일을 능히 해낼 수 있는 그런 억센 힘이 길러지는 도리는 없을까? 일어설 때에 호미를 들고 일어섰거니 저도 농사 귀신이 될 것만은 염려 없이 마음 놓고 죽겠으나, 앉아서나마 그 솜씨를 못 보고 죽게 될 것임이 길이 미련에 남는다. 솟구쳐 넘치는 늙지 않는 마음, 그 마음으로 정성껏 다루고 싶은 논밭—그 논, 밭의 푸근한 흙, 그 흙의 향기를 다시는 맡아보지 못하고 죽다니! 하니 이미 살은 희수^{일흔} 살의 칠십 여생도 못내 짧아 보였다. 죽기 전에 마음에 남은 젊은 힘을 마음껏 흙 속에다 온통 부어 넣어보지 못할까, 생각을 하면 남들이 새벽부터 메고 나서는 연장이 여간 부러워지는 것이 아니다. 한시가 새로운 이 파종기^{씨를 뿌리는 시기}에 다리를 못 쓰고 앉아서 뭉개다니—먹고사는 인간이 봄이 두려운 것도 같아 아들의 밭갈이가 늦어지는 것도 안타까웠다.

"야! 너 이전 거 죽 다 먹디 않았네? 소레!"

한낮에 가까운 볕은 녹여나 낼 듯이 장글장글^{바람이 없는 날에 해가 살}

을 지질 듯이 내리쬐는 모양 또 방 안으로 기어들기 시작한다.

아들을 재촉해서 밭으로 내어는 보냈다고 해도 제 몸이 밭으로 못 나가게 되는 것이 아침 한겻의 한이었는데, 뉘가 밭을 가는지 '외나 마 마라 꼬 꼬' 하는 소 모는 소리가 연방 뒤꼍으로 들려와, 그러지 않아도 봄뜻에 서둘던 할아버지의 마음은 더한층 보깨인다 일이 뜻대로 되지 않아 마음이 불편해진다.

김 선달네 밭일까? 김 선달네는 보리를 심는댔으니까 밭은 벌써 갈았을 것인데 송서방네 밭임직하다. 알면 뭣하련만 밭갈이에로만 향하는 마음은 그저 앉아 있지를 못하게 했다. 지팡이를 당겨 뒷문을 밀었다. 그러나 산 밑 아래 경사진 송서방네 밭에는 밭갈이꾼들이 아니라, 메 메꽃의 뿌리를 캐는 마을 처녀들이 한 밭 둘러앉아 오구 장단일 뿐이다. 어디서 가는 밭이었을꼬? 가만히 귀를 모았다. 아무 소리도 들리는 것이 없다. 분명히 소 모는 소리는 들렸는데…… 한참이나 주위의 소리에 귀 담아 힘을 주고 더듬어 넣었으나 메 캐는 아이들의 재잘거리는 소리밖에는 역시 더 들려오는 소리가 없다.

"어!"

손자의 부르는 소리가 귓가에 어렴풋하다. 할아버지의 눈은 게슴츠레 떴다 감긴다.

"어어!"

좀더 큰 소리에 할아버지의 눈은 좀더 크게 뜨인다. 그적에야 할아버지는 볕이 간지러워 휘즈뭇이 눈이 감겨 있는 것임을 깨달았다.

든 듯이 들리지도 않는 잠에조차 따라다니는 연연한 밭갈이—결코 꿈은 아니었는데, 없는 소리가 밭갈이로 다 들리고—이게 모두 몸이 허약해진 탓이 아닐까? 인제 정말 며칠 못 가 죽을 것만 같은 생각이 문득 든다.

잠을 실어오는 볕이 싫다. 눈이 시려 자리를 고쳐 앉으려는데,

"어!"

또 손자는 소리를 건넨다.

무슨 장난을 하면서 자꾸만 그리 보라고 소리를 연방 지를까, 할아버지는 눈을 비비며 머리를 들었다.

자기에게 향하여 할아버지의 고개가 들리는 것을 본 손자는 웃음으로 히쭉 한번 받더니 어느 틈에 가져갔는지 들고 섰던 할아버지의 담뱃대를 방바닥에 대고 쪼으며 걱석걱석 걸어나간다.

담뱃대가 상하나 보아 눈이 둥그레지던 할아버지는 그것이 논을 쪼는^{쪼는} 시늉인 것을 알자 그만 치뜨이던 눈이 커지다 말고 버썩 한 무르팍걸음을 내놓는다. 손자의 마음에도 어느새 봄은 온 것이다. 늙도록 쪼고 심고 할 영원한 봄의 마음, 그 마음은 이제 봄과 함께 손자에게도 깃들여왔다. 자기는 안 잊을 수 없는 봄을, 손자는 이렇게 맞아들인다. 봄은 이미 반이나 죽은 목숨이래도 젊은 대로 시들지 않고 자꾸만 흙 속에 부어 넣고 싶은 마음, 그 마음조차 인젠 손자에게로 물러가는 것 같은 것이 마음껏 흡족하다.

"논을 쪼누나! 네레!"

대통이 지치러질 생각도 잊고 할아버지는 소리를 질렀다.

손자는 더욱 신이 나서 그저 머리를 수긋한 채, 거불거불 쪼으며 나간다. 건너쪽 바람벽에 턱 하고 대통이 부딪친다. 마치 논두렁에 가래광이가 닿았을 때와도 같이 손자는 우뚝 걸음을 세우고 잠깐 허리를 펴 쉬는 시늉을 하더니 다시 돌아서 장한 듯이 힐끗힐끗 할아버지를 곁눈질하며 또 돌아 나온다.

사실 할아버지는 장하다고 알았다. 그게 다 장래 제구실을 말하는 징조가 아닐 수 없다고 아는 것이다.

"소리를 허멘서 쫍자! 내 메기니께니?"

정말 논을 쫍고나 있는 듯이 할아버지는 목청을 놓는다.

"에헤라 헤에— 야 에야라 헤요—."

"헤라 헤라 헤요."

손자도 받았다.

받는데 할아버지의 흥은 더욱 돋우었다.

"에헤라 헤에— 야 에야라 헤요—."

"헤라 헤라 헤요."

"에헤라 헤에— 야 에야라 헤요—."

"헤라 헤라 헤요."

"잘허누나 참!"

흥에 실린 할아버지는 저도 모르게 손을 들어 그 부성스러운^{성하}
지 않은 무르팍을 탁 쳤다.

"농사허는 집 티구 밥 굶는 집 없느니라. 농사허는 나라 티구 흥
허디 않는 나라 없구ㅡ."

알아나 듣는 듯이 손자는 히쭉 웃는다.

할아버지는 이 재미에 살았다.

"어응?"

손자는 또 소리를 멕이라는 재촉이다.

그것은 진종일을 하재도 싫지 않은 청이다.

"에헤야 헤에ㅡ 요 에야라 헤요ㅡ."

"헤라 헤라 헤라."

"뿌리는 씨마다 싹이 트고ㅡ."

"……."

"트는 싹 싹마다 이삭이 맺혀ㅡ."

"……."

손자의 혀는 돌아가지 않으나마나 할아버지는 혼자 흥에 겨웠는
데, 마당서 신 끄는 소리가 들린다. 자구를 밟으러 갔던 에미가 낮
밥을 지으러 돌아오는 참이다.

"엄마! 젖!"

에미의 빛이 보이기가 바쁘게 손자는 담뱃대를 집어던지고 달려
나와 치마귀를 붙들고 가슴으로 대고 추어오른다.

"젖! 으응? 젖!"

"야래 와 이리 뎀베네! 할아버지 시당하시갔는데 진지 제 디리구

보자꾸나?"

"아니로다 메느라! 걸 어서 젖 메게라. 난 밥 안 먹구 이제 죽어두 맘이 든든하갔다. 오늘은 그 재석이 하는 지냥이 거저 농사 수엽이로구나!"

마치 자기의 마음을 괜히 풀릴 데가 없어 세상을 못 떠났던 것처럼 손자가 논을 쫍던 흉내를 보고는 인젠 죽어도 마음이 든든하겠다고 그렇게도 만족해하더니 그날 밤 할아버지는 아랫도리로만 몰려다니던 풍이 윗도리에까지 치밀어 오금을 쓰지 못했다.

자다가 깨니 두 손에 맥이 다 돌지 않았다. 머리맡에 요강도 임의로 당길 수가 없었다.

"야아!"

할아버지는 금방 죽는 것만 같아 아들을 불렀다.

그러나 곤하게 든 잠이요, 게다가 첫잠이 든 아들의 잠귀는 십 리나처럼 멀었다.

"야아!"

할 이야기를 미처 하지 못하고 죽게 되지는 않을까, 할아버지는 연방 아들을 불렀다.

"야아! 큰아야!"

좀더 큰 소리가 나왔을 때에야 아들의 눈은 뜨였다.

"야 큰아야! 난 이전 죽갔는가 보다!"

희멀쑥이 풀어진 눈이 예기 없이 일어나는 아들을 바라본다.

뜻밖의 소리에 아들도 놀라 눈이 둥그레졌다.

"난 이전 죽갔는가 보다."

"주무시다가 갑제기 그게 무슨 말씀이시우? 아버지."

"풍은 자다가 죽는 병이래더라, 손두 쓸 수 없구나 이전. 다리 못 쓰구 손 못 쓰니 죽었디 별수 있네—."

"아부님!"

"난 죽기 전에 너덜께 딱 한 가지 부탁할 게 있어 그른다."

"에."

정말 임종이나처럼 아들은 머리를 숙였다.

"나 죽은 댐에 내 몸뚱이는 산에 갰다 묻디 말구 밭에 갰다 묻어 다우?"

"어머님과 합장으로 모시야디요."

"건 너덜 인사구. 난 산에 가서 쓸데없이 썩어지기보다 밭으로 가 썩어제서 곡석^{곡식}을 키우는 걸금^{거름}이 되구 싶구나."

"⋯⋯."

"내 맘은 거저 죽어서두 농사를 하구만 싶어. 내가 밭으로 가문 먼저 죽은 네 에민 산에서 좀 섭섭해할리라만⋯⋯."

"아부님!"

"와? 너덜은 그게 싫으니?"

"풍이래는 건 더했다 났다 하는 건데, 아직 그른 말씀은 마시우."

"일흔다숫이믄 오래 살았다. 시들은 잎은 어서 떨어져야 새순이

오력을 페느니라."

죽음이란 결코 저만 죽어서 가는 것이 아닌 것 같게 어떻게 하고
죽어야 죽는 보람이 있게 죽는 것일까 하는 것이 이 밤따라 더욱이
간절한 할아버지였다.

또 눈을 내리깐다.

닭이 운다. 베개 위에 받친 할아버지의 귀에는 무슨 소린지 자세
치 않게 어렴풋한가 보다. 눈을 떠 소리를 더듬는다.

"닭이 우나 봐요."

"닭이 울어? 첫닭이로구나!"

닭의 울음소리라는 게 할아버지는 자기의 죽음에 무슨 새날의 계
시인 거나처럼 알 수 없이 반갑다.

"분명 닭이 울었다?"

"에—."

"그럼 머디않아 동이 트갔구나."

자기의 귀에도 괜히 듣고 싶은 닭의 울음소리다. 다시 들려올까
귀에 힘을 모았을 때 할아버지는 분명하게 닭의 울음소리를 들었다.

"우리 닭두 우누나! 야아! 큰아야!"

"에?"

"네 에밀 산에 혼자 버려두기가 미안하문 에미꺼지 파다 밭에 묻
어주람?"

아들은 어떻게 대답할 바를 몰라 망설이는데 손자가 씩씩하고 잠

자리에서 눈을 비빈다.

"어!"

또 저도 깨었다는 알림이다.

할아버지의 눈은 번쩍 뜨였다. 무슨 빛이 부르는 소리인 것처럼 마음이 울리는 것이다.

"애놈아! 네가 깼구나, 오나라!"

쓸 수 없는 손임도 잊고 손을 내밀었다. 그러니 나가는 손은 마음의 손밖에 나가지는 것이 없었다.

"어어!"

소리를 크게 내지르는 모양이 손을 안 내민다는 역정인가 보다.

"난 이전 손두 못 쓴다. 이리로 네가 걸어오느라."

"어어!"

그래도 듣지 않고 좀더 크게 소리를 지르더니 무슨 잊었던 것이 있는 것처럼 후다닥 이불을 젖히고 빨간 덩이가 쭈르르 웃궁으로 올라간다.

"어!"

가만히 자를 거꾸로 들고 다리를 쩍 벌려 디디며 할아버지를 쳐다본다. 시선이 마주치자 손자는 히쭉 웃고 자를 앞으로 떠받았다 당겼다 한다. 물을 푸는 시늉인 것이다.

"데게 보배 아니가? 글쎄! 물을 또 푸누나!"

순간 할아버지는 잊을 수 없는 욕망이 끓어올라 돋우는 흥을 참아낼 길이 없었다. 물 헤는 소리가 저절로 입 밖에 나왔다.

"옆이로오다! 열인적 스물에헤 스으물. 스으물이 스으물……."

닭이 또 운다. 전에 없이 반갑게 들리는 닭의 울음소리.

−1942년

1. 순수예술을 추구한 계용묵의 생애

계용묵은 1904년 9월 8일생으로 한국현대문학사의 전개 과정에서 보면 상당히 연배가 높은 편에 속한다. 현진건이 1900년생, 최서해가 1901년생이고, 나도향이 1902년생, 채만식이 1902년생이다. 나이로 보면 그는 이광수, 염상섭, 김동인 등으로 대표되는 앞선 세대 작가들의 바로 다음에 와야 할 작가다.

우리는 계용묵이라는 이름은 잘 알고 있으면서도 그를 문학사의 어느 곳에 두고 이해해야 하는지는 잘 모른다. 또 그를 단편소설 〈백치 아다다〉의 작가로는 알고 있을지언정 그가 언제 어떻게 문학 활동을 펼쳤는지는 잘 알지 못한다. 왜 그럴까. 필자는 아마도 이것이 계용묵 자신이 지향했던 삶과 문학의 자연스러운 결과일 것이라고 생각한다.

그는 본명이 하태용이며 평안북도 선천 출생이다. 선천군 남면 군현리 706번지에서 태어났다. 삼봉공립보통학교라는 곳을 나와서는 한문 수학을 했다. 그것은 할아버지의 신념 때문이었던 같다. 그의 집안은 꽤 부유한 편에 속했으며, 전통적인 대가족 제도의 전통을 지켜온 사람들이었다. 할아버지 대만 해도 형제가 11남매였으며, 아버지 대에 4형제, 계용묵의 대에 형제가 1남 3녀, 모두 합쳐 20여 명이나 되는 식구들이 한데 얼려 살았다. 그의 집안은 대대로 근대적 교육제도를 멀리하고 전통적인 한문 수학을 중심으로 가문을 지켜나가는 보수적인 체질을 가지고 있었다.

계용묵은 말이 없고 무뚝뚝한 사람이었다. 대성학교를 다니다 부친의 강권으로 공부를 포기하고 낙향해서 가문을 지켜온 아버지를 닮았다고 한다. 아버지의 성품을 이어받은 그 역시 보통학교를 졸업하고 서당에 다니며 《대학》을 암송해야 할 처지였으나 신학문, 그것도 문학에 대한 열정만은 그의 아버지와 달리 포기하지 못했다. 한문은 한문대로 공부하면서도 김동인이 펴낸 동인지 《창조》를 읽으며 문학의 꿈을 키웠다. 일본과 당시 조선에서 출판되는 잡지들을 읽고 서양 명작들을 섭렵하면서 작가가 되는 수업을 쌓아나갔다.

이러한 그의 작가적 삶에서 가장 두드러진 특징 가운데 하나는 그가 소설의 완성이라는 문제를 누구보다도 깊이 의식하고 있었다는 점이다. 그가 문단에 처음 모습을 나타낸 것은 〈상환〉이라는 작품이 《조선문단》 1925. 5의 추천을 받으면서였다. 그러나 이 작품에 대한 염상섭, 나도향의 평이 시원치 않자 그는 다시 문학적 수업을 쌓아나간다. 이후 그는 신경향파의 영향을 보여주는 〈최서방〉조선문단, 1927. 3, 〈인두지주〉조선지광, 1928. 2 등을 발표하게 된다. 그러나 이러한 발표 과정을 스스로 반성하면서 일본 도요대학東洋大學으로 새로운 문학의 길을 찾아 나서게 된다.

일본 유학에서 돌아온 계용묵이 택한 길은 시골집에 두문불출하면서 당시 문단의 수준을 뛰어넘는 작품을 쓰는 것이었다. 이 무렵에 그는 석인해, 허윤석, 정비석 등과 만나 순문예동인지 《해조海潮》를 창간하려고까지 했다. 이렇게 새로운 창작을 향한 열의를 다지면서 쓴 작품이 〈병풍에 그린 닭이〉여성, 1939. 1와 〈마부〉농업조선, 1939. 5 등이었으며, 여기에 만족하지 않고 더 많은 고민을 거쳐 얻은 작품들이 바로 〈백치 아다다〉조선문단, 1935. 5나 〈청춘도〉조광, 1938. 12 등이다. 이 과정을 계용묵은 다음과 같이 술회한다.

그러나 그것들이 소설이 되기에는 너무도 부족한 데가 많음이 차츰차츰 깨달아졌다. 그러니 소설이라는 것이 무척 어려워지며 공연히 붓이 손에 잡히지 않았다. 표현, 기술로부터 묘사, 구성 어느 것 하나 된 데가 없을뿐더러 소설의 소재부터가 그런 것으로는 되지 않을 것 같았다. 그리고 소설이란 이래야 된다고 써오던 종내의 그 소위 리얼리즘의 필법이 마음에 붙지 않았다.

그리하여 첫째, 이것을 고치며 시험하여본 것이 〈백치 아다다〉였다. 이것을 보고 어떤 친구는 그게 무슨 기문이냐, 그런 문장 식은 감상시절에 있는, 문청이 쓰는 체지 하고 비웃으나, 소설의 문장은 리얼리즘에서 다시 이 시대로 돌아와야 되는 것이라고 속으로 대답을 하며, 종내의 필법을 버리고 지금의 필법을 가지는 데 만족하려 하며, 이것을 비웃는 사람을 비웃어왔고 지금도 비웃는다.

  그러면서 다시 재시험을 하여본다고 붓을 들게 된 것이 〈청춘도〉로 이 한 편을 붙들고 애쓰기 실로 8개월 동안이나 하였다. 지금은 어떠한 작품을 써도 그렇게 쓰거니와 몇 달을 두고 고친다. 그러면 원고지 여백까지 가득 차서 다시 불만한 구절이 눈에 띄어도 고칠 자리가 없어 그적엔 그것을 또 다른 종이에다가 전부 옮겨 써가지고 또 고치고 고치고 하여 이렇게 옮겨 써보기를 삼사 차씩이나 하여본 적이 있다.

– 〈나의 소설수업〉 문장, 1940. 2, 212~213쪽

계용묵 자신의 이 회고담은 그가 문학적 완성을 위해 얼마나 고심참담한 길을 걸어왔는지 보여준다. 그는 일필휘지하는 김동인 같은 작가가 아니라 채만식이나 발자크처럼 고치고 또 고치는 사람이었다. 또한 바로 그와 같은 예술적 체질 때문에 그는 사상이나 내용을 형식 또는 기교에 앞선 것으로 보는 편내용주의적 문학관을 경계하고 기교야말로 사상 또는 내용을 자아내는 동인이라고 인식하는 '편형식주의자'의 면모를 지니고 있었다. 다음과 같은 문장이 이를 말해준다.

어떤 분은 이렇게도 말한다. 문장은 서툴러도 내용만 좋으면 살로 갈 수 있지 않느냐고. 그러나 아무리 좋은 종류의 참외라도 어느 정도까지 익지가 않으면 그 참외는 참외로서의 제맛을 내지 못하게 되는 것이다. 익는 데 참외가 참외로서의 가치를 지니듯이 작품도 익기 전에는 작품으로서의 가치를 못 지닌다. 작품으로서의 가치를 못 지닌 작품이 무엇으로 살이 될 것인가. 작품에 있어선 그저 기교가 절대한 조건임을 알아야 한다. <u>기교라는 걸 사람으로 쳐놓고 입은 옷에다 비하는 사람도 있다. 이건 말이 안 되는 말이다. 기교가 내용을 만드는 것임을 모르는 말이다. 그러기 때문에 기교증치란 말은 좀더 말이 안 되는 말이 된다. 기교적일수록 그 작품의 생명은 더하게 됨으로서다.</u>

– 〈작품과 기교〉백민, 1948. 3

계용묵은 소설을 읽는 것도 참외를 먹는 것과 꼭 같다고 했다. 칼로 배꼽을 떼어보아 어떻게 얼마나 익었는지 보면 그 참외가 얼마나 맛있는지 알 수 있는 것처럼, 소설도 처음 서두만 읽어보면 그 작품의 가치 여부를 알 수 있다는 것이었다.

그만큼 어떻게 썼는지, 그 기교가 중요하다는 것이었다. 기교를 마치 옷처럼 몸에 걸치는 외장으로나 생각한다면, 그것은 기교가 곧 내용을 만드는 것임을 모르는 무식의 소치라는 것이었다. 그러므로 어떤 작품을 보고 '기교중치', 곧 기교에 치중한 폐단이 있다고 말한다면 그것은 언어도단, 즉 문학의 기본을 모르고 하는 말이 된다.

계용묵은 이처럼 오랜 세월에 걸쳐 문학의 높은 척도를 견지하면서 그것에 가닿으려는 노력을 쌓고, 또 그러한 실제에 기반해서 자신의 문학관을 만들어간 사람이었다. 그리고 이러한 문학관의 근저에는 와인이 좋은 것인지 나쁜 것인지는 한 모금만 마셔보아도 안다고 했던, 언어적 기교와 형식을 중시했던 오스카 와일드의 예술관이 습합되어 있었다.

2. 계용묵의 삶이 투영된 작품들

이 선집에는 모두 열여덟 편의 중·단편소설이 실려 있다. 앞에서 간략히 정리해본 계용묵의 생애와 문학창작 과정에 비추어보면 이 작품들은 크게 세 개의 시기를 중심으로 나누어 살펴볼 수 있다. 물론 이 시기 구분은 단순한 구분이 아니라 계용묵이 자기 소설의 지향점을 새롭게 설정해간 데 따른 것이다. 계용묵은 소설에 대한 공부를 축적해가면서 문학관을 새롭게 가다듬어 나갔고, 이에 따라 자연스럽게 소설세계 자체의 변모를 보여주었다.

그 첫 번째 시기에 해당하는 작품은 〈최서방〉과 〈인두지주〉다.

두 작품은 1920년대 중반을 전후로 한 시기에 한국문단에 강한 영향력을 행사했던, 이른바 신경향파의 영향 아래 있는 작품들이다.

소작인으로서 지주의 횡포에 시달리고⟨최서방⟩, 일본에 건너가 관동대지진을 겪고 탄광에서 하체가 절단되는 고통을 맛봐야 하는⟨인두지주⟩ 인물들을 그린 이 작품들은 물론 계급적, 민족적 각성을 촉구하는 메시지를 함축한다. 또 이에 더해 계용묵 작품에 면면히 흐르는 휴머니즘이 투영된 작품들이라고 평가할 수도 있다. 신경향파라는 것도 넓게 보면 현실의 부조리 속에서 인간을 구원하고자 하는 염원이 담긴 문학적 유파였다.

두 번째 시기에 쓰인 작품들은 그 수가 많다. 따라서 이는 네 개의 하위 유형으로 나누어 살펴볼 수 있다.

제1유형은 ⟨백치 아다다⟩, ⟨마부⟩, ⟨병풍에 그린 닭이⟩, ⟨장벽⟩조선문단, 1935. 12 의 작품들로 구성된다. 이 작품들은 현실 문제를 그리면서도 이를 인간 본연의 문제에 귀착시켜 근본적으로 성찰하고자 하는 문제의식을 보여준다. ⟨백치 아다다⟩는 돈을 자신의 불행의 원인으로 확신하는 벙어리 여성을 그리고 있으며, ⟨마부⟩는 주인 초시에게 돈을 맡겼다가 찾지 못하고 그것을 도둑질하다 잡혀가는 인물을 그리고 있다. 또 ⟨병풍에 그린 닭이⟩는 아이를 낳지 못해 시집살이에 시달리면서 첩을 봐야 하는 여인의 슬픔을 그리고 있고, ⟨장벽⟩은 백정이라는 신분적 한계 때문에 슬픔을 맛봐야 하는 소녀의 내면적 고통을 묘사하고 있다.

이러한 작품들은 두 가지 두드러진 특징을 나타낸다. 그 하나는 말을 하지 못하거나 더듬는 인물들이 등장한다는 것이다. 〈백치 아다다〉의 주인공 아다다는 선천적으로 말을 잘 하지 못하게 태어났으며, 좋고 싫다는 표현 이상의 섬세한 표현을 할 수 없는 장애를 안고 있다. 〈마부〉에 나오는 웅팔이도 이 점은 일맥상통한다. 말을 더듬는 그는 아다다와 마찬가지로 사태 판단이 더디고 자신이 원하는 것을 제대로 표현하지 못하는 약점이 있다.

두 인물의 특성이 보여주는 말하지 못함 또는 말더듬은 일종의 상징적 장치라고 보아야 한다. 말, 곧 언어는 교환이 특징이다. 언어는 의사소통을 위한 교환기제이며, 언어를 잘 부릴수록 현실에서의 생존능력이 증강된다고 할 수 있다. 이 점에서 언어는 마치 상품들과도 같다. 상품들은 언어처럼 교환을 특징으로 한다. 현대세계에서는 상품교환을 자주, 잘 할수록 부가 증강된다. 아다다나 웅팔은 현대적 자본주의 메커니즘에 가장 적용하기 어려운 인물들이다. 이것은 마치 이상의 소설 〈날개〉^{조광, 1939. 9}의 주인공이 언어적 교환 장애를 가진 현실 부적응자로 나타나는 것과 같다.

〈병풍에 그린 닭이〉에 나오는 여주인공 박씨나 〈장벽〉에 나오는 음전이는 그와 같은 맥락에서 지배적 사회를 향해 자기 목소리를 낼 수 없는 사회적 소수자들이다. 그들은 말을 할 수 없는 것이 아니로되 자신의 정체성을 드러내고 인간으로서의 권리를 주장할 힘을 가지고 있지 못하다. 그들은 이 사회의 소수자, 서발턴^{하위 주체}들이며 〈백치 아다다〉와 〈마부〉에서 상징적으로 도입된 말할 수 없음, 말더듬과 같은 사회현실적 위치를 할당받고 있다. 계용묵은 이와 같은 인물들을 통해서 자본주의 또는 현대적 환금체계의 비인간성을 날카롭고도 근본적으로 비판한다. 이 체제는 약자들, 선한 자들에 적대적이다.

또 하나는 이러한 작품들에서 인간의 삶을 둘러싼 풍속이나 관습이 풍요롭게 재현됨을 볼 수 있다는 점이다. 비록 단편소설들에서이지만 당대를 살아가는 인물들의 생활세계가 이만큼 잘 표현되어 있는 단편소설들을 찾아보기도 어렵다. 특히 〈병풍에 그린 닭이〉는 아이를 낳지 못해 시달림을 받는 여인이 동네 굿에 참여하는 장면을 묘사적으로 보여주고 있으며, 〈장벽〉에서는 설을 맞이한 동네 풍경이 다양한 양상으로 변주되어 있다.

본래 이 같은 풍속들은 자연적 존재인 인간이 사회적 삶을 영위하면서도 그 안에 그 자신의 자연적 본성을 간직하고 또 드러내는 양식이다. 이 양식 속에서 사람들은 자신이 사회적 구성원임과 동시에 자연에 귀속된 존재임을 재확인하게 된다. 그리고 이 과정은 인간이 차별적인 존재인 동시에 동등한 존재임을, 모두가 삶을 공유하고 있음을 이해하게 된다.

예를 들어, 〈장벽〉에 나오는 설은 양반도, 노비도, 남자도, 여자도 모두 참여하는 공동의 세시풍속이다. 그러나 음전이나 그의 오빠만큼은 그들이 백정의 자식이라는 사실 때문에 이 공동의 세계에서 배제된다. 그와 마찬가지로 〈병풍에 그린 닭이〉의 박씨나 〈백치아다다〉와 〈마부〉의 주인공들도 공동체적 구성원으로서의 위치를 상실하고 배제될 위험에 직면해 있다. 그들은 그들의 자연적 권리를 빼앗긴 존재들, 이 인공적 사회의 희생양들이다. 계용묵은 그러한 하위 주체들의 현실을 날카롭게 꿰뚫어보고 있다.

　제2유형은 신분이나 계급, 성별 같은 사회적 성층의 문제조차 떼어버리고 인간의 본능이나 욕망, 예술적 충동이나 의지 따위의 보편적인 주제를 추구한 작품들이다. 〈캥거루의 조상이〉조광, 1939. 5와 〈청춘도〉가 여기에 속한다.

　먼저 〈캥거루의 조상이〉에서는 한쪽 눈을 보지 못하는 문보라는 인물이 등장한다. 문보는 외형적으로만 보면 남 못지않은 훤칠한 체형을 가지고 있지만 짙은 안경 속에 먼 한 눈을 감추고 있다. 그는 이러한 약점 때문에 여성들이 자신의 본색을 알아차리길 꺼린다. 때로는 그에게 다가왔던 여성도 이 때문에 그를 멀리하기도 한다. 그가 자신의 불구를 더욱 의식하는 것은 대대로 불구적인 체질을 타고 태어나는 집안 내력, 즉 유전 때문이기도 하다. 그러던 그에게 미자라는 여인이 나타난다. 그의 불구를 알면서도 사랑을 멈추지 않는 그녀와 그는 약혼까지 한다. 그러나 막상 결혼을 앞두고 그는 과연 자신이 결혼해서 아이를 낳아야 할지를 고민한다. 인간 삶의 미래를 고민하는 관념형 작가인 주인공은 의미 없는 삶, 관습에 맡겨진 삶을 받아들이고 그러면서 값없는 인류 역사의 한 페이지를 장식하는 존재가 되는 대신 삶 자체를 응시하며 생을 견뎌나가는 고독한 삶의 양식을 선택하고야 만다. 다음은 문보가 자살마저 생각한 끝에 얻은 삶에 대한 사유의 한 귀착점이다.

생. 그것이 사람의 빛이 아닐까. 사람은 사는 데 그 존재가 있을 것이고, 죽음으로 벌써 그는 한 개 인간의 역사요, 인간은 아니다. 인간은 역사를 짓기 위해 살 것은 아니고, 생을 빛내기 위해 산다. 생이 빛나는 곳에 인간의 역사 또한 빛날 것이 아닌가. 단연히 미자는 잊어야 옳다. 잊지 못하는 곳에 불행의 씨는 반드시 가까운 장래에 깃들여질 것이다. 그러면 그들의 고통은 또 얼마나 할 것이며, 신은 자기의 그 조화의 기능에 또 얼마나 만족해할 것인가.

작중에서 문보는 차페크가 쓴 《인조인간》을 논의하고, 또 인류 다음에 올 고등동물은 캥거루라고 주장한 어떤 학자의 학설에 대해서 언급한다. 차페크는 기술 발달이 인간을 도리어 멸망케 할 것임을 경고한 체코슬로바키아의 작가였다. 인류가 영속치 못할 것이며, 로봇이나 캥거루가 그것을 이어받게 될 것이라는 페시미즘 속에서 미자와의 결혼을 단념하고 마는 문보라는 인물은 일제강점기 소설에서는 쉽게 찾아볼 수 없는 관념형 인물이다. 민족이나 국가, 제국이나 식민지를 고민하는 관념이 아니라 인류를 고민하는 인물을 내세워 결혼을 통한 종족의 존속이라는 상식적 이데올로기를 심문審問한 데에 이 작품의 특징이 있다.

이와 같은 근본적 관점이 〈청춘도〉에서는 금주라는 폐결핵 환자와 상하라는 화가를 등장시켜 사랑과 예술의 의미를 묻는 것으로 나타난다. 작중에서 상하는 예술과 사랑의 자유를 추구하는 인물로 나타난다. 그녀는 폐결핵 환자로 죽음의 공포에 시달리는 금주라는 여인을 사랑하여 그녀의 초상화를 그리고자 한다. 금주의, 생명의 고민과 그것을 예술로 승화시키려는 상하의 갈등이 작품을 이끌어 간다. 금주는 생명을 향한 자신의 욕망을 상하가 그리는 그림을 통해 충족시키고자 한다. 그러나 그녀는 자신이 초상화를 갖고 싶어하는 뜻이, 홀로 남을 남편을 위로하고자 함에 있다고 거짓말한다. 그리고 이것은 상하의 애욕을 자극하고 만다. 그는 자신과 금주의 영원한 생명을 위해 그림을 그리고자 하였으나 금주의 거짓 고백은 그로 하여금 마음의 평화를 잃어버리게 하고 그림을 찢어버리고 싶은 충동에 시달리게 한다. 그러나 다시 그것은 험한 인생을 살아온 금주 자신을 향한 상하의 사랑을 확인해보고자 하는 거짓 고백이었다. 금주의 새로운 고백을 통해서 이를 깨달은 상하는 금주를 향한 새로운 사랑을 획득하게 된다.

이 작품은 그림이라는 제재, 그리고 사랑과 욕망, 인생이라는 문제를 제기한다는 점에서, 오스카 와일드의 《도리언 그레이의 초상》을 떠올리게 한다. 젊음과 생명을 유지하고 싶은 인간 본연의 욕망이 사랑과 예술을 통해서 충족되는 과정을 실험한 작품이라고 할 수 있으며, 이 점에서 〈캥거루의 조상이〉도 함께 인간의 본질적 조건을 탐구하고자 한 작품 계열에 속한다.

제3유형은 〈유앵기〉조광, 1939, 〈붕우〉비판, 1939, 〈희화〉문장, 1940, 〈이반〉문장, 1941, 〈준광인전〉신세기, 1939. 9 의 작품들로 구성된다. 이 작품들은 어딘지 모르게 작가의 자전적인 사실들과 연관되어 있는 것으로 보인다. 이 글에서 이 문제를 자세히 논증할 수는 없다. 그러나 이들 작품 속에는 분명 작가의 삶의 편린들이 감추어져 있다. 그 첫 번째 단서는 가난이다. 〈유앵기〉의 주인공 성눌은 집안이 금융조합 빚에 몰려 몰락한 상태다. 〈이반〉의 주인공 역시 각기병에 걸려 고통을 받고 있고 하숙비도 제대로 못 낼 처지에 빠져 있다. 두 번째 단서는 도시와의 불화 또는 도시에 대한 불신이다. 〈유앵기〉의 주인공은 시골 여인인 얌전이에게 청혼했다 실패로 돌아가자 다시 자기를 필요로 하는 도시로 나가보지만 곧 벗들에게 실망하고 만다. 〈이반〉의 주인공 역시 도쿄 유학시절에 만났던 벗의 뜻하지 않은 방문을 받지만 〈준광인전〉에 오면 주인공이 광인으로까지 내몰리게 되는 양상을 보인다. 서간체 소설인 이 작품은 어떤 부음을 전달하는 문제가 발단이 되어 벗들로부터 철저하게 외면, 고립당하게 되는 주인공의 사연을 들려준다.

한편 〈붕우〉와 〈희화〉는 서로 맞물려 있는 작품들이라고 할 수 있다. 이 작품들은 앞에서 언급한 세 작품들에 나타난 불화 또는 불신이라는 문제가 한층 심화된 형태로 나타난다. 또한 이 작품들은 작품이 발표되던 시대의 문단적 갈등을 배경으로 삼고 있다는 점에서도 주목해볼 만하다.

〈희화〉는 글을 쓰는 두 벗 사이에서의 불신이라는 문제를 다룬다. 이 소설의 주인공은 죽음을 목전에 둔 정암이라는 인물이다. 그는 독자적인 예술을 개척하여 문단에 뚜렷한 지위를 얻었으나 어떤 회한에 사로잡혀 있다. 그것은 그에게 문단적 지위를 가져다준 《우정》이라는 소설에 관한 것이다. 그는 천양이라는 인물과의 사귐을 소설로 옮겼으나 실상 그는 천양의 아내와 부적절한 관계를 맺었었다. 이러한 고백에 수치스러움과 함께 분노를 느낀 천양은 정암에게 자신의 속마음을 밝힌다. 비평가인 천양이 정암의 《우정》을 그토록 칭찬하여 문단적 지위를 얻게 한 것은, 단지 천양이나 정암이 소속해 있던 그룹의 정치사상을 옹호하고, 그럼으로써 이 그룹의 지위와 명예, 호구를 추구하기 위함이었다는 것이다. 《우정》이 결코 훌륭한 작품이 아니요, 오로지 세속적인 목적에 따라 상찬되었을 뿐이라는 천양의 고백은 그의 아내와 부적절한 관계를 맺었고, 그것을 작품에 옮겼다는 정암의 고백과 맞물려 문학작품의 진정성과 문학작품에 대한 평가의 진정성을 모두 문제 삼는다. 이 작품의 근저에 진정한 문학은 무엇인가를 둘러싼 계용묵 자신의 깊은 고민이 자리 잡고 있음을 알 수 있게 한다.

〈붕우〉는 〈희화〉와 유사한 불화 또는 불신의 문제를 다루고 있고 바람직한 문학을 둘러싼 갈등을 배경으로 삼고 있지만, 그럼에도 계용묵의 소설 중에 가장 아름다운 시적 경지에까지 가닿은 작품이다. 이 소설에서 '나'는 조군과 오랫동안 외면하고 지내고 있다. 다정하던 두 사람이 그렇게 '벙글어' 틀어지게 된 것은 다음과 같은 문학노선의 차이 때문이다.

> 문학은 로맨티시즘이어야 된다거니 리얼리즘이어야 된다거니 다투는 끝에 조군의 가장 아는 체하는 태도에 불쾌해서 '군은 아직도 예술을 몰라' 하고 좀 능멸하는 듯한 태도로 내뱉는 한마디가 조군의 비위를 어지간히 상한 모양이다.

소설에 따르면 아마도 '나'는 리얼리즘을 주장하는 조군을 향해 예술을 모른다고 힐난했을 것이다. '나'는 '이효석파'인 반면, 조군은 '이기영파'이기 때문이다. 저널리즘의 총애를 받고 있는 조군에 대한 '나'의 불만은 그를 모델 삼아 자신의 예술적 신조를 피력하는 소설을 써서 발표하는 데까지 나아간다. 그런 두 사람이 우편국에서 만나 화해하는 이야기가 바로 〈붕우〉다. 그러니까 이 작품은 서로 다른 예술적 신조를 가진 사람들이 그것 때문에 헤어졌다 그럼에도 불구하고 서로 간에 존재하는 끌림과 사랑 때문에 다시 만나게 되는 이야기다. 〈희화〉에서는 두 친구가 서로 불순한 자신들 글의 내면적 동기를 누설하며 최후까지 상대방에게 상처를 주고 있는 데 반해, 〈붕우〉는 문학하는 사람이 서로 다른 예술적 신념에도 불구하고 깊은 우의를 나눌 수 있음을 보여준다. 이러한 두 작품에는 '신경향파'에서 출원하여 '예술파'에 다다른 계용묵의 문학적 궤적이 투영되어 있다.

두 번째 시기에 쓰인 작품들 가운데에서 제4유형으로 분류할 수 있는 작품들은 어떤 것들일까? 〈시골 노파〉야담, 1941. 11, 〈묘예〉매일사진순보, 1941, 〈불로초〉춘추, 1942. 6가 여기에 속한다. 〈시골 노파〉는 고향에서 서울 구경을 핑계 삼아 상경한 덕순 어머니의 형상을 묘사적으로 다룬 것이다. 〈묘예〉와 〈불로초〉는 일종의 연작으로 손자를 기르는 할아버지의 심리세계를 그린 것이다. 〈묘예〉가 아이가 서는 과정을 지켜보는 할아버지의 모습을 그리고 있다면, 〈불로초〉는 손자가 자신의 삶을 이어 농사꾼이 되기를 바라 마지않으며 생을 마감하는 할아버지의 모습을 그려내고 있다.

말하자면 세 작품은 모두 노인들의 형상을 그리고 있는 셈인데, 왜 작가는 정치적으로 민감했던 이 시기에 이런 평범한 인물들의 이야기를 지어낸 것일까? 이것은 계용묵의 삶과 어떤 관련이 있을까?

1940년대 일제 말기에 접어든 이후의 계용묵에게는 상반된 두 가지 기록이 남아 있다. 하나는 그가 일본의 싱가포르 점령을 축하하는 〈일장기의 당당한 위풍〉매일신보, 1942. 2. 21을 썼다는 것이며, 다른 하나는 그가 1942년경 투서로 인해 일본 천황 불경 혐의로 경찰서에 끌려가 2개월간 옥고를 치렀다는 것이다계용묵, 〈암흑기의 우리 문단〉, 현대문학, 1957. 2, 56-57쪽. 이 서로 상반된 두 장면은 일제 말기를 견뎌내야 했던 우리 작가들의 삶이 지극히 견디기 힘들었음을 시사한다. 《매일신보》라는 총독부 기관지에 국책을 옹호하는 수필을 쓴 것이 그대로 작가 자신의 마음 전부였다고 단언할 수 없음은 그로 하여금 곤욕을 치르게 한 또 다른 사건이 있었기 때문이다.

이 시기에 채만식 같은 작가는 사소설로 나아가 평범한 일상생활 이야기를 썼다. 그러나 이러한 평범한 기록은 결코 평범하지만은 않다. 그것은 다른 것을 쓰지 않고 바로 그것을 쓴 이유가 있기 때문이다. 계용묵에 있어서도 마찬가지다. 그는 왜 다른 이야기가 아니라 할머니와 할아버지 이야기를 발표했는가? 그것은 현실을 비판하는 소설을 쓸 수도 없고, 그런 반면 국책에 협력하는 소설도 쓰지 않으려 했기 때문일 것이다. 그럼에도 손자에게 삶을 물려주고 자신의 생을 마감하는 할아버지의 '장엄한' 모습에서 우리는 엄혹한 현실에도 불구하고 민족적 삶의 연속성을 꿈꾸었던 작가의 모습을 엿볼 수 있다.

3. 곧고 높은 이상을 실제 삶으로

해방 공간은 계용묵이 가장 빛나는 작품들을 쓴 시기이기도 하다. 이 시기는 계용묵의 창작 단계로 보면 세 번째 시기에 해당한다. 이 시기에 그는 〈별을 헨다〉^{동아일보, 1946. 12}와 〈바람은 그냥 불고〉^{백민, 1947. 7} 같은 명작을 남겼다. 계용묵은 예술주의에서 다시 한 번 방향을 틀어 해방 공간의 한국사회가 안고 있는 문제들을 집중적으로 제시하고자 했다.

〈별을 헨다〉는 만주에서 귀국한 일가족의 이야기다. 해방이 되자 일제강점기에 해외로 빠져나갔던 사람들이 물밀듯이 귀국하는 현상이 벌어졌다. 그러나 당시 한국은 만주나 일본에서 돌아온 사람들의 생활을 원조해줄 수 있는 능력이 없었다. 정치적 혼란과 도덕적 피폐함 속에서 생활고는 가중되기만 했다. 〈별을 헨다〉는 만주에서 귀국한 인물의 시선을 빌려 이러한 혼란상을 효과적으로 압축시켜 보여준다.

이 소설 주인공의 고향은 이북이다. 먼저 배를 타고 인천으로 귀국해서 고향으로 돌아가려 한 것이 그만 삼팔선이 가로막고 섰다. 겨울날 당장 집을 마련해야 하는데 돈이 없다. 만주에서 귀환할 때 알게 된 친구가 적산가옥을 얻어주겠다고 한다. 그러나 그의 양식은 그것을 허용하지 않는다. 당장 직업을 구하고 집을 구하는 일에 쫓기면서도 그는 친구의 제안을 받아들이지 못하고 산속 초막에서 어머니와 함께 둥지를 튼다. 고향이 있는 이북으로 가려는 방책을 세워도 보지만 이북에서 내려온 고향 사람 말을 들으니 이북도 살기가 어렵기는 매한가지임을 깨닫는다. 고향으로 갈 수도 없고 남쪽에는 살아갈 터전을 잡을 수 없는 삶. 이것이 이 소설의 주인공이 처한 상황이다.

〈바람은 그냥 불고〉도 매우 문제적이다. 〈별을 헨다〉가 귀환 문제를 다루었다면 이 작품은 일제강점기의 대일협력, 곧 '친일' 문제를 다룬다. 이 소설의 주인공은 순이라는 여성이다. 그녀는 날마다 일본으로 징병 간 남편이 돌아오기를 기다리지만 끝내 감감무소식이다. 집에는 빚에 시달리는 시부모님들이 계시다. 바야흐로 집이 팔려나가야 할 상황인데, 이 터 좋은 집에 욕심을 내는 사람은 다름 아닌 남편을 사지로 몬 박영세라는 사람이다. 학도 지원병령이 떨어지자 박영세는 시국 강연을 다니며 징병지원할 것을 종용해댔다. 해방이 되자 남편은 돌아오지 못하는데 박영세는 새로운 정치꾼이 되어 시국을 이용하여 치부를 한다. 또 곧 실시될 토지분배 실시를 앞두고 자기 재산을 요령껏 분산시켜 보존하려는 박영세의 계산에 금융조합 빚에 시달리는 시가가 과녁이 되어버렸다. 나중에서야 자신의 집이 박영세에게 팔린다는 사실을 알고 계약을 되돌리려 하던 시아버지는 피가 거꾸로 솟은 나머지 그만 세상을 떠나고 만다.

〈바람은 그냥 불고〉는 해방 전후를 살아가야 했던 민중의 시각에서 일제시대의 대일협력 문제, 징용과 징병 문제, 해방 후의 정치적 혼란과 토지분배 문제 등을 입체적으로 형상화했다. 해방이 되자 많은 작가들이 일제 말기의 행적이나 문필행위를 어떤 식으로든 다루지 않고는 시국을 견딜 수 없는 상황이 펼쳐졌다. 채만식의 〈민족의 죄인〉백민, 1948. 10-1949. 1은 그와 같은 상황에서 쓰여 나중에 발표된 소설이었다. 이 소설에는 작가 자신이 일제 말기에 이곳저곳 시국 강연을 다니면서 그 지방의 젊은이들과 함께 밤에 대화를 나누는 장면이 나온다. 이것과 〈바람은 그냥 불고〉에 나오는 장면은 매우 흡사한 면이 있어 흥미롭지만 분명한 차이가 있다. 〈민족의 죄인〉은 후대의 연구자들에 의해서 자기변명의 뉘앙스가 있는 것으로 평가받기도 할 만큼 작가 자신의 주관적 상황이 깊게 묘사되어 있는 반면, 〈바람은 그냥 불고〉는 순이와 그의 시아버지라는 피해자의 시각이 엄정하게 살아 있어 박영세와 같은 대일협력 행위자의 죄과를 명백하게 드러내고 있다. 나중에 채만식이 〈낙조〉잘난 사람들,

1948를 써서 〈민족의 죄인〉의 시점이 지닌 약점을 보강하고 있음에 비추어보면 계용묵의 〈바람은 그냥 불고〉가 이 시대의 문제를 매우 날카롭게 파악하고 있었음을 알 수 있다.

〈별을 헨다〉와 〈바람은 그냥 불고〉를 쓰던 시대에 계용묵은 수선사라는 출판사를 내서 백철의 《신문학사조사》1947를 펴내고, 정비석과 함께 《대조》라는 잡지를 운영하기도 했다. 해방 전 소설에 등장하는 문화사업을 벌여나간 것인데, 그러나 이러한 활동 속에서 작품을 발표하는 일은 매우 드물어졌다. 백철의 회고에 따르면 그는 공평한 마음과 겸허한 품위를 지닌 과묵한 사람이었다. 말년의 그는 극도의 생활난에 시달리면서도 작품은 잘 쓰지 않았다. 그것은 후배들이 시대를 감당할 만한 작품을 잘 쓰고 있다는 생각 때문이었다고 한다 백철, 〈연묵의 계용묵 형－작품에선 높은 경지 닦고〉, 조선일보, 1961. 8. 11. 이러한 점은 그가 문학에 대해 매우 엄정한 태도를 가지고 있었음을 말해준다. 또 정비석은 계용묵이 세상을 떠난 후 그의 인품에 대해 다음과 같이 썼다.

형은 인간성이 소박하고도 대같이 곧은 사람이었습니다. 의협심이 강하여 불의에는 누구보다도 격분하였고, 결벽성이 강하여 세속과는 조련히 타협을 하지 않는 분이 바로 형이었습니다. 그런 의미에서는 형처럼 자기 개성에 충실하게 살아온 사람도 드물었으

니, 일생을 자기 의사대로 살아온 형은 이제 세상을 떠나셔도 유한
은 없을 줄로 믿습니다.

– 정비석의 〈오호, 계용묵 형〉동아일보, 1961. 8. 10

많은 사람들의 회고가 말해주듯이 계용묵은 자신의 문학에 엄격
하고, 글을 쓰는 일에 결벽증에 가까우리만큼 순수한 문학을 추구
한 사람이었다. 이러한 태도 때문에 그는 문단과 편안한 관계를 맺
을 수만은 없었으며, 작품을 많이 쓸 수도 없었을 것이다. 그러나 그
의 작품 몇 편은 한국현대소설사에 중요한 명작으로 기록되어 있고,
그것이 그의 이름을 후대에 부지런히 실어 나르고 있다. 이것이 문
학이다. 작가는 작품이 좋아야 그 존재가 기억되는 법이다.

방민호
서울대학교 국어국문학과 교수, 문학평론가, 시인

1904년	평안북도에서 1남 3녀 중 장남으로 출생.
1914년	삼봉공립보통학교 입학.
1918년	안정옥과 결혼.
1921년	조부 몰래 상경해 중동학교에 입학했으나 신문학을 반대하는 조부의 엄명으로 학업을 중단하고 귀향.
1922년	휘문고등보통학교에 입학했으나 조부에 의해 귀향.
1925년	《조선문단》에 〈상환〉이 추천됨.
1927년	《조선문단》에 〈최서방〉 당선.
1928년	일본으로 건너가 도요대학에 입학. 〈인두지주〉 발표.
1931년	파산으로 귀국해 장편 《지새는 그림자》, 중편 〈마을은 자동차를 타고〉를 탈고했으나 모두 분실.
1935년	〈백치 아다다〉 발표. 〈장벽〉 발표.
1936년	〈시골 노파〉 발표.
1938년	조선일보 출판부 입사. 〈청춘도〉 발표.
1939년	〈병풍에 그린 닭이〉, 〈마부〉, 〈캥거루의 조상이〉, 〈유앵기〉, 〈붕우〉 발표.
1940년	〈희화〉 발표.
1941년	〈이반〉, 〈시골 노파〉, 〈묘예〉 발표.

1942년	〈불로초〉 발표. 친일수필 〈일장기의 당당한 위풍〉 발표.
1943년	일본 천황 불경죄로 2개월간 구속. 방송국에 취직했으나 일본인과의 차별대우로 3일 만에 퇴직.
1945년	정비석과 잡지《대조》발행. 단편집《백치 아다다》출간.
1946년	〈별을 헨다〉 발표.
1947년	〈바람은 그냥 불고〉 발표.
1948년	김억과 출판사 수선사를 창립.
1950년	수선사에서 단편집《별을 헨다》출간. 1 · 4후퇴로 제주도로 피난.
1952년	월간《신문화》를 창간하고 3호까지 발행.
1955년	수필집《상아탑》출간.
1961년	장암을 진단받고 수술을 권유받았으나 거부하고 〈설수집〉 연재 중 자택에서 사망.

한국대표문학선 005

계용묵 중·단편소설

초판 1쇄 인쇄 2013년 4월 1일
초판 1쇄 발행 2013년 4월 8일

지은이　　계용묵
펴낸이　　이재영

펴낸곳　　(주)재승출판
등록　　　2007년 11월 06일 제22-3217호
주소　　　우편번호 137-855 서울특별시 서초구 강남대로 423 한승빌딩 1003호
전화　　　02-3482-2767, 070-4062-2767
팩스　　　02-3481-2719
이메일　　jsbookgold@naver.com
홈페이지　www.jsbookgold.co.kr

ISBN 978-89-94217-31-4 03810

책값은 뒤표지에 있습니다.
잘못된 책은 구입처에서 바꾸어 드립니다.

무정 이광수 장편소설

이광수 지음 | 576쪽 | 18,000원

1917년 1월 1일부터 《매일신보》에 연재되며 폭발적인 인기와 함께 논란의 중심이 되었던 기념비적 작품!
청춘남녀의 삼각관계를 통해 시대를 관통하는 남녀의 심리, 신구세대의 대립, 근대와 전통의 공존, 선과 악의 기준을 말하다.

감자 외 김동인 중·단편소설

김동인 지음 | 296쪽 | 11,800원

문학의 예술적 독자성을 확립한 근대문학의 선구적 작품들!
현실의 참혹한 모습과 인간의 추악한 측면을 사실적으로 드러냄으로써 인간 존엄성이 상실된 작품 속 주인공들을 통해 인간의 한계를 느끼다.

운수 좋은 날 외 현진건 중·단편소설

현진건 지음 | 320쪽 | 12,800원

실상이 없는 가식적인 생활에 지쳐가는 인간들의 실체를 아이러니하게 표현한 작품들!
가난한 우리 민족의 고통, 꿈조차 사치일 수밖에 없었던 하층계급의 냉혹한 현실이 여실히 드러나다.

레디메이드 인생 외 채만식 중·단편소설

채만식 지음 | 방민호 해설 | 368쪽 | 13,000원

해학과 풍자라는 한국문학의 전통미학을 가장 잘 보여준 작품들!
한편으로는 자기 자신을 비판하면서 다른 한편으로는 시대의 변화를 자신의 이기적 욕망을 위해 사용하는 세태를 비판하다.